十二射浮光　上

零度寂寞　著

世界知识出版社

图书在版编目（CIP）数据

十二射浮光：全二册 / 零度寂寞著. — 北京：世
界知识出版社，2018 . 10
ISBN 978-7-5012-5850-5

Ⅰ. ①十… Ⅱ. ①零… Ⅲ. ①长篇小说—中国—当代
Ⅳ. ①I247.5

中国版本图书馆CIP数据核字（2018）第215084号

责任编辑	余 岚 刘 喆
责任出版	赵 玥
责任校对	张 琨
总 策 划	白鲸工作室·波菲
封面设计	46
书 名	十二射浮光（上） Shi'er She Fuguang(Shang)
作 者	零度寂寞
出版发行	世界知识出版社
地址邮编	北京市东城区干面胡同51号（100010）
网 址	www.ishizhi.cn
电 话	010-65265923　010-57735442
经 销	新华书店
印 刷	北京嘉业印刷厂
开本印张	880mm×1230mm　1/32　8.5印张
字 数	184千字
版次印次	2019年2月第一版　2019年2月第一次印刷
标准书号	ISBN 978-7-5012-5850-5
定 价	65.00元（全二册）

你要相信，这世上，真的有那么一个人，
为你而来，为你守候，
只为许给你此生的幸福。

目 录　Contents

（上）

（下）

第一章
穷小子的拍卖品

地下室那扇唯一的木窗，将窗里窗外切割成两个世界。

窗外，是繁华的纽约夜景。

窗内，是破旧的栖身之处。

皎洁的月光穿过木窗漏进地下室，被狭窄的窗棂挤压得稀薄又模糊，一缕一缕轻柔地趴在地板上。地板和窗户之间折射出随着气流缓缓浮动的白月光，在这片迷离的光影中，一对男女交叠的剪影就这么静悄悄地落在墙上。

伴着木床发出的"咯吱咯吱"的声响，陆语浓密的睫毛扑簌颤动，她眯起眼，透过男人宽而平的肩膀看向墙面上那对一晃一晃的人影。这个男人可真性感，宛若雕刻般英朗俊美的侧脸，微微突出的眉骨，俊秀高挺的鼻峰，几乎抿成一线的薄唇，以及那抹俯低的颀长身形……一个完美到足以令她一次又一次沉沦的剪影。

墙面有些斑驳，仿佛被风吹皱的老照片似的，静静地藏匿于岁月一隅，而浮映在墙上的那对剪影却越晃越激烈……陆语感觉到木床快要散架的那个瞬间，有副暗哑低沉的男声猝然哼在她的耳郭边。

"陆语，陆语……"

那道声音明明遥远得隔着不可逾越的时间和空间，此时此刻，却又好似一股湍急的暗流猛地擦过她的耳膜，冲向心尖。

心脏的部位狠狠一颤，陆语的身体陡然僵直，从混沌中睁开眼的一刹那，她身侧适时地传来和煦的嗓音："别紧张，气流而已。"

截然不同的男人声音，不是梦境中在她身上肆无忌惮索取的那个他。

陆语这才发现宽大的波音客机正在云霄之上剧烈颠簸，她浑身大汗淋漓，单薄的秋装被汗水浸湿贴在身上，从空调口送出的冷气吹下来，凉透了。

心口却滚烫，烧得她喘不过气来。

不等陆语扭头瞥向邻座同行的梁梓行，他已经探身向她靠过来。

此人举止清雅，面容隽秀，他若有似无地擦过陆语的衣衫，伸手拉开那侧的遮阳板，随后跟空姐要来一条毛毯，盖住她轻微颤抖的身子。在这个短短的过程中，梁梓行把对她的亲近展现得淋漓尽致又自然而然。

耀眼的阳光霎时从三万英尺外的高空流泻进机舱，金色的光晕迅速驱散了片刻前陆语那个晦涩痴缠的梦境，不留一丝一毫的空隙。

这里不是纽约。

而是在 B 市飞往香港的航班上。

神思被逼回到现实，陆语扯了扯毛毯的边角，朝梁梓行虚妄一笑道："谢谢。"说完，她涣散的目光很快从对方脸上挪开，重新回到手里的图册上，一点一点地聚焦。

梁梓行的眸光也落在那处。

陆语全程不离手的东西是苏富比香港秋拍会的拍品图录。

数个小时之后，图录上这些价值连城的稀世珍宝，包括戈尔康达世界名钻、欧洲皇室的典藏级珠宝首饰等，将迎来世界各地顶级收藏家的争相竞逐，然后以天价易主。

陆语收藏了七年的那枚蓝宝石袖扣，也在其中。

对于那枚袖扣的来历，梁梓行略知一二。他原本蕴着阳光的脸孔在转向陆语时微微一沉，挑眉问道："你后悔将它送去拍卖行了？"

不知是因为机舱内的气压过低，还是被这个简单的问题问住了，有那么一瞬间，陆语几乎丧失了思考的能力。

嚅动了一下嘴角，她从喉头挤出来的声音和她的脸色一样苍白："不，不后悔。"

她已无路可退。

不管这女人话里有多少口是心非的成分，不可否认，这是梁梓行想要听到的答案。

他眼中慢慢地浮现起笑意，道："你放心，它一定会卖个好价钱的。鉴定师评估过了，袖扣上的蓝宝石来自缅甸莫谷矿区，是罕见的宝贝。"

确凿无误的消息，陆语在数个月前已得知，可此时想来她依然有种不现实感，细黑的眉因为怀疑而拧着，问道："它真有那么值钱吗？"

"收藏品和女人一样，本身的价值到底有多少并不重要。只要有追求者觊觎、竞争，自然会身价倍增。而且越想据为己有，出价就会越高。"梁梓行漫不经心地回道，目光却始终没有离开陆语那张清秀白皙的脸蛋。

她眉眼低垂，支着头思考着什么，因而错过了对方唇边那抹势在必得的浅笑。

维多利亚港畔伫立着一座形似飞鸟展翅的现代派建筑群。

日落时分，建筑物的巨型玻璃幕墙折射出火红的夕阳，半边天际被染成赤色。赤光之下，蓝绿色的海平面被风吹起涟漪，卷起层层叠叠的夕阳余晖，色彩绚烂得仿佛画家笔下大气磅礴的一笔，美得惊心动魄。

苏富比作为享誉全球的顶尖拍卖公司，本届秋拍会就设在香港国际会议展览中心这座飞鸟形状的建筑物内。

根据拍卖流程，卖家与买家均可委托代理人进行交易，所以身份显赫的正主们不必亲临竞价现场，这会儿他们都待在与拍卖现场一廊之隔的休息室里，耐心等待交易结果。

推开休息室那扇气派的双开木门，陆语的脚步滞了滞。

柔软的天鹅绒地毯、窖藏波尔多红酒、水晶高脚杯和精美的法式甜点将竞拍现场的剑拔弩张隔绝在门外，撞进她眼帘的这一切正如张爱玲所言——装扮得很像样的人，在像样的地方出现，看见同类，也被看见，这就是社交。

而陆语，已然记不清自己有多久没有参与过这样的场合了。

又或者，她被此情此景衬得有些寒酸了。

走在她身旁的梁梓行倒是一副驾轻就熟的模样。

他单手插在西裤侧兜里，脚步未停，低下头朝陆语耳边凑过去，清浅地提醒她："别忘了你可是拍品持有者，你今晚的身份不比他们中的任何一位逊色。"

他的话音尚未落尽，已有不少目光向两人射过来。

确切地说，那些人的视线落在梁梓行身上。他一丝不苟的发型、合体的西装，再配上某种与生俱来的矜贵气质，令他看起来和他们是同类。

"这位小姐，你难道不知道这里禁止拍照吗？"

某位身穿香奈儿珍珠白晚礼裙的年轻女人朝两人走来，似乎对陆语卡其色短款风衣和肩上挂着单反相机的行头感到好笑，她撇了撇嘴，抛出这么句话来。

陆语不自觉地抓紧相机背带，她正欲开口辩解，梁梓行已对来者莞尔一笑："陆小姐是摄影师，习惯随身带着相机，她并不会在这里玩自拍。"

听出他话里的维护，周萱萱不由得再度瞅向陆语那张素颜。没有化妆品的点缀，她的眉目都是淡淡的，唇色也淡，皮肤白得近乎透明，细看之下竟是连年龄都瞧不出，就像是一个晶莹剔透的瓷娃娃。

"天生丽质"虽然是个俗词，可周萱萱不得不承认这个词用在陆语身上是最恰当不过了，一抹玩味的笑容随即在她红唇边绽开，道："梁大设计师的口味真是越来越刁钻了。"

"……"

显然，在这场上流聚会中，梁梓行熟识的朋友不少，但或许是心思不在这上面，他只寒暄了几句便拿着振个不停的手机，走出休息室接电话去了。

电话是他的代理人打来的。

对方如实禀告拍卖会的最新进展："梁先生，您看中的蓝宝石袖扣是今晚的最后一件拍品，起拍价六十万港币。如果不出意外，两百万拿下绰绰有余。"

经验丰富的代理人没有流拍记录，梁梓行嘴唇微勾，愉悦地"嗯"了声。

没有错，梁梓行早已帮陆语物色好了买家，那位企图把她当宝贝一样据为己有的男人正是——他自己。

这女人拒绝一切物质上的帮助，他只能选择此般迂回的方式帮她一把了。

这边厢，觥筹交错间，收藏家们侃侃而谈的话题不外乎哪件宝贝是从欧洲贵族沉船上打捞来的，哪件宝贝富有传奇性历史……而这些在陆语听来索然无味，她始终沉默地坐在沙发一角。

可偏有人不肯放过。

"陆小姐，你是怎么得到那枚蓝宝石袖扣的？"把众人焦点转到陆语身上的又是周萱萱。

这也不能怪她，大概所有的人都跟她存有同样的疑惑，打扮得朴素过头的陆语怎么看都与这场奢华高贵的秋拍会格格不入。

在那些高高在上又充满好奇的眼光注视下，陆语的表情凝住一瞬，而后慢慢化了。

"袖扣是一个穷小子送我的。"她以稀松平常的语气回道。

众人皆愣。

须臾而已，某位来自俄罗斯的收藏家率先反应过来，他笑得大胡子抖动，朝陆语举了举杯，道："陆小姐真是幽默！"

每个人都把她的回答当作今晚最好笑的笑话，陆语也微笑地配合着，握着高脚杯的那只手却是僵得指节发白。

因为这不是一个笑话，而是事实。

"可是一个穷小子怎么会拥有如此值钱的东西？"大胡子越发来了兴致。

"捡的，或者是偷的吧。"周萱萱咯咯笑着，抢在陆语开口前悠然回道，她眼中并无恶意，仿佛只是为这个笑话再增添一点笑料罢了。

果然，又是一阵笑声。

这震彻耳膜的笑语令陆语的心脏无来由地猛地一抽。

那么擅长用微笑掩饰自己的女人，此刻却什么都顾不上了，她唇角的弧度像是突然被什么抹平了一样，紧紧地绷起来。欠了欠身，陆语站起来，头也不回地走到落地窗前。

维港的夜色亮如白昼，看得她眼花了。

钢化玻璃外，海港对岸璀璨的霓虹宛如划破夜幕的流星，不停下坠，直直地沉入海平面。在无数滚动的光圈中，时空仿佛被凿开了一个洞，她又看到了纽约那间狭小的地下室，看到了那个拥有这世上最动人容颜的穷小子。

"六十万，一百万，一百二十万，两百万……还有没有？"

"天！一千万！"

"一千万第一次，第二次，第三次……成交！"

直到拍卖师的落槌声透过硕大的液晶屏幕从现场传进休息室，陆语才被那"咚"的一声狠狠地揪回神思。她不可思议地瞪圆眼，视线从窗外移向大屏幕的一秒钟里，她眼角掠过一张张惊诧的面孔。

休息室里上一瞬的语笑喧阗，在这一瞬统统退去，陷入死一般的静寂。

陆语的蓝宝石袖扣被拍出一千万港币的天价。

相比起今晚的其他拍品，它是最不起眼的，却被赋予了一个艳压全场的最高成交价，难怪连身经百战的收藏家们都不得不为之震惊了。

结果太出乎意料，陆语因受到过度刺激而导致身体发软，颤抖的指尖悄然松动，高脚杯从她手里滑落，碎裂，晶莹剔透的碎片迸溅开来。

几乎是同一时间，正欲推门而入的梁梓行猝然被钉在原地，好似被那些水晶碎片割伤了眼一般，他的眼眸忽地一黯——一千万，这不是他的出价。

梁梓行被钉在门口的那一片刻，休息室的门毫无征兆地被人从里面拉开，高分贝的女人声音和细碎的暖黄色光芒从门缝里流溢出来。

"陆小姐，恭喜你。那个穷小子要是知道他送你的袖扣这么值钱，肯定要哭晕在厕所里了……"周萱萱拍了拍陆语的肩，笑吟吟地说着，交际花总是不愁词穷。

陆语抿着嘴唇，硬是发不出一个音节。她显然还陷在一时的惊愕中回不过神来，那种感觉就跟拿两块钱买双色球中了一千万一样令人难以置信。

"我们走吧。"门已完全打开，偏低的男声兜头罩下来。

循着声源抬头，陆语尚未看清梁梓行脸上那抹罕见的沉郁，他已不由分说拽住她的手臂，大步流星带她离开。

他不想再在这里多待一秒钟了。

夜，更深了。

维多利亚港两侧的摩天大楼直耸入夜空，炫目耀眼的霓虹和点点星光交相辉映，勾勒出香港这座繁华都市最华丽的夜裳。

飞鸟形状的建筑群一侧停着辆黑色轿车，这辆车将送陆语和梁梓行返回下榻的酒店。随之，今晚这场奢华高贵的秋拍会、那些盛装华服的男男女女以及美丽迷人的维港夜景将统统定格在此处。也许，不久之后，这些画面将和其他泛黄的记忆一样，沉淀在大脑深处某个不知名的角落。

然而，这时的陆语并不知道——今夜发生的种种，竟会成为她另一段人生的起始点。

梁梓行沉着脸替陆语拉开后座车门时，他的手机突然响了。

看了眼屏幕上的来电显示，他示意陆语先上车。犹豫少顷，他才走远几步接听了电话。不等电话另一端的人开口，梁梓行已猜到对方会说什么。

事实上，此次香港之行，他策划已久。

他先是游说陆语卖掉袖扣，继而他准备以匿名买家的身份拍下，这样一来，她急需的那笔钱便会由拍卖公司打着交易额的名义，汇入她的银行户头。整个过程看不出跟他有半点关系，却是成功帮了陆语一个大忙。

可惜，人算不如天算。

陆语的蓝宝石袖扣易主，新主人却并不是梁梓行。

"梁先生，不好意思。情况实在太突然了，刚才在现场我刚替您举了两百万的牌，哪知另一位买家的代理人直接叫价一千万！因为对方的出价和您的预期值相差悬殊，我根本来不及反应……"浅浅的电波里，金牌代理人苦着脸跟梁梓行解释发生在几分钟前的那一幕。

买家瞬间飙出超高价，无异于给竞争对手致命一击，就像鹰眼瞄准猎物那般狠、准、快，杀伐果决又势在必得。

不等代理人倒完苦衷，梁梓行便冷声打断他："那位买家是谁？"

代理人无奈地叹口气道："买家匿名。"

手机里陷入一阵沉默。

顿了顿，代理人继续道："说来也真是奇怪，从业十几年，我第一次遇到这种状况。毕竟那枚蓝宝石袖扣根本不值一千万啊，怎么会有人肯为它孤注一掷，太奇怪了……"

越想据为己有，出价就会越高。

数小时前，梁梓行在飞机上对陆语说出的那句话就这么钻进他自己的耳朵里。

那么，到底又是谁和他有着一样的企图心？

梁梓行很快挂断电话，当他转过身坐进车后座时，眉宇间的若有所思连同竞拍失利的沮丧，便一并被一成不变的温润表情掩盖，似乎那通电话并不是什么要紧事。

吩咐完司机开车，他微微侧头，看向双眉轻蹙的陆语。

一夜间，银行户头里就这么多了几个零，她明明应该像人生赢家一样笑颜如花，但从车窗外漏进来的光亮照在她没有表情的脸上，竟添了几许苍白，就像是透明的瓷器，易碎、脆弱。陆语的心脏仿佛被什么掏空了似的，只空落落地回响着自己心跳的颤音，连个假笑都扯不出。

她和那个穷小子之间的最后一点念想，刚刚被她卖了。

哦，不，也许那不该称为"念想"。念想是个褒义词，而那段逝去的感情却是爱并痛着的，并不怎么完美。时过境迁，陆语也不知道爱与恨哪个更多一些，可那枚袖扣，作为青涩年华唯一留给她的、实实在在又触手可及的东西，她还是心存几分不舍。

不知是看穿了她那丝掩藏得不太好的落寞，还是不想去深究她的想法让自己添堵，梁梓行只若无其事地提议道："袖扣拍了个好价钱，你的大麻烦这下应该能顺利解决了。明天咱们在香港放松一下，后天再回 B 市办正事……"

轿车沿着海岸线行驶，微咸的海风从降下一半的车窗灌进来，夹杂着淡淡的海腥味刮过耳畔，吹得陆语耳膜鼓动，发丝翻飞，她忘了自己有没有回答梁梓行的话。

在飞舞的碎发间隙中，城市的光华被切割成斑驳的光影，缓缓地向后移动着。原本陆语只是这样心不在焉地看着窗外，可突然间，她像是被猛地揪住了痛觉神经似的，蓦然僵住，转瞬间她坐直了，也侧转了身体，一下子把整扇车窗都降下来——一辆加长型的黑色轿车从相反的方向行驶过来，后座车窗映衬出来一张宛如刀削般英俊的侧脸，就那么从她眼前匆匆一滑而过。

陆语的视线被狠狠攫住，回头，凝眉，她看向那辆车。

可惜那辆车早已行远了，饶是她再怎么想要看清楚一些，也只能看到越来越模糊的车尾灯一点一点地被夜色吞噬掉，直至消失不见。陆语慢慢地坐正，脑中一直驱之不散的那张脸孔逐渐由模糊变得清晰起来，刚刚擦过车窗的侧脸与之有着几分相似。

但是，怎么可能是他？

海风更大了。

车窗被陆语升起来的那一刻，她对自己上一瞬迸发出的某种似曾相识的错觉感到荒谬，扯唇，失笑，她摇了摇头。

那个穷小子绝对不可能出现在这个城市，更不可能坐在那样豪华的轿车里，他现在一定正在美国东岸的某间地下室里啃土豆呢。

两分钟后，一辆加长型豪华轿车平稳地停在香港会展中心门口。

特助模样的男人从副驾下来，躬身拉开后座车门。

最先跨出车门的是一双考究的黑皮鞋，往上是平整的裤脚与修身剪裁的西装，再往上，法式衬衫领口里男人的脖颈笔直修长，弧线完美的下巴微微尖削，再配上一张光风霁月却表情寡淡的俊美脸孔，令他整个人透出一股疏离凉薄的味道。

车门在身后关上，唐奕承垂眸看了一眼腕上的手表。

飞机延误，导致他抵达的时间比预期整整迟了两个小时，他就这么错过了秋拍会。

秋拍会负责人亲自在会展中心门口恭候，瞧见唐奕承微微蹙眉，陈经理急忙跃下几级大理石台阶，笑脸相迎地走过来道："唐先生，恭喜您！代理人已经顺利为您拍下蓝宝石袖扣。旅途劳顿，您要不要先休息一下，用些茶点？"他对待大客户的礼数总是格外体贴又周到。

"不用了，先看拍品。"唐奕承嗓音醇厚，宛若溪涧落水，低沉而不张扬。没有片刻的停留，他迈着两条大长腿径直走进大堂。

从纽约到香港十五小时的飞行时间，航班起飞前一个小时，这男人还在跟董事会进行视频会议，此刻他脸上却丝毫不见旅途的疲惫，尤其是那双狭长的眼眸，清明又深幽，墨色的瞳仁里晕着一丝浅浅的光，如同月下清潭那般幽静慑人。

倒是他的贴身特助宋远有些体力不支，一不留神再度开起了小差。

整件事都透着古怪。

两个月前，一份苏富比秋拍会的邀请函寄至唐奕承位于纽约总部的办公室。类似的邀请函多如牛毛，上流社会是一个与"普通"二字无关的圈子，他们举办的拍卖会、品鉴会有着特定的高端参与者，而极为低调的唐奕承鲜少出席这样的场合，每次那些各种各样的邀请函最后都被拿去喂了垃圾桶。

但这次，是个例外。

直到此时，宋远仍清晰地记得当初唐奕承看到拍品图录时，那副瞬息万变的神情——怔忪，直至脸色惨白僵冷得犹如石雕一般。

那是一种他从未在老板脸上看到过的表情。

宋远的小差没开太久，转眼间三人来到 VIP 会客室，带着白手套的工作人员双手将拍品呈现到唐奕承眼前。

据说，世界上最珍贵的蓝宝石在光源照耀下能反射出十二射星光，这一刻，撞进唐奕承眼中的这枚袖扣上的蓝宝石便是如此，晶莹剔透，熠熠生辉。

按照陈经理和宋远的预想，唐奕承应该戴上白手套，如获珍宝一般将袖扣从顶级首饰盒里取出来，再用拍卖行事先为他准备好的专业放大镜逐一检查宝石的透明度、净度以及是否存在瑕疵，以确定他那一千万港币没有白花。

可事实却令人跌破眼镜。

唐奕承只是那么清浅地一瞥，锐利清幽的眼神在它上面甚至停留了不到一秒钟，他便悠悠挪开了视线，似是不愿再多看一眼。

"可以了。"他轻启薄唇。

蓝宝石散发的光芒依旧璀璨，可气氛一下子冷却了。

如果不是唐奕承说出这话时眼底转瞬即逝的一抹黯光，宋远真要被他这副无所谓的模样骗过去了。细看之下，划过他眼眸的那道光，就像是乌云翻滚而来时突然变得稀疏的星光，失去了色泽，暗淡无光。

唐奕承在会展中心停留的时间很短，宋远跟着他离开，越发一头雾水，终于忍不住问出那个憋了很久的问题。

"唐总，这枚袖扣对您很重要吗？"重要到让他不惜飞越大西洋，从美国东岸远道而来，只为亲眼看上一眼。当然，后面的话宋远是不敢说的。

唐奕承的脚步隐隐顿了顿，顷刻间，有一种晦涩的情绪被这个问题拖拽了好远。

令人触目惊心的伤疤，被鲜血染红的袖扣，黑暗的地下拳击场，以及某个女人轻轻抚触疤痕的指尖，柔软又带着些微的颤抖……那些早被大西洋海风吹得支离破碎的画面，明明已经过去很久了，但也好像就发生在昨天，清晰可见。

只是一刹那的失神，唐奕承便再度加快脚步，轻飘飘地丢给宋远一句："也没有很重要。它只是遗失多年，在今晚物归原主罢了。"

物归原主？

宋远疑惑地挠了挠头，刚想追问"为什么袖扣只有一枚，而不是一对"时，他忽而又想起另一件事，赶忙转移了话锋："刚才我听陈经理说，蓝宝石袖扣的卖家目前也在香港，是否需要安排你们见个面？"

卖家……

难道要他见那个叫陆语的女人吗？

这回唐奕承倒是不再有分毫迟疑，他冷冷地吐出两个字："不见。"

也许，这个时候的唐奕承不曾预料，这世上，所有口是心非说出的"不见"，往往都会变成"遇见"。

梁梓行收到陆语的微信时，是在隔天晨曦浮动的早晨。

属于海洋性亚热带季风气候的香港，初晨的第一缕阳光总来得特别早。酒店落地窗外，浅金色的晨光逐渐从天地交界线间弥散开来，一点一点地露出蔚蓝色的天空，没有 B 市的雾霾与干燥，也没有干涩微凛的秋风，整座港岛沉浸在一派温暖和煦的海风中。

出游的好天气，梁梓行原本打算今天带陆语在香港好好玩一天的，那个女人的日子过得太干巴无味了，她整天把自己关在黑黢黢的暗室里摆弄一堆胶片，简直是暗无天日。

可突如其来的微信消息，犹如一盆冷水迎头泼下，凄凄然让他的行程泡汤了。

"我有急事，先回 B 市了。"

一大早就被这条倒胃口的信息吵醒，梁梓行靠坐在床头，揉了揉沾染着晨光的短发，轻叹口气。没等他的叹息声落下，一条属于女人的白皙手臂悠然缠上他的腰，那股软绵绵的力道又把他拉回了被子里。

赤鱲角，香港国际机场。

作为全球最繁忙的机场之一，香港机场在早晨时分客流已经熙来攘往。陆语的行李精简，背着个双肩包在闸口排队登机，伴随机场广播传来的，是她的手机铃音。

"陆姐，一夜之间变成小富婆这种美事也不知道第一时间通知我，信不信我分分钟跟你友尽！"冯晓冬清脆悦耳的声音穿透周遭的喧嚣，轻震陆语的耳膜。

她把手机稍稍拿远耳畔一些，无奈地挑了挑眉，想必又是梁梓行给这丫头通风报信了。

"我昨天累了，没顾得上跟你说。正好一会儿你去趟地产中介，帮我把鱼儿胡同那间四合院的购房合同取回来，其他的等我回去再处理。"

那套老房子对陆语而言有多重要，冯晓冬再清楚不过，它是陆家老宅。

B 市的房价让人望尘莫及，想起陆语前阵子到处筹钱时那副愁云惨雾的样子，冯晓冬就特别心疼。不过现在不一样了，她音量不减，十分乐观地分析道："我粗略帮你算了算，一千万港币相当于八百多万人民币。扣除各项拍卖税后，你拿到的钱够付大半房款了，剩下的再跟银行贷款就行了。"

拜拍卖结果所赐，情况比预想中好太多。

陆语踩着平底船鞋穿过登机桥，进了舱门，她把手机换到脖子上夹着，随手将双肩包扔进行李架内，说道："我以前怎么没发现你数学这么好呢？行了，飞机快起飞了，回头再说吧。"

冯晓冬嘿嘿笑了两声，道："中午我去机场接你，咱俩开荤吃顿大餐去，记得是你请！"

收线，陆语嘴唇向上翘起一弯弧度，浅浅的，却像是大雪初霁后穿透云层的那缕朝阳一般，灿烂明快，又透着没来由的轻松。

这是几个月来，她第一次展露出这样的笑容。

可飞机起飞没多久，陆语很快笑不出来了。

邻座的一个小男孩不小心把小桌板上的饮料打翻了，黄澄澄的果汁哗啦洒了陆语一身。如果光是衣服湿了倒罢了，问题是连她的座椅都被弄湿一大片，黏黏腻腻的，根本没法再坐。赶上几个旅行团同机，飞机几乎是满舱，她想换个位置都没有。

小男孩的母亲连连道歉，陆语也不好苛责，她尴尬地站在机舱过道上，一时不知该如何是好。幸好空姐及时过来，问明情况后，直接帮她升级到了商务舱。

商务舱的舒适度可想而知，座位宽大，餐点精致，不仅有香港凯悦酒店提供的烤牛柳、餐后甜酒和哈根达斯冰激凌，另有拉绒棉一次性拖鞋供应。大概这就是因祸得福吧，陆语满足地在前排某个靠窗的位子上坐下，下意识看了眼身旁的空位。

那个座位约莫是有人的，只是旅客暂时离开了座位。

座椅下方放着双男士皮鞋，低调的黑色鞋面一尘不染，手工缝制的鞋身线条简洁流畅，看鞋子的大小能猜到它主人的身高绝对不会矮；座椅上搁着份英文报纸，不知道有没有人看过，报纸中间的折痕整整齐齐的。

陆语随意打量了一眼便收回视线。

不知是因为认床，还是被各种情绪滋扰，她昨晚一夜未眠，这会儿困劲儿袭来，她索性裹上毛毯，歪头小憩。

这一觉，她睡得可真沉，就连错过了餐点都不知道。如果不是脑袋突然被人拨动了一下，恐怕一直到航班降落她才会醒来。

陆语隐约意识到脑袋上那一下来自什么——

她睡着睡着不知怎么的就枕在邻座男人的肩膀上了，然后，她的头被男人无情地拨开。

陆语猛然惊醒，嘴上急忙说着"对不起，不好意思"，仍旧带着几分困顿的目光已从男人平直的肩头移向对方的脸。

就是这电光火石间的一瞥，硬生生地将陆语的余音堵在喉咙口，她瞬间失语，眼中那丝嗜睡的光随之荡然无存，脸上转而写满惊愕和不可思议。

这个男人、这个男人……

难道她又做梦了吗？抑或是昨晚从车窗前掠过的男人剪影令她生出了幻觉？不，一定是卖掉的那枚袖扣作祟让她撞见了鬼。不然唐奕承怎么会坐在她身边，而且是一副她几乎认不出的样子。

他很久以前那件洗得发白的 T 恤，变成了此刻质地讲究的法式衬衫；那条被磨破几个洞的牛仔裤，变成了熨烫平整、一道皱褶都没有的修身西裤；那顶扬基队的旧棒球帽，变成了梳得一丝不苟的干练短发……就连他身上昔日那股年少轻狂、恣意不羁的气质亦踪影全无，取而代之的是这男人周身散发出的沉敛气场，高贵又倨傲。

而唯一不变的，是他的脸——他拥有这世上最动人的容颜。

陆语怔怔地看着眼前让她既熟悉又陌生的唐奕承，她强迫自己把本来已经够大的眼睛再睁大一点，艰难地相信着——这位尊贵清雅的男人就是那个穷小子。

在她神经绷紧、恨不得将他盯出个洞的片刻里，唐奕承的目光倒是平静又慵懒，一直落在手里的那份英文报纸上，他自始至终都没有转过头看陆语一眼。

可当她抿了抿唇，正欲开口叫出他的名字时，唐奕承忽然轻动喉结，美好的唇形微微一拉，低沉轻慢的嗓音就这样从他唇间溢出："陆小姐，我的肩膀已经不再是给你靠的了。"

七年后的重逢，这是他的开场白。

疏离的称谓，寡淡的表情，这一刻，从千百次在她耳畔呢喃出甜言蜜语的那张嘴里发出的声音，宛如裹挟着喜马拉雅山脉上终年的积雪一般，凉薄又清冷。

艰涩的沉默，机舱内的气压更低。

这一切来得太突然，满满的寒意之中陆语遍寻不到一丝真实感。她觉得自己应该说点什么，可嗓子就像是在发烧似的，干涩得厉害，那点声音怎么也挤不出来。

她究竟该说些什么呢？

张小娴曾说，爱情并不复杂，兜兜转转，流过不少眼泪，重逢的一刻，也不过是"你好吗"这三个字。可陆语却连这句简简单单的对白都问不出口，只因这男人身上每一处小细节都那么清楚又明白地昭示着——他现在过得很好。

不是一般的好。

反观她自己，毛毯下的衣服上还沾着大片脏污，劳心劳神又休息不好催生出了黑眼圈，再加上被他的冷言冷语一刺激，陆语的面色僵白，头脑混沌，真是要多糟糕有多糟糕。

曾经身份悬殊的两个人，到如今依然是天差地别，只不过风水轮流转——高贵的是他，窘迫的是她。

接下来的事情发生得太迅速，以至于唐奕承根本没有反应过来，他手里那杯刚刚浅啜了几口的苏格兰威士忌就陡然被从身侧伸来的那只手一把夺了过去。

陆语突兀的举动不由得令他侧目，上一刻还故意对她视而不见的男人，这一刻不得不放下手里那份老半天没翻过篇的报纸，将那双狭长的眼眸聚焦在她身上。之后，唐奕承眼睁睁地看着她举起他用过的六角杯，一仰脖便将整杯金黄色的液体一股脑往嘴里灌去，那架势豪放得令人咋舌。

也许，唐奕承不知道她不是在刷存在感，她只是需要一点酒精让自己冷静下来。

把喝干的酒杯搁在小桌板上，陆语用手背抹了抹嘴巴，琥珀色的瞳仁被酒精熏得愈加澄明，她不再语塞，而是单刀直入地问道："唐奕承，你去 B 市做什么？"

唐奕承静静地看着她，就像她刚刚枕在他肩上熟睡时那样，他的视线也长久地落在她脸上。只不过，他眸光中的温度到底是不一样了。

"我去拿回属于我的东西。"他说。

烙印着旧日痕迹的嗓音在陆语耳畔徘徊着，明明像是山岩里悄悄滴下的清泉那般清醇动人，但他话里透露出的讯息，却激得她后知后觉地神经一紧。

属于他的东西？

那也包括她吗？

莫名冒出的念头令陆语止不住地心尖一颤，可转瞬，她就看清了唐奕承眼中那丝微凉的光，带着些许的戏谑和讥诮，怎么看都不像是要跟她好好叙旧的样子。

果然，在陆语自嘲脑补过头的这个瞬间，唐奕承已经彻底无视她了。他戴上耳机，指了指她身侧的遮阳板道："把它关上。"

此人命令式的口吻再度令陆语怔然，她还有好多事没搞明白，比如时光究竟是如何把他变成了她不认识的样子？又比如，仍对那段旧情心存怨念的人，难道不应该是她吗……可最终，陆语所有复杂的情绪全都挫败在那个僵硬扭身、拉下遮阳板的动作上。

波音客机翱翔在云霄之上，从机舱外照射进来的阳光因为未经云层过滤而有些刺眼，在这片光束被成功阻隔在机舱外之后，唐奕承合上了眼睛，整个人也因此挂上了"请勿打扰"的牌子。

三小时的航程过半，陆语从未觉得时间如此难熬，宛若慢放的电影镜头，一帧一帧地播放。呆呆地看着这张近在咫尺的睡颜，她觉得某些很遥远的画面一点点近了，清晰了，清晰到触手可及……

那是陆语从留学生寄宿家庭搬到唐奕承那间地下室的第二天，他带她去坐纽约观光巴士。

陆语觉得那可真不是一个好提议，前一晚破茧般的激烈痴缠让她的大腿疼得抬不起来，眼皮也沉甸甸的。挨着唐奕承坐在巴士上层的露天空间里，她浑身都软绵绵的，再被太阳一晒，她越发困顿，哪里顾得上观赏风景，很快脑袋便开始往下一点一点的。

她告诫自己不要睡、不要睡，两张车票钱可是唐奕承出的，绝对不能浪费。殊不知就在这时，陆语感觉到一只手摸了摸她的头，有浅浅的笑声混合着笑容的气息凑到她耳边，轻轻晕开："靠着睡吧。"

她那颗扎着马尾辫的脑袋就这样被唐奕承按到了自己肩上，他的肩仿佛有魔力似的，陆语一沾到反而被卷走了困意。她抬眸瞧着他，眼睛里蕴着暖暖的阳光和丝丝入微的甜蜜，嘴上傻兮兮地问着："有几个女生枕过你的肩膀啊？"

唐奕承屈指，在她脑门上弹了一下，唇角微勾："笨蛋，就你一个。"尾音落尽，他又悠悠然补了句："我的肩，是你专属的。"

陆语笑得粲然，脑袋又往他肩窝里拱了拱，弯成月牙的眼睛透过他微微尖削的下巴看向远处的天空。

那一日，天那么蓝，蓝得犹如混沌初开之时，蓝得犹如不曾历经过黑夜、日落或黎明，蓝得没来由地让人相信——那一刻，就是永恒。

那一年，他十九岁，她十八岁。

谁又能料到，有朝一日那片她专属的肩，竟再也不属于原本的人呢。

陆语那扇尘封已久的记忆房门就这样被此时坐在她身边的男人叩响，再关上。一淙酸楚无声涌出，缓缓淌过她的心，原来，在爱过、恨过之后，所谓的久别重逢并没有那么好，不过是一股像极了柠檬汁的酸味罢了。

飞机平稳地降落在停机坪上。

唐奕承这才睁开眼，没有乜斜陆语一眼，他兀自站起身朝机舱门走去，却在身后传来陆语声音的那个瞬间，他微微顿足。

"你记得你以前送过我一枚蓝宝石袖扣吗？它是怎么来的？"从这个女人嘴里发出来的声音涩涩的。

陆语记得唐奕承曾说袖扣是别人给他的，可当它昨晚被贴上那个天价标签后，她隐隐觉得他当时没有说实话。

孰料，唐奕承反倒一副云淡风轻的样子，片刻的驻足，他连头都没回，只说道："什么袖扣？以前的事我都忘了。"他的声线平稳，淡得宛如徐徐波动的水，但细听之下，还是能感觉到满满的嘲讽。

她都把东西卖了，现在再来追溯它的来由，有什么意义？

陆语怔怔地目送他那抹颀长的身影迅速消失在舱门处，她原本微微发颤的喉咙好像被人一把掐住，那种窒息感让她再也发不出一个音节。她不知道该不该这样安慰自己：他忘了也好，这样她就可以释然了。

接受入境检查，提取行李，走出机场大楼，陆语全程有些精神恍惚。不过，她这种状态没有持续很久，在看到前来接机的冯晓冬时，陆语整个人都被对方惨白着脸道出的那句话击得粉碎——

"陆姐，鱼儿胡同的房子已经被人买走了。"

第二章
鱼儿胡同的神秘买家

从机场回到市区，说好的大餐变成了撸串儿。

红酒配牛扒是庆祝凯旋的规格，啤酒配烤串，再来几盘小龙虾，那才是失意人的标配。坐在路边吹个风，喝几杯冰啤，人生还有什么愁不能消呢。这么一想，冯晓冬也不嚷嚷着吃大餐了，直接把一脸惨兮兮的陆语带到了小吃街。

赶上饭点，一溜饭馆全都爆满，两人随便挑了间大排档坐下。

陆语一上午没吃东西，就靠飞机上那一杯威士忌撑到这会儿，竟然不觉得饿。见她耷拉着眼皮，拿一次性筷子戳着虾壳，一下又一下地，冯晓冬终于看不下去了。

"喂，小龙虾不是这么吃的。"她挡开陆语的筷子，三两下拔掉虾钳，拨开虾壳，把虾肉剔出来扔进陆语碗里，嘴上叨唠着，"陆姐，我知道你心情不好，但你好歹吃点东西啊。"

陆语何止是心情不好，简直是心如刀绞。

陆语原本家境优渥，在二十岁之前她完全想象不到"家逢突变""灭顶之灾"这样可怕的词语有朝一日会降临到自己身上。可当父亲意外离世，家产被夺，老宅落入他人之手的那一天，她对那样可怕的词突然有了切肤之感、切肤之痛。

这样的痛感，和今天，何其相似。

几个月前，自打陆语得知鱼儿胡同那套老宅在地产中介挂牌出售的消息后，本来不属于拍摄商业照片的她开始没日没夜地接活攒钱，即便是体力严重透支她也咬牙撑着。可看看银行账户里缓慢上涨的数字，她的心很快又凉了半截，比起八位数的房款，她那点积蓄只能叫杯水车薪。

如果不是在万般不得已之下，陆语可能一辈子都不会动那枚袖扣的主意。但就是这样，她穷尽所有努力，耗尽所有精力，割舍掉所有不忍割舍的东西，最终却还是与陆家老宅失之交臂，鸡飞蛋打。那种感觉就跟马拉松长跑胜利在望时，冷不丁被人狠狠地绊了一跤，然后跌倒在距离终点线一步之遥的地方一样令人扼腕痛心。

这让陆语怎么可能不悲伤，不崩溃？

抬眸，她看着冯晓冬，嘴唇轻颤伴着一丝苦笑道："你说……我该怎么办？"她的声音细细的，好似人在失去一切希望后发出的细弱悲鸣，哀婉凄楚。

冯晓冬的筷子尖倏然一顿，她心里替陆语难过得不行，又觉得任何安慰在这个时候都显得苍白无力，干脆怒斥道："都怪李雁那个贱人！她说好了会等你筹钱，现在还不到付款期限呢，她怎么能出尔反尔把房卖给别人？！简直太无耻了！"

李雁……这个名字让陆语原本还发木发僵的大脑像是被人猛地一棒子敲下去，一刹那的钝痛过后，是没来由的清醒。

没有分秒的思索，她冷硬地加重了语气说："我得向李雁要个说法。"

眼瞅着陆语抛出这么句话便从兜里往外摸手机，翻出那个女人的号码就要按下去，冯晓冬吓得大惊失色，慌忙按住她的手试图阻止。

"陆姐，别打——"

那女人简直是陆语的煞星，每次两人交锋，都以陆语完败收场，这个节骨眼上冯晓冬可不敢再让她受刺激了。

可她终究还是慢了半拍，陆语的手机已经接通了……

同一座城市，不一样的风景。

在寸土寸金的城东商业区，某幢新落成的摩天大楼高耸天际，巍峨气派，即便建筑物顶部被层层叠叠的雾霾笼罩着，依然可以用肉眼看到烫金的集团标志，熠熠生辉。

"B市的天气都这样吗？"走进金碧辉煌的写字楼大堂，唐奕承若无其事地问道。

听闻这句话，宋远蓦地松了口气。老板自从下飞机之后就进入了一言不发的沉默状态，害他一路都在苦苦揣摩对方的心思。

现在好了，宋远规矩地跟在唐奕承身后半步之外，嘴上连珠炮似的说道："B市的空气质量当然不如纽约，不过这里Money遍地，商机无限。还是唐总您有眼光、有远见……"

还真不是宋远狗腿，他这位年轻的总裁确实是把经商的好手，就连美国主流媒体都将唐奕承称为商界黑马、华尔街极具潜力的青年企业家。早前，唐奕承看准了国内蓬勃发展的经济趋势，果断决定把集团的业务重心从纽约转移到国内来。经过一年多紧锣密鼓的筹备期，今时今日，Sunshine集团正式在全国经济金融中心 B 市扎根落户，开疆辟土。

当天下午，唐奕承召开了第一次高管会议。会议结束后，候在会议室门口的宋远大步跟上他道："唐总，宁小姐刚才打电话来了。"

唐奕承面色如常，略一点头道："嗯，我知道了。"

见唐奕承没有回电话的意思，宋远又说："地产经纪说鱼儿胡同的那套房子已经办好过户手续了。您是打算交给物业公司打理，还是……"

"先搁着吧。"唐奕承的嗓音不疾不徐，脚步稳健地朝办公室走去，在中途他却突然改变了主意。驻足回头，他对宋远说："备车，我去看看。"

宋远愣了一下，才反应过来老板要去看什么。

遮天蔽日的雾霾不知何时散去了，下午的天空却愈加灰暗无光，大片大片的乌云从天际翻滚而来，像是过期变色的棉花糖笼罩下来，阴阴沉沉的。

B 市今年的第一场秋雨快要来了。

陆语裹紧身上的小风衣，闷头朝胡同里的某片老房子疾走。

陆家老宅跟胡同里其他的四合院一样，青砖灰瓦和四角飞檐勾勒出老式建筑特有的古朴宁静。大概是许久没人住了，木门上的红色漆皮脱落得跟鳞片一样，兽头形状的青铜门钹也已经锈蚀斑驳，毫不掩饰地昭示着一个家族的没落。

陆语在门前站定，抬手，她摸了摸泛着凉意的门钹。而后，她仰起头，看向围墙。那高大的围墙后面锁住的是她童年的记忆，而她手指所触的地方是一扇她再也进不去的门。

憋了一下午的雨，终于来了。

淅淅沥沥的雨点从树叶间的缝隙落下去，滴答在陆语头上，她的心口仿佛突然被雨水灌满了，潮湿而窒闷，耳边嗡嗡回荡着李雁刚才在电话里跟她说的那番话。

"陆语，我是看在你叫过我'妈妈'的分上才决定等你筹钱的。可我后来想想，那套老房已经七八年没人住了，翻新和打理都是劳心劳财的事儿，我也是不忍心看着你那么辛苦，才把它卖给别人的……"

从那张嘴里说出的假话那么漂亮，谁又能想到就是这个女人在陆父离世后，掠夺走了陆家的全部家产呢，恶毒又阴险的后妈。

"你不是我妈妈，不是！我只有一个妈妈，她叫何婉茹，她和她的名字一样美……"陆语喃喃自语地念叨着，任凭苍凉的雨丝慢慢湿透她的衣襟，她冷得颤抖。

即使在陆语十岁的时候妈妈就去世了，可这个瞬间，她仍然执拗地相信着妈妈现在一定就在那片围墙之后，在那扇砖红色的木窗棂之后，静静地等着她回家。

那天也是这样的雨天。

"妈妈，我为什么叫陆语呀？"六岁的陆语托着腮帮子趴在窗前，问着每个孩子都会问的傻问题。

何婉茹关上窗，把陆语拉过来，给她套上那件刚打好的毛衣，声音柔柔的："陆语小朋友出生的那天在下雨呢，所以妈妈给你取了个跟'雨'同音的名字。你就是妈妈的小雨点，晶莹又漂亮……"

陆语穿着新毛衣在原地转了一圈，眨巴着大眼睛看着何婉茹，她那双眸子里当真跟蓄满了雨珠一般，璀璨晶亮……

过去这么多年了，雨还在下，可妈妈，再也不会回来了。

陆语捂住脸，缓缓地蹲下来，她把头埋在膝盖里，被雨水淋湿的肩膀一抽一抽的，眼泪哗哗直流。那是泪水也没法倾诉干净的悲伤和想念，那是秋雨也没法带走的绝望和无力感，她真的什么都没有了，就连那点细碎的记忆都要被这房子的新主人夺走了……

不远处的古槐树下，一辆黑色轿车停在那里，悄然无声。

不停雨点打在暗色的车窗玻璃上，隔着那些洇开的圆圈，隔着潮湿清冽的空气以及这段不远不近的距离，车后座上，一双狭长幽深的眼睛就这样看着陆语，不知看了多久。

副驾上，宋远一头雾水地瞧了瞧跟小蘑菇一样瑟缩哭泣的女人，又从后视镜里看向唐奕承，他竟陡然瞥见这位历来冷酷的男人眼中闪过一抹转瞬即逝的悲凉。

唐奕承的声音比宋远思考的速度更快，宋远还没看出个所以然，只听对方低声道出一个字。

"伞。"

宋远应声蹿出轿车，拉开后座车门，他还来不及为唐奕承撑起伞，手里的伞便被对方抢走了。

唐奕承抬脚，一步一步地朝着那朵"小蘑菇"走过去……

陆语不知道自己蹲在地上哭了多久，她从肺部挤出来的啜泣声明明很大，可从口鼻处发出来时却好像蚊子一般，可怜兮兮的，仿佛那点凄婉的哀鸣全被细密的雨丝冲掉了。

雨，渐渐大了。

可她头顶上的雨却忽然停了。

感觉到一把伞撑在了自己头上，陆语的抽泣停住一瞬，埋在双膝间的头恍恍惚惚地抬起，一双白色的男士休闲皮鞋赫然撞进她眼皮底下，被泪水模糊的视线往上，她看到那只握着伞柄的手，手指细长，指骨匀称，指甲修得整齐干净。

陆语颇有些怔忪地看向男人的脸，浓浓的鼻音里夹杂着惊讶："梓行，你怎么来了？"

"我下了飞机之后去工作室找你，结果扑了个空。听冯晓冬说你来这儿了，我不放心就过来看看。"梁梓行显然什么都知道了。

陆语闷闷地"哦"了声，约莫是不想让对方看到自己这副狼狈的样子，她极快地抹干净脸上的泪珠，把湿漉漉的头发掖到耳后，然后双手撑着膝盖想要站起来。可人越是在想要掩饰什么的时候往往越掩饰不住，蹲久了的双腿酸麻，陆语在站起身的一刹那，狠狠地趔趄了一下。

梁梓行及时伸过来的那只手搀牢了她，他落在陆语身上的目光不动声色地隐藏着自己的五味杂陈，这个女人到了这个地步都不肯在他面前展现出柔弱的一面吗？

他记得陆语刚从美国回来那会儿，他还能看到她委屈抹泪，可后来那些眼泪就不知所踪了，她只剩下隐忍、沉默，和那假装的坚强。

梁梓行压下满嘴苦涩，把伞又往陆语那侧伸了伸，自己大半个肩膀暴露的雨幕中，他说："我送你回去吧，别淋感冒了。"

"好……"

在两人几步开外的地方，撑着一把黑色长柄雨伞的男人就这么僵在原地，止步不前。

胡同里很静，雨落在伞上的声音格外清晰。

隐在伞下的那张脸竟比这暗沉的天色更阴霾，唐奕承收回瞬间冷凝的眸光，掉头走回轿车，一矮身坐进后座，冷声道："开车。"

他这道裹着冰碴的声音震得司机握在方向盘上的双手都颤了颤，而副驾上的宋远早被吓得连大气都不敢出了。

车子驶离，车轮下的水花被飞快地溅起，又淅淅沥沥地飘散下去，唐奕承的神色越来越冷，落在玻璃窗上的冷硬侧影被雨珠切割得支离破碎。

七年前的纽约，他就是这样看着陆语跟那个叫梁梓行的男人走掉。

七年后的今天，亦然。

何其相似的情景再现，唐奕承在片刻前对陆语生出的那一丝说不清道不明的怜惜，甚至让他在那一瞬间的恍惚中生出错觉：他用这样的方式惩罚她是不是太狠了？

可此时，他所有的不忍和迟疑全都生生地湮没在翻滚的愠怒中，湮没在从车窗外掠过的蒙蒙烟雨中……不留一丝痕迹。

唐奕承位于B市的寓所是一幢崭新的美式别墅，年逾五十的老管家却不是新的。唐奕承骨子里是个念旧的人，秦叔在纽约就是他的管家，跟在他身边有些年头了，这次他回国索性把秦叔一起带来了。

见唐奕承冷着脸回来，秦叔躬身从鞋柜里拿出拖鞋，放在他脚边，没有多说什么。唐奕承扯掉领带，踩着大理石楼梯进到二楼的主卧，就看见床头柜上放着个医药箱。

每到雨天，秦叔都会把医药箱摆在他床头。

唐奕承解扣子的动作微微一顿，抬起的左臂因为肩胛处传来的那阵隐隐作痛而僵在半空。他感觉到一种类似于旧伤复发的痛，从肩胛骨一寸一寸地蔓延至心脏，不是那种锐痛，咬一咬牙就能忍过去，而是那种老伤留下的钝痛，就如同爱过一个人后因她而生的疼痛。

如附骨之疽，细密又绵长，挥之不散。

陆语的摄影工作室距离陆家老宅不远，十来分钟的车程。工作室的规模不大，坐落在一套普通的商住两用楼内。复式结构的房子客厅被改造成摄影棚，楼上另有暗室和两间卧室。为了节省开支，她和冯晓冬就住在工作室里。

梁梓行把陆语送回来时，冯晓冬正趴在电脑前修片，见状她赶紧放下手头的工作，帮忙把陆语扶上楼。

陆语是真的累了，发生了这么多事，她全身的力气都被榨干了，淋过雨的脑袋里仿佛被人塞进了铅块，沉得抬不起来。接过冯晓冬递过来的干毛巾，她往头上一裹就栽倒在床上。

"我睡一会儿。"陆语蒙上被子，含含糊糊地说了句。

看着她把自己裹成蚕蛹，一副"我想静静"的模样，冯晓冬无奈地摇了摇头，掩上门下楼了。

梁梓行还没有离开，冯晓冬给他倒了杯温水，一点不见外地说："梁哥，有件事我得求你帮个忙。"

冯晓冬从大专毕业就跟在陆语身边当摄影助理，三年相处下来，她觉得自己比陆语跟梁梓行还熟。没办法，陆语对于这位追求者，无论是物质上还是感情上，她统统一副拒之于千里之外的态度，有些话只能由冯晓冬来说了。

"什么事？"梁梓行挑了挑眉。

冯晓冬眼巴巴地瞅着他，直言道："陆姐这间工作室的租约马上要到期了，房东说儿子结婚要用房，所以不能跟我们续约了。你人脉多，能不能麻烦你帮我们找找有没有合适的房子？"

"嗯，没问题。"梁梓行不假思索地应承下来。

陆语的情况他是知道的，假如顺利买下陆家老宅，她是打算把工作室一起搬过去的。哪知意外横生杀了她个措手不及，所有的事情要重新规划，而且时间紧迫。

梁梓行没有食言，没过几天，他就给陆语介绍了一位专业地产经纪。小伙子姓刘，能说会道，聪明干练，带着陆语看了好多套房子，但她却没相中任何一处。陆语知道症结所在，并非房子不好，而是问题出在她身上。

她老早就开始默默规划如何把陆家老宅改建成工作室了，甚至连细节她都想好了。正房的面积大、采光好，用来搭建摄影棚再合适不过；东西厢房冬暖夏凉适合住人；至于庭院，当然是要种上一些花花草草，日暮时分，看一看满天彩霞映衬下的浪蕊浮花是何等的惬意舒畅……就是因为陆语心里有了这样的预期值，现在比较起来，她才会觉得地产经纪推荐的那些房子都差强人意。

眼瞅着又是徒劳无功的一天，小刘也不气馁，还反过来安慰陆语："没事，明天我再带你看几套。找房这事儿就跟找男朋友是一样的，全靠缘分，说不定哪天就遇到对眼的了。"

这小伙子还挺能扯，陆语的笑容已然不再像之前那样勉强，她指着路边的咖啡厅，说："这几天辛苦你了，不如我请你喝杯东西吧。"

小刘累得一脑门汗，也顾不上客气了，说："好啊，谢谢陆小姐了。"

国际知名品牌的连锁咖啡厅，门是玻璃的，并不重，可陆语推门的动作却有点吃力。自从那天淋雨之后，她就出现了感冒症状，当时没有严重到要去医院的地步，但这几天马不停蹄地到处看房，她越来越觉得浑身乏力。

跟在她后头的小刘伸手帮她推开门，打趣地说："这点力气都没有，你得多锻炼啊。在我的印象里，女摄影师都是女汉子，嘴里叼根烟，肩上挂个包，动不动就上高原进荒漠，野范儿十足。可你看着，跟她们一点都不像。"

小刘没说错，陆语长着一张清丽脱俗的面孔，鼻子小巧挺秀，嘴唇微微上翘，看起来甜美清纯得就像个大学生，可她的阅历全写在了那双清澈明莹的眉眼里。她的眼睛黑白分明，很大也很亮，沉淀着某种纤尘被岁月洗涤后的清冽，总给人一种过于安静的感觉。

陆语不以为然地笑了笑，径直朝吧台走过去，她心里还在琢磨是来杯木槿花茶，还是抹茶拿铁，却在中途被她余光所及之处的那抹身影扯住了脚步，整个人猝不及防地被钉在原地。

与其说陆语总是能在人影幢幢中第一眼认出这个男人，倒不如说，现在的唐奕承总能在第一时间吸引住女人的目光。

唐奕承坐在靠窗的位子上，初秋的阳光在他身上勾勒出一个精致到无可挑剔的轮廓。他依然是那副令陆语倍感陌生的尊贵穿戴，脸上的表情倒是没那么冷峻了，他眸光浅浅地看着坐在他对面谈笑自若的女人，看不出情绪。

发现他不是一个人，陆语本能地想要错开视线，却终究没忍住又看了看那个女人。碍于是背影，陆语只能看到她披在肩上的大波浪卷发，以及短裙下纤细修长的美腿和那双大红底高跟鞋。

果然人一有钱了，连挑选女人的眼光都变得艳俗起来。陆语还在暗搓搓地吐槽，唐奕承已经挑着眼角，朝她的方向看了过来。

目光交汇的一刹那，陆语只觉这男人眼睛里的光陡然失去了温度，像是看到了什么不待见的人似的，一道冷芒就这样逆着满室阳光朝陆语迎面劈来，冻得她后脖子飕飕发凉。

站在她身旁的小刘也未能幸免这股冷气团，捎带着被唐奕承的眼风扫过。原本唐奕承只是那么满带不屑地打量一眼陆语身边的男人罢了，却在看向小刘脖子上挂的地产经纪胸卡时——他的眼微微一眯，不知在思考些什么。

"我们换个地方。"陆语小声说。

"……"小刘回应她的是一脸问号。

不等两人撤离，大红底高跟鞋的主人已经意识到唐奕承刚才走神了，她循着他的目光转过头，然后她就发现了那个女人："陆语？"

冷不丁被这女人叫出名字，陆语当即怔住，脚下一顿再仔细一瞧，她还真对这张明艳动人的脸有那么点印象，两人曾在苏富比香港秋拍会上有过一面之缘。

周萱萱看起来心情不错，又是个自来熟的性子，她跟唐奕承说了句什么，便施然起身把陆语叫了过来："那天秋拍会后你和梁先生走得太快，我都没来得及跟你好好聊聊。"

　　陆语想走走不成，硬着头皮听她寒暄，尽量对坐着没动的唐奕承……视而不见。可不承想，周萱萱接下来的那番话，竟然让陆语想无视唐奕承都做不到了。

　　"我对你那枚蓝宝石袖扣挺感兴趣的，拍品的价值并不仅仅在于交易额，最动人的是它背后的故事。我想跟你约个时间，听听你和那个穷小子的故事……"周萱萱用那种饶有兴趣的口吻说道。

　　这个话题……

　　陆语尴尬得喉咙都涩了，她捏着周萱萱刚刚递过来的印有"自由撰稿人"头衔的名片，僵僵地站在咖啡桌边上。不用低头看，她也能感觉到坐在那儿的唐奕承在听到某个字眼时，蓦然冷冽下来的面色。

　　寒凉如冰，阴沉如夜。

　　陆语这女人居然敢在外人面前叫他……穷、小、子？！

　　一声嗤笑，就这样渡着唐奕承轻慢的声音钻进陆语耳朵里。

　　"这位小姐，我很好奇你为什么要卖掉那枚袖扣？你就那么缺钱吗？"

　　明明所有的答案他都再清楚不过，让陆语寝食难安的陆家老宅，甚至是她过得好好坏坏，他都找人查过，可他还是忍不住要问一遍"为什么"。唐奕承觉得自己需要听到一个像样的解释，由她亲口说出来，用那种卑微的、无奈的口气，也许那样会令他舒服一点，会让他在对她做出一些事时手下留情。

窗外依旧日光倾城，陆语却觉得眼前顿时昏暗了，只因抬起头与她对视的男人那双眼漆黑而锐利，像是席卷了整片夜色。他坐着，她站着，可高度上的优势非但没令陆语觉得底气爆棚，反倒是"缺钱"两个字瞬间让她跌到尘埃里。

从未有过的难堪迫使她别开脸，紧抿着嘴唇说不出话来。

周萱萱察觉到一丝诡异的气氛悄然涌来，却压根没想到是因为某人已经把自己跟"穷小子"对号入座了。她一边在心里喟叹，如此高贵冷艳的唐先生竟然会对八点档剧情感兴趣，一边笑着结束了这个话题："陆小姐，我们改天再约。我期待你的故事，它一定很精彩。"

陆语如蒙大赦，她来不及整理自己凌乱不堪的情绪，掉头就要走，唐奕承却在这时开口说道："说不定这个故事跟那枚袖扣一样，也能卖个好价钱。"他的气息平稳，完全没有那种被气坏的样子，只有淡淡的嘲讽跃然于眼角眉梢。

陆语因为这句话猛地顿足，在各种自己该有的反应里纠结了须臾，却是连她自己都没料到她会说："没有什么精彩的故事，那个穷小子……"她僵着脖子转回头，看向那位高高在上的男人，放慢了也加重了语气说："我已经把他忘了。"

唐奕承在飞机上对陆语说的那句话，此刻她来还给他，干脆利落。

陆语抛出这么句话后，她对周萱萱说了句"失陪"，然后拉上一直如空气般存在的小刘抬脚便走，唯独忽略了瞬间脸僵成石像的唐奕承。

这个男人落在陆语背影上的视线一时有些收不回来，那双墨色的瞳仁微微一缩，唐奕承心脏的部位像是突然被撕扯一般，突突地疼了几下。原来，从最熟悉的人嘴里听到"把你忘了"这句话，竟是这样一种感受——窒息般的难受。

既然她忘了，那他是不是该帮她回忆一下？

直到周萱萱第三次轻唤"唐先生"，唐奕承这才将脸转向她，墨眸有点艰难地聚焦："嗯？"

颜值高的男人总会让女人特别有耐性，就连走神都不会被介意。周萱萱笑容不变，跳过陆语那段小插曲，她继续了之前的话题……

离开咖啡厅，陆语的脸立马垮下来，最后那句话几乎抽干了她全身的血。她就像一只斗败的公鸡，刚才还扑棱着翅膀咯咯鸣叫，这会儿整身的毛都被人拔光了，只剩下一身内伤，五脏六腑都在疼。

小刘见她脸色不太好，也没多问，他直接在路边的便利店买了两瓶矿泉水，递给陆语一瓶，他知趣地道："等房子找到了，你再请我喝咖啡吧。今儿时候不早了，你赶紧回去歇着。"

"嗯。"陆语勉强挤出个笑容，脑袋越发昏沉。

陆语的工作室就在附近，跟小刘分开，她沿着林荫道慢吞吞地往回走。赶上上班高峰时段，主干道上车水马龙，在满耳朵嘈杂的车流声中，一句冷冷的男声猝然穿透这片喧嚣，直击她的耳膜——

"陆语，总有那么一天，我会让你后悔的。"

那近在咫尺又遥不可及的声音让陆语猛地打了个寒战，她浑浑噩噩地扭头四下张望，却发现除了行色匆匆的路人，根本没有那个声音的主人。

陆语的幻听，来自唐奕承对于那段旧感情留给她的最后一句话。此后七年，彼此再无感情可牵绊，以至于陆语一度以为"让她后悔"这种说法，不过是少年不甘心失去讲出的负气话罢了。可现在，随着这个男人以王者归来的姿态再次出现在她面前，她这才后知后觉地感觉到一丝……胆寒。

九月的 B 市并没有多冷，陆语穿得也不少，可她竟是越走越冷，越走越急。一路走进工作室所在的大楼，她抱在胸前的双臂松开，抬手摸了摸前额——滚烫的温度。

冯晓冬给客户送照片去了，工作室里没人，陆语掏钥匙开门，对面的门突然在这个时候打开了。

听到声响，她下意识地回头，就瞅见从对门的门缝里探出来个脑袋。

微胖的中年妇女头上戴着老式发卷，她乜斜陆语一眼，不太客气地说："陆小姐，你的租约还有一个星期就到期了，我今天听你助理说你们还没找到新地方，你可得抓紧了，别到时候赖着不走。我这边还赶着给儿子布置婚房呢，现在结个婚多不容易，女方不见房不点头……"

包租婆絮絮叨叨地说了半天，陆语抿了抿苍白的唇，只应了声："我知道了。"

秋日的暮色来得早，窗外天色渐暗，幽黄的廊灯洒下淡淡的光晕，陆语踩着自己被拉长的影子穿过工作室的走廊，推开最尽头那扇房门。

这是一间专业暗房。

黑色的墙面上拉着一条绳子，陆语把绳子上用夹子夹起来的照片取下来，连同冲洗罐、安全灯和量杯等小物件一起装进一个大纸箱。她暂未找到落脚处，清空工作室却不能耽搁，不知是不是因为刚才被房东催得心里焦躁，她的动作又快又急，却在拉开工作台下面那个抽屉时，她的指尖倏然一顿，不觉放缓了动作。

陆语从抽屉里取出一个旧纸盒，廊灯从虚掩的门缝漏进暗房，磨出毛边的纸盒盖在明明灭灭的光线中被她打开，仿佛谁的秘密悄然从黑暗中涌出……

这个盒子陆语保存七年了，里面是厚厚的一沓老照片。

陆语喜欢白色相纸从显影液下浮现起色彩的那个瞬间，就像最初宛若一张白纸的人生一点一点地着色，由浅至深，由暗至明，最后定格在时光的某个点上。尽管不是所有的人生经历都绚烂多姿，可当你回望手中的照片，便会记起那个早已逝去的时光点，便会记起那一刹的喜与悲。

逐一翻看，在陆语指间停留最久的那张照片，背景是纽约一间阴暗潮湿的地下室，狭小的玻璃窗被暴雨冲刷得模糊不清，宛若一帘小小的瀑布，无声流淌。

窗前印着一袭剪影。

少年坐在地板上，两条长腿微微曲着，手里拿着一颗烤土豆，侧身望向窗外。外面世界的光亮被滂沱雨幕遮去大半，只有窗前的一小片空间漏进微弱的幽光，少年的脸孔隐在光影的明暗交界处，叫人看不真切，只有他那线条完美的侧脸轮廓清晰地浮映在相纸上，桀骜的，沉静的，就像是一幅陈旧的文艺电影海报。

唐奕承这张照片是陆语抓拍的，她记得那一天。

那一天，他从被雨水淋湿的外套里拿出一个漂亮的小盒子给她，干燥的盒子里装着一块香喷喷的蔓越莓蛋糕。

第一口蛋糕的滋味，那么甜，甜得直叫人想落泪。

陆语挖下一小块蛋糕喂到他嘴边，唐奕承却笑着摇摇头，啃着手里那颗干巴无味的烤土豆，他说自己不喜欢吃甜食。

他一瞬不瞬地看着她吃掉整块蛋糕，然后把她沾在鼻尖的奶油轻轻抹掉，他的指腹柔软又带着浅浅的薄茧，蹭得她的心痒痒的。

那一天，隔音不太好的地下室回荡着楼上播放的那首老歌 *Make You Feel My Love*……

The storms are raging on the rolling sea,
人生如大海般波涛汹涌，
and on the highway of regret.
命运之旅难免残存遗憾。
Though winds of change are blowing wild and free,
生活无常如狂风般猎猎吹过，
you ain't seen nothing like me yet.
但爱你的心却永不腐朽。
Go to the ends of the Earth for you,
哪怕是走到世界尽头，
to make you feel my love...
只为让你感受我的爱……

陆语昏倒在暗房里的那个刹那，脑袋里就飘着那一天的那首老歌，不成调的曲子仿佛老式留声机里尘封的杂音一不小心泄露出来，拽着她越飘越远……

她手里的相片无声滑落，又被飘窗灌进来的晚风卷起，泛黄的老照片像浮萍一般无依，在半空中飞舞着，飘摇着，最终落在门口那片暗淡的光线里。

相纸上的少年依旧静静地坐在窗前，看着那扇曾把他锁在落魄中的雨窗，年复一年当他终于逃出那扇窗，他又可曾悲叹过，自己身后举着相机的那个女孩早已不在？

他们的人生多可悲，他心硬，她就只能嘴硬。

拼尽全力说着"忘了"的人，此刻却记得比谁都清楚。

第三章
更聪明的猎人

半夜的急诊输液室里很安静，安静得仿佛可以捕捉到透明液体从输液袋里滴落的滴答声。

冯晓冬腰板挺得笔直，尽量保持岿然不动的坐姿，她歪头瞅了眼枕在自己肩上昏睡的陆语。

从天花板上洒下来的白炽光将陆语的肤色衬得苍白如纸，汗珠从她光洁的额头上冒出来，垂散在脸侧的几缕碎发被沾湿，打成细细的小卷儿，贴在她瘦小的脸上。她的眉如黛，很细，紧紧拧着，眉心凝着病态的柔弱，以及一抹白炽光也化不开的阴晦。

冯晓冬忍不住叹口气，这女人怎么把自己折腾成这样了？难不成跟她在工作室地上看到的那些照片有关？照片上的少年美得令人惊艳，可她为什么一点没听陆语提过呢？

陆语向来眠浅，加上坐着睡不舒服，她被那声叹息吵醒，支着昏沉沉的脑袋看向输液袋，问道："怎么还没输完？"

冯晓冬及时打住神思，她扭了扭僵硬的肩膀，手贴向陆语前额，故作轻松道："快好了，你的烧好像退了点。"

陆语"嗯"了声，把输液管的滴速调快了些。

冯晓冬是今晚回到工作室后发现陆语晕倒在暗房里的，要不是她赶紧生拉活拽把陆语揪起来送到医院，她非得烧傻了不成。

　　冯晓冬本不想再给陆语添堵，可她是根直肠子，那点担心全写在脸上了。"陆姐，要是再找不到房子，咱俩不会真要去睡大桥洞了吧？"

　　陆语的指尖轻轻一顿，把碎发掖到耳后，她看向冯晓冬，她的声音被偏高的体温烧得干干涩涩的："要是睡大桥，你还跟着我吗？"

　　大概是没想到她会这么问，冯晓冬愣了一下。

　　冯晓冬是外地人，大专毕业后她和所有怀揣梦想的年轻人一样，想要留在 B 市这座繁华都市闯荡一番。可是她的学历不高不低，经验半点没有，找工作那会儿处处碰壁，还差点被一间不正规的小公司倒骗了钱。如果不是后来有幸赶上陆语的工作室招人，她可能早就得卷铺盖回老家了。

　　想到这些，冯晓冬朝陆语咧嘴一笑："跟啊，必须跟！你去哪儿我去哪儿。"

　　陆语莞尔，嗓音似乎清润了些："我会想办法的。"

　　这个节骨眼上，陆语能想出的办法，也不见得是多好的办法。小刘说找房子就像找男朋友，陆语觉得这话不错，可又有多少人能找到真正完美无缺的男朋友呢，到头来还不是吵吵闹闹凑合相处着。所以陆语也不纠结了，心想选套差不离的房就行了。

　　生活就是不断地妥协，别无他法。

没过两天，陆语就在租房网上物色到一处房，性价比貌似不错，就是地方有点远，在四环外。她的烧已经退了，跟冯晓冬开着工作室那辆半新不旧的国产SUV去看了趟房后，陆语决定签约。

殊不知，签约当天早上，她又接到了地产经纪约看房的电话。

手机铃响起时，陆语正在给摄影器材装箱，她原本是想推掉小刘的，可架不住对方那句"我已经在你工作室楼下了"，她只能抓起件外套匆匆出门。

小刘不知从哪儿弄来辆车，陆语没上车，她透过降下一半的车窗跟他说："我已经找到房了，一会儿就要去签约了。"

小刘闻言脸一垮，但只是片刻的臭脸，他忽然挑了挑眉毛，拍着胸脯夸下海口："这次我介绍的房源包你满意！你要是不去瞅瞅，保准得后悔。要不这样，你先上车跟我去看房，如果不合你心意，我立马送你去签约，咋样？"

陆语看了看表，时间倒是来得及。

"可是……"

"没什么'可是'的啦。你还欠我一杯咖啡呢，你就这么不想请我啊？"地产经纪全凭一张嘴混人生，小刘软磨硬泡道。

人家都把话说到这份上了，陆语无奈地摁了摁眉心道："那好吧。"

她此刻的感觉就像是相亲相了无数次也没遇到自己的Mr.Right，却在心灰意冷准备随便找个人嫁了时，媒婆突然蹿出来抢婚，她经不住对方巧舌如簧的美言，于是抱着一丝不厚道的侥幸心理去相亲，典型的骑驴找马。

十来分钟的车程，行至一半，陆语的手机再次响起。

电话是疗养院打来的，每隔一段时间她都会接到这样的电话。自从陆父去世后，陆奶奶便一病不起，常年住在疗养院，今年过完年她老人家的身体和精神状态更是每况愈下。清醒时，她会拉着陆语的手叹息："李雁那个女人造了那么多孽，老天为什么还不收拾她？可怜你摊上这么个后妈……"糊涂时，她会问陆语："小语呀，你放暑假了吗？奶奶好久没给你听写生词了……"

奶奶，是陆语在这世上唯一剩下的亲人了。

护工一板一眼地汇报陆奶奶的近况，陆语握着手机专注地聆听，她垂敛睫毛，徒劳地遮挡从车窗照进来的阳光以及她眸底的那抹怅然。末了，她对护工说："我过些天会去看她。"

"……"

陆语结束通话时，小刘刚好拉起手刹，他指着窗外说："到嘞！你看，就是那处房——"声音未落，他已经跟只猴子似的蹿出车门。

陆语把神思从那通电话里抽离出来，顺着小刘的方向歪头投去一瞥，只匆匆掠过那幢房子，她便再自然不过地开门下车。可陡然间，陆语的神经像是被人狠狠地撩拨了一下似的，转瞬她就再度抬眸，逆着大太阳强行看向那间四合院。

古朴的院落静静地沐浴在午后的艳阳中，四角飞檐被阳光和婆娑的树影抹去了棱角，像是展翅的鸟儿斜斜地飞向高枝。只有那青砖灰瓦依旧斑驳，铭刻着岁月流淌的痕迹与那时光也带不走的儿时记忆，静谧安好。

这是陆家老宅。

该不会是做梦吧?

陆语抬手,搓了搓眼睛,却怎么也搓不掉眼中的惊诧与欣喜。一步一步地,她朝着那扇红漆木大门走过去,她的脚步是前所未有的缓慢,似乎生怕自己走快一点,就要把面前这个美梦踏碎了似的……

走在前面的小刘并未发觉身后人的异状,带陆语沿着庭院、厢房四处梭巡,他竹筒倒豆般介绍说:"陆小姐,你要把工作室开设在这里简直太棒了,用你们艺术家的话说这叫'怀旧',能激发创作灵感呢。在B市这种独门独户的四合院越来越稀罕了,这回难得赶上人好心善的房主,开出的租价不高,而且你可以立马入住……"

小刘唱了老半天独角戏,也不见陆语吱个声,他忍不住嗽了嗽嗓子:"陆小姐?陆……"孰料,转过身的一刹那,小刘的声音忽地卡了卡壳。

怔忪少顷,他才摸着脑袋问陆语:"咳,你怎么……哭了啊?"

被对方这么一问,陆语赶紧摸了摸自己的脸,果然湿湿的,情绪使然她连流泪都不自知。

小刘不会安慰人,看着满脸泪痕又有点不知所措的陆语,他一肚子疑惑最终化作掷地有声的两个字:"租、吗?"

"租。"陆语点点头,毫不迟疑。

老宅本来就是陆语的首选,没有任何一个地方可以与之比拟,陆语暗暗庆幸,幸好她还没跟别家签约。现在老宅由"买"变成"租",虽然不是最好的结果,但也不算坏,起码那扇她以为自己再也踏不进来的门,已经向她敞开了。

走出四合院,陆语的步子依旧迈得很慢,她一步三回头地回望老宅，不自觉地向上弯起嘴角。许是她太过专注，就连不远处的树荫下停着一辆黑色轿车她都浑然不觉。

透过暗色车窗，唐奕承的视线就这么凝在陆语脸上，长久地，一瞬不瞬。她笑得眉眼弯弯，被泪水洗过的眼睛明澈得仿佛刚在清泉里浸过，漾着浅浅的水光，似幸福，似喜悦。

那水光，未经任何情绪过滤，直触唐奕承眼底。

那是他只有在午夜梦回时才会见到的、久违的笑容，她笑起来的样子还是那么美。原本遥不可及的笑颜，此刻一点一点近了，近在咫尺，仿佛他一伸手就可以碰触到。唐奕承眼角微微一眯，幽深的瞳仁里散漫着某种不具名的情绪。

副驾上的宋远摸了摸下巴，他不明白老板为什么临时推掉了一场应酬，叫司机把车开来这里。不过他眼力极好，已经认出了陆语，她今天看起来挺开心的，跟上次瑟缩在胡同里哭泣的"小蘑菇"判若两人。

宋远到底没忍住，回头问道："唐总，您为什么要把房租给她？"老板不差钱，显然不是冲着那点租金来的。

唐奕承会说他只是突然心血来潮想看一看她笑起来的样子吗？

只是短短的一刹那而已，唐奕承心里泛起的那丝波澜便生生被他强压下去，那是不该有的动容和心软。他眯起的眼睛在转向宋远的那个瞬间恢复了常态，目光温凉而料峭。

唐奕承没有回答他的问题，反倒问他："你知道这世上有两种猎人吗？"

"什么猎人？"宋远越发疑惑。

"一种猎人在捕捉到猎物后会马上把它解决掉，另一种猎人在捉到猎物后却并不急于捕杀，而是会让猎物喘口气，当猎物以为有希望逃脱时猎人再解决掉它。"唐奕承的声音和表情一样淡。

　　车里没开冷气，宋远却隐隐感觉到一团冷空气从后脊梁冒出来。他虽然不是心理学研究专家，但他可想而知第二种猎人更聪明，也更残酷。

　　唐奕承吩咐司机开车的指令落下，他再度看向窗外——秋日的阳光被屋檐和老树遮蔽后将胡同切割成两半，胡同一边是阳光，一边是阴影。

　　陆语站在阳光处，而他隐在阴影处。

　　一如多年前，她沐浴在曼哈顿的日光倾城里，而他苟且在那间不见天日的地下室里。是命运刮起了那阵风，让他们在大西洋的徐徐海风里相遇，让分别生活在阴暗与阳光两极的少男少女在生命的某个点上交融，相依，甚至是爱到彼此的灵魂里。

　　那么现在呢？

　　唐奕承所做的这一切，难道真的只是为了将陆语捧到阳光处，再狠狠地把她拽入黑暗的深渊，让她也体会一把他当年的痛吗？又或者，明明这么多年过去了，可他还是见不得她难过，也没有办法丢下她不管？

　　也许，连唐奕承自己都没有答案。

　　打道回府，陆语激动的心绪渐渐平缓下来，她不免对小刘嘴里那位"人好心善的房主"滋生出几分好奇。

　　"你知道房主是什么人吗？"陆语随口问道。

小刘手没离开方向盘，他耸肩道："我也不知道，听说房主是我们老板的朋友，昨天才把房委托给我们公司代理出租。"

说着，他扭过头朝陆语挑挑眉毛道："你运气真够好的，要不是我们老板点名让我负责这单，你哪有机会捡漏啊。"

陆语好久没听人夸自己运气好了，她不再多想，笑着回道："谢谢你啦。"

工作室将迁入陆家老宅，庆祝自然是少不了的，冯晓冬接到陆语的消息后立马大松口气。傍晚时分，冯晓冬一手抱着肯德基全家桶，一手拎着半打啤酒回到工作室。不过她不是一个人，跟她一起进来的还有位男士。

陆语忙着收拾东西，正跪在一个大纸箱上贴胶带封条，闻声抬头，她眉目舒展，道："梓行？"

"刚才我在楼下碰到梁哥，正好把他一起顺上来了。"冯晓冬冲梁梓行挤挤眼，乐呵呵地在陆语面前给他发好人卡，"这次能租到你的 Dream House 还得感谢梁哥，那间地产公司是梁哥介绍的呢。"

见陆语张嘴就要道谢，梁梓行弯了弯唇道："不用跟我客气。"他把陆语从箱子上拽下来，他手长有劲，三两下就把箱子封好了。

梁梓行不是空手来的，他给陆语带了某间高档私房菜馆的外卖，都是她最喜欢的中式菜色，看了眼冯晓冬的那桶炸鸡，他说："一起吃吧。"

"好啊，中西合璧大杂烩。"嗜吃如命的冯晓冬猛点头，立马开始摆桌。

气氛活络，冯晓冬一嘴两用，塞满了食物还不忘说话："陆姐，这么一折腾你不仅把工作室搬进陆宅，而且连拍卖袖扣的那笔钱都省下了。要不以后咱干脆别接商业 Case 了，拿出点钱去南极拍拍极光，去好望角拍拍达卡马峰？艺术家嘛，总得有点追求，你说是不是？"

餐桌上猝然冒出的"袖扣"二字，仿佛万里晴空飘来的一朵乌云，低气压瞬间环绕。陆语握着筷子的那只手微微一顿，忽略掉那点莫名的酸涩，她正了神色。

"胖冬，那笔钱不能动。"她说。

冯晓冬并不介意因为自己身材圆润而被昵称为"胖冬"，只惊讶道："难不成你还打着把老宅从新房主那儿买回来的主意？"

不等陆语表态，冯晓冬啃着鸡腿自问自答道："这年头有钱人买四合院都是为了投资，一买一卖价格又不知得涨多少，恐怕到时候你是砸锅卖铁也买不起了……"

她这番话落下，陷入沉默的就不只是陆语了，还有那位吃相优雅、细嚼慢咽的男人。

梁梓行虽然没搁下筷子，进食的速度却是更缓慢了，某些事就这么坏了他的胃口。他今天去问过地产公司老总，陆家老宅的新房主是何许人。那位老总和他有些交情，按理说透露个名字并不难，可对方竟是守口如瓶，抱歉地说"房主身份不便透露"。

此人先是抢在陆语之前购得房产，然后再把房转租给陆语，外加那枚袖扣的匿名买家，这一连串事情到底是巧合，还是有人蓄意为之？

梁梓行眸色渐沉，想不生疑都不行。

片刻之后，猝然传来的门铃声打断他的凝思，他带着点疑问看向陆语问道："你有客户？"现在已经过了工作时间。

"我去看看。"陆语放下筷子，走过去开门。

在大门拉开的一瞬间，陆语当即面露怔忪道："周萱萱？你怎么找到这儿来了？"

周萱萱穿着一身时尚秋装，她晃了晃手里的手机，道："当然是有事找你了。由你名字命名的摄影工作室知名度不错，我在网上搜到地址并不难。"

撰稿人为了挖故事都这么拼吗？陆语顿感头疼："可是我真没故事要讲给你听……"

周萱萱红唇一扯，咯咯笑道："安啦，今天我找你不是为了这事儿。"

"……"陆语越发疑惑。

在高跟鞋敲击大理石地面的嗒嗒声中，坐在餐桌前的梁梓行悠悠转过头，却在看到来者的那个刹那，他轻轻皱了下眉。

不期然跟熟人打照面，周萱萱步子一顿，嗓音不由得提高八度："原来梁大设计师也在这里，真巧。"

陆语不知道是不是自己的错觉，从这女人嘴里吐出的"真巧"二字有种阴阳怪气的味道。梁梓行没吭声，他迅速收回目光，眼底沉着一丝罕见的不耐烦。

工作室空间有限，用餐区和会客区之间用一扇后现代风格的白色屏风隔开。周萱萱被陆语带到会客区后，她收起多余的表情，道明来意。

"暖阳基金会计划在 H 市举办一场慈善活动，现在团队缺一位摄影师，不知道你有没有兴趣？这次活动的规格高，所以酬劳相当不错。"作为基金会会刊的兼职主编，周萱萱对工作挺上心。

陆语想了想，问道："什么时候出发？"

"后天。"周萱萱作势一笑。

H市是海岛城市，风光秀美，气候宜人，三天两夜的拍摄期不算长，再加上是慈善义举挺有意义，陆语没理由拒绝。至于搬家那种体力活，交给冯晓冬就行了。

可屏风后，一直竖着耳朵听的那位男士，却不知想到什么，他的眉越皱越紧。

周萱萱三言两语说完便要告辞，饭吃到一半的梁梓行应声站起身。他刚才还是一副爱答不理的样子，这会儿却忽然变了调："我也要走了，正好顺路送送周小姐。"

"……"

电梯门关上，梁梓行烦躁地扯了扯脖子上的领带，乜斜着眼睛看向周萱萱道："你为什么故意接近陆语？"不用想，他也知道周萱萱葫芦里没装好药。

周萱萱依旧笑得迷人，她往梁梓行身侧挪了挪，悄然缩减了两人之间的半步距离，她深V低领衫里那两团柔软就这么贴到梁梓行的手臂上，呼之欲出。

她的动作亲昵，声音却满是挑衅："你就这么害怕我把咱俩的事情告诉陆语？"

梁梓行身体一僵，本能地抬手推开她，眼神带着一丝警告的意味，道："我们都是成年人了，在香港那晚不能代表什么……"

周萱萱没再靠近，仰头看着他，她唇边的浅笑犹在，浓妆晕染下的眼睛里却是一点笑意都没有了。

"你放心，我懂得游戏规则。这次的事情不是你想的那样，我只是受人之托。"她的话音落下，刚好电梯门在一层打开，伴着那一声"叮"响，周萱萱的脸色骤然转阴，蹬着高跟鞋扬长而去。

梁梓行随后步出大厦大堂，摸出根烟，点上。

日暮时分，点点灯火从一扇扇窗口映出来，再配上烟丝燃烧的光亮，衬得他那双狭长的眼迷离又落寞。梁梓行抬头，视线长久地停在某扇打着 LED 广告灯的窗口——语映像摄影工作室。

透过那扇窗，他仿佛看到了九年前那位肩上背着相机、笑容灿烂明媚的女孩儿。

当年，陆语跟唐奕承租住的那间地下室，就位于梁梓行纽约寓所的楼下。梁梓行自认为比起那个穷小子，光是家境优渥这一点就足以让他在感情上占尽先机，可结果不尽然。数不清多少个夜阑人静的夜晚，他听着从地下室传来的木床"咯吱咯吱"的晃动声，彻夜难眠……

直到梁梓行把陆语从纽约带回国的那天，他才暗自庆幸：自此之后，她和唐奕承之间相隔着浩瀚无际的大西洋，以及那段满布伤痛的回忆，遥不可及。而他梁梓行，终于拉近了和她的距离，近到就在眼前，只剩下一步之遥。

殊不知，在往后的七年里，那一步之遥，梁梓行从未跨越过去。

夜色笼罩下来，微凛的秋风吹散了梁梓行眼里的怅然，取而代之的是他唇边浮现起的那抹讥笑，不知道那个穷小子在大洋彼岸过得怎么样了？他是不是还住在那间暗无天日的地下室里？这么想着，梁梓行猛地缩了缩手，不知不觉烟蒂已烧尽，一不小心烫到了他。

这边厢，周萱萱忍着那股怨气坐进车里，从手包里掏出手机正要拨号，指尖却突然僵住。

这件事，她总觉得哪里不太对劲。几天前，她和唐奕承在咖啡厅讨论基金会慈善活动的宣传事宜，意外遇到了陆语……

陆语走后，周萱萱言归正传，问唐奕承："跟队摄影师，是您这边推荐，还是我来找？"

不知是不是唐奕承的心思不在这上面，他看了眼陆语离开的方向，漫不经心地问道："刚才那个女人是做什么的？"

"听说是摄影师。"周萱萱如实回道。

唐奕承后边那句话接得那般自然而然："那就找她吧。"

"……"

这事儿会不会太巧了？周萱萱一时想不透，只得作罢，她拨出了手上的电话。

电话是宋远接的："唐总在开会，有事吗？"

周萱萱"哦"了声，嗓音平平："麻烦你转告唐总，摄影师约好了，后天 H 市见。"

海岛城市的天格外蓝。

白云朵朵，宛若柔软的棉花糖镶嵌在湛蓝色的锦缎上。

从干燥微寒的 B 市飞抵艳阳高照的 H 市，陆语不是跟基金会的大队人马搭乘同班飞机，作为外聘摄影师，她晚一步抵达。她在机场换上一身轻便夏装，由基金会的公务车将她送至酒店。

白金五星级酒店是花园式的，椰树成荫，清泉潺潺。

基金会在酒店大堂一侧设立了接待中心，陆语一手拎着摄影器材箱，一手拖着行李箱，颇有些吃力地走过去。不料，中途被一位年轻小伙子拦截下来。

此人皮肤白净如玉，五官立体明朗，笑起来是十足的阳光型男。

"我帮你拿吧。"

陆语尚未反应过来，阳光型男的手已经伸向她的器材箱。两人手上那瞬若有似无的碰触，令陆语赶紧缩了下手，她猛地抬眼看向对方，就看到了他胸前的工作牌。

陆语后知后觉地跟他道谢，阳光型男唇边笑容不变，他深看陆语一眼，道："原来摄影师是女生。"

陆语也笑笑道："我已经不是女生了。"她二十七岁了。

时光有时候就是这么矛盾，明明已经在一个人心上写满阅历，但偏偏赐予她一张清纯可人又仿佛不谙世事的面容。尤其是陆语那双眼睛，黑白分明，瞳仁清亮得好似让人一眼就能望穿，不沾染任何杂质。

当晚的晚宴设在酒店二层的宴会厅，场面盛大隆重。

总部位于 B 市的暖阳基金会刚成立不久，这次在 H 市举办的慈善活动，是基金会成立以来的首次书画作品义拍，拍卖的善款将全部用于成立专项基金资助贫困大学生，因此吸引了国内不少政商翘楚和名流名媛前来捧场。

晚宴开场前，已有不少华服男女举杯寒暄，周萱萱也在其中。她应景地穿了条波西米亚风沙滩晚礼裙，低胸露背，裙摆飘逸，远远看去俨如一只花蝴蝶满场飞。

陆语下意识地低头看了眼自己身上的纯白短 T 和牛仔裤，她正要过去跟周萱萱打个招呼，却陡然被身后几位西装男的对话攫住了脚步——

"听说暖阳基金会的理事长曾是纽约街头的小混混，人家能混到今天的成就简直是传奇人生。"

"我也听过这种传闻，今晚是他回国后首次公开露面。"

"此人的智商不可小觑啊。理事长首次露面不是以企业家身份，而是以慈善家身份，这绝对能在媒体面前赚足印象分。"

同样是论人是非，男人之间的对话跟女人八卦的味道迥然不同，言谈间依稀带着某种敬畏之意。

陆语的双脚像是被灌了铅一样，僵在原地一步也挪不动，她全身的血液都在这个瞬间呼啸着逆流向大脑——纽约？小混混？

就在某个名字从她心底呼之欲出的一刹那，几位西装男突然收声，转而抬高了语调："唐理事长，晚上好。"

陆语猛然回头，唐奕承那张光风霁月的脸就这么撞进她眼里。

不期然的对视，一个满眼错愕，另一个墨眸清寡。

在这短短的片刻间，陆语的大脑一片空白，充斥在她心里最为直接的反应就是——她此行居然是在为唐奕承工作？

她迅速垂下眼眸，拉紧相机背带，可唐奕承偏偏在这时忽略了众人，唯独看着她。他唇角一勾，语带戏谑："陆小姐，祝你在 H 市工作愉快。"

"……"陆语全身一僵，一时哑言。

接下来的一切都发生得太快，以至于陆语根本没有冷静下来的机会，她的耳膜犹在嗡嗡作响，夕阳的最后一丝余晖恰好沉入海平面，晚宴正式开始。

镶嵌在穹庐式天顶上的水晶吊灯被调暗，衬得打在舞台上的那束暖光格外亮眼。司仪用甜美清脆的声音宣布："有请暖阳基金会理事长唐奕承先生致辞。"

在台下响起的那片雷鸣般的掌声和"啪啪"的快门声中，唐奕承步履稳健地走向点缀着鸢尾花的演讲台，舞台上的色调让他的眉眼格外清晰，清隽混合着峻冷的脸孔，挺拔的身姿，沉稳干练的谈吐……

没有错，这个男人的魅力超乎所有人的意料。

唐奕承的致辞简洁有力，而陆语全程就像是一只提线木偶，她举起相机，调节光圈和焦距，对着舞台上那张意气风发的脸孔按下快门……她全然不知是该懊恼自己事前没有做足客户的功课，还是该震惊这样的唐奕承越发令她感觉陌生，甚至是遥不可及。

魂不守舍地熬到晚宴进入尾声，陆语踩着平底鞋穿过一片语笑喧阗和觥筹交错，行至宴会厅延伸出去的空中花园。

她需要一个人静一静。

这是一个海风袅袅的夜晚，热带植物的枝叶上沾着露珠，花园里的景观灯让那些露珠看起来像是飘浮在半空中的碎水晶，带着一个个晃动的光圈。

在这片黯黑又迷离的光晕中，陆语的脚步无声停驻。

不远处，唐奕承孑然一身站在低矮的篱笆围栏前，空寂的夜色隔绝了耳畔那些恭维逢迎，也退却了金钱和权势给他铸造的耀眼光环。此刻的唐奕承，就像是夜色里的过客，颀长的身形被月光衬得平添几分寂寥和孤独。

这么多年了，他还是不喜欢这样的场合。

那些刺眼的镁光灯只会让他想起那个镜头。正如今夜在舞台上，他依旧可以从数十个黑黢黢的镜头中，巡睃到那个曾专属于他的镜头。只可惜，举着相机的女人已不再是当年那位扎着马尾辫的小小摄影师，如今的她只剩一脸冰霜；而他，也不再会坏坏地笑着对她说"把我拍帅点"，又或者"喂，你忘了拿掉镜头盖"……

海风徐徐，吹不散室闷。

陆语静静地站在唐奕承身后，本来是她避之不及的人，可不知想到什么，她脚步一顿就朝着他走了过去。

"唐奕承，是你找我来拍照的？"陆语心里蓦然之间滋生出的某种想法，让她在此时不吐不快。

镌刻着旧日气息的声音，却让唐奕承的回忆瞬间终结。

当他转过身的片刻，已经将眼底那丝复杂的光隐藏得滴水不漏，他眼神淡淡的不带半点友好，道："找摄影师这种小事又不是公司高层任命，不需要我关心。"

难道是她想多了？

陆语还在琢磨他这话的可信度有多高，唐奕承忽然说道："有件事我倒是挺好奇的。陆小姐以前不是声称要当艺术摄影家吗，怎么现在连商业照片都肯拍了？你这是生活所迫？看来你离开我之后，并没有过得多好。"

男人的嗓音慵懒又轻慢，渡着微风拂过陆语的脸颊，宛若一只无形的手悄然抹去了她脸上的最后一滴血色，令她的脸苍白得骇人。

每个人在豆蔻年华里都有那样一个梦想，以为只要自己朝着那个目标一直走下去梦想就会实现。陆语也不例外，当十八岁的她背着照相机、坐在唐奕承那辆摩托车上拍遍整个曼哈顿时，她觉得自己距离自己的梦想那么近，近到触手可得。

可谁又能料到，后来的那场变故就那样残忍地将她的梦想撕扯得支离破碎，也让她失去了再次拥抱他的勇气。年复一年，陆语的梦想早已挫败在现实之下，时间教会了她生活的真谛——适应与妥协。

陆语长睫微垂，不看唐奕承，她就着空气中的植物芬芳吞咽下满嘴苦涩，声音干涩得厉害："唐先生，如果你只是来给我难堪的，那么你的目的达到了。你赢了。"

方才还站在高处蔑视她的男人，在听到这句话的瞬间，顿觉索然无味。棋逢对手才是人与人交锋的乐趣，可这个女人竟摆出一点不在乎输赢的样子，反倒衬得他成了那个患得患失的人。

如果他早知找她来只是让自己自讨没趣，他又何必多此一举？难道他真的只是为了让她目睹他今天的成就？抑或让她后悔当年曾抛弃了那个落魄的少年？

拜这般艰涩的对话所赐，陆语觉得自己没有留下来的必要了，说完她掉头便走。可转过身的那一刻，她只觉手腕猛地一紧，就这么被唐奕承拽回了身前。

那股强势的力道令她心头大惊。

她还来不及收起眼中的诧异，唐奕承已经微微一低头向她欺近过来，他的唇几乎擦着她的耳郭。

"你之前不是问过我，那枚蓝宝石袖扣是怎么来的吗？"

不知是因为话题跳转得太突兀，还是来自这个男人的气息灼热又熟悉，以至于陆语耳根发麻，她不受控地顿住……

陆语慢半拍才抬起头，就看到唐奕承那双漆黑的眼睛被夜色熏得微凉。

在那片冷光背后，唐奕承仿佛又看到了美国东岸那个阴暗血腥的角落……

曼哈顿东部的地下拳击场，重金属乐震撼着每一次砸下来的拳头，观众沸腾着，叫嚣着，这是一场力量悬殊的较量。比起那位肌肉健硕的黑人拳手，拳击台上黄皮肤、黑头发的华裔小伙子显得有些瘦弱，他左侧的肩胛骨已经被打碎了，只靠最后那一点意志力顽强地苦撑着，不让自己倒下。

华裔拳手不记得自己是在第几回合展开绝地反击的，总之从直击对手面部的那记下勾拳开始，战况出现了惊人的逆转。当黑人拳手的鼻梁骨被打断时，华裔拳手血流鼓噪轰鸣的耳朵里，依稀听到了观众为他嘶吼呐喊的音量越来越高亢。

不知多久之后，解说员发出那声震彻耳膜又不可思议的惊呼："天，Tang 赢了！"霎时将所有人的尖叫声拉到顶峰，气氛燃烧至沸点。

那一晚，唐奕承让某位华裔富商大赚了几千万美元。作为奖励，富商当场取下了他衬衫袖口上的蓝宝石袖扣，朝唐奕承扔了过去。

沾着血的手接住，握紧。

那是唐奕承最后一次瞒着陆语参加地下拳赛，为了用赢来的奖金给她买那架心仪的相机。虽然陆语的零花钱足够买下那架相机，可他还是想当生日礼物送给她，为此唐奕承在医院里躺了一个星期。

哪怕时隔多年，每逢阴天下雨，他左肩的老伤都会复发。那伤，时刻提醒着他——他曾为了一个女孩儿连性命都可以舍弃。

花园里夜色依旧，越过椰树吹来的晚风温柔和煦，却怎么也吹不散当年的血腥味与年少轻狂。

唐奕承把陆语的手腕攥得更紧。

这个女人到底是有多绝情，才会在狠心割断彼此感情的七年后，居然又把他用半条命换来的东西给卖了？

陆语完全怔住了，因为震惊，她的脉搏在他手下突突跳动着，一时间她觉得血液噌噌往上涌。可那股爆发力冲到她喉头，喉咙又像是被某种艰涩的情感堵住，让她的声音干巴细弱。

"我不知道原来那枚袖扣竟是你这样得来的，难怪……"

难怪，当初唐奕承把相机和袖扣送给她之前，他曾经消失了好多天；难怪，当初她开玩笑说，如果哪天缺钱了就把袖扣卖掉时，唐奕承用那只没坏的手捏着她的鼻尖说"有胆你试试，信不信我不要你了"；难怪，事后他讲过："陆语，虽然我没钱，但我会把最好的都给你……"

这些细碎的片段，曾经散落在记忆的各个角落，现在被串联成线，带给陆语的不是后知后觉的惊讶，而是疼。她觉得唐奕承手里仿佛有一把叫作"回忆"的刀，他不是一刀刺进她的心口，而是分几次扎下来，扎在同一个位置，一次比一次让她疼。

有一束暖黄的光，从两人身后的宴会厅里照射出来，像黑暗里撕裂的一个大口子。

在这破碎的一道光里，唐奕承看到了陆语眼底的雾气，有那么一瞬间，他觉得自己在那水雾般的波光里狠狠地晃动了一下。

他本不愿意再度揭开旧疮疤，有些事埋在心底，跟那段逝去的感情一起腐烂就够了，可唐奕承也不知道自己为什么突然间变得锱铢必较起来，就像是隐忍多年的痛苦早已发酵成怨成仇，只有说出来让对方也疼一疼，他才会觉得解脱一点。

可此刻，她真的难过了，伤心了，唐奕承却也没觉得自己有多好受。

那把叫作"回忆"的刀是双刃的，刺伤了她，又何尝不也刺伤了他？

"所以……"陆语用她发僵发木的大脑苦苦拼凑着，香港，袖扣，这一切也许不是巧合，"秋拍会上的匿名买家是你？"

"不是我。"唐奕承本能地否认。

握在她手腕上的那只手悄然松开，他故意不去看她眼底的悲伤，似乎这样就不会勾起他的心软。

"我已经蠢过一次了，不会再蠢第二次了。"他的嗓音没有温度，眨眼间又恢复了那副高高在上的姿态。

风，停了。

时间，似乎僵在这一瞬。

就在这时，突然有一道清醇悠扬的男声飘过来。

"嗨，摄影师！"

这声落下，气氛剧变。

上一秒还呈胶着状态的旧情人，却在这一秒迅速分开目光，不约而同地看向那道声音的主人。

看清对方那张笑脸，陆语赶紧揉了揉眼睛，把眼里的水汽揉散。

"原来是你。"她记得这人是接待中心的工作人员。

阳光型男被认出来，眼角眉梢的笑意像是要溢出来，就如那夜色里悄然绽放的白色荼蘼花。他没发觉任何异常，跟唐奕承打了个招呼后，他便彻底忽视了对方的存在，一个箭步凑到陆语身边。

他礼貌地自我介绍说："我叫柯嘉礼，是基金会打杂的。"

见陆语因听到"打杂"二字而微微一怔，柯嘉礼也不介意，他把手上那个装满食物的餐盘递到她面前，挑眉道："估计你一直忙着拍照还没顾得上吃晚餐吧，我帮你弄了点吃的。"

别看他说得云淡风轻，盘子里的食物却毫不敷衍，黑松露、银鳕鱼、神户牛肉和蔬菜每样一小点，摆放得整整齐齐，跟喂小猫似的。

不用扭头看，陆语也能感觉到某道眼刀斜斜地插过来。

犹豫须臾，她不太自在地接过餐盘，朝柯嘉礼强颜一笑道："谢谢你。"

"不客气。对了，我也对摄影有点兴趣……"柯嘉礼这般自然而然地找到了共同语言。

这一刻，唐奕承的脸清清楚楚地呈现在月光中，柔和的月色淡化了这男人眼里的锋芒，他是沉静的、优雅的，就像是镁光灯下的倾世瓷器，但从他眼睛里射出来的那道光却仿佛泛着冷芒的刀锋，恨不得一寸一寸刮过这两人的皮肤。

果然，对这女人就是不能心软，稍一不留神，她就给他添堵。

唐奕承大步流星走回宴会厅，遇到迎上来的宋远，他回头指了指花园处，沉声问道："那小子是谁？"

宋远挠着头，循着老板手指的方向看过去，就发现有朵"小蘑菇"和一块"小鲜肉"站在花园里。

他急忙如实招来："哦，您说的是柯嘉礼吧。他是基金会柯理事的儿子，刚从国外留学回来，柯总先安排他来基金会锻炼一段时间，然后再回去接手家族生意。这事儿我还没来得及跟您汇报。"

"锻炼？"唐奕承冷嗤一声，他怎么看那个臭小子是来泡妞的呢。

第四章
回忆和现实

盏盏路灯，点亮夜色。

临街的广场上，是如火如荼的美食嘉年华，小摊贩此起彼伏的吆喝声掺杂着喧嚣纷扰的人声，烘托出这座海岛城市特有的市井气息。

背街的巷道内，却幽暗安静得仿佛另一个世界。

蓄着板寸头、穿着跨栏背心的彪形大汉拐进小巷，他从裤兜里掏出刚刚从嘉年华顺手牵来的女士钱包，乐得合不拢嘴。一看就是惯偷，他娴熟地把钱包里的银行卡和杂物一股脑抖落到地上，只抽出现金，准备溜之大吉。

殊不知，他还没把钱焐热，一只修长的手便猛然钳住他的手腕。

那股力道之大，令壮汉来不及看清对方的脸，已经疼得龇牙咧嘴嗷嗷直叫。

"把钱给我。"森冷的男声，宛若裹着冰雪。

眼瞅着功亏一篑，壮汉也不是吃素的，牙齿打着战号叫道："你又不是警察，少多管闲事！"

话音未落，壮汉猝然挥起没有被控制住的那只手，想要用一记重拳偷袭对方，可就在他手肘抬起的那一刹，他顿觉膝后区狠狠地袭来一阵剧痛，那么结实的汉子就这样被对方一脚踹翻，"扑通"一声闷响，重重地跪在了坚硬的水泥地上。

对方招招直中要害，壮汉痛得额角青筋暴突，豁然抬头，他借着巷道里的幽光看向制服他的男人。

背光里，年轻男子的脸孔都是暗的，只有他那双漆黑的瞳仁里蕴藏着冰冷的光泽。那寒光亮白，似乎能够将整个黑暗的世界吞噬掉，比他狠戾的身手更加摄人心魄。

壮汉忍不住打个冷战，上一秒的嚣张气焰在这一秒生生被那束寒光劈得灰飞烟灭，他苦着脸把钱乖乖奉上，急忙连滚带爬地离开。

巷道里恢复了静谧，年轻男子挽起衬衫袖口，弯腰捡起被小偷扔在地上的女士钱包，他把现金和银行卡统统塞回去，动作干练利落，但在他正欲直起腰身的那个瞬间，他低敛的眼眸倏尔微微一凝。

地上还遗漏了一张小照片。

那是一张情侣照，有微风吹进窄巷，照片泛黄的边角轻轻掀动。

有那么一瞬间，年轻男子的目光像是被照片上的情侣蜇伤了似的，他眼底翻涌着晦涩难辨的情绪，似惊诧，又似沉重。

眨眼间，男子便将这张相片拾起，收进了自己的钱包，然后他大步流星走出巷道。

这边厢，嘉年华仍在继续，主办方请来了二线艺人助阵，现场气氛燃烧至沸点，场面一度失控。陆语使出吃奶的力气才挤出摩肩接踵的人潮，用手背抹了把额头上的汗珠，她一屁股跌坐在街边的花坛上。

昏黄的街灯，将她的眸子衬得一片黯然，无助又迷惘。

钱包被偷，手机没电，陆语又跟柯嘉礼被那群疯狂的人群挤散，她简直不知该如何形容自己今晚的遭遇。

这一切，还得倒回一个小时前。

唐奕承沉着脸离开酒店花园，返回晚宴现场。

"陆语，你和唐理事长很熟吗？"

传进陆语耳朵里的男声明明清润低醇，可这个突如其来的名衔却令她握住叉子的那只手隐隐一僵。她吃着柯嘉礼端给她的食物，却没有抬眼看他，只木讷地摇了摇头。

"我和他不熟。"

夜晚的光线将陆语眼底的那丝心虚粉饰得很好，柯嘉礼"哦"了声。他没多想，他只是刚才看到陆语和唐奕承说话，所以随口一问罢了。

从花园里可以看到宴会厅，巨型落地窗后，唐奕承被一众嘉宾簇拥着，时而碰杯，时而浅酌，举手投足间他姿态沉静，气质优雅内敛。

无论唐奕承有多低调，他今晚还是注定成为各种八卦的主角，远远地，柯嘉礼看着那位被光环笼罩的男人，他小声对陆语唏嘘道："听说唐理事长是美国华裔二代，家境并不是很好。有小道消息说，他是华尔街一夜致富的典范，也有人说他和美国某富商是莫逆之交，在得到对方的第一桶金资助后走上人生巅峰……"

陆语不是没想过这个问题，唐奕承为何会从当年的穷小子摇身变成如今身份显赫的财团总裁？他那没有她参与的七年究竟发生了些什么？在久别重逢的那一刻，陆语或多或少都抱着一丝好奇。但随着那个男人一次又一次以高高在上的姿态将她踩在脚下，她那点好奇心便跟自尊心一起被他碾压碎了。

关于唐奕承的种种，都不是她该关心的。

餐盘里的食物出自星级大厨之手，可陆语却因为柯嘉礼挑起的这个话头，顿觉味同嚼蜡。她到底没有回应柯嘉礼，而是指了指通往酒店客房的小路，笑得勉强，道："谢谢你的食物。我吃饱了，要回去了。"

见她吃了不过一半食物，柯嘉礼以为她不爱吃，他跟在陆语身后，提议道："今晚市中心有美食嘉年华，不如我们去尝尝当地的特色小吃？说不定比酒店的东西还好吃。反正今天大家的工作都结束了，就当放松一下，你顺便还能拍些市井写实照。"

陆语闷头往前走，动了动嘴就要拒绝，却在开口前被他后半句话吸引了。

"那好吧……"

可现在倒好，拍照变成了遭罪，陆语孤零零地坐在嘉年华出口处的花台上，一派愁眉不展。之前她跟柯嘉礼是从酒店打车过来的，此刻她身无分文，再加上人生地不熟的，她只能寄希望于柯嘉礼能在这里找到她了。

随着夜色而来的，是城市白日里不见的肮脏与阴暗。

不知过了多久，喧杂的人声渐渐退去，眼瞅着嘉年华就快要散场了，陆语依旧没等到柯嘉礼，开始有几个小混混对她吹口哨，那一双双肆无忌惮的眼睛让陆语心慌起来。

曾经差点被性侵的恐惧，瞬间像是疯长的藤蔓，一下子攫住陆语的呼吸。

那是她刚去纽约留学的时候，留学中介是李雁找的，中介在纽约的办事处安排了专门的工作人员负责安顿陆语。工作人员是位四十多岁的华裔男人，从带陆语去大学注册到帮她联系寄宿家庭，都由那人一手包办。如果不是某天那个男人说找陆语有事把她骗去办公室，并对她欲行不轨，陆语做梦也不会想到李雁居然出了大价钱，找人强暴她。

那一天，陆语的衬衫被他扯破，她白花花的胸脯上布满红色的抓痕，骇人至极。

她哀号着，哭喊着，尖叫着，可繁华的世界在那一刻却那么静，静得没有人听到，静得仿佛只剩下那位色欲攻心的禽兽，和渺小无助的她。

就在色魔把她按倒在沙发上，咸湿的脏手即将伸进她裙摆下缘的那一刻，办公室的门猛然被人撞开了——透过那扇被撞破的白色木门，陆语被泪水糊住的眼睛看到有位快递小哥闯了进来，他不由分说抬腿就给了色魔一脚。

已然被吓傻的陆语有些不记得后面的事情了，她只记得小哥那一脚正中色魔面门，在对方猩红的鼻血喷出来的那个瞬间，小哥拽着衣衫不整的她拔腿就跑……

回忆中强奸未遂的画面像是可怕的引子，忽地点燃了陆语心中的恐惧，眼睁睁地瞅着那几个小混混向她晃悠过来，陆语腾地一下从花台上站起来，她想跑，却不知该往哪里跑。

在她茫然抬脚的那一刻，手背上突然猛地一热——陆语心里咯噔一下，她本能地想要挣脱，却在豁然偏头看向男人那张侧脸时，她全身都僵住了。

"唐……"

唐奕承没说话，被月光晕染得格外清晰的侧脸线条微微一紧。握住她的那只手一点一点地收紧，紧到陆语觉得浑身的血液都涌到那一处，神经紧绷。

在随之而来的暖意里，带着男人强势的保护欲。

陆语的恐惧感顿时消退，而她的惊讶还卡在嗓子眼里，唐奕承已经牵着她的手掉头就走。

"你要带我去哪里？"陆语不得不加快脚步，才能跟上他两条大长腿的步调。

"跟我走。"他的嗓音淡淡的。

就是这么一句简简单单的对白，却令陆语莫名感觉到有酸意冲到鼻腔里，呛得她说不出话来。

那是他们在纽约的第一次见面，唐奕承也是说着同样的话，也是这样牵着她的手。

回忆再度被勾起——

那天唐奕承把陆语从色魔手里解救出来之后，两人怕对方不肯善罢甘休，他攥着她的手，沿着哈德逊河跑了很远才停下来。

陆语涨红了脸，眼睛里倒映河面泛起的粼粼波光，她喘着粗气对唐奕承说："谢谢。"

唐奕承倒是体能极好的样子，连呼吸都不太起伏，可他的耳根却不知为何隐隐泛红。看了陆语一瞬，他指了指她的衬衫领口。

"你的扣子……掉了。"

陆语这才后知后觉地揪紧松开的领口，险险地遮挡住那片春光，她巴掌大的脸蛋登时更红了，仰头，她愣愣地瞅着面前这位比自己高出一个头的美少年。

他柔软的短发沾染着曼哈顿的阳光，五官精致得像是雕刻出来的，尤其是他那双眼乌黑而静默，带着一点少年的不羁和懒散。

陆语看得挪不开眼，她抿了抿唇，问道："怎么称呼你？"

这回唐奕承不搭理她了，他只说了句"你现在安全了"，说完便走，头也不回。

陆语的心脏还因为刚才的意外在怦怦跳动，四肢也还残留着剧烈挣扎后的震颤，她惊魂未定，就这么鬼使神差地迈出步子，跟在了唐奕承身后。

明媚的阳光将他的身影拉得很长，她踩着他的影子，就觉得安心。

走了很久，又或许没有多久，唐奕承微微顿足，转头问道："你跟着我干什么？"

陆语已经把散乱的马尾重新扎好，她瞪着那双清澈的眼睛瞅着他道："我想道谢，可是还不知道你的名字。"

唐奕承又不理她了，转回头，他继续往前走，跐跐的。

就在陆语有些泄气的时候，突然从前面悠悠飘过来一个词："Tang."

陆语愣了愣才反应过来，她耷拉着的嘴角向上扬起来，小跑两步追上唐奕承，她试探着发出邀请："Tang，我请你吃饭以表感谢，怎么样？"

"那去 Chinatown 吃吧。"他这次倒是回答得爽快。

"好啊！"陆语展颜一笑，那笑容里藏着少女的娇憨。

陆语记得那一天唐奕承吃得可真多，她就一直托腮看着他吃……年少的时光总是那么美，情窦初开时的那一眼惊艳，触发了小小的心动，不经意却又刻骨铭心。可不承想，当这份清澈如泉水的感情缓缓淌过生命的长河时，却终有一天敌不过狂风巨浪，就此枯竭，说长不长，说短不短。

分别七年后的今天——

陆语的手再度被唐奕承握住，掌心里是她熟悉的体温，干燥温热。他们就这样穿过 H 市寂静的街头，穿过咸涩潮湿的海风，穿过人生的又一段路途，这一次他们会走到哪里？

陆语的思绪在回忆与现实之间摇曳，不觉放缓了脚步。两人的手臂被彼此牵制，在半空拉成一条直线，她垂眸看着唐奕承衬衫袖口下精瘦有力的手臂，看着彼此交缠的手，陆语一度失神，以至于连唐奕承忽然停下来，她都没意识到。

陆语一不小心撞到他背上，她揉着吃痛的额角看着唐奕承转过身来。她有些艰涩地动了动手指，想要把自己的手抽回来。

"已经安全了。"她说，那几个小混混早没影了。

可这一次，唐奕承却没有放开她的手。

昏暗的路灯下，他的眼睛漆黑如海底深礁，瞳仁深处像是蕴藏太多太多的情绪，晦暗隐忍又无从宣泄，他就用这样一双眼凝眉看着陆语。

这女人纤长的锁骨，线条美好的脖颈，尖细的下巴……唐奕承的视线一路上抬，她的每一寸肌肤，他都只是浅尝辄止，既而淡然地移向别处，却在看向她的嘴唇时，他硬生生地顿住。

他只需稍稍一低头，便能重温一遍快要被他遗忘的温软。

接下来的一切都发生得太快，陆语根本反应不过来。

她刚疑惑地皱起眉瞧向唐奕承那副令人难懂的表情，他已突然一点一点地，微微低下头去，他的目光沉静，动作细微，却是没有分毫的犹豫——

他牢牢地吻住了她的唇。

夜幕之下，整个世界都静了。

被吻的一瞬间，陆语惊诧得瞪大了眼看向唐奕承，她却只看到他那双狭长的眼眸里蓄着如同水雾般幽淡的光，明明灭灭的，像有欲望。

来自她唇上的感觉，那么熟悉，温软的，炙热的，可又有哪里不一样了。

唐奕承的吻带着一股子前所未有的狠劲儿，舌头毫不留情就撬开她干涩冰凉的唇，近乎疯狂地追逐着她的舌，纠缠着，吮吸着，不给陆语一丝一毫喘息退避的空间。

时隔多年，他就这样肆无忌惮地攫取当年的利息。

幽暗的街灯铺洒下一束柔光，那束光圈就像是一个透明的玻璃罩，将两人紧紧地束缚其中，与森黑的夜色隔绝开来。连带着，这个玻璃罩里的气氛也暧昧和躁动起来。那燥热的气息，仿佛不知名的薄雾，渐渐变得浓稠，不停地挤压着陆语，以至于她快要出现幻觉。

恍恍惚惚中，陆语好似又回到了过去。

在地下室那张摇摇欲坠的破木床上，在曼哈顿的大街小巷，在星光下，在草地上……他就是这样吻着她，带着年少的执拗和冲动，像是要把彼此吸进对方的灵魂里。

静寂的夜突然刮起了风，那阵风来得极为诡异，穿透光束凝结成的玻璃罩直触陆语，她的心尖抖了一下，蓦地回神。

他，已经不是原来的他了。

"唐……放开我……"

陆语的唇瓣被他吮吻得生疼，她断断续续的求饶声还没落下，就感觉到唐奕承握住她的手陡然松开了，她刚要借机挣脱，那股力道却转而扣在她的后脑上。身高上的优势，迫使唐奕承必须让她仰起脸，才能与他贴得更近。

眨眼间，他吻得更凶，几乎含住陆语的整个唇舌，不允许彼此有半分的距离。

唐奕承在巷子里捡到的那张属于他们的情侣照，像是勾起回忆的火折子，一刹那点燃了他心里那团隐忍的火。他刚才在街角找到陆语的那个瞬间，那团火似乎烧尽了他所有关于痛恨与不满的复杂情绪，也让他在这一刻的感官变得直白又简单。

他的渴切，他的占有。

那种被时光发酵过的渴切感和占有欲，到底有多强烈，也许连唐奕承自己都没有意识到。

但这个吻只持续了几秒钟，甚至更短，唐奕承便被嘴唇上猝然袭来的痛扯回了神，他那片刻间的怔忪，让陆语成功推开了他。

街灯，更晦暗了。

世界也更静。

四目交错间，是长久的沉默。

陆语强压下那种几乎能称之为悸动的感觉，可她耳朵里依旧持续地鼓噪着血液刮过血管的轰鸣声，嘴唇也在微微颤抖。

他为什么亲她？

难道他忘了他今晚在酒店花园里对她说的那番风凉话吗？

陆语一时不知该以何种心态来面对这个男人，可话一出口，声音却是冷静得连她自己都觉得难以置信："唐先生，你这是在做什么？你别忘了我和你已经没有半点关系了。"

短短的一句话，瞬间将一切打回现实。

唐奕承心底一度燃烧起来的火舌就这么被她这句冷冰冰的话浇熄，他的眼神也凉了下去，说道："你和柯嘉礼才认识几个小时，就大晚上的跟他出来闲逛。你什么时候变得这么轻浮了？"

从他嘴里猝不及防冒出的名字，激得陆语微微一怔，难不成这人一直在跟踪她？

来不及思考更多，陆语唯独抓住的就是唐奕承唇边那抹讥诮的弧度。上一秒还在她唇齿间肆无忌惮掠夺的男人，这一秒居然像是变了个人，再次一脚将她踢进冰窖。

稍一控制不住，陆语拧起眉毛，用负气的口吻回道："深更半夜的在大街上强吻前女友，你这是轻浮，还是对旧情念念不忘？"

平日里反应总是很快的唐奕承，这会儿反应竟是慢了半拍。

旧情难忘的人难道不是她吗？

又是谁把两人的合照藏在钱包里，藏了一年又一年？

可话到嘴边，唐奕承却并未点破，缄默少顷，他稍显喑哑的嗓音才响起："陆语，你想太多了。从你把我一个人扔在纽约拘留所的那天起，我就对你没有半点余情了。"

唐奕承嘴角沾着血，那血，被幽黄的路灯染成猩红色。那片猩红倒映在陆语眸底，模模糊糊地与旧日的伤疤重叠，陆语的目光宛若被割伤了一道，顿时疼得她发不出一个音节。

又起风了。

风把这阵痛，一路吹到她心里，撕心裂肺。上帝造物时赋予了人类选择性记忆的本能，这么多年，陆语每每想到唐奕承这个人，都强迫自己刻意忽视、故意逃避那段经历，此时却陡然被他如此直接地讲出来，就像是之前粉饰太平的一切都被狠狠撕开，镜花水月之后，两人的关系最终还是原形毕露。

陆语虚妄地张了张嘴，她想要说些什么，可心里却似有一根线拉着，她到底没有说出口。在这样的对峙中，她所有苦苦维持的理智与坚强都显得脆弱又难堪。

敛眸，埋头，陆语不去看唐奕承眼里那抹暗昧不明的光，她咬着红肿的嘴唇掉头就要走。可就在她僵着身子抬步的刹那间，手里突然被人塞进来个东西。

陆语看向自己手上那个失而复得的钱包，她眼中的讶异还来不及收起来，已再度抬眸看向唐奕承，可她只捕捉到他转身离开的背影，冷寂又孤傲。

他们怎么会走到今天这一步？

海岛城市的气候明明潮湿温润，可陆语却觉得皮肤发紧，眼睛也干涩得厉害。她嘴里还残留着属于他的血腥味儿，那味道跟他的气息纠葛在一起，莫名地混杂成某种苦涩的滋味，五味杂陈。

"陆语！"远远传来的那道声音，猛然将陆语从怅然中剥离出来，她扭过身，就瞅见柯嘉礼小跑过来。他额角沁出一层薄汗，眼中沉淀的焦急在看到她的那一刻，渐渐消退。

"你跑到哪儿去了？我找了你好久，没事吧？"他的声音温软，透着关切。

陆语摇摇头道："我没事。"

柯嘉礼上上下下把她打量一番，见陆语除了脸色不太好并无什么异样，他这才展颜一笑，那笑容牵动清朗的五官，温煦得仿佛能照亮夜色。

"走吧，我们该回酒店了。"他说。

"嗯……"

酒店大堂里，宋远手里握着手机，来回踱步。

今晚，美食嘉年华举办方邀请唐奕承出席活动，在基金会晚宴结束后，宋远陪同老板赴约，可中途不知唐奕承看见了什么，他突然撇下宋远，独自离场。已经一个小时过去了，宋远一直联系不上他，也不知道发生了什么事。

宋远又在大堂晃悠了几圈之后，唐奕承总算回来了。

宋远心里忽地一沉，老板这面色……冷得瘆人。如果搁在平常，宋远肯定是能避就避，可眼下，他有重要的事情汇报，只能硬着头皮迎上去。

孰料，不等宋远张嘴，唐奕承已经先声夺人："一会儿你去找一下柯嘉礼，让他明天一早就回 B 市，基金会宣传策划部不是还缺人手吗，就让他先做着。"

宋远听得一头雾水，老板这是要开始"锻炼"柯家公子了？

不容多想，宋远连声应下，话锋一转，他说："宁小姐来了。"

唐奕承怔了一下，问："她人在哪里？"

"她现在在您房间里。"

第五章
负心女的第二次落跑

酒店走廊铺着羊毛波斯地毯，走在上面一点声音都没有。

早上八点五十分，陆语离开自己的客房，穿过这条悠长的走廊，站在廊道尽头的那扇房门前。

她比约定的时间提早了十分钟。

总统套房的房门是双开的，浅咖色木门上浮刻着欧式雕花，高雅又华丽。这扇门看得陆语隐隐有些心跳加速，她深吸了一口气，才抬手按响门铃。

陆语是昨晚跟柯嘉礼回到酒店后，才临时得知她在 H 市的拍摄行程中还有采访暖阳基金会理事长这么一项任务，这导致她一整夜睡眠质量极差，现在她必须强打起精神，才能面对这位在昨晚强吻了她的男人。

大门里传来门把转动声的那个瞬间，陆语险险地调整好了自己的表情，可就在门打开时，她刚舒展开来的面色便猛然僵住——她眼中撞进一位亭亭玉立的少女。

"你找谁啊？"少女看起来二十出头，声音清甜。

唐奕承的房间里怎么会有女人？

几乎是出于条件反射，陆语微僵的表情化开，她抱歉一笑，道："哦，不好意思，我可能敲错房门了。"说着，她歪头看向液晶显示屏上的房门号。

可房号并没有错，跟周萱萱昨晚给她的一样。

就在陆语陷入疑惑的那两秒钟里，有男人的声音从套房里传出来："宁晞，谁来了？"

随着这声音由远及近，陆语的目光越过门前的少女，定睛看向走过来的那抹身影。男人的身材颀长笔挺，身上穿着质地讲究的条纹睡衣，手里还拿着一把电动牙刷，一副晨时初醒的模样。

有明媚的阳光从房间里照射出来，可陆语顿时觉得眼前一黑——只因此刻站在少女身后的男人不是别人，正是唐奕承。

眸光交错间，唐奕承也是微微一怔，循着陆语错愕的视线，他下意识地垂眸看了眼……自己身上的睡衣。

不等他再度抬眸看她，陆语已经扔下句"我等会儿再过来"，便拔腿走人。

唐奕承面色一沉，他抬脚就要去追她，却在身体移动的那一刹，像是猝然被人按了定格键，狠狠地顿住。

他这是做什么？

陆语昨晚说的那句"我和你已经没有半点关系了"，此刻突如魔音穿耳一般钻进唐奕承耳朵里，震得他的耳膜嗡嗡作响。

宁晞仰头瞅向他问："你怎么了？"

回神，唐奕承没接她的话，而是看了眼时间，他以稀松平常的口吻说："九点钟我有采访，你找宋远带你出去转转。"

宁晞的脸垮下来，清透的眼睛里装着三分哀怨，七分撒娇，说道："我从纽约坐了十几个小时的飞机过来，你连一天也不能陪陪我吗？"

唐奕承不置可否，反倒问她："你这次出来，秦叔知道吗？"

宁晞权当他是答应了，她咧嘴一笑，回道："我跟着你，他不担心。"

一路穿过安静的走廊，一路听着自己心脏剧烈的跳动声，陆语脚步迅疾地回到自己的房间。关上门的瞬间，她像是成功躲进了厚厚的龟壳，身体一软，不由自主地靠向门板。

须臾前的那一幕来得太突兀，也太震撼，陆语别说一时间难以消化，就连她这一刻的感觉，她都形容不出来——难过？心酸？怨怒？

不，那些都是她不该有的感受。

唐奕承从七年前就走出她的世界了，决定是她做的，结果也必须由她来承受，没什么好难受的。况且就算他有了新欢，也是合情合理的事情。抛去财富积累和岁月历练赋予他的那份附加魅力，光是唐奕承那张脸就足以迷倒万千女性，包括少女时代的陆语。

更何况是现在的他呢？

如果真要追究，陆语大概也只能埋怨一下，他凭什么在强吻过她之后，又和别的女人共度春宵？

这样自我安慰着，陆语扯唇，失笑。

靠在门上僵了少顷，她不知转念想到什么，忽然霍地直起身，闷头冲进洗手间，拿起牙刷就开始刷牙。

牙刷的软毛刮擦着陆语每一颗牙齿，一遍又一遍，就像刮擦在她心上，她企图把那个男人昨晚留在她嘴巴里的味道剔除掉，也一并把他从她心里清除干净，彻彻底底地，不留一丝一毫的痕迹。

可惜，徒劳。

陆语手上的力气越大，她心脏的位置越疼，像是被刷子刮伤了一般，除垢的同时也把血肉粘连下来，蚀骨灼心。

有些事不能想，可此时她偏偏控制不住要去想——比如，唐奕承是否也会像曾经搂着她那样，搂着那个叫"宁晞"的女孩？是否也会对那个女孩说着一样好听动人的情话？又是否会把他从不轻易展露于人的温柔，在那个女孩面前展露出来？

陆语恍然发现原来她不是不痛，而是一直隐忍一直隐忍，自欺欺人地以为不痛罢了，这究竟有多可悲？

洗手间很小，那些密封的痛苦，在发酵。

抬眸，陆语看向镜子里的自己，已然泪流满面。

她唇角还沾着牙膏，那泡沫如同谁的玻璃心，一触即破？

直到手机响起，陆语才恍恍惚惚地从洗手间里出来。

她接听，儒雅的男声透过电波传过来："你在 H 市的工作还顺利吗？"

梁梓行的声音，隐约夹杂着敲打键盘的背景音。陆语向上翻了翻眼皮，强行把泪水送回去，回道："还行。有事吗？"

"没事就不能给你打电话了？"梁梓行轻轻笑着，说完却倏尔一顿，收起了唇边的笑意，"你鼻音怎么这么重？哭了？还是感冒了？"

"没有啊。"陆语搓了搓酸胀的鼻子。

她这句话落下，梁梓行那边却突然没了下文，敲击键盘的声音也悄然消失了。

"喂？梓行？"

电话另一端，梁梓行的手机缓缓从耳边滑落，他的视线已完全被电脑屏幕上的某则新闻攫住了——H市，慈善基金会，唐奕承。

这几个词组拼凑在一起，信息量太大，仿佛一道晴天霹雳从梁梓行眼前闪过，刺激得他的眸光蓦地沉下去，他用沉默表示了震惊——他、回、来、了。

九点整。

反光伞和摄影灯就位，陆语那架单反相机的显示屏上，映出唐奕承的脸。

属于他那张脸上的表情和平日里没什么差别，淡淡的，高高在上。他双腿交叠坐在沙发上，那副沉敛又清雅的姿态配上狭长的眉眼，有些凌厉的长相，显得既有型又英俊的同时，也让人觉得难以接近。

这不是陆语想要的拍摄效果。

不管情绪有没有整理好，她现在都必须进入工作状态，她指了指唐奕承的衬衫领口处，道："唐先生，麻烦你把领针摘掉，扣子解开两颗。"

一丝不苟的正装可以赋予男人一种禁欲的魅力，而稍稍地释放，则能增加一抹慵懒的性感。

陆语从专业审美角度给出的建议令唐奕承微怔，他迟疑着抬手的那个瞬间，一双白皙的手已经抢先一步触到了他的领口——

"我来吧。"坐在沙发转角处的宁晞突然站起来，笑着跑到他面前。

唐奕承几乎是本能地想要避开她的手，却在瞥见陆语脸上浮起的那抹想遮都遮不住的黯然时，他改变了主意。

喉结轻轻滑动了一下，他波澜不惊地对宁晞说："谢谢。"

"不客气。"宁晞的笑容扩大。

不知是这女孩透明干净的指尖太亮眼，还是她那双手在唐奕承脖颈处摆弄的动作太刺眼，陆语的目光像是被蜇伤了一般，她默默地别过脸不去看。

可宁晞却在这时皱了下眉，问道："奕承哥嘴角有伤疤，会不会影响拍摄效果？"

被"奕承哥"这个称谓一刺激，陆语的表情凝住半秒，才意识到宁晞是在跟她说话。那个疤，是她昨晚留在唐奕承唇边的，现在被宁晞这么一提醒，陆语只觉那股刚压下的酸楚又从心里往上漫。

"不会影响拍摄，后期可以修掉。"她的声音哑哑的。

宁晞帮唐奕承整理衣衫的过程，不过几秒钟，采访者周萱萱瞧得兴味盎然。

昨晚她跟宁晞聊了聊，得知这女孩是唐奕承老管家的外甥女，她读书时一直承蒙唐奕承资助，一来二去，两人关系不错。仔细看看宁晞，一身简单朴素的休闲装，即便没化妆也挺养眼，眉清目秀，五官端正，就像邻家女孩一样乖巧可人。

周萱萱很快从宁晞身上收回目光，又不自觉地转头看了眼陆语。

相较之下，自然陆语更漂亮一些，特别是陆语那双眼睛，安静中透着几分灵气，那是一种时光赋予的空灵，不显城府，却别有韵味。不过，陆语和宁晞的打扮倒是属于同一个类型——清爽简约。

素来走性感妖娆路线的周萱萱不禁玩味暗忖：先是梁梓行，再来一个唐奕承，难道现在有身份有地位的男人都改吃素了？

言归正传。

周萱萱采访过的政商名人不在少数，也凭此跻身上流社会。可不得不承认，职业使然，她对唐奕承这个谜一样的存在格外感兴趣，关于他的传奇人生，周萱萱听过不少版本。

"唐先生，我们先来聊聊你的过去吧。你年少时曾在纽约送过快递，在餐厅洗过碗，后来却在二十二岁那年入读常青藤名校，并在同期开始创业……请问是什么样的机缘巧合，让你走上这样一条彻底颠覆过去的路？"周萱萱嘴上说着，眼睛里不免流露出一种类似于"崇拜"的情结。

贫穷，是社会和家庭加诸在唐奕承身上的，是他曾经甩不掉的包袱和枷锁，而他的睿智和能力却是与生俱来的，那是来自他骨子里的魅力，只需掀开一角，便无人能比。

坐守财富的富二代没什么稀奇，能创造财富的人，才是人生赢家。

唐奕承始终面色淡然，他并不避讳自己穷过的事实，那是他人生的一部分，他从不以为耻。只不过那生命中最漫长、最难熬的几年，那段旁人根本无法想象的艰辛成功史，他只轻描淡写地归结为"运气"二字。

出于职业本能，周萱萱不难发现，有些事，这个男人不愿意提。她也不再深究，转而跳转了话题："唐先生，对于你的成功，你有特别想要感谢的人吗？"

明明只是个公式化的问题，每位成功人士身后总有那么些隐在光环背后默默付出的人，可这一刻，唐奕承想到的却偏偏不是他们，而是那个在他记忆角落长期蛰伏、偶尔反噬的人。

片刻的停顿，他坐直了身体，清透锐利的眼眸微微一黯，道："有，一个女人。"

"什么女人？"周萱萱来了兴致。

陆语不知道是不是自己的错觉，唐奕承在说出这句话时，忽然朝镜头的方向看了一眼。两人的眸光在显示屏上有那么一瞬间的碰触，他幽深迫人的眼神令陆语心里没来由地微微一抖。

难道唐奕承说的是她吗？

在唐奕承启唇的那一刹，陆语的心跳陡然跃至喉咙口……

纽约不是天堂。

阴天的纽约，晦暗，潮湿。

在纽约警局的拘留室里，有位二十一岁的少年挨着墙根坐在地上，他的头深埋在双膝间，背脊弓得像只大虾，瘦削的肩一动不动，颓废又狼狈。

少年已经保持这个姿势整整二十四个小时了。

直到那声沉重的开门声响起，他才顶着乱蓬蓬的头发仰起脸。别看他萎靡不振，抬头的动作却很快，仿佛濒死的人突然间嗅到救命般的气息，带着一丝希冀，也带着一丝忐忑，他看向来者。

"陆语怎么样了？"少年唇型美好的嘴唇干裂脱皮，眼睛被门外的光线照得赤红。

华裔律师手里提着公文包，没拉紧的拉链里露出卷宗的边角，他闻言皱眉道："Tang，目前的案情对你很不利，你还是关心你自己吧。受害人准备告你故意伤害……"

"你先告诉我，陆语怎么样了？"唐奕承只重复这句话，执拗、固执。

律师无奈地耸耸肩，声调平缓："陆小姐请我转告你，她不会等你出来。她说你们……"到底还是有些不忍，律师叹口气，才继续道："很遗憾，她说你们的感情结束了。"

从外人口中道出的"结束"隐约透着同情，可在唐奕承听来，却仿佛是琴弦上没有经过任何过渡、猝然跳起来的那个高音，突兀又刺耳，几欲震裂他的心脏。

不，他不相信。

在年少的岁月里，爱情是一种承诺，他和她都笃定不已。

更何况，他是因为她，才落得这般境地的。

"陆语……她人呢？"唐奕承的声带微微颤抖，夹杂着前所未有的涩意和不甘，"你可以安排我们见个面吗？"

律师摇头说："陆小姐已经和梁先生回国了，说是不会再回纽约了。我只知道这么多。"

回应他的，是死一般的沉寂。

少年很久很久没有再说出话来，冰冷的墙壁，浑浊的空气，唐奕承带着老伤的左臂无力地垂着，像是坏掉的木偶被困在牢笼里，而他修长的手指却弯曲起来，握拳，他的指节绷得发白欲裂，指甲狠狠地抠进掌心的血肉里……

痛，才能让他清醒过来——

那个说好会厮守一辈子的人，在失去的时候，却也不过只是一瞬间的事。

唐奕承本以为那一瞬间的失去，换来的痛也不会太长久，总有一天会过去。可往后的数千个日日夜夜，他却发现那种痛并未因时光流逝而有所减轻，就好像生命中最重要的东西被人强行剥离，在他体内留下了又大又深的创面，牵扯着发肤神经，久久无法愈合。

　　有多爱，就有多痛；有多痛，就有多恨。

　　采访还在进行，镜头却似乎悄然偏离了焦点，照进了唐奕承心底那个不为人知的角落。

　　他陷入了回忆，旁人无法打断。

　　在这短短的沉默里，周萱萱意识到采访对象走神了，她轻唤了声："唐先生，你说你有今天的成就，要感激一个女人。那个女人是？"

　　那个女人、那个女人……

　　唐奕承被这句话拽回现实的那一刻，他下意识地看向陆语。

　　一切昭然若揭。

　　那片刻间的对视，陆语被他清冷的眼睛看得发怵，她的脸色僵白一片，手里的相机似有千斤重。而接下来的那番话，唐奕承说得有多漫不经心，陆语就觉得呼吸有多困难。

　　"她是我的前任，第一个女朋友。"

　　摄影灯打在唐奕承脸上，他精致的五官都沾染着光芒，唇角的血痂红得摄人心魄。

　　顿了顿，他继续说："在我人生最糟糕的时候，她抛弃了我，跟别的男人走了。后来想想，如果不是她不愿意跟着我吃苦，如果不是她背叛了我们的感情，可能也不会激起我的斗志……"

　　"不，不是这样的！"

一道急促的嗓音就这么轰然炸响，带着几分陈年的委屈扫过每个人的耳膜，唐突至极。

陆语从不知道自己能被一个人那么简短的一句话逼到如此绝境，"背叛"这个字眼就像一铆钢钉，顺着唐奕承的话狠狠地凿进她的心脏，她唯一的念头就是反驳他。

狠狠地反驳他。

她这一嗓子喊出来，当即招来三束目光——

唐奕承的眼神幽深难辨。

宁晞的杏眼里蓄满不解。

周萱萱美眸一眯，突然就变得意味深长起来，联想起唐奕承不着痕迹地让陆语加入他们的团队，她心里隐隐冒出一个疯狂的猜测。

难道……

"陆语，你怎么了？"周萱萱敛去眉目间的惊讶，嘴上若无其事地问着，她又转头看了眼唐奕承，"你们有什么问题吗？"

"没……没有。"陆语这才惊觉自己的失态，她整个人就跟被捅了针的气球似的，没爆，但飕飕地往外漏气。

她慌忙抬手指了下唐奕承身后的反光伞，那一丝心虚作祟，导致她的声音弱下去："我刚才是说反光伞不是这样打的，我去调整一下位置。"

"……"

忽略掉这个小插曲，周萱萱探身关掉录音笔，以示接下来的对话与采访无关了。

她撩了撩垂在肩上的卷发，俨如治愈使者一样对唐奕承说："果然啊，年轻男人就是一张没刮的彩票，那个女人一定想不到你是头奖。你应该庆幸那段感情结束了，那种虚荣又势力的女人不要也罢……"

周萱萱嘴上嘲讽着"那个女人"，眼角的余光却是一刻没离开过陆语，悄悄捕捉她的表情。

果然，陆语脸上那种受伤的表情早已无所遁形，她此刻就像是一只被遽然踩到尾巴的小猫，疼到恼怒，却又不知该如何舔舐伤口。

宁晞的目光一直黏在唐奕承脸上，隐隐泛着疼惜，她在这时也忍不住动了动嘴："奕承哥，这世上的好女孩儿有很多。那个女人离开你，是她的损失……"

"相片拍够了。"陆语颤抖着嘴唇打断了宁晞，她无法再在此处多待一秒，利落地收起相机，往肩上一背，抬脚就走，"我先走了，你们慢聊。"

看着她狼狈离去的身影，周萱萱仍有些难以置信，难道她真的猜对了？

唐奕承口中那个"负心女"就是陆语？

而陆语口中那个"穷小子"就是唐奕承？

就这么把两人对号入座，周萱萱若有所思。

唐奕承在 H 市三天两夜的行程，安排得紧锣密鼓。

当天下午，为配合暖阳基金会此行"资助贫困大学生"的活动主题，唐奕承受邀前往当地一所名牌大学发表演讲。

学校礼堂里座无虚席，掌声雷动。

对那些对未来寄予满满憧憬的大学生而言，唐奕承的成功史无疑是励志又充满正能量的。这世上有很多奇迹，就算它不一定会降临到自己身上，但听听别人的传奇人生，未尝不是一种鼓励。

海明威有句名言："The world is a fine place, and worth fighting for."

这世界是个好地方，值得为之奋斗。

演讲尾声，唐奕承用这句话作为结语，赢得满堂喝彩。

可又有谁会猜到，从社会底层奋斗到顶端，一步一步支撑这个男人走过来的，并不是这个世界，而是———一个女人呢？

陆语当年所谓的"结束"，恰恰是唐奕承的"开始"。

七年至此，唐奕承终于摆脱了"穷小子"这个寒酸的标签，他从大洋彼岸来到她居住的城市，呼吸她呼吸的空气，走她走过的街道，以崭新的姿态再度入侵她的人生，这是单纯地只是因为当年被甩的是他，所以心有不甘？

又或者，是因为他还爱着她？

唐奕承大概从未认真思考过这个问题。

夜幕降临，宋远来总统套房找唐奕承时，他正在回复邮件，人不在公司，可公事一天都不能耽搁。

犹豫了一下，宋远才说："宁小姐说今晚有沙滩篝火晚会，您要不要一起来玩玩？"

唐奕承似乎对这个话题没什么兴致，他坐在桌案前，电脑显示屏的微光将他的眼眸衬得深邃清透。他连头都没抬，只抛出一句"你们去吧"。

宋远无趣地"哦"了声，他对老板的答案不感意外，转瞬说起另外一件事："对了，唐总，酒店已经给宁小姐腾出空房了，今晚她不用再跟周小姐睡一个房间了。"

唐奕承略一点头,不再说话,却在宋远要离开时,他不知想到什么,突然抬眼,道:"宋远,你把摄影师给我叫过来。"

宋远愣了一下,心想大晚上的老板把陆小姐找来房间做什么?

像是看出他的疑问,唐奕承气定神闲地补了句:"我要选照片。"

"……"

宋远立马转身去找陆语了,因而错过了唐奕承眼里那丝意味不明的光。

也许,连唐奕承自己都不知道他为什么要把陆语找来,难道只是因为在访谈过后,他就一直没再看到她?

没过多会儿,门铃声再次响起。

不知是因为房间里太安静,还是门铃声略显急促,以至于那"叮咚叮咚"几下,像是敲在唐奕承心上,他心里莫名一顿。

起身开门,唐奕承的表情也顿住了。

站在门口的居然又是宋远,他的视线越过宋远,看向对方身后,也是空空如也,便问道:"陆语呢?"

宋远摇摇头,急声说:"陆小姐的房间没人应门,我去问过酒店前台,他们说她刚才已经退房了。"

"退房?"唐奕承的嗓音微微一沉。

宋远还没琢磨出老板那瞬间沉郁的脸色是为哪般,已听唐奕承吩咐道:"备车。"

"唐总,您要去哪里?"宋远挠着头追上他。

"机场。"他不会再让她落跑第二次。

B市，机场高速路上。

"陆姐出事了，我得去趟H市。可我买不到今晚的机票了，你能帮帮我吗？"

冯晓冬带着哭腔的嗓音透过电波传进梁梓行的耳朵时，他正在驱车前往B市机场的路上。闻言，他握在方向盘上的手猛地发紧。

"陆语怎么了？"

"我刚才接到医院电话，她正在当地的人民医院……"冯晓冬已经急得哭出来了。

"你别担心，我今晚正要去H市。"梁梓行说着，陡然提高了车速。

梁梓行之所以会匆匆忙忙地飞赴H市，本来是因为他看到了关于唐奕承的报道，一时半会儿实在难以消化其中的信息量，他必须要亲眼证实。可现在，他满脑子只剩下陆语了……

同一时间，H市，机场高速路上。

黑色豪华轿车行至中途，突然俯冲下高速公路，一个紧急掉头，疾驰着朝反方向的市区驶去。

车后座上的男人因急转弯狠狠地摇晃了一下，撑在窗棂上的手肘滑落，他那张脸呈现在从车窗漏进来的微光中，焦灼的，凝重的，像是世界末日。

"开快点。"唐奕承再一次催促道。

司机默默看了眼仪表盘上已经提到一百三的时速，咬着牙继续猛踩油门。

夜色从窗外飞驰而过，可唐奕承眼前已然被片刻前的那幕惨剧填满，猩红一片。

当晚，H市机场高速路上，发生了一起严重的车祸。

被一辆重型货车撞得支离破碎的出租车，飞落出车外的相机，以及那些迸溅在玻璃窗上的血迹……车祸后留下的、尚未来得及清理的事故现场，触目惊心。

唐奕承在去机场堵截陆语的路上途经车祸现场，他原本只是透过车窗向外看了一眼，便收回视线。然而在他眼尾余光瞥见地上那台被摔烂的相机时，他整个人顿时如遭电击般怔住了。

唐奕承不记得他当时是如何吩咐司机紧急刹车，又如何跨出车门冲过去的，他只知道直到从机场高速折回市区，他耳边仍回荡着围观路人的议论声，那纷杂的声音犹若魔音贯耳。

"出租车司机当场死亡。车上的乘客是一位年轻女性，伤势严重，生死未卜，人已经被救护车送往市人民医院抢救了……"

"唐总，航空公司说今晚的航班旅客名单上，确实有陆小姐的名字，但她……没有登机。"还有一小段路就赶到医院了，宋远紧张地攥着手机，支支吾吾的，不太敢看老板的脸色。

唐奕承没吭声，甚至是一点反应都没有，他就那么木然地坐在后座上。

夜幕笼罩下的公路车流稀疏，昏暗的路灯仿佛怎么也照不亮夜色，路灯光芒的尾端，是黑黢黢的一团混沌，好像没有尽头的时空黑洞，又好像凶途末路。

晦暗的光影被车窗过滤后掠过唐奕承的脸，衬得他的面色僵白得骇人，仿佛只要伸手一碰，他就会灰飞烟灭似的。

那么坚韧的男人，这一刻，却被恐惧紧紧地包裹着，那是从未有过的恐惧。

不，陆语不会出事。

她折磨了他这么多年，他还没有把那些委屈讨回来，如果她就这么走了，这个世界只会让他感觉到寂寞，寂寞得让他心里发慌，寂寞得让他再一次啃噬那种痛，那种远比七年前剧烈千百倍的痛。

不，他不要再去讨那些委屈了。

她曾经跟着他过了两年苦日子，现在他终于有能力让她过好日子了，她怎么能先走呢？他还没来得及好好宠爱她，他还没来得及给她更好的，他还没来得及再次把她抱在怀里、轻轻地说一句："陆语，我还爱着你……"

七年了，我还爱着你。

一刻也不曾忘记过。

到底是怨恨，还是残爱，让唐奕承在大洋彼岸撑过了一年又一年，现在都不重要了。他心底只翻搅着一个锥心刺骨的声音——没有她，他该怎么活？

"嚓"一声尖响，黑色座驾稳稳地停在医院门口。

急诊室内。

"患者意识消失，心音消失，血压测不出，瞳孔散大，快上心电除颤器，静脉注射肾上腺素……"医护人员忙着抢救刚被送来的车祸重伤者。

"还是没有脉搏，患者伤势太重，可能不行了……"

"努努力，再试一次电击除颤。"

急诊室外。

唐奕承迅疾的脚步猛地停住，他狠狠地僵在门边。

隔着那淡蓝色的帘子，他隐约能看到医生和护士在病床前忙碌穿梭的身影，这让他脑中不受控地冒出陆语那张脸，流着鲜红的血，苍白的，脆弱的，躺在白被单上奄奄一息。

　　唐奕承浑身的力气都在这个瞬间被抽光了，连抬脚都变得艰难。

　　生与死，一帘之隔。

　　但只是须臾的停顿，唐奕承便极快地在虚空中挥了挥手，像是要把那些可怕的画面都从大脑中驱赶出去，同一时间，他定住的双脚再次抬起，一步一步地，朝着那帘子走过去。他的脚步是史无前例的沉重，似乎生怕自己会被那场噩梦击垮……

　　抬手，他唰地一下拉开帘子。

　　"喂，你什么人啊！快出去，没看这儿抢救呢……"

　　小护士急躁的呵斥声劈头盖脸袭来，唐奕承却置若罔闻，他根本不给对方反应的时间，突然一把将小护士从病床前拉开。小护士气得瞪圆了眼就要轰他走，唐奕承却一个箭步挤到床边，急切地看向那位濒死的年轻女人——

　　这一刻，世界都静了。

　　静得他甚至可以听到自己的心脏落回胸腔的声音。

　　不是她。

　　不是陆语。

　　她还好好地活着。

　　这就够了。

　　"不好意思，我认错人了。"唐奕承对医护人员欠了欠身。

　　离开急诊室，唐奕承虚靠在墙上，疲倦地摁了摁太阳穴。他不知道自己这是怎么了，那漫长的恐惧过后，那一瞬释然过后，他胸口的部位依旧憋得难受。就好像一口气喝掉整瓶高纯度的酒，酒喝完了，可酒精仍留在他身体里，长时间发酵，如滚烫的岩浆一般在他胸腔内翻滚着。

他想见她。只有见到她，才能缓解他内心的焦渴。

步入急诊楼的电梯，唐奕承从西裤口袋里摸出手机，快速调出通话记录。上面显示的第一个号码，他刚才一路上疯狂地拨打了很多次，都没人接听。

可此时此刻，他还是忍不住再拨一次。

当他修长的指尖触到"陆语"那两个字时，徐徐合上的电梯门忽然顿了顿，唐奕承用没拿手机的那只手按住了开门键。

"谢谢。"有位护士推着移动病床进来。

唐奕承往后挪了挪，把手机举到耳畔。待机铃声从他手机里传来的那一刻，他听到电梯里响起了手机铃声。

"喂，你哪位？"小护士接听了电话。

唐奕承那通迟迟没人接听的电话居然也在这时通了，他喉头一紧，嗓音里裹着一丝喑哑："陆语，你……"

岂料他刚发出几个音节，声音便戛然一顿。转瞬间，唐奕承疑惑地看向站在他前面的小护士，只见对方霍地转过头，也惊讶地回视他。

唐奕承意识到自己正在和小护士通电话，不由得眉头一皱，道："你的手机号……"

小护士反应过来，她朝移动病床努努嘴，道："这是患者的手机，我帮她接一下。你们认识？"

唐奕承这才后知后觉地低下头，带着点不解瞅向那位病患——病床上的女人全身盖得严严实实的，只有一张巴掌大的小脸露在外面，白色床单，白色被子，白色枕头，衬得她的脸色煞白，没有一丁点血色。她闭着眼睛，细黑的眉紧紧拧着，即便在熟睡中也是极不安稳的模样。

唐奕承刚松弛下来的神经又是猛地一紧，他伸手就要去摸陆语那张惨兮兮的脸，动作却在半空僵住，他转问护士道："她怎么了？"

小护士打量着这位面容冷峻清雅、眼里却泛着疼惜的男人，她反问道："你是患者家属？"

"不，我是她男……"熟悉的称谓即将脱口而出，又被唐奕承及时打住。

顿了顿，他改口说："我是她朋友。"

小护士琢磨了一下，她指了指床边吊着的血袋，回道："患者严重贫血，刚才在出租车上晕厥了，被司机送来医院。我们已经通知了她在 B 市的亲属，今晚她需要留院观察……"

电梯门"叮"一声打开，唐奕承却站着没动。

他的眉皱得更紧。

据他所知，陆语的身体底子不错，她什么时候患上了贫血的毛病？

不容多想，唐奕承微微一沉气，对小护士说："我就是她的亲属，立刻把她换去 VIP 病房。"

"……"

第六章

埋了七年的"恨"

VIP 病房。

只亮着一盏床头灯。

躺在病床上昏睡的女人盖着素白的夏被，被子铺得很平，衬得她的身体薄得就像一张纸片。暖黄色的灯光铺洒下来，却化不开她脸上的那片苍白，只有一小撮光影在她鼻尖上淡淡地晕开，透明的，缥缈的，好似有光线从她体内透出一般。

坐在病床边的男人不知道自己这样看着她，看了多久。

也许，是一小会儿。

又或许，漫长得仿佛一个世纪。

唐奕承活动了一下坐得僵硬的身体，向床边伸出手，他的手指白皙修长，指尖修剪得干净圆润，他一点一点地，碰触到陆语从被单里露出来的那只手，轻轻握住。

大手包小手，他的动作那么温柔，好像生怕自己用力一点，就会把她捏坏了似的。

她的手很凉，凉得没来由地让他心慌，让他心疼。

唐奕承不知道是因为这只细嫩的没有温度的小手，还是方才那种"失去"的恐惧感仍在作祟，以至于他隐约觉得，这么多年积累起的恨意，看似深重，其实却那么轻，宛如冰凌下的水珠，滴落之后便会渐渐蒸发。

她只要健健康康地活在他眼皮底下，就好。

唐奕承稍稍用力，把陆语的手握紧了，他微微低下头，将她的掌心贴在他的脸颊上，缓缓摩挲着，就像以前她千万次抚摸他那张清朗动人的容颜一样。

这是她喜欢的。

有热量，从唐奕承的皮肤向陆语输送过去，源源不断，温暖得犹若夏夜里的微风。

她始终紧蹙的眉心，稍稍舒展开来，但依旧没醒过来。

陆语，没有我的这些年，你到底发生了什么？

你怎么会变成现在这副可怜蛋的样子？

这回换做唐奕承皱起了眉，想起医生刚才跟他说的那句"病人经期失血过多引起严重贫血"，他的眼神幽幽黯下去，眼底浮现起一丝惶惑。

在病房外转了一圈又一圈的宋远，再次打着呵欠低头看表，已经过去三个小时了，自家老板一点要走的意思都没有，难不成这是要守整夜的节奏？

稍事琢磨，宋远轻敲几下门，探了半个脑袋进病房，问道："唐总，有没有需要我帮忙的？"

宋远嘴上若无其事地问着，可他的眼睛却像是看到了什么不该看的东西，眼珠极快地转向天花板。老板牵着"小蘑菇"的手摸自己的脸……这画面太美，他不敢看。

唐奕承倒是不以为意，他坐姿没变，低声吩咐了句："你去买碗粥回来。"陆语失血过多，醒来肯定会饿。

"皮蛋瘦肉粥？"宋远问道，唐总喝粥一般都喝这个。

"嗯，但是别放皮蛋。"

呃……不带皮蛋的皮蛋瘦肉粥？

唐奕承这话一出口，别说宋远脸上立马飞来三条黑线，连唐奕承自己都愣怔了一下。

与其说人的记忆力很惊人，倒不如说那是一种习惯。记忆中的画面需要一个短短的时间才会反射到人的大脑，而习惯，往往就挂在嘴边。

在纽约，很多个周末的早晨，陆语都会和唐奕承牵着手去唐人街的某间广式茶餐厅吃早餐。她总会叫一碗皮蛋瘦肉粥，而这碗粥的命运，每次都如出一辙——她不爱吃的皮蛋统统被唐奕承挑出来吃掉，她嚼着肉片喝着粥，一脸美滋滋的。

在这个瞬间，唐奕承还来不及想起那些个日光倾城的纽约初晨，也来不及想起那一碗碗两人分享的热粥，可她喜欢的，她不喜欢的，即使时隔多年，他依然一张嘴就能说出来。

凌晨时分，宋特助就这样带着一脑门的睡意和问号，连跑了好几家店，只为买一碗不带皮蛋的皮蛋瘦肉粥……

不过十分钟，病房再次传来门把转动的声音，以及一串急促的脚步声。

"你这么快就买回来……"

唐奕承的声音在他转过头的一刹那，戛然而止。站在他身后的人，他再熟悉不过，却因为在这样的场合相遇，他多少还是有些诧异。

不过，梁梓行却是有备而来。

陆语贫血是老毛病了，刚才他也跟医生确认过，病人已经脱离了危险，所以梁梓行在看了眼沉睡的陆语之后，他便朝唐奕承挑了挑眉道："出来说话。"

医院走廊里的白光刺眼，照得两个男人的面色都不善。

"袖扣和陆家老宅都是你买的？"一路上，梁梓行默默消化掉这位情敌今非昔比的事实，这会儿他单刀直入。

唐奕承既不承认，也不否认，只淡淡地说："这些事不是你该关心的。"

"难道陆语是你该关心的？"梁梓行冷哂一声，口吻不无嘲讽，"唐奕承，哦不，唐总，你别忘了陆语早就跟你分手了。哪怕你现在再怎么出人头地，在我眼里你也只是个 Loser，被抛弃的前任。"

唐奕承微微绷紧的脸部线条，此时竟然舒缓下来，他嘴角甚至还带着一丝笑意，悠悠地问梁梓行："你不觉得奇怪吗？"

"有什么好奇怪的？"梁梓行的眉头拧得老高。

"你把陆语从我身边带走，继而在她面前刷了这么多年的存在感，可她宁愿卖掉袖扣，也不找你帮忙买下陆宅，难道你不明白为什么吗？"唐奕承戏谑地反问。

一个女人，如果不愿意欠一个男人的人情，绝非好事。

唐奕承寥寥一句话，就把梁梓行堵了个哑口无言，白炽光下，他只剩一脸青白。

梁梓行不知道是不是自己的错觉，眼前的男人分明跟以前不一样了，如日中天的事业为唐奕承笼罩上一层光环，岁月又赋予了他一种沉敛的魅力，那种魅力足以让梁梓行维持多年的优越感，在刹那间土崩瓦解。

可他又觉得唐奕承其实一点都没变。

短短的片刻，梁梓行仿佛又看到了地下室里的那个少年——执拗不羁，眼里永远沉着一种不服输的坚韧。

陆语所有的意识都停留在那辆载着她、疾驰驶向机场的出租车里。

她太累了，心累，身体也累，这让她在 H 市一刻也待不下去。昨晚拍摄工作基本结束，她跟周萱萱打了个招呼后，准备先一步返回 B 市。不料，一上车，陆语就觉得头晕晕的，她就这么靠在后座上不知不觉睡了过去。

这一觉，她睡得可真长。

那个梦也很长，支离破碎的。

蓝眼睛黄头发的纽约警察，一对少男少女死死攥在一起的手，撕心裂肺的哀号声……可最终，十指紧扣的那两只手还是被警察强行分开，徒劳的挣扎后男孩被带走，有鲜血从女孩儿双腿间潺潺流下……

那么多的血，像是快要把一个人全身的血都流尽了。

"求求你们不要带走他！不要——"

陆语惊叫着醒来，胸口剧烈地起伏着。梦境和现实交替，她还没看清自己此刻身处何地，就被一双手扣住肩膀，按回了病床。

"你做噩梦了。"温雅的男声和着初晨的阳光，拂了她满面。

陆语攥着被单的手指犹在隐隐发抖，她努力睁大眼环视一圈病房，然后迷迷糊糊地看向面前的男人，问道："我怎么在这里？你怎么在这里？"

听她毫无头绪地问道，梁梓行微微一笑，三言两语道明原委。他伸手拿起床头柜上的粥，试了试温度，道："我刚热过，还温着。你先喝点。"

从昨天中午开始，陆语就没胃口吃东西了，折腾这么一通，她还真有点饿了。

"谢谢。"陆语跟梁梓行道了谢，她把枕头垫在腰后，接过粥碗。

陆语闻了闻热粥的香气，她舀起一勺就要往嘴边送，却在这时，她握着勺子的那只手突然顿了顿，转眼她就用勺子使劲搅了搅粥底，像是在找什么。

"皮蛋呢？"她问梁梓行。

梁梓行被她问得一怔。

昨晚唐奕承的特助把粥送来时，唐奕承已经走了，梁梓行想着反正陆语醒来也要吃东西，他就让宋远把外卖留下来了，哪知道一碗破粥还有这么多名堂。

"不知道，买来就这样的。"梁梓行耸肩道。

陆语"哦"了声，隐约有不可思议的念头从她脑子里冒出来，明知八成是自己想多了，可她还是忍不住问一遍："昨晚是你一直在医院陪我？"

梁梓行压下眼里那丝迟疑，点了点头，他转瞬跳转了话题："医生说你今天可以出院了，等会儿我带你回 B 市。我托人找了位很有名的老中医，回去让他给你开点中药补补身子。"

陆语不再吭声，饱满幼滑的米粒入口，她顿觉食不甘味，默默腹诽自己真是傻透了，那个男人现在一定正和那位叫宁晞的女孩在一起呢。

这个早晨，没有人提到唐奕承的名字，相安无事。

"刚出锅的油条和豆浆来嘞，要不要带一份？"

"磨剪子嘞，戗菜刀……"

鱼儿胡同里一大早就传来各种各样的吆喝声，浓浓的市井气息越过青砖瓦墙，飘进四合院的东厢房。

陆语搓了搓耳朵，拥着被子从床上坐起来。

冯晓冬让她省了不少心，趁她去H市外拍的工夫，冯晓冬已经把工作室搬得七七八八了，陆语一回来直接住进陆家老宅。一个星期过去了，她每天不用调闹钟，全能在七点准时起来。

入了秋，B市的天气愈加干燥。

瑟瑟秋风吹在脸上，虽然不算寒冽，但皮肤干干涩涩的。陆语涂了一层厚厚的保湿面霜，推开窗向外看去——高墙外的古槐枝丫伸进院落，绿油油的叶子打着黄尖儿，她的视线往上，发现依旧是个雾霾天，远处灰蒙蒙的一片，整座城市都像是笼罩着一层薄纱。

"喂，你身体还没好利索呢，别一吹风再感冒了。"

顶着一头乱发的冯晓冬一进屋，立马伸手关严了木窗，把陆语从窗口拉开。

她递给陆语一个移动硬盘，道："暖阳基金会的照片我都修好了，你随时可以给客户送片儿去了。"

陆语连吃了好几天补气血的中药，脸上开始有了点血色，可一想到这位客户，她的脸色又白了白，闷闷地"嗯"了声。

冯晓冬在修片的时候，已经把暖阳基金会理事长和陆语那些旧照片里的少年对上号。当年浑身痞气的美少年，如今摇身变成商业精英，冯晓冬不得不瞪圆眼睛，对着电脑屏幕消化了老半天，才咽下这个事实。

转念再想想陆语这次出差还被折腾进了医院，她隐约嗅出端倪。

"陆姐，人活着就要向前看，过去式就不要再想了，何苦折磨自己呢？人家不是都说，忘掉一段旧感情最好的方式就是开始一段新恋情嘛，我看梁哥挺不错的，这么多年他都没交女朋友，明摆着在等你啊……"

冯晓冬呱唧呱唧，用这锅过时的心灵鸡汤喂了陆语一嘴苦涩。她强迫自己不去想唐奕承，但梁梓行的问题就不能不说了。

"胖冬，以后有事儿你别麻烦梓行了。"人情债欠多了早晚要还，而梁梓行要的，陆语还不起。

冯晓冬撇嘴道："可是……"

女人活一世哪能没个人照顾，冯晓冬有爸有妈，真遇到什么麻烦还能指望二老。可陆语呢？她就剩下奶奶一个亲人了，而且对于陆奶奶，还得陆语照顾她老人家。

"可是我就是觉得你需要一个人疼啊。"冯晓冬的眼神凄凄然起来。

陆语笑得苍白，说道："安啦，我自己可以照顾自己的。"

位于 CBD 商圈的 Sunshine 集团大楼耸立在轻霾之下，依然气派非凡，外墙的巨型玻璃帷幕反射出商业腹地的繁华。

暖阳基金会在大厦二十层，陆语把车开进地库，搭电梯直达办公区。宣传策划部总监开会不在座位上，陆语以为她这下有得等了，不承想转脸她就遇见一张熟面孔。

"嗨，陆语！"

柯嘉礼朝她展露出招牌式微笑，他热络地把陆语带到自己的办公桌前，打开话匣子："我之前从 H 市走得急，都没顾得上跟你说一声，没想到咱们这么快就又见面了。"

陆语也笑笑，把移动硬盘递给他道："照片都在这里，你们选着用吧。"

柯嘉礼不知是真对照片感兴趣，还是对这女人感兴趣，他直接把照片传进电脑，当着陆语的面欣赏起来，嘴上啧啧感叹道："你拍得真不错啊。"

摄影这种东西，外行人看热闹，内行人看门道。对于柯嘉礼这位门外汉的赞赏，陆语权当过过耳朵了，她回道："商业照片其实没什么技术含量的。"

柯嘉礼却不知想到什么，他突然眉一挑，问道："你有没有兴趣跟暖阳基金会长期合作？今年基金会的活动比较多，刚才我们总监还说让我物色摄影师呢。"

陆语闻言一顿，基金会不外乎是唐奕承的代名词，她只觉脑子里的某根神经猛地被人撩拨了一下，她几乎是本能地摇了摇头。

"不好意思，我最近的工作比较多，咱们可能没机会合作了。"

柯嘉礼眼里闪过一丝失望，但很快被他掩饰过去，他唇边浅笑无虞，道："你先别急着拒绝，再好好考虑一下吧。"

"……"

陆语觉得没什么好考虑的，不过这位柯嘉礼倒是有点奇怪。两人第一次见面时，他自称是基金会"打杂的"，这次却成了宣传策划部员工，而且他说起话来自带气场，一点不像小角色。

陆语没多想，交完片她不由松口气，从今往后她跟唐奕承彻底没有半点关系了。

他走他的阳关道，她过她的独木桥。

殊不知，陆语这种如释重负的心态在电梯门打开的那一刻，当即被击了个落花流水。

看清电梯里的那团人影，她心里忽地一沉，条件反射地想要开溜，却在她把脚撤回来的那个瞬间，感觉到胳膊上倏然一紧——她就这么被唐奕承硬生生地拽进了电梯。

只有两个人的电梯。

唐奕承的手一时没从她胳膊上松开，陆语穿了件薄毛衣，外面还套了件外套，可她的胳膊怎么这么细？她好像只剩下一把骨头架子，捏一捏都会散掉。

陆语没给唐奕承蹙眉的时间，她甩开他的手，咬着嘴唇一言不发，默默往电梯壁上靠了靠。她对唐奕承最后的印象还停留在 H 市那间总统套房里，他当着两个女人的面给她难堪。

相比起她这副冷淡模样，一贯高冷的唐奕承倒显得谦和许多，他的声音也不似以往那般清冷："我什么时候可以看照片？"

"我已经把照片交给宣传策划部了，你随时可以去看。"陆语绷着脸回道。

她的音调不重，但跟他划清界限的意味很明显。如果换做几天前，唐奕承肯定会报以一声哂笑，又或者反唇相讥，可今天，他居然什么都没说，只是意味不明地抿了抿唇。

沉默，催生了尴尬。

光可鉴人的电梯壁，映衬着身旁这个男人轮廓鲜明的侧脸，可陆语不去偏头看他，她只盯着显示屏上不断跳跃的数字，眼巴巴地等着电梯快点开门。

"陆语，你吃午饭了吗？"唐奕承的喉结上下滑动，眼瞅着电梯就要抵达地下一层，他才问出这么一句。

她太瘦了，他想给她补补。

可回应他的只有干脆利落的两个字。

"吃了。"陆语面无表情地说。

唐奕承垂眸看了眼腕上的手表，才十一点。

他刚要再说些什么，电梯门刚好在这时"叮"一声打开，陆语就这样忽略了僵在电梯里的男人，闷头走出电梯，朝着她的车疾走过去。

目送她瘦小的背影渐行渐远，唐奕承唇边泛起一抹苦笑。

久别重逢，他对她说了那么多难听的话，她都默默忍下，可现在他想要好好跟她聊一聊，她却不肯听了。

这会不会太讽刺了？

坐进驾驶座，发动车子，踩下油门，驶离地下停车场，这一系列动作，陆语做得极快，她只想快一点离开唐奕承的地盘。

敌不过，难道她还躲不起吗？

她不会再给他任何羞辱自己的机会。

陆语觉得冯晓冬说得没错，过去式就是过去式。匆匆一弹指，光阴走过数年，她和唐奕承早已不是彼此记忆中的模样了。爱过，恨过，再相见时既不怀念，也不纠缠，这似乎才是一个成年人该有的态度。

陆语这么想着，车子已经驶入主道，汇入川流不息的车流中。

后视镜中，那幢带着Sunshine集团标志的摩天大楼渐渐淡出视线，陆语一直紧攥在方向盘上的双手这才稍稍放松了些。

清脆的手机铃声在车内响起。

陆语戴上耳机，接听。

中年男人的声音徐徐传来："陆小姐，我是暖阳基金会宣传策划部的马总监。"

"哦，你好。照片我已经交给柯嘉礼了。"

陆语有些心不在焉地说道，视线没离开挡风玻璃。可马总监接下来那句话，让她想不集中注意力都不行了。

"我知道。事情是这样的，我们唐总对你交上来的照片不太满意……"

"嚓"一声急刹车划破主干道。

陆语猛地一掰方向盘，把车扎在路边。

她像是一只突然竖起刺的刺猬，努力克制着情绪才能让自己的声音尽量平缓一些："唐奕承他想怎样？"

马总监还是第一次听人直呼老板的名字，愣怔片刻，他如实传达老板的意思："我把唐总的电话发给你，他请你自己跟他联系。"这是唐奕承在半分钟前打给马总监的那通电话里，他说的原话。

"……"陆语咬了咬牙。

挂上电话，陆语不得不硬着头皮调出短信界面，接收唐奕承的手机号码。她只是扫了眼那串平淡无奇的数字，就准备按下通话键，却在触到屏幕的那一瞬，她的指尖生生一僵。

这个号码有几分眼熟。

陆语还在脑中苦苦思索自己在哪里见过唐奕承的手机号，她手上已经迅速退回到通话记录一栏。翻找一轮，陆语的眼皮跳了跳，她赫然看到此号码曾经拨打过她的手机。

十通未接来电，一通已接来电。

时间是一个星期前，恰好是她在H市被送进医院的那一晚。

陆语恍然间意识到什么，心头剧烈一震……

夕阳西斜。

正值晚饭饭点，B市某家清宫御膳菜馆里的食客却不多，大概跟昂贵的人均消费有关。

陆语脚步匆匆走进这间宫廷式餐厅，通往包房的青石板路旁有小桥流水和亭台轩榭，在晚霞晕染下静静流淌着古韵气息，可她完全顾不上欣赏，她再次从风衣口袋里摸出手机看了一眼时间。

她迟到二十分钟了。

陆语素来守时，如果不是临出门时赶上老宅的厨房突然爆水管，她也不会在这个场合迟到。

宅子年头久了，总会出些小毛病，她和冯晓冬刚才折腾了半小时都搞不定那根破水管，还被喷成两只落汤鸡，最终只能关掉水闸才成功止住水流成灾。不过，冯晓冬后来打电话给地产公司，对方表示会联系房主派人维修。

"陆小姐，唐先生在里面等您。"

陆语被餐厅领位员这句话揪回神思时，她已经站在了包房门口。

推开那扇雕花隔扇门，淡淡的檀木香拂面而来。

檀香有助于放松神经，但陆语一点也不觉得轻松，她不自觉地揪紧肩上的包带，踩着平底船鞋绕过屏风。她犹在暗忖唐奕承是否会因她迟到而找碴儿，步子已不由得一顿。

紫檀木餐桌上摆满一桌子菜，食材矜贵、摆盘高雅自是不必形容，令陆语意外的是，坐在桌前的男人在看到她进来的那个瞬间，他那张原本寡淡疏冷的脸，竟突然展现一丝淡淡的笑意。

唐奕承优雅起身，帮她拉开椅子，道："路上堵车吧。"枯坐良久，他的口吻却没有丝毫不悦，甚至连迟到的理由都替她想好了。

陆语怔了怔，僵着身子坐下，她一度有些怀疑那位在电话里跟她说"我对照片很不满意，需要面谈"的男人到底是不是她面前的这位。

不容多想，陆语从包里拿出平板电脑，递到唐奕承眼皮底下，道："你对照片有什么意见？现在可以提出来。"

听她这副公事公办、毫不带感情色彩的语气，唐奕承唇边浅笑隐隐一僵。

他们曾分享过人生中那么多日常，平淡的，温馨的，都因为有彼此相伴而倍感甜蜜。可七年后的今天，他就连想跟她吃顿饭这么简单的事，都要编出如此拙劣的借口来，这让唐奕承或多或少有点无奈。

迟疑少顷，他用那只修长干净的手接过陆语的平板电脑，转手放在餐桌一角，道："先吃饭吧，吃完了再说。"

"……"

这男人强势到细节里的性格倒是跟以前一样，陆语见他说话间已经开始布菜，她只得慢吞吞地拿起筷子。事实上，她一点胃口都没有，顶级料理送进嘴里就像沙土似的吃不出滋味来，可除了咀嚼，她也不知道自己还能干什么。

餐桌上很静。

一时间，除了碗筷碰撞发出的细微声音，别无他响。

他沉默着，她也沉默着。

就是这么矛盾，她当初想要跟他叙旧时，他不给她说话的机会，可现在他终于能够平心静气地跟她坐在一起了，两人依旧说不出话来，这是为什么？

也许，他和她都不知道那些恩恩怨怨该从何说起。

又或者，旧事重提，无异于将旧伤口翻出来再晒一遍。

只会更疼。

"你恨我，是吗？"到底是陆语打破了缄默，她从碗碟中抬眼，看着唐奕承问道。

一个在他心里埋了七年的"恨"字，陡然被她如此直白地讲出来，唐奕承有点始料不及，以至于他握着筷子的那只手隐隐一僵。

作为当年被抛弃的那个人，他恨吗？

恨。

可后来在陆语被送去医院的那一晚，他却蓦然发现，自己那些积郁多年的恨意竟是那么脆弱，脆弱到敌不过蛰伏在他骨子里的对她的怜惜，脆弱到只消一个小小的念头就能把那些恨摧毁得灰飞烟灭。

他不是一个好猎人。

他对他的猎物还留有余情。

意识这一点，唐奕承的眼神复杂起来，嗓音也好似被砂石磨砺过，带着一丝沙哑："陆语，过去的事情都过去了。"

恨已然轻了，但怨多少还是存在的。

听出他话里的涩意，陆语咬了咬嘴唇，她索性借着这个机会，把那些憋在心里很久、想要说却一直没机会说的话，统统朝他倾倒出来。

"我离开你，是因为你违背了对我的承诺。我们当时说好一起好好过日子的，可你却背着我跟人打架。你把对方打成重伤，也把自己送进了警察局。假如你真在纽约被关个几年，那你有想过我该怎么办吗？如果你心里有我，你就不会把我们的幸福亲手葬送掉。"

他觉得自己是被伤得遍体鳞伤的那个人，她何尝不也觉得如此呢？

听陆语一鼓作气说出这番话，唐奕承垂下眼眸，他幽深的眼睛里有一丝光在闪烁，仿佛藏着秘密，又仿佛带着迟疑。

他，欲言又止。

就在这时包房响起敲门声，陆语没有抓住唐奕承眼中那瞬微妙的情绪变化，她扭头看向门口。只见侍应生端着一个小巧的景泰蓝汤盅进来，放在她面前。

"这是唐先生特别吩咐厨房为您准备的菠菜猪肝汤。"侍应生说完就躬身退下了。

看着眼前的补血汤，陆语心中立马一紧，此前因为唐奕承那个电话号码触发的猜测，在这个瞬间似乎得到了证实。

"在 H 市的时候，你去医院看过我？"陆语跳转了话题，声线依旧紧绷绷的。

"嗯。"唐奕承没有否认。

如果那晚不是因为梁梓行，他一定会等她醒过来，可梁梓行突然杀到医院，让一切都变了味儿。如果陆语睁开眼，看到这两位水火不容的男人，她会有什么样的反应？她会跟他们中的谁一起走？唐奕承不知道是自己不屑与梁梓行相争，还是他潜意识里对那个答案心里没底，让他成了不战而退的那个。

时间真是一把利斧，曾经他对她的笃定，变成如今的不确定，仿佛就在一念之间。

见陆语一直没有拿起汤勺，唐奕承敛去眸中凝重，微微向她倾身，他把汤盅的盖子掀开，道："你是怎么把自己弄成这样的？医生说你身子太虚了，应该补补气血。"

他很轻很轻的声音落在陆语耳畔，带着熟悉的旧日气息，她却觉得讽刺得紧，那点隐隐作祟的自尊心迫使她反问道："你这是在关心我，还是在可怜我？"

唐奕承眉一皱，嗓音不由得沉了："陆语，你说话能不能别带刺？"

她怎么可能不带刺，刺猬竖起刺是出于自我保护的本能。

从唐奕承以那副尊贵高傲的模样出现在她面前开始，他就一次又一次地找她的麻烦，既然这样会让他感到心理平衡，那他现在又为什么突然转变了对她的态度？难道不就是因为他不小心看到了她惨兮兮的模样，所以慈悲心大发吗？

陆语很难不这么想。

镂空窗棂中照进来斑斑点点细碎的夕阳，混合着淡雅的灯光铺洒在唐奕承脸上，他俊朗的、沉静的脸，仿佛是打着柔光的艺术雕塑。可陆语没看他，她的眸光越过唐奕承，就看到了窗外那片落日的余晖。

残阳似血。

陆语的眼睛仿佛被蜇伤了，一时酸得睁不开，脑子里蓦然跳出那个被血色染红的曼哈顿清晨……那幅早已远去的画面，让她的思维迟滞了两秒。

　　她为那段感情付出的代价，岂是一碗补血汤就能补回来的？

　　陆语使劲闭了闭眼，才艰难地把视线聚焦到唐奕承脸上，这位她不知该以何种心态来面对的男人，这顿食不甘味的晚餐，让她失去了所有的耐性。

　　"我的身体不用你操心。我吃不下了，先告辞了。"陆语干巴巴地说。

　　抛出这么句话，她就要站起身，却在这时感觉到手背上微微一热。她条件反射地低下头，就看到唐奕承握住了她的手。

　　"陆语……"

　　像是接下来的话有多难以启齿似的，他在叫了她的名字之后，便陷入短暂的沉默不语。

　　夕阳沉入地平线。

　　天边的那片赤色被抹去。

　　唐奕承是个情绪严谨的人，他需要把所有的记忆都过滤一遍，才能决定此时的想法。可时间那么紧迫，紧迫到他觉得自己只要一松开手，这个女人就会走掉。

　　他来不及细究，薄唇轻轻动了。

　　"陆语，我们重新开始。"

第七章
旧情人的新绯闻

唐奕承言简意赅的一句话，却足以把陆语钉牢在椅子上，她眼中漫起掩饰不住的错愕。

他们……重新开始？

有那么一瞬间，陆语凝眉盯着唐奕承，想从他眼里看出点什么，可他那双幽深清隽的眼睛里连一丁点的怀疑都不存在。

似乎只有她曾经见过的那种——笃定。

陆语觉得一定是自己眼花了。

久别重逢时唐奕承对她说过的那些狠话，还言犹在耳；她撞到宁晞出现在他酒店套房里的情景，也历历在目。这让陆语不知道他此刻说出的"复合"，是否纯属心血来潮。

陆语用了点力气，默默地把手从唐奕承的掌心里抽回来。温热的触感消失，她这才找回自己的声音，艰涩而脆弱。

"我们不可能了。"

时过境迁，他们的感情早已被岁月浸染得面目全非，他也不再是曾经那位落魄又桀骜的少年了，他现在的人生就像璀璨夺目的水晶球，每一面都透亮光滑。可这样的唐奕承，却只令陆语觉得遥不可及，好似他们之间隔着一道天梯，他在顶端，而她在底端。

那道天梯长长的，摇摇欲坠，她不想爬，也爬不上去。

唐奕承默然，他搁在餐桌上的那只手还保持着半握的状态，但手心里已然空了。

他的心，好像也随之空了下去。

窗边那鼎紫檀鎏金香炉里飘出袅袅轻烟，隔着那层薄薄的烟雾，他就这样看着陆语那抹娇小的身影消失在门口，仓促又决然。

那层隔开他与她的烟雾，瞬间似有千层厚。

唐奕承揉了揉酸胀的眉心，他明明是想拉近跟她的距离的，可到了这一刻，他突然发现他们之间的距离，几乎是咫尺天涯。

离开餐厅，陆语的胸口好像被沙砾堵住了，又疼又闷，耳畔也仍然因为唐奕承那句"我们重新开始"而在嗡嗡作响。

她不得不承认，哪怕时隔多年，这个男人依旧可以轻易撩拨起她的情绪，依旧可以左右她的笑容和眼泪，甚至是可以用一句话就再次把她的世界搅和得天翻地覆，而她那丝聊以自持的理智和拒绝，此时竟显得那般脆弱。

起风了。

陆语裹紧小风衣，脚步迅疾地闷头朝餐厅的停车场走去，却不知她在中途听到什么，步子猝然顿住。

她霍地转过头，就瞧见不远处停着辆黑色轿车，一个男人站在车边讲电话。陆语在 H 市见过此人，依稀还有点印象，好像是唐奕承的特助。

瑟瑟秋风将树叶吹得哗啦哗啦的，夹杂着宋远偏高的声音，传进陆语耳朵里。

"鱼儿胡同的房子我们老板已经委托给你们地产公司全权代理了，水管爆了你们找工人修就是了，不用担心费用的问题。"

所以说……陆家老宅是唐奕承买下的？

她的房东也是唐奕承？

陆语整个人当即被宋远话里的讯息劈了个措手不及，她片刻前的复杂情绪尚未梳理清晰，内心转瞬又涌起新的狂澜。

她与老宅失之交臂时的潸然泪下，她成功租到老宅时的喜极而泣，直到此刻，那些起起落落的情绪陆语仍然清晰地记得。她无法相信唐奕承所做的这一切都在她眼皮底下发生，她却全然不知，这个男人带给她的陌生感如今又添上这么一笔，她已经快要对付不起。

然而，唐奕承为什么要这样做？

陆语苦苦忖度着这个问题，也不知自己僵在那儿脑袋空白了多久。突然间，她深吸口气，掉头就往回走，她要亲口跟他要个理由——这是此刻从她心里冒出来的唯一一念头。

从停车场折返餐厅大概需要两分钟，在这短短的两分钟里，陆语那双平底船鞋在地面上交替得近乎慌乱。可就在她看到那抹颀长的身影从餐厅里走出来的一刹那，她竟然打起了退堂鼓。

远远地，唐奕承边翻手机边朝停车场走过来。

他微微低着头，英俊的五官隐在暗昧不明的月光里叫人看不真切，以至于陆语只能看到他眉宇间沾染着微光。那光，跌落进他湛黑的眼睛里，仿佛被吸了进去，只剩下满眼的冷寂和寒凉。

这个男人的眼睛有种诡异的逼人清醒的作用。

陆语这时才恍恍惚惚地意识到那个她早该警觉，但因为之前情绪太过起伏而忽略的问题——这个男人蛰伏了七年，不就是为了等待报复她的这一天吗？

他背地里夺走对她而言最重要的东西，却又在她面前说出复合那样的话，不外乎是要让她知道，他再也不是当年那个眼睁睁地看着爱情溜走却束手无策的穷小子了。现在，游戏规则由他来决定，他有能力把她捧上云端，也可以把她踩回脚下。

当真应了那句话——你若安好，那还得了。

这样想着，从未有过的恐惧感顷刻间从陆语心窝向四肢蔓延开去，让她宛如一个被正中红心的箭靶，再也无法向唐奕承迈出一步。

眼瞅着他把手机举到耳边渐行渐近，陆语这才惊觉自己的手机正在风衣口袋里响个不停。

她几乎是不假思索地捂住口袋，拔腿就向拐角处蹿过去，险险地将自己藏在了餐厅那堵外墙后面，藏在了唐奕承的视线之外。

厚厚的围墙挡住了晚风。

陆语的心口犹在咚咚跳动着，口袋里的手机也在持续鸣响着，她缓了缓心神，赶紧掏出手机，却在下一秒像是陡然被屏幕上显示的名字刺伤了眼似的，目光一闪，她急忙按掉电话，探出半个头向围墙外看去——

唐奕承似乎感应到什么，驻足，回眸。

向四周巡睐一轮，他深邃的眉宇微微蹙起，没人？他刚才隐约听见有手机铃音响起的。没多想，唐奕承很快把视线挪回屏幕，看着那通被陆语切断的电话，他无奈地扯了扯唇。

这个女人现在连理都不想理他了吗？

黑色豪华轿车驶离餐厅停车场，朝着 B 市机场的方向疾驰而去。

坐在后座的唐奕承还沉浸在方才餐厅的场景中，他优雅俊美的脸孔笼着一层郁色。

立交桥上的车流平缓地流淌着，盏盏车灯点亮暮色，仿佛一条发光的银丝带盘踞在城市中央，可这光亮落在唐奕承沉湛黯淡的眼里，只剩下一道又一道闪过的光影，没有任何色彩可言。

宋远小心翼翼地观察着老板的脸色，本想报备一下"小蘑菇"工作室爆水管的事儿，可转念一想，他又改口说了正事："唐总，我已经跟航空公司确认过了，蒋先生的航班会准时抵达。"

"嗯。"唐奕承疲倦地合上眼。

能让唐奕承亲自去机场接机的人物，显然来头不小。

从纽约飞抵的航班降落在停机坪上，某位六十来岁的男人直接由 VIP 通道步出闸口。

此人衣着讲究，身姿英挺，低调内敛的气质中透着一股子贵气，让人无法忽视。明明上了年纪，可他却不显半点老态，所有的阅历全写在了双眼的目光如炬中。

唐奕承步履稳健地朝他走过去，颔首道："蒋先生，好久不见。"

蒋仲勋拍了拍他的肩，面色和缓道："唐，很高兴看到你。B 市的生活你还适应吧？"

"……"

两人一起步出机场大楼，种种互动显示出彼此关系极为熟络。

一个小时后，唐奕承与蒋仲勋从机场返回市区，出现在某间高级会所的茶室里。会所设计得幽静雅致，单名一个字"语"，是唐奕承名下的资产之一。

蒋仲勋浅酌清茶，玩味这个"语"字，他看向唐奕承道："你把那个女人追回来了？"

唐奕承唇边漾开一抹苦笑道："还没有。"

蒋仲勋了然，这世上大概只有那位叫陆语的女人，才能让唐奕承流露出这般无奈的表情。

茗茶故人，蒋仲勋嗫叹道："我还记得你第一次在我面前提到她的样子……"

那是一个夜色暗沉的纽约夜晚，拳击场上的华裔小子让蒋仲勋一晚上进账千万美元。赛后，他在走廊里遇到了伤痕累累的唐奕承。

他心血来潮问了句："小伙子，你为什么这么拼？"

"缺钱。"唐奕承抹了抹嘴角的血渍，丢回给他两个字。

卑微的事实，说出这话的少年却不显得卑微，他的眼角眉梢都带着一股坚韧。就是那一瞬间，让蒋仲勋在唐奕承身上看到了年轻的自己——贫穷，却不甘于贫穷。

当晚，蒋仲勋送给唐奕承的，除了那枚价值连城的袖扣，还有一张名片。

如果不是后来身陷囹圄，唐奕承大概这辈子也不会想起那张名片。

可人与人的缘分有时候就是那么奇妙，在距离那场拳击赛一年后，蒋仲勋在一个阴雨连绵的午后接到了一通求助电话。

电话是律师打来的，说有一位少年因遭人陷害，被关进了拘留所，有可能面临五年监禁……

唐奕承原本只是抱着一线希望委托律师致电蒋仲勋的，却没想到蒋仲勋竟然真的向他伸出援手。蒋仲勋替他聘请了知名的律师团队，最终案件以被告撤诉告终。

唐奕承离开拘留所的那天，他被人带到了蒋仲勋位于曼哈顿的办公室。

蒋仲勋双腿交叠坐在宽大的白色沙发里，朝他挑了挑眉，道："唐，接下来你有什么打算？"

唐奕承站在他对面，背脊微微弓着，像只大虾。他摘下连帽衫的帽子，那双深如幽潭的黑眸暴露在从窗外照射进来的光线中，从那双眼里透出的光和它的主人一样——执拗，不甘。

"我要去 B 市，找陆语，把她追回来。"唐奕承几乎是咬紧牙齿才说出这句话。

从这位少年身上透露出的戾气，令蒋仲勋蹙起剑眉，而后又舒展。

他问唐奕承："然后呢？让她回来跟你继续住在地下室？还是你干脆把陷害你的人杀了，以解心头之恨？"

简简单单的一个问题，却愣是把唐奕承问住了。

他眼中的恨意凝住片刻，但是没有化开。

蒋仲勋站起身，把唐奕承带到窗前，指着窗外，他说："你看——"

办公室的落地窗可以俯瞰整条华尔街，纽约的繁华，在那一刻，尽收唐奕承眼底。他生在这里、长在这里，这样的纽约，却是他前所未见的。

蜗居在地下室里的落魄少年，只能看到那个阴暗又潮湿的世界。

而此时，他仿佛伫立在世界顶端，不一样的视角，不一样的景致。

在唐奕承陷入愣怔的片刻间，蒋仲勋不疾不徐地说："唐，你只有改变自己的人生，站在这世界的制高点上，才有能力得到你爱的女人，或者报复你恨的敌人。"

那一刻，有最耀眼的阳光照在少年那张英俊漂亮的脸上。

那句话，让少年被戾气胀满的内心久久澎湃着。

那一天，改变了少年一生的命运。

时光似水，波澜不惊。

如今的唐奕承果真站在了世界的顶点，可他心心念念的女人却依旧没有追回来。

陆语还在天梯之下，她不愿靠近他，不愿相信他可以牵着她的手，把她捧上和他一样高的位置，然后带她一起去欣赏这世界最美的风景。

她从不知道，没有她，他的人生有多孤独。

唐奕承被蒋仲勋拽入了回忆，一时间，清茶入口，他只觉得索然无味。

"唐，这次我来 B 市，给你带了一样东西。"

唐奕承的脑子迟滞了两秒，才被蒋仲勋的话激得回过神，他抬眸看向对方，就见蒋仲勋把一个小盒子搁在了矮茶几上。

褐色的沉香木盒子古典素雅，一看便知贵重不菲，唐奕承眼里晕着浅浅的疑惑，他修长的手打开盒子，顿时被内里的物品刺激得眼角微微一眯。

那是另一枚蓝宝石袖扣。

"它和你在香港拍到的那枚袖扣是一对，成双成对是个好兆头，今后它们都是你的了。"蒋仲勋声线沉缓，说得不疾不徐。

唐奕承没吱声，他眼眸低垂，遮住了眼底的那丝迟疑。

蒋仲勋对唐奕承的情谊，全然不能以物质上的价值来衡量，两人多年生意往来，唐奕承亦早已加倍回报了当年受惠于人的恩情，所以眼下，他自然明白对方的深意。

"蒋先生，你想让我为你做什么事？"唐奕承轻轻摩挲茶杯，问道。

这世上没有平白无故的恩惠，当年蒋仲勋看中了唐奕承，必有因。

而唐奕承，必须还。

蒋仲勋莞尔，他就知道唐奕承是知恩图报之人，他不会看走眼。

清茶已凉。

蒋仲勋面色无异，音色却是厚重了几分："有件事我一直没有告诉你，我和你有一个共同的敌人……"

唐奕承怔然。

一夜大风吹散雾霾，隔天的天气湛蓝明静，阳光如水般灿烂流动。疗养院的花园里植满四季常青的松柏，秋天里的绿意令空气中的萧瑟不觉淡去稍许。

"小语真乖，一下课就来看奶奶了。"

听奶奶这么说着，陆语推在轮椅上的手微微一僵，半晌她才从鼻腔里轻轻溢出一声"嗯"。

奶奶的精神状况时好时坏，记忆力减退得厉害，这些陆语都知道，可每次奶奶说出这种糊涂话时，她还是特别难受。就好像那个陪着你长大的人，有朝一日却不记得你们一起走过的日子，那些记忆仿佛全被老天抹去了似的，就这样停留在很久很久以前。

穿过花园，陆语把奶奶推到餐厅，找了个靠窗的位置，她解下奶奶的围巾，哄小孩一般说："你等我一下，我去给你买好吃的。"这话是奶奶以前常对她说的，现在换成她对奶奶说了。

陆奶奶脸上的皱纹舒展开来，慈爱地点点头。

陆语很快打了菜回来，都是些软糯的食物，她拉了把椅子挨着奶奶坐下，舀起一勺鸡蛋羹放到嘴边吹了吹，才往奶奶嘴里喂进去。

这个中午静谧安好，阳光从窗口照进来，一老一少构成的这幅画面，像是被打了柔光定格下来。

就在一碗蛋羹快要见底的时候，陆奶奶不知想起什么，突然含混不清地问道："小语啊，陆家老宅你跟李雁要到没有啊？"

少顷的安然因为这个话题，蓦地被打破。

陆语定住一瞬，看着奶奶那双浑浊的眼里闪动着某种类似于希冀的光，她喉头如同哽了硬块，那句实话狠狠地被卡在唇边，她怎么也说不出口。

迟疑片刻，陆语摩挲着奶奶的手，满带安抚意味地说："你放心吧，宅子我已经跟李雁买下来了。"

生平头一次对奶奶撒谎，个中滋味比陆语想象中更难过，奶奶手背上泛起褶皱的皮肤纹路，像是蔓延进她心里，沟沟壑壑的，硌得她的心脏隐隐作痛。

可陆奶奶倒是高兴得紧，平时胃口不怎么好的老人，这会儿颤颤巍巍地指了指桌上的蔬菜粥说："小语，我要喝这个……等我身体好些了，就跟你回老宅住。"

就是这点念想，让这位老人拖着病身撑到现在。

陆语嘴角扯出好看的笑容，那笑容背后却是满嘴苦涩，她连自己是否该继续住在老宅里都不知道呢。

陆语已经不是二十岁的小姑娘了，不再会因为一时脑热去做出令自己后悔的决定。她昨晚彻夜未眠，用了一整夜时间去思考自己接下来该怎么办。

以两人现在的关系来看，她想从唐奕承手里把陆宅买回来，恐怕比登天还难。可如果她当作什么都不知道，就像只缩头乌龟一样住下去，陆语觉得自己非得别扭死；若是她干脆一咬牙搬出去，彻底断了自己对老宅的念想，她又不甘心，更不舍得……就是这么一种无路可走的绝境。

把陆语从失神中扯回来的，是一阵剧烈的咳嗽声。

发现奶奶被米粒呛到了，陆语赶紧放下手里的碗，倾身过去给她拍背。随着污物咳出，陆奶奶的气息渐渐平缓，陆语这才拿起手袋翻找纸巾，哪知这时一张干净的纸巾赫然出现在她的视线里。

在陆语愣怔间，拿着纸巾的男人反应极快，他已经帮陆奶奶把嘴擦干净了。

"谢谢你。"陆语来不及抬头看对方，已经起身道谢。

她迅速晃过这男人极衬腿型的牛仔裤，以及干净简约的浅色衬衫，她的目光往上，男人的脸孔清朗俊美，映着窗外投射进来的阳光，整个人如同白珍珠般散发出淡淡的光彩。

　　陆语眉宇间的惊讶散开，她张嘴叫了句："柯嘉礼。"

　　柯嘉礼手上还拿着脏纸巾，却是一点嫌弃的样子都没有，他朝陆语展颜一笑，道："我们又见面了。"

　　陆奶奶被护工送回病房，柯嘉礼在餐厅买了两杯咖啡，递给陆语一杯。

　　"去花园走走？"他顺势提议。

　　午后阳光正好,陆语没理由拒绝,问道:"你怎么会来这里？"

　　"今天基金会有活动，我带义工过来的，老早就看到你跟你奶奶坐那儿吃饭了。"柯嘉礼说着，深看陆语一眼，"你是不是心情不好？"

　　"没有啊。"陆语摇摇头。

　　柯嘉礼笑容不变，突然抬手在她脸上比画了一圈，说道:"你的心事都写在脸上了，还说没事？"

　　陆语下意识地摸了摸自己的脸，她本不是善于倾诉的人，可不知是阳光之下所有的防备心都淡化了，还是柯嘉礼莫名给人一种温暖的感觉，她歪头看他。

　　"如果有个人手里捏着对你很重要的东西，可你又没有能力讨回来，你该怎么办？"陆语问。

　　柯嘉礼没回她的话，他凝在陆语脸上的视线像是怎么也挪不开，眉一扬，他说："像你这么可爱的女人，哪有人舍得为难你？"

　　陆语表情一僵，一时不知该如何接他的话。

柯嘉礼自然而然地换上正经口吻，他敲了敲陆语的脑袋，道："你看着挺聪明，怎么脑瓜不好使呢？别人夺走你的东西，你当然是要想方设法拿回来的。逃避，永远不是解决问题的良策，勇敢面对才是正解。"

如此简单的道理，陆语岂会不懂。

可问题是，她和唐奕承就像是运转在不同轨道上的行星，彼此之间隔着几亿光年，连交集都没有，她究竟该怎么勇敢地面对他？

阳光从松柏的枝丫中透下来，光芒被切割成细碎的水晶，铺展在陆语脸上。她的皮肤白嫩得像是剥了壳的煮鸡蛋，可她紧锁的双眉间，依旧是一片黯然。

柯嘉礼垂眸看着她，眼睛里有没来由的心疼，也有疑惑，可他终究没有去窥伺陆语的悲伤。

他只是波澜不惊地说："虽然我不知道你发生了什么事，但是你要知道，人可以轻易受伤，也可以变得无惧无畏，都在一念之间。你要给自己信心，懂吗？"

陆语点点头，她发现人一旦到了最无助的时候，即便只是一点点鼓励，都会感觉特别暖心，都会激起身体里潜藏的那点小坚强。

不知思考了多久，也不知蓦然间想到什么，陆语眉心的那抹凝重渐渐散去。心念一动，她仰头，逆着光看向柯嘉礼。

她问道："你上次说基金会在找摄影师，找到了吗？"

话题跳转得太快，柯嘉礼还在琢磨她那副由阴转晴的表情，嘴上已经回道："没呢。"

陆语垂在裤线两侧的手指蜷了蜷，在这个短暂的瞬间，她就这样做出了某个重要的决定。

"我给你们当摄影师吧。"

柯嘉礼唇角的笑意扩大，忙道："那最好不过了。明天我就打报告。"

陆语也笑笑，回道："谢谢你。"

话音落下，陆语的心口仿佛开了一道闸，连日来积累的焦躁和委屈倾泻而下，终余水落石出般清明。

既然，他不是以前的唐奕承了。

那么，她也不是以前的陆语了。

工作日大清早，宋远敲门走进总裁办公室时，唐奕承正在伏案签阅文件。

宋远知道老板工作时不喜欢被打扰，可刚才他接到的情报又不能不转达，只得硬着头皮汇报说："唐总，宁小姐今天已经来暖阳基金会工作了。"

宋远跟在唐奕承身边两三年了，虽然不敢过问老板的私事，但他是个有眼力见儿的人，默默观察许久，他不难发现上杆子使劲贴老板的狂蜂浪蝶不计其数，但老板身边一直干干净净的。工作之外，能近唐奕承身的女人也就宁晞一个了，还是因为给秦叔面子。

说到宁晞，宋远又不免一阵唏嘘。

这女孩今年刚从纽约大学毕业，一毕业便执意要回国发展，个中原因不言而喻。从纽约到 H 市，再到 B 市，宁晞几乎是一路追着唐奕承的足迹来的。就连这次进入暖阳基金会工作，也是她主动央求唐奕承的。公司多个人少个人，不是唐奕承关心的，他直接交给宋远安排了。

这会儿听宋远汇报完，他连头都没抬，只是心不在焉地"嗯"了声。

宋远闭上嘴就要退下，却在转身的一刹那，他双腿猛地打了个晃儿，不由深看了一眼老板那张光风霁月的脸——唐总唇角那抹淡淡的微笑是为哪般？

宋远不知道唐奕承落目之处，是一份普普通通的合约书。

Sunshine 集团及其旗下的暖阳基金会都采用美式管理制度，公司内部层级分明，架构严谨。所以一般呈到老板案头的文件都是由各部门主管把关过的，唐奕承签字不过是走个过场，速度向来很快。

可此刻桌上摊开的合约书竟是令唐奕承陷入了片刻的失神，他修长的指间夹着一支签字笔，笔身上的碎钻将他的眸光衬得清透明澈，整个人都不觉柔和几分。

这份合约书是今早由基金会宣传策划部总监呈上来的，内容是与语映像摄影工作室签署的长期合作意向。

迟疑须臾，唐奕承的笔尖落到签署栏。

行云流水的一个签名，他却仿佛带着前所未有的郑重和深意，力透纸背。

转眼已到深秋。

陆语跟基金会是合作性质的，不用坐班，时间自由。除了替基金会外拍一些公益活动，有时候她也会带冯晓冬来办公室修片。本着那点说不清道不明的私心，柯嘉礼把陆语的办公桌安排在他旁边，每次她去外拍，柯嘉礼也都必到。

两个星期下来，两人的关系熟稔起来。

以前陆语的工作性质一直是独来独往，现在加入大团队，她也觉得挺有新鲜感，如果不是因为她在基金会意外遇到某张熟面孔，陆语当真以为她可以在唐奕承的地盘活得坚强潇洒。

那天，是陆语在双方合约生效后，第一次来基金会的办公室。

出现在她面前的女人身材姣好，笑容甜美，对她道："摄影师，我们在 H 市见过的，没想到现在成了合作伙伴，真是有缘。我才比你早进公司几天呢，以后大家互相关照哟。"

比起宁晞的热情，陆语多少透着点疏离，她只是礼貌地笑了笑道："嗯，好的。"

对于办公室这两位新晋美女，一众男同事可算有了福利，私下里常偷偷议论。但很快，这些议论就不止局限在男同胞之间了，来自女同事的八卦相当劲爆：听说宁晞跟唐总交情匪浅，她连面试环节都省去了，直接由宋特助安排进了宣传策划部。

办公室八卦向来越传越离谱，传到陆语耳朵里的时候，俨然变成了"宁晞是唐总的女朋友"。陆语本想当听闲话一样一笑置之，可那种含了柠檬片的酸涩感觉，却是她怎么咽也咽不下去的。

近两个星期，唐奕承一直在欧洲出差。

这天一回公司，他就鬼使神差地出现在了基金会的办公区外。或许，连他自己都不知道为什么会来这里，就好像心里牵着一根线，有股力量硬把他拽过来的。

老板驾到，如果搁在平常，恐怕整个办公区都得炸锅。可今天，迎接唐奕承的只是一片宁静。

偌大的办公区居然空无一人。

唐奕承皱了皱眉，兀自梭巡一圈，他很快锁定靠窗的那张办公桌。干净整洁的桌面并无异样，倒是桌角那盆小小的仙人掌盆栽吸引了他的注意。

人的直觉有时候就是这么神奇，桌上明明没有署名，但只消一眼，他便能断定这是陆语的位子。

在美国的时候，他带陆语去过亚利桑那州南部的仙人掌国家公园，那天陆语拍了好多照片，后来她还买了一盆仙人掌摆在他那间地下室的窗台上。

那是一个月朗星稀的夜晚，在两人一番激情悱恻的缠绵过后，他从身后抱着她，彼此的身体叠在一起，像两把紧贴的弓。

陆语看向窗台的方向，小小的仙人掌沉浸在稀薄的月光中，像是一株绿色的精灵。她歪过头，眨着波光潋滟的眸子问他道："唐，你知道仙人掌的花语是什么吗？"

唐奕承的心思却不在那上面，他转而又把脸埋进她的后颈，沿着那片滑腻的肌肤向下啄吻，稍显暗哑在嗓音带着满满的敷衍："笨蛋，仙人掌是花吗？"

"……"陆语被他弄得发痒，咯咯笑起来。

后来，宁晞也送过一盆仙人掌给唐奕承，就摆在他纽约办公室的窗台上。那时，他才从宁晞嘴里得知，仙人掌的花语是——坚强，将爱情进行到底。

再后来，唐奕承把宁晞送给他的仙人掌给了宋远，让他拿走处理掉。

这世上能称之为"爱情"的，在唐奕承心里只有那一段。

那段年少时的爱情。

孤勇，执着，又不顾一切。

此刻，唐奕承再垂眸看看陆语办公桌上的盆栽，他唇边只剩一抹苦笑。如果他早一点知道最初的心动原来是这辈子唯一的执念，他又怎么会让自己被仇恨牵绊那么多年，又怎么会错过与她的七年。

窸窸窣窣的脚步声打断唐奕承的凝思，转头，他收起了眼底那丝复杂的光。

"唐总，你怎么在这儿？"柯嘉礼脚步匆匆地走过来。

"路过。"唐奕承嗓音寡淡，他低头看了眼腕上的手表，不过刚下班几分钟，"人都到哪儿去了？"

"哦，今天我们部门有聚餐，大家都在餐厅呢。我忘带手机了，回来取。"柯嘉礼说完，从抽屉里翻出手机就要走，却被唐奕承叫住了。

"你们在哪里聚餐？"唐奕承问得那么若无其事。

柯嘉礼没多想，直接回道："樱日本料理。"

樱，就在 Sunshine 大楼对面，包房里的气氛热火朝天。

陆语是被临时叫过来参加聚餐的，出门前，她本来没准备刻意打扮，照例是牛仔裤配小风衣，哪知冯晓冬看了急忙把她拉回衣橱前，强迫她换装。

"今天又不用外拍，你穿漂亮点嘛。你自己说要振作起来的，那就拿出点样子来啊……"冯晓冬絮絮叨叨地游说半天。

陆语拗不过她，于是就以此刻这副短裙搭配小马靴的形象现身了。她的腿型又细又长，穿靴子再好看不过，而且时尚青春的衣服一上身，衬得她平添不少朝气。

坐在她旁边的柯嘉礼这下连眼珠子都转不开了，他夹起块生鱼片，蘸了芥末放进陆语的骨碟里说："瞧你瘦的，多吃点。"

"谢谢。"陆语盈盈一笑。

包房门在中途被突然推开的一刹那，唐奕承看到的就是这样一幕。

柯嘉礼对陆语大献殷勤，而陆语报之以微笑。

她的嘴角微微翘着，两枚小小的梨涡里漾着说不出的甜美。

唐奕承握在门把上的那只手顿住，不期然的一瞥，他就这样被那抹笑容晃了眼。他的第一感觉就是今晚的陆语可真漂亮，他仿佛又看到了记忆中的那位少女，清纯靓丽，如水晶般光彩夺目。

可她这般美好的笑容，却不是向他绽放的。

在片刻的失神后，他的眉刚沉下来，席间就发出一阵惊呼。

"唐总来了！"

拜这阵亢奋的惊呼声所赐，陆语握着筷子的那只手猛地僵硬了，她本能地扭过头看向门口，就撞进了唐奕承微凉的目光里。

四目相对了一秒，很快错开。

唐奕承气质沉敛，口吻如常地道："听说大家聚餐，我过来看看。"

这真是破天荒头一遭，在座的不少小员工素闻唐总高贵冷峻，他们平时连在老板面前混脸熟的机会都捞不着，万万想不到老板居然会屈尊纡贵出席员工聚餐。

联想到那些传言，大家眼里都不由添了几许深意，不动声色地偷觑宁晞。

果然，宁晞仰起头，朝唐奕承粲然一笑。

陆语默默低下头不去看那幅碍眼的画面，她选择刻意屏蔽周遭的喧笑继续吃东西，但动作已不由得放慢了，她的味觉也像消失了一般，食物入口如同嚼蜡。

在座的十几个人，没有人比她更了解唐奕承，他不喜欢热闹。但如今他为了宁晞，愿意出席这样的场合，可算为那个女人做出的改变？

陆语正陷在神游中，忽然被宁晞的声音扯回思绪。

"陆语，你有男朋友吗？"宁晞见她闷声不响，笑吟吟地问道。

陆语恍然抬眸，她虽然对宁晞有些天然排斥，但她看得出这女孩眼里并无恶意，宁晞的行为可以被解读为活络气氛。

陆语摇了摇头，如实回答道："还没有。"

这话令柯嘉礼心里隐隐一动，他看了眼陆语，打趣道："你这么漂亮的女人，应该不愁没有男朋友啊。"

"……"

唐奕承自然不会参与这种八卦，他全程被马总监拽着畅谈基金会未来的几个项目，可他的耳朵却是竖得高高的，目光也总是不经意地落在陆语身上。仿佛铁遇到磁铁，被吸引，无法抗拒。

倒是冯晓冬几杯清酒下肚，用眼刀剜了一眼唐奕承，她借着酒意说："你们不知道，陆语的前任是个渣男！那男的把陆语坑得不轻，直到现在她都没恢复元气呢……"

关于唐奕承和宁晞的种种绯闻，冯晓冬也听过几耳朵，她早就想替陆语打抱不平了，今儿个大家都在，正好。

陆语的脸色隐隐发白，不用抬头看，她也能感觉到唐奕承陡然凉薄下来的面色。她在桌下捏了两下冯晓冬的大腿，示意她别说了。可冯晓冬的嘴巴就像活力十足的机关枪，子弹嗖嗖往外射。

唐奕承不知中了多少枪，尽管他表面上儒雅依旧，但眼神已然冷若冰霜了。没动几筷子，他便徐徐起身，他的目光没在任何人身上停留，只道："我还有事，先失陪了。你们继续。"

"……"大家面面相觑。

殊不知，唐奕承前脚刚走，陆语的手机里就进来一条短信。

上面只有三个字：你出来。

看着发件人的名字，陆语心里咯噔一下。

陆语借口去洗手间走出包房后，并没有在走廊里看到唐奕承，她一路往餐厅门口走去。

深秋的白昼很短，八点刚过，天已经黑透了。

陆语视野尽头的光亮来自餐厅门口的那盏射灯，此刻，唐奕承就漫不经意地玉立在那片清雅的灯光里。

他个子高，骨架完美，很衬身上那套剪裁得体的手工定制西装。远远看去，淡淡的灯影在他身上勾勒出一抹精致到无可挑剔的轮廓。

陆语垂着颈子，双手插在短款小外套的侧兜里，朝唐奕承走过去。

在他面前站定，她说："不好意思，刚才我的助理失言了，你别介意。"

冯晓冬刚才那番揶揄话，别说唐奕承不爱听，就连陆语都觉得不妥。她的话仿佛把她衬成了那段感情里耿耿于怀的那个人，她可不想让唐奕承这么认为。

飘进唐奕承耳朵里的明明是句软话，可他双眸中沉淀的寒冽却是一点没退，他直接忽略了陆语的话，转而微微眯起眼把她从头到脚打量一番。

他的口吻不善，反倒问她："你为什么要穿成这样？你难道看不出柯嘉礼那个臭小子对你有意思吗？你这是故意在他面前秀美貌？"

没有错，今晚的陆语养眼极了，她不仅衣服搭配得青春时尚，脸上也化了淡妆，跟她上次赴唐奕承之约时那副朴素过头的打扮，简直判若两人。

唐奕承也不知道自己这是怎么了，也许潜意识里，他认定陆语最好的一面应该永远是向他展现的。而现在这种对比，令这位光环笼罩下的男人，第一次滋生出了嫉妒这种情绪。

有那么一瞬间，陆语被唐奕承阴恻恻的口气刺激得脑子里"轰"一声巨响，差点炸开了，她不由得冷硬了语气说："唐总，你想太多了。莫非你有一个宁晞还不够？居然连前任的闲事也要管？"

即便在朦胧的灯光之下，陆语依然看到唐奕承因为某个名字而紧了一下眉头。

可不待他轻蹙的眉宇松开，陆语已经感觉到自己的下巴陡然一紧，她甚至来不及反应，唐奕承就用手指捏住了她尖细的下巴。

"陆语，这些话我只跟你说一遍。"

来自他指尖的触感温柔，可手劲挺大，陆语不知道他有什么话需要用这种方式说。她被迫仰头，却垂着眼皮不去看他。可他那双墨色的眼睛忽然近了，近在咫尺的气息也灼了些。

"我跟宁晞任何关系都没有。她是我管家的外甥女，仅此而已。"唐奕承说得十分真挚，倒是与他周身散发出的疏冷气场不大相配了。

他那很轻很轻的声音让陆语心里抖了一下，像是清澈的湖面打起了水漂。

有晚风吹过，凉凉的，吹起她肩头的发丝，顺着脸颊弯出轻柔的弧度。调皮的发梢缠在唐奕承指间，像纠葛的藤蔓，又像绕指柔。

在信他与不信他之间徘徊少顷，陆语重重地拂开他的手。她把被风吹乱的头发掖到耳后，到底只说出了句："你不用跟我解释，我不在乎。"

在乎，只会让人受伤，而她已经伤不起了。

大概是唐奕承没想到这女人居然会用这副冷淡的口吻回应他，他的表情僵了一瞬。哪知就在这时，忽然有嬉笑声从两人身后的餐厅里传出来——

"宁晞，你站在那儿干什么啊？"

陆语心中一紧，她猛地回过头，就看见宁晞怔怔地站在餐厅门口。不知站了多久，也不知听到多少。

寒冽的秋风，把宁晞的脸吹得煞白。

她那双杏目里写满惊愕，涣散的目光在唐奕承和陆语之间来回游移，却最终也无法聚焦，就连有同事在后面喊她，她都如蜡像一般岿然不动。

聚餐接近尾声，唐奕承突然离席，宁晞追出来原本是想看看他怎么了，不承想她居然撞破唐奕承和陆语之间那段令人震惊的旧情，而且她还听到他那么一番跟她撇清关系的言论，这让宁晞的心脏顿时像是被人狠狠地捅了一刀，痛感转瞬蔓延至整个胸腔。

到底是年纪轻，宁晞所有的情绪都藏不住。她颤抖着手死死捂住嘴唇，掉头就扎进餐厅，朝洗手间跑去。

她的脚步凌乱，眼泪止都止不住。

这一切都发生在片刻间，陆语只觉脑子被冷风吹得发蒙，她艰难地把神思揪回来，动了动嘴唇，却也不知道在这个时候该说什么。

她只能问唐奕承："你要不要去看看她？"

唐奕承眉宇微沉，但他似乎并不是很在意自己和陆语的关系被人听了去，他把视线从宁晞的背影上收回，转而落在陆语脸上。

"我会派人去看她，我先送你回去。"

说着，唐奕承就要去牵陆语的手，可就在他指尖触到她的那一刹，方才的嬉笑声由远及近，基金会的大批人马陆续从餐厅走出来。

走在最前头的柯嘉礼看了看捂着脸跑开的宁晞，又看了看站在门口的唐奕承和陆语，他微醺的脑袋没有多做联想，只说道："唐总，你还没走啊。"

唐奕承伸向陆语的那只手顿了须臾，然后垂回身侧。柯嘉礼却在这时彻底忽略了他，转对陆语说："我找了代驾，顺路送你和冯晓冬回家吧。"

陆语还没开口，冯晓冬已朝他咧嘴一笑道："不用啦，我找了朋友来接我们。"

　　她这话一出口，别说柯嘉礼和唐奕承眼里当即浮现起一抹探究，就连陆语都惊诧了。她刚想问冯晓冬叫了谁来，一辆豪华轿车已经徐徐驶来，停在了几人面前。

　　驾驶座一侧的车窗降下——梁梓行那张脸就这么出现在众人的视线中。

　　他的目光往上，没看其他人，唯独落在了唐奕承冷如冰雕的俊脸上。

　　在空气那瞬间的冷凝里，梁梓行没说话，只朝唐奕承勾了下唇，他上扬的唇角……满带嘲讽。

第八章
沿着旧时光走

直到陆语被冯晓冬连拉带拽塞进梁梓行的车里，唐奕承始终僵在原地。

这个瞬间，唐奕承觉得有冷风灌入骨髓，那种彻骨的寒意，从他的四肢侵入心脏，他全身的血液都好像被冰封住了一样，硬是迈不开半步。

也不知是不是命运的讽刺，七年前陆语被梁梓行带离纽约时，唐奕承由于束手无策只能独自忍受煎熬；可七年后的今天，别说一个陆语，时光赋予他的耀眼光环足以让他得到任何女人，可他为什么偏偏还是拿她没办法呢？

软的，硬的，他都对她试过了。

但这女人的心就像筑起一堵墙，唯独他唐奕承进不去。

"唉，陆语的追求者还挺多的啊。"柯嘉礼目送载着陆语的那辆轿车远去，他摸了摸鼻子，颇有些失落地喟叹道。

唐奕承被这句话扯回神，他幽幽瞥了柯嘉礼一眼，突然就有一种腹背受敌的感觉。

曲终人散，醉醺醺的一伙同事相继拼车走人，餐厅门口很快空了。司机为唐奕承打开车门，他坐进车里的同时拨通了宋远的电话，让他过来照看一下宁晞。

宋远赶到这家日本料理店后，并未遇见宁晞，后来他是在餐厅对面的酒吧里找到她的。

酒保指了指吧台一角，对宋远说："客人喝醉了，叫不醒。"

宋远急忙走过去搀起浑身酒气的宁晞，他手上的动作倏然一顿，惊讶地发现宁晞竟是满脸眼泪。她薄薄的眼皮这会儿肿成了桃子，双眼紧紧闭着，眼泪却像是开闸的洪水，一直流一直流。

到底是有多爱一个人，才会因求而不得，让自己在瞬间崩溃？

宁晞默默追随了唐奕承这么多年，她以为彼此之间只是隔着层纱，她以为他只是生性凉薄不懂爱，她以为总有一天他会感觉到她的付出，可在这一天，她却陡然恍悟，他们之间隔着的原来是铜墙铁壁，而唐奕承也并非薄情之人。

恰恰相反，他是一个深情种。

但是，这个男人所有的深情、所有的痴心都不是给她的，这叫她如何不心碎？

昏暗的路灯照亮夜路。

梁梓行把车平缓地驶进鱼儿胡同，停在那幢青瓦灰墙的四合院门前。

四合院的外墙安装了几盏射灯，墙上挂着"语映像"工作室的招牌，简约的黑底白字设计。通透的灯光打上去，斑驳怀旧的外墙为底，后现代风格的招牌浮映其上，有种空灵的艺术感。

坐在后座的冯晓冬麻溜地开门下车,转头丢给陆语和梁梓行一句:"我先进去了啊,你们慢慢聊。"

她明摆着给梁梓行创造机会,梁梓行自然接住。

他熄了火,侧头看向副驾上的陆语,问道:"你怎么会去唐奕承那儿工作?"

今儿一晚上,陆语一直因为那个男人而感觉脑袋隐隐作痛,此刻话题又绕回唐奕承身上,她越发觉得烦躁。

低眉理了理情绪,她反问梁梓行:"你知道吗,陆宅是唐奕承买下的。"

有那么一瞬间,梁梓行的脸色黯下去,他故意对陆语隐瞒此事,就是不想让她跟唐奕承之间再有纠葛,可世上没有不透风的墙,真相总有破土而出的那一天。

梁梓行收敛了眼里那丝闪烁的光,本能地回道:"是吗,我不知道这事。"不等陆语开口,他紧跟着问:"所以你接近唐奕承,是为了找机会把房子从他手里买回来?"

陆语被这个如此直白的问题激得微微一怔。

事实上,她还真没想那么长远。她只知道依唐奕承的个性,她跟他硬碰硬肯定是行不通的,至于苦苦哀求他,她又做不到那般卑微。

"我只能先走一步看一步了。他让我买不到陆宅,不外乎就是想看我难受,我起码不能让他得逞,我得在他面前好好活着。"陆语的声音浅浅的,但话里的那丝坚定不容置喙。

听罢,梁梓行陷入了短暂的沉默。

同为男人,他无疑比陆语更了解唐奕承,他岂会看不出唐奕承的所作所为,绝非只是为了报复陆语那么简单。

在医院那晚，唐奕承握着她的手，他眼里沉着的那片深情就像是一股无声的暗流。那暗流，仿佛冲破了岁月的羁绊，也冲破了记忆的牢笼，甚至是连那些令人酸涩疼痛的恩恩怨怨都被冲破了。

他看她的眼神，与七年前一模一样。

疼惜，喜欢，和满满的柔情。

那一幕，梁梓行亲眼所见，顿觉五雷轰顶，只因他看得出——唐奕承还爱着陆语。

没有任何事，或者任何人，可以阻挡他爱她。

车头大灯散发出的光芒，照得梁梓行脸色发白，他徒劳地撸了撸眉心，想要驱赶那些画面。

陆语以为他累了，便说："时候不早了，你回去休息吧。谢谢你送我和胖冬回来。"

"不用客气。"梁梓行本来还想跟她多说会儿话的，可当下也只剩下强颜欢笑的力气了。

陆语开门下车，却在手碰到门柄的那一刻，她顿了顿。

转头，她随口一问："我在 H 市住院那晚，你见到唐奕承了？"

梁梓行把那丝心虚掩藏得很好，他说得若无其事："见到了。但是我怕提起他给你添堵，所以没说。"

陆语"哦"了一声，没有多想。

翌日清晨，陆语照例在胡同浓浓的市井喧嚣中起床。

冯晓冬一大早就出去了，陆语从冰箱里拿出提前熬好的中药，放在微波炉里加热了一遍，她捏着鼻子一口气喝掉。

中药调理身子是个慢过程，梁梓行帮陆语找的老中医说她以前落下的病根不好治，至少得喝两个月的中药。

黑乎乎的药汁下肚，陆语苦得直皱眉，搁下药碗，她刚拿起块蜜饯塞进嘴里，就听到院门发出"嘎吱"一声。

不知道这么早会有谁来，陆语赶紧从厨房走出去。

沉缓的脚步声近了，一抹颀长的身影出现在庭院里。

"早安。"

西装革履的男人周身还带着深秋的寒意，口气倒是清润和煦。有浮动的晨光铺洒在他脸上，他英俊深邃的五官都蒙着一层柔光，就像美不胜收的琉璃艺术品。

陆语仰头看着那张脸，身子隐隐发僵，她压下眉目间的惊诧，顿生警惕道："唐奕承，你来这里干什么？"

见陆语把他堵在院子里不太欢迎他的意思，唐奕承微微挑眉道："你现在是暖阳基金会的合作伙伴，我来实地考察一下你的工作室，不可以吗？"

"……"陆语哑然。

看吧，他手里握着的权杖再次彰显了威力，就这么轻而易举地把她变成了弱势的一方。

陆语硬着头皮把唐奕承带进正房，因为拿他无可奈何，导致她的态度有所软化，但她两道细黑的眉还是拧着。

"你想看什么就看吧。"

"嗯。"唐奕承勾了下唇，昨晚那点憋屈感顿时消散不少。

老宅的正房十分宽敞，被陆语打造成工作室，一半是摄影棚，一半是会客区。空气中的中药味尚未散干净，唐奕承吸了一下鼻子，并未多问。

当初买下老宅时，其实他曾经来这里看过。

那是他第一次踏足陆语从小生活的地方，许是久无人住，老宅里的旧家具都覆盖着一层厚厚的灰，墙角还结着蜘蛛网，处处透着败落陈腐的气息。他那时想在宅子里寻找一点有关陆语的痕迹，却是遍寻不到，显然都被她的后妈李雁处理掉了。

也是那时候，唐奕承意识到，这些年，陆语的生活比他想象中还要糟糕。

不过，现在不一样了。

唐奕承环顾一圈，又走回庭院，他单手插在西裤侧兜里，站在那棵老槐树下。

"你这间工作室还不错。"他说。

陆语双臂抱肩站在他面前，看他那副云淡风轻的模样，有那么一刹那，她的心脏狠狠地揪起来，她几乎忍不住要把话挑明了。可话到嘴边，到底还是被她努力咽回去。

她一直绷着的小脸舒展开来，接了唐奕承的话说："这全要感谢我的好房东。他不仅收我的租金便宜，而且前阵子厨房爆水管，很快就有人来修理了……"

陆语意有所指地说出这番话时，她全程仔细地捕捉着唐奕承的表情，却见他只是挑了挑眉角，并无任何明显的表情变化。

这让陆语有些泄气，久经商场，这男人果真练就了一番深藏不露的好本领。看样子她想和他斗，并没有那么容易。

陆语还在默默哀叹着，唐奕承已经问道："你吃早饭了吗？你以前不是挺爱吃胡同口那家早餐店的，要不要一起去？"

陆语愣怔了一下，不知想到什么，她竟然没有拒绝："嗯，那你等我加件衣服。"

天气转凉，陆语身上只穿了件小毛衣，趁她折回厢房拿外套的工夫，唐奕承的神色凝重起来，他掏出手机，拨出宋远的电话。

　　那阵待机铃声很短，可他心里却掠过好多想法，鼻腔里的中药味也似乎久久飘散不去。

　　电话接通，唐奕承的嗓音渐沉。

　　"宋远，你去查一下陆语在看什么中医，她的身体有什么问题……"

　　如果可以将时光镶嵌进照片里，那么此刻的画面是这样的：

　　老胡同静静地向远处延伸着，两旁错落有致地排列着一座座青砖灰瓦房，低矮的房檐半遮半掩于高大的槐树后，有和煦的晨光穿透树叶的间隙，被切割成细碎的光影，投射在房顶的四角飞檐上。晨风拂过，光影如水波晃动，偶尔吹落几片金黄色的树叶，纷纷扬扬的。

　　一对年轻男女的背影浮映在这幅宁和幽静的画面里，他们踩着地上的落叶向胡同口的某间老字号早餐店走去。

　　男人身材颀长，身上那件黑色中长款风衣勾勒出他的完美身型，两条包裹在修身西裤下的长腿笔直修长；旁边的女人被他英挺的身姿衬得娇小纤瘦，个子只到他肩膀那里，她及肩的长发被秋风吹起，和那些金色的叶子一起飞舞着。

　　有顽皮的树叶飘落在陆语头发上，唐奕承抬手帮她摘掉。

　　来自他指尖那瞬若有似无的碰触，激得陆语头皮发麻，她头一歪就想避开，却听唐奕承那般自然地问道："陆语，那间小旅馆怎么不见了？"

陆语循着他的目光看过去,心里的某根弦轻轻一颤,像是被人撩拨了一下似的,她嘴上倒是不以为意地回了两个字:"拆了。"

不知两人想到什么,气氛就这样沉默了。

唯有树叶被踩过发出沙沙的清脆声响。

陆语在纽约读大一那年的圣诞假期,唐奕承曾跟她来过B市。他所说的那间小旅馆就在陆宅斜对面,是一座四合院改造的,简陋的厢房区隔出几张床铺,空气不算清新,被子也飘着霉味。

当时陆语的爸爸听说她交男朋友,而且对方家境不好,便坚决反对两人交往。陆语不敢把唐奕承往家里带,他索性就住在那间小旅馆里,然后陆语每天早上七点都会准时从家里溜出来,偷偷摸摸地跑到胡同口的早餐店,跟他会合。

那是唐奕承头一次来B市,一来他想看看陆语从小生活的城市,二来热恋中的情侣舍不得分开一分一秒,到哪里都像连体婴。十几天的假期里,陆语带他逛遍了这座城市,可每次回味那段时光,她记忆最深的却还是那间早餐店。

每天早上,陆语一踏进店门,就会看到那位美少年坐在窗边的位子上等她。冬日的晨曦是带着寒意的,可洒在唐奕承那张俊美如浮雕的脸上,竟莫名添了几许温柔。怕食物冷掉,他总会提早点好陆语爱吃的那几样,等她来了,他才让服务员从后厨端出来。

有次陆语从家里溜出来得太急,忘记戴手套,她的小手被冻得僵僵的,连拿筷子都费劲。唐奕承二话不说就把她的手握在自己的掌心里包起来,少年的手掌修长又宽厚,掌骨上带着浅浅的薄茧，他就这样轻轻地摩挲着她，一点一点地把她焐热。

直到现在，陆语都清晰地记得自己在那一刻的感觉——又甜又酸。

甜的是，被那位少年捧在掌心里宠着的感觉，就好像拥有了全世界那般幸福。酸的是，那到底是一段门不当户不对的感情，他们不能把对彼此的爱恋暴露在阳光之下，唯有这样小心翼翼地坚守着。

陆语当时没有问过唐奕承是不是也跟她有着同样酸酸甜甜的感觉，他又是否会介意陆爸爸的专断独行和不近人情。少年的自尊心比纸还薄，可他为了她却甘愿放弃已经有些受伤的自尊心，甘愿委身于破旧简陋的小旅馆，甘愿在隆冬的清晨，用一碗热腾腾的面茶守候她。

有些话，她不提，他也不提，可那正是年少时对爱的孤勇与执着。

只要有你，就够了。

反观现在，物已非，人亦非。

老胡同敌不过商业化大潮，小旅馆所在的四合院被出租出去，变身成高档私房菜馆。

昔日的落魄少年征战商场多年，已被金钱和权势赋予了无穷魅力，再也不用担心有任何人可以挫伤他的自尊心。

而他们当年的满腔孤勇，也早已被岁月消耗殆尽，人心变得敏感又脆弱。

树叶发出的沙沙声停了，转眼两人已经走到早餐店门口。

属于两个人的回忆，在踏进店门的那一刻，令人触景生情，陆语越发觉得酸涩。她也不知道自己为什么会跟唐奕承来这里，也许只是心念莫名一动就答应他了，又或许，往日的画面总有动人之处，潜意识里叫人割舍不下。

落座后，陆语心里揪得慌，她下意识地抬眸看了唐奕承一眼，却发现他似乎并无异样，属于他那张脸上的表情依旧疏离寡淡，好像真的只是来吃个早餐那般单纯。

难道陷在回忆的怪圈里、一直走不出去的那个人，只有她吗？

陆语自嘲着腹诽，她搓了搓被风吹得干涩的脸蛋，也顺势抹平了脸上的怅然。

以唐奕承现在的尊贵身份来看，他坐在这间老旧狭窄的小店里，显得有点违和感。可他倒是不以为意，也没有问陆语要吃什么，他直接点了以前的"老三样"。

"两碗面茶、一份焦圈和一份奶油炸糕。"唐奕承跟服务员说。

眼瞅着服务员说着"好嘞"就要转身下单，陆语突然追加了一句："炸糕别撒糖霜。"

唐奕承不爱吃甜食。

她这声落下，两人都陷入了片刻的愣怔。

与以前一样靠窗的桌位，一样的餐点，仿佛一切都在这个瞬间倒回了那一年。

他还是那位少年。

她也还是那位少女。

时过境迁，其实什么都没有改变。

餐点很快上齐，陆语本以为自己又会像上次跟唐奕承一起用餐时那么食不甘味，可不知是不是熟悉的味道勾起了食欲，陆语一连吃了两个焦圈。

看她吃得香，唐奕承原本面无表情的脸孔不由得柔和下来。

暗忖少顷，他问："陆语，你爸走了多久了？"

在纽约，他曾找人查过陆语的状况，有消息回报说，陆父早年去世了。唐奕承与陆爸爸素未谋面，说不上有什么感情，但想必陆语这些年不好过，跟爸爸去世有很大的关系。

陆语被他这话激得浑身一顿，她却没从碗盘间抬头，只回了句："他走了好些年了。"

她低垂的眼帘遮住了眼中那片哀伤，可不知怎么的，她耳朵里猛然钻进一句话。那是李雁独吞了陆家家产之后，陆语找她理论时，她咄咄逼人说出来的——

"连爸爸去世那天都没有露面的女儿，有什么资格继承父亲的遗产？"

陆语那时失去父亲的悲恸，以及对李雁的愠怒，就这么被这句话击了个落花流水。看着李雁拿出的那份遗嘱，她只能艰难地相信着爸爸真的没有留给她什么。

幸而，时间是万能的。

那段艰难的日子已经熬过来了，陆语觉得这些事没必要对唐奕承说，她再抬起眼帘看向他时，眼中已然恢复了平日的清澈。

搁下筷子，她揉了揉肚子，说："我吃饱了，要回去了。"

唐奕承瞅了眼被她喝得干干净净的面茶，他的唇角弯起一抹极浅的弧度，这个女人似乎没那么抗拒他了。

"我送你回去。"他说。

"……"

接下来的一个星期，基金会的工作比较少。

陆语在摄影家协会的推荐下，报名参加了一个国际性的摄影比赛。一连好几天，她都在自己的照片库里挑选参赛作品，可选来选去，她还是觉得没有能拿得出手的作品。

陆语早年也曾获得过摄影展的奖项，可这几年疲于生计，她把时间基本都耗费在商业拍摄上了，距离所谓的艺术渐行渐远。合上笔记本电脑，陆语拧眉看向陈列架上的那几座奖杯，只剩一声叹息。

柯嘉礼的电话就是在这个时候打来的。

陆语刚滑屏接听，就听见他透着愉悦的嗓音传过来："今晚有薇薇安·迈尔的摄影展，我弄了两张票，咱俩一起去看吧。"

薇薇安·迈尔是美国著名的街头摄影师，这样的机会实属难得，陆语几乎不假思索就要应承下来，可脑袋放空一秒，话到她嘴边就变成了："谢谢你。但是不好意思，我今晚没空。"

在陆语脑袋空白的那一秒里，她无端想起唐奕承那天晚上对她说的话——柯嘉礼对她有意思。

虽然柯嘉礼颜值高，性格好，各方面条件均属上乘，可陆语早已过了会轻易对一个男人动心的年纪。她在感情上不是个嗅觉灵敏的女人，如果不是唐奕承一语点破，陆语还真没意识到柯嘉礼喜欢她。

但不管唐奕承说的对错与否，陆语都觉得多一事不如少一事。既然她对柯嘉礼没有进一步发展的打算，就不应该吊人家的胃口。

不轻易给人希望，就不会伤人心。

就这么被陆语拒绝了，柯嘉礼眉宇一黯，那两张票可是他费了不少劲儿才托哥们儿弄来的。

手机里静默了一瞬。

柯嘉礼再开口时，已经压下了声音里的失落："那算了，以后有机会再说吧。"

顿了顿，他话锋一转，言归正传道："对了，我今天找你还有件事儿。暖阳基金会在西部偏远山区援建了一所希望小学，过两天唐总要出席在当地举行的奠基仪式。你是随队摄影师，也得跟着跑一趟。"

陆语惊讶地张了张嘴，问道："去大西北？"

"是啊。据说当地是国家级贫困县，条件挺艰苦的，气候也不怎么好，你得多穿点……"柯嘉礼想着这事就头疼，不忘贴心地嘱咐陆语一番。

陆语的心思却不在这上面了，她声色如常地回道："知道了，谢谢你。"

西部山区虽然贫瘠萧条，但那些未经人工雕琢的天然景观恰是摄影师的最爱，说不定陆语此行还能拍出符合参赛水准的作品来。

挂上电话没多会儿，陆语就收到了柯嘉礼发来的活动资料。

看着那份随行人员名单，陆语微微一怔。

不知道是不是唐奕承授意，她在名单中居然没有找到宁晞和柯嘉礼的名字。

暖阳基金会一行七人，从 B 市飞抵大西北的 Y 市，已经是下午了。

一出机场大楼，周萱萱便猛地倒吸一口冷气。

她凑到陆语耳边小声抱怨道："这趟真是有得受了。这地方的气温已经零下了啊，据说一会儿咱们还得坐好几个小时的车进山……"

其他几人都来自基金会项目部，陆语跟他们只是点头之交，相较之下她跟周萱萱算熟悉的了。听对方怨声载道，陆语没吱声，她下意识地瞥了一眼走在最前面的唐奕承。

寒风凛凛，这男人却是一点畏寒的样子都没有。他穿着件黑色羊毛大衣，衣领竖着，大步流星的步伐配上笔直的腰杆，让他看起来俨如严冬里的松柏，傲然挺拔。

人跟人果然不能比，快要被冻僵的陆语快快地收回目光，她裹紧身上的羽绒服，徒劳地抵挡小刀般的冷风往脖子里灌。

村里建希望小学是千载难逢的喜事，村委会打了报告上去县里，县政府派出两辆越野车来接机。老板一车，员工一车。

周萱萱一见到车，就跟看见救星似的，她立马缩着脖子钻进车里。陆语没她反应快，眼瞅着大家陆续上车，她想要挤进去，却发现车里已经满了。

后座上的周萱萱赶紧往里面挪了挪屁股，一边示意陆语上来，一边问司机："大哥，多坐个人没事吧？"

还没等司机回话，僵在车门边的陆语只觉胳膊上突然一紧，她刚惊诧地扭过头，人已经被唐奕承拽走了。

"你跟我坐一辆车。"他的声线清淡。

"……"

陆语就这么被唐奕承塞进后座，这画面瞅得宋远足足愣了两秒，他才迅速帮老板关上车门，坐进副驾。

车里的暖气很足，唐奕承脱下大衣放在手边，他没摘掉的围巾随意垂下，露出一截笔直修长的脖颈。不只是脖颈，他整个身材都十分颀长，原本宽敞的后座空间也因他那双曲着的长腿，相对显得狭窄了。

陆语尚未从这等特殊的待遇中缓过神，就听唐奕承侧过头问她："你还冷吗？"

陆语的体质比较敏感，眼睛一遇到寒冷刺激就容易流泪，所以此刻她那双大眼睛像是蒙着层水雾，小巧的鼻尖也冻得红红的。不知怎么的，在这一瞬间，唐奕承忽然特别想伸手捧起她的脸，像以前那样用掌心把她焐得热乎乎的。

事实上，他也这么做了。

可就在他抬起手的那一刹那，陆语蓦然清醒，她后知后觉地别开脸道："我不冷了。"

唐奕承那点不切实际的想法被抛在原地，面色微僵。陆语不看他，身子僵了少顷，她慢吞吞地脱下羽绒服，紧紧地抱在怀里。

司机是当地人，对路况极熟。五个小时后，越野车顺利从机场一路穿过市区、县城和乡镇，驶上通往村落的山路。

天色渐暗，车窗外的景致也越来越荒凉。

原先还能看到的人烟渐渐淡出视野，取而代之的是沟壑纵横的黄土高原。大概是由于气温太低，加上水土流失，大片的梯田和丘陵早已褪去绿意，只剩下满目枯黄。夕阳西斜，落日的余晖笼罩下来，那骇人的赤色压境，令茫茫大漠更添一笔苍凉。

由于职业和爱好所致，陆语去过不少地方拍照，但秋冬交际的黄土高原，她还是第一次看见。见她望着窗外看得入神，一直默不作声的唐奕承问她道："要下车去拍几张照片吗？"

陆语心里自然是极想的，可她此行是为基金会工作，后面的车里还坐着一车人呢。

她摇了摇头，说："不用了。"

可这时唐奕承已经吩咐司机停车，车里所有人都还没回过味儿来，就听唐奕承跟宋远说："你让其他人先进村吧，我们在这儿停一下。"

"……"宋远领命。

陆语心头微微一震，不知是否该对这样的唐奕承说声谢谢。

等她穿好羽绒服，唐奕承才开门下车，他指着几米外的荒漠，说："我陪你过去。"

"嗯。"陆语拽紧相机背带，点点头。

风，依旧冷冽如刀。

可有那么一瞬间，陆语竟然感觉不到这世界的寒凉。

心，似有一淙暖流缓缓淌过。

赤色的天，黄色的土，一高一矮的两道身影朝着黄土深处迈进，夕阳在他们身上勾勒出一轮宁静悠远的剪影。也许，这一刻，陆语只知道她的镜头里有着最大气磅礴的画面，却不知她和身旁这男人本身就是一幅画。

远远地看着这幕，坐在车里的宋远差点被晃瞎眼，他不免一阵唏嘘，唐总这是有多宠"小蘑菇"啊。

就是这会儿工夫，宋远的手机响了。

进了山区，信号不太好，断断续续的通话中，宋远握着手机的那只手越收越紧，脸上的神色也是凝重得紧。他不由得再度扭头望向远处的那两抹身影，眼里莫名就多了一丝惶惑。

陆语跟唐奕承回到车里之后，车子重新启动。

陆语低头翻看刚才拍下来的照片，嘴角不自觉地微微翘起来，效果不错。唐奕承侧着头，视线也落在相机显示屏上，他那双墨黑深湛的眼睛，被斑斓的晚霞晕染得柔和又温煦。

宋远从后视镜里觑着两人，愈加如坐针毡。刚才他收到的消息就像一根鱼骨头，卡在他的嗓子眼里，想吞吞不下去，想吐又吐不出来，憋得难受。

陆语一点没察觉到这位特助的异样，她把相机往唐奕承那边挪了挪，随口问他："这两张哪张比较好看？"

她这种破天荒的示好，令唐奕承相当受用。

在很久很久的曾经，陆语也喜欢这样问他。

他微微一低头，英俊逼人的脸孔凑过去，似是认真比对了一下，他说："这张吧，你好像拍到羚羊了。"

"羚羊？"

这种贫瘠的地貌上怎么会有羚羊？陆语心生疑惑，盯着眼皮底下那个小黄点左看右看，直到她把照片放大，这才隐约看清楚那是什么。

她神思一紧，急忙对唐奕承说："咱们得回去看看。"

"怎么了？"唐奕承轻蹙眉宇，带着点不解。

陆语把相机递到他眼皮底下道："这不是羊，他好像是个人啊。"

可不是嘛，不小心入镜的小黄点分明是个人。由于拍摄距离太远，辨不清男女，只能看出他个头很小，约莫是个小孩。小孩埋头蹲在土地上，不知道在做什么。

那片黄土高原距离他们要去的村子大概十来分钟车程，路途坑洼颠簸，一个小孩走那么远着实奇怪。

眼瞅着村落近在眼前了，可唐奕承还是吩咐司机，掉头把车开回去。

幸好两人赶回去时，那抹小黄点还在。

近了身，陆语略微一怔。

只见一位六七岁左右的小女孩蹲在地上使劲挖土坑，天寒地冻的，她的衣衫破旧，也没戴手套，十个手指头冻得跟胡萝卜似的。

陆语和唐奕承对视一眼，见唐奕承朝她点点头，她才走到小女孩身边。

陆语弯下腰问她："小妹妹，你在这里做什么？"

黄沙踩在上面没声音，小女孩压根不知道有人过来，她被陆语吓了一跳，猛地打了个激灵。瞪着陆语瞅了半天，又见陆语朝她微笑，小女孩眼里的怯意稍稍淡去一些。

她指了指地上扔着的一只石鸡，叽里呱啦地说了一堆陆语听不懂的家乡话。

陆语听不懂，唐奕承肯定更听不懂了。陆语不指望他，她拧着眉毛直起身，就惊讶地发现唐奕承把司机带过来了。

在司机的翻译下，陆语得知小女孩是回族人，有个好听的名字叫阿伊莎。她养的石鸡死了，因为感情好舍不得，所以她把它带过来埋了。

"奶奶说，黄土高原是距离天空最近的地方，我的爸爸妈妈都埋在这里。"

阿伊莎稚嫩的童音被寒风吹散，司机把她的话翻译过来，听得陆语的鼻子酸得厉害。

"姐姐帮你，好不好？"陆语说着蹲下身。

阿伊莎顶着那张被风刮得通红的小脸，咧了咧嘴。

在几个大人的帮忙下，石鸡很快葬好，阿伊莎被陆语带上了车。

阿伊莎就住在基金会援建希望小学的那个村子，从来没坐过车，小丫头的表情露出胆怯，水汪汪的眼睛里却是藏着一丝好奇。陆语对她的耐性似乎特别足，时不时跟她说话，缓解她的拘谨。

陆语半道捡个小孩，唐奕承全程没说半个"不"字。两人的关系好不容易有所缓和，她喜欢做什么，他都由着她。

车子进村，陆语发现当地的条件比她想象中还艰苦。

暮色渐深，村子里没有路灯，所有的光亮都来自从窗口渗透出来的灯光，昏暗又稀薄。村里的土坯房居多，不少房子的外墙开裂，门庭破败，仿佛一座被老天遗弃的野村。

阿伊莎的家也是这样的。

陆语和唐奕承先把她送回去，嘎吱的木门声和着呼啸的风声划破夜色，开门的是一位老太太。

见衣着体面的陌生人把孙女送回来，阿伊莎的奶奶操着一口蹩脚的普通话千恩万谢。家徒四壁，没什么值钱的东西，老人佝偻着背把晒在院子里的枸杞装了一大袋，直往陆语手里塞。

陆语推辞不掉，只好收下。阿伊莎害羞地藏在奶奶身后，探出半颗脑袋跟陆语挥手再见。

折腾完这一段，陆语和唐奕承抵达落脚处时已经八点多了。

村里没有旅馆，村主任为了迎接贵宾，特地派村民腾出一处民房给基金会的人住。两层的砖房，六个房间，条件虽然简朴，但至少比土坯房好多了。

基金会的其他同事已经分好房，最大的一间自然留给唐奕承，还剩了两间小房给陆语和宋远。

宋远把行李给陆语送到房间，唐奕承也跟着进屋，环视室内一圈，他对陆语说："条件不好，只能凑合了。你先休息一下，等会儿吃东西我再叫你。"

旅途劳顿，身上又冷，陆语有点没胃口，但她还是说了句："好的。"

唐奕承身边的人终于散去了，宋远尾随老板去到房间。

他先观察一番老板的脸色，见唐总唇角竟然漾着一丝浅浅的笑意，宋远这才关上门斗胆上前，汇报半小时前他接到的那通电话的内容……

第九章
震湖雪地的拥抱

　　房间里光线不足，墙皮有些脱落的天花板下方直接吊着一只十五瓦的灯泡。

　　唐奕承第一次发现这般幽暗的光线，竟然有着如此强大的穿透力，甚至能将人照得如此脆弱，仿佛要消失了一般。背身僵立在窗前，他幽深的双眸里倒映着窗外萧索漆黑的村庄，耳边久久响彻着宋远半小时前汇报的情况。

　　如魔音穿耳。

　　在这段不长不短的时间里，唐奕承脑中最先晃过的就是刚刚那位叫阿伊莎的小姑娘。陆语对一个素昧平生的小丫头那么好，好到连他都嫉妒了，原来事出有因——那是出于每个女人对母爱的本能与天性。

　　原来，他们也曾有过一个孩子。

　　起风了。

　　窗外，墨黑的夜色在苍白的月光下缓缓晃动。

　　光影斑驳间，陈年的旧伤口被切割成支离破碎的画面，浮映在唐奕承眼前。

　　奋力挣扎的少年，纽约警察的推撞，陆语因惊恐而发出的尖叫……时隔七年，终于还是有那么一天，唐奕承始终不愿相信、刻意忽视、故意逃避的那一幕幕，如过电影般从他眼前掠过，悄然暴露在这个距离曼哈顿一万多公里的小村庄里。

他从来不知道——

那天，他被关进警察局，她音信全无，是因为在推撞与惊吓中她失去了他们的孩子。

那天，他在拘留室里万念俱灰，她离开了他，是因为她甚至还来不及告诉他，他要当爸爸了，她就已经一无所有了。

往后的七年，他为这段逝去的感情在大洋彼岸饱受折磨，而她则因为那场意外流产落下的病根苦不堪言。

在 H 市医院那晚，唐奕承亲眼所见陆语的憔悴和柔弱，那一瞬的心痛和疼惜，直到此时此刻，他依然感同身受，痛彻心扉。

他明明是因为她才被送进警察局的，可到头来，受伤最深的人却是她。

唐奕承方才听到这件事时的震撼和痛心一点一点蔓延，他想起的事情越来越多，多到在这个寒凉的夜晚他全身都渗出汗来。

他觉得浑身的血气都在往上涌，却涌到心脏的位置就堵在那儿，他的心仿佛被千万根绳索紧紧地绞缠着，束缚着，简直快要被割成千片万片，一阵一阵疼得他心口发麻，呼吸困难。

抬手，唐奕承打开窗。

冷风灌入脑髓，他都没有觉得自己活过来。

宋远再次被唐奕承叫进房间，是在一个小时之后……

在与唐奕承一墙之隔的房间里，陆语冷得整个人都缩进了被子里。

偏远山区没有集中供暖，当地村民仍旧采用土法炭盆取暖，可耐不住晚上室外零下七八度的酷寒，陆语就算不脱掉羽绒服都浑身凉飕飕的。而且木窗的密闭性不好，疾风从窗外刮过，呼啸着灌进窗缝涌入屋里，更添寒意。

人一冷，就爱犯困。

就在陆语裹着被子陷入昏睡的那一刻，她耳朵里忽然钻进"咚咚"的敲门声。

想着是唐奕承叫她吃饭来了，陆语赶紧下床去开门，可门打开，她惊讶地发现站在门外的并不是唐奕承。

"陆小姐，唐总怕你冷，让我把这个拿给你。"宋远说。

陆语接过对方递上来的一沓暖宝贴，她脸上的疑惑未退，问道："他人呢？"

迟疑片刻，宋远按照唐奕承事先交代的话说："唐总有些事情要处理。楼下已经准备了晚饭，你可以随时下去吃……"

陆语没多想，说道："嗯，我知道了，谢谢你。"

瞅着那扇门轻轻关上，宋远作为唯一的知情者，他站在走廊里重叹一声。

唐奕承方才把自己在房间里关了一个小时。

那一个小时，没有人知道他想了什么，又想了多少。

后来宋远被唐奕承叫进屋，看着老板眼里的那抹痛色，宋远想说些什么，却又苦于难以启齿。艰涩的沉默中，唐奕承也是什么都没说，只是让他把暖宝贴给陆语送过去。

那些暖宝贴是宋远特别帮老板从 B 市带来的，唐奕承左肩有旧伤，这样干冷的气候难免引起旧伤复发。可是，这些都不重要了。

她怕冷，他知道。

陆语下楼的时候，门厅支着张简易折叠木桌，基金会的另外四个人已经开始吃饭了。重头戏都安排在明天，晚饭相对比较简单，只有饸饹面和羊肉臊子面可供选择。

陆语跟大家略一颔首，捧着大海碗落座，就听周萱萱低幽的抱怨声不停："这哪里是人待的地方啊，又冷又破，连洗澡都不方便。也不知道那些村民是怎么活下来的，幸好咱们就在这儿待一晚上……"

除了周萱萱，同行的还有两男一女，年纪都在四十岁左右，其中被大家称为"燕姐"的女人是项目部总监，她打扮中性，看起来精明干练。

燕姐白了周萱萱一眼，不太客气地回道："唐总还没嫌弃呢，就你事儿多。大家出门行善，你也积点口德。"

一直狼吞虎咽的两位男士从碗里抬眸，也加入了话题："是啊，你们看看村里的小孩，到了学龄却没学上，多可怜。据说最近的小学得走八公里，要不是这次有基金会捐助，知识改变命运搁在这儿就是一句空话，村里人祖祖辈辈都别指望翻身了啊。"

另外一人附和道："其实我挺佩服唐总的。他做慈善不是作秀，也不为炒噱头，基金会此行本来是准备邀请媒体随行报道的，可提案直接被唐总否决了。"

周萱萱吃完瘪又被无视，她总算不吭声了，哀怨地搅拌着碗里的面条。

陆语自始至终没有开腔，唐奕承为什么会投身慈善事业，她再清楚不过。他是苦过来的人，对穷苦之人总抱持着一丝怜悯之心。

　　这就是她熟悉的那位少年啊，外表桀骜不羁，骨子里却沉淀着一种叫作善良的品性。

　　可他的善良怎么不用在她身上呢？

　　他又为什么唯独对她锱铢必较呢？

　　陆语脑子里胡乱地想着，不知不觉吃了大半碗面条。整个过程中，老旧的木楼梯没有发出过半点声响，唐奕承并未下楼吃饭。

　　吃完饭，陆语上楼回房，哪知周萱萱跟着她挤进房间。

　　屋内陈设简陋，连个沙发都没有，周萱萱裹着皮草大衣，一屁股坐在木床上，她朝陆语挑了挑眉，若无其事地说："这里没网络，一个人闲着无聊，咱俩聊会儿吧。"

　　陆语困劲上来，她揉了揉太阳穴，刚想张嘴拒绝，已经听周萱萱问道："你刚才跟唐总去哪儿了？"

　　猝然冒出来的称谓令陆语头皮发紧，那点困意倏地散了些，她走到炭盆旁，烤了烤手，说："没去哪儿啊，就在沿途拍了些照片。"

　　"是吗？"周萱萱红唇一扯，笑得意味深长，"唐总不会对你有意思吧？你看他那人冷冰冰的，怎么会跟你拍照片去呢。"

　　对方音色轻柔，实则步步紧逼，陆语嘴边只剩一抹讪笑，道："他怎么可能对我有意思？"

　　自从上次在 H 市窥伺到这对男女不寻常的关系后，周萱萱的八卦欲一直没有得到满足，心思一动，她就问出了那个憋了好久的问题："陆语，如果唐奕承和梁梓行给你选，你选哪个？"

陆语当即怔然，别说她从没把这两个男人在心里做过比较，就连梁梓行那张脸，在这个时刻她都费了点劲儿才想起来。

"我和梁梓行只是朋友关系。"陆语如实说。

周萱萱莞尔一笑，心里莫名一松，她施施然站起身，拍了拍陆语的肩，说："你早点休息吧，晚安。"

陆语还没搞清楚这女人闹哪出，只见摇曳着身姿都到门边的周萱萱忽然顿足，回头。

她丢给陆语一句话："唐奕承是你的，梁梓行是我的。咱俩就这么说定了，你可别让我有一天讨厌你。"

对方话里的信息量太大，陆语诧然，猛地僵在原地。脑子卡了卡壳，她才后知后觉地反应过来，可这时周萱萱早已掩门而去了。

陆语一时间有些百感交集，抛却唐奕承和梁梓行不提，她不得不承认，她其实挺欣赏周萱萱这种性子的——敢爱敢恨，能够那么大胆又直接地表明自己对一个男人的心意和企图。

哪里像她，那个男人的好好坏坏，让她连自己的真实感觉都分辨不清，连自己的内心都要掩饰。

陆语再见到唐奕承，是在隔天上午。

希望小学以暖阳基金会的名字命名，奠基仪式在有限的条件里可以被称为隆重了。除了村主任和村委会干部，县乡镇领导也特地前来出席。另外，家家户户的村民听说村里盖小学，也都兴致勃勃地跑出来瞧热闹。

校址临山而建。

奠基仪式上，唐奕承那第一铲下去，引得围观的村民阵阵欢呼。

可惜，适逢喜事，天公却不作美，天边乌云压境，滚滚而来。

陆语身上贴了暖宝，她倒不觉得像昨天那么冷，再加上被淳朴热烈的气氛感染，她心里也暖洋洋的。但不知是不是她的错觉，她隐约觉得镜头中的唐奕承似乎有点反常。

尽管他依旧是往日那副淡然沉敛的模样，可他眉宇间仿佛沉着心事，眼睛里也好像蒙了一层雾霭，就连他嘴角勾起的笑容，亦令人有种牵强之感。

陆语的疑惑，一直没有得到解答。

根据行程，基金会一行人傍晚就会离开村子，然后转往市区住一夜，翌日早上返回 B 市。当天下午，趁着项目部的同事跟村委会的人探讨希望小学的后期规划，陆语想要出去再拍些照片。

在她正要离开房间时，一阵低低的敲门声传来。

开门，陆语一下子没看到人，目光往下，她才看到那位小丫头。

"阿伊莎。"陆语没想到她会找上门，赶紧把她让进屋。

阿伊莎在村子里长大，找到这儿并不难，语言不通，她一双大眼睛骨碌骨碌地瞅着陆语，小手一伸，就把几个油香饼递到陆语眼皮底下。

她的小手照旧冻得红通通的，上面还开裂了几道口子。

陆语领会阿伊莎的好意，她接过油香饼，笑得灿烂。见阿伊莎送完吃的，掉头就要跑，陆语赶紧伸手把她捞回来。

"过来，姐姐也给你点好吃的。"

阿伊莎听得似懂非懂的，她有些胆小，磨叽了一会儿，她才从陆语手上拿起那盒巧克力。包开一颗，她放进嘴里嚼了嚼，而后笑了，好吃。

这个下午，陆语没有出门，阿伊莎坐在她的床上，一连吃了好几颗巧克力。

唐奕承敲门进来时，看到的就是这样一幅情景。

他的眼睛仿佛被床上的小丫头割伤了一般，眸光黯黯的，眼眸底下涌动着说不清道不明的晦涩。

陆语没太在意，她问唐奕承："你怎么来了？"

连唐奕承都不知道自己为什么会来这里，也许，是心里的痛苦像是会发酵似的，一直得不到纾解，憋得他难受。

又或许，他只是想她想得受不了。

压下那些复杂的念头，唐奕承说："刚才村里人说一会儿会有大雪，我们今晚可能走不了了。"

陆语微微一怔，据说山区的大雪一般都是来势汹汹，她有些紧张，道："我们不会被困在这里吧？"

"现在还不知道。"唐奕承抿着唇角说。

阿伊莎认生，瞅见唐奕承，她慢吞吞地从床上挪到地上，躲到陆语身后，揪着她的衣角。

陆语见唐奕承没有要走的意思，她弯下腰对阿伊莎说："姐姐先送你回家，好不好？"

有时候人与人的沟通是很神奇的一件事，阿伊莎似乎能感应到陆语的意思，她把手塞进陆语手里，点了点头。

"一起吧。"唐奕承不自觉地接了话，随即他又补了句，"我正好也想出去走走。"

从基金会的落脚处走回阿伊莎家，大概十分钟的路程。

片刻后，村子蜿蜒曲折的土路上，出现了三道人影。

两大一小。

阿伊莎走在陆语和唐奕承中间，她一手牵着陆语，一手抱着那盒没吃完的巧克力。犹豫须臾，唐奕承摸了摸阿伊莎的头，然后拿走她手里的巧克力，轻轻拽起她另一只手。

他这个举动令陆语有些惊诧，她歪头看向唐奕承，却见冬日里他的五官更显深邃，坚毅的侧脸面色如常。

唐奕承腿长，为了配合阿伊莎两条小短腿的步调，他不觉放缓了脚步。

"等暖阳希望小学建好了，阿伊莎正好也可以进去读书了。"陆语说。

这话听得唐奕承只觉满嘴酸涩，慢半拍，他才从鼻腔溢出一声"嗯"。

如果他们的孩子还在，大概也像阿伊莎那么大了，也是上小学的年纪。

不知道那个小家伙是男是女？

小家伙会长得像她，还是像他？

后半路的沉默。

把阿伊莎送到家门口，陆语跟唐奕承没进屋，阿伊莎冲他们咧嘴一笑，跑了进去。

陆语和唐奕承掉头往回走。

陆语刚才把她的手套送给阿伊莎了，见她的手缩在羽绒服的袖口里，唐奕承那么自然而然地脱掉自己的皮手套，递给陆语一只。

她迟疑少顷，接过来，戴上。

这男人的手套质地讲究，内里十分柔软，还带着他的体温，陆语戴在手上大大的。

两人一人戴着一只手套走在坑洼不平的小路上。

不知走了多久，很远，又似乎很近。

唐奕承没戴手套的那只手轻碰了陆语一下，像是被他寒凉的指尖刺激到了，她敏感地缩了缩手。

他再碰她，她再缩手。

他第三次碰她，她没法缩了。

唐奕承就这么攥住陆语的手，他修长的五指合拢，牢牢地把她握在手里，不容她有半分的退避。

下雪了。

寒风夹杂着细密的雪片拂面而来，两人没戴手套的手牵在一起，彼此肌肤接触的地方那么小，小到除了这里，他们的全身都好像被寒冽的风吹透了。

只有那一处，热乎乎的。

"陆语，对不起。"他说。

陆语因为唐奕承这句没头没脑的话，停住脚步。

她扭过头，问他道："你对不起我什么？"

她一张嘴，有白色的雾气从嘴里冒出来，凝着凛冽的空气，氤氲在彼此之间。隔着那层雾气，陆语就这样撞进唐奕承那双沉湛的眼眸里。他纤长的睫毛上沾着细碎的雪花，眼底却仿佛燃烧着某种暗色的火焰，明明灭灭的，叫人看不透彻。

"很多事情，我都对不起你。"唐奕承只能说到如此了。

如果属于他们的曾经是一道万丈深渊，那么只有他一个人沉在谷底就好了，他不想把她也一起拽下去。

　　唐奕承的声音很轻很轻，就像飘落的雪花一样，拂了人满面却感觉不到一丝重量，可陆语顿觉心脏雷动，每一下都是震耳欲聋。这么多年，第一次听他说这样的话。

　　陆语想要置之一笑，可她怎么也笑不出来。那些她好不容易已经压下去的委屈，竟然好似统统被他这句话再度勾了起来。

　　她赶紧低下头去，道："你没什么对不起我的。"

　　只有两不相欠，才是真正的解脱。

　　唐奕承感觉到掌心的那只小手试图抽回去，他微微一用劲就把陆语拉到身前，她连反抗的时间都没有，已经被他抱进了怀里。

　　他颀长英挺的身躯瞬间把她整个人都罩住了，来自这个男人的温热触感像是莫大的刺激，陆语猛地僵硬了。

　　六角形的雪花漫天飞舞。

　　他抱着她，站在狭窄幽静的村路上。两人身后是大片的枸杞林，由于过了收获的季节，树上没有果实，光秃秃的一片。在很远很远的远方，依稀可见河谷川道和那广袤的黄土高原，大自然的质朴中透着一抹荒凉。

　　世界的尽头，被遗忘的角落，一切都静了。

　　雪花落在唐奕承肩头，无声融化。

　　他心底仿佛有一块地方潮湿柔软到要塌下去。

　　"就这样抱一会儿吧。"他低低地说，嗓音被风雪衬得稍显喑哑。

　　陆语僵滞的身子渐渐软下来……

趁着大雪来临之前，一辆加装了防滑链的黑色越野车驶出村庄。

一路迎着风雪向南开去。

"要不然还是别去了吧，万一等会儿雪下大了，咱俩就不好回来了。"副驾上的陆语扭头对驾驶座上的男人说道。

唐奕承眉角微微一挑，语带揶揄："你以前可没有这么胆小。"

"……"陆语哑然，眉毛拧得更紧。

不能怪陆语胆小，人生地不熟的又赶上天不好，唐奕承擅自驾车带她脱队，万一遇上点什么事，两人非得抓瞎。

陆语默默叹息，都怪她被那个拥抱刺激得一时脑热。

刚才两人回到村里的落脚处，基金会的人还没回来，唐奕承忽然提议带她出去转转，陆语想着兴许能拍点照片，便点头答应了。哪知她坐上车，才知道唐奕承竟然要带她去 T 乡，这种气候车程起码得两个小时。

透过后视镜，陆语那副愁眉不展的模样落在唐奕承眼里，他以稀松平常的口吻说："你以前不是一直说想要一场说走就走的旅行吗？现在虽然只能在山沟里旅行，但聊胜于无。"

不知道为什么，陆语每次听这男人嘴里道出"以前"这个字眼，就莫名有一种喝了柠檬汁的感觉，满嘴酸涩。

那股酸味还没咽下去，她就在后视镜里对上唐奕承浅浅的眸光，她赶紧别开脸，说："你别看我，看路，慢点开。"

唐奕承莞尔，唇角弯起一抹清浅的弧度，道："我不会让你有事的。"

其实，陆语并不担心唐奕承的车技，在纽约的大雪天，他也常开着那辆破车带她穿越洲际公路。只是时过境迁，属于他年少时的那份桀骜不驯和无所畏惧还存在于骨子里，可她，却再也没有当年的勇敢和无畏了。

时光、境遇和生活，将他们变成了不一样的人。

雪天，天黑得特别早。

不知是地处偏远，还是信号不好，导航时断时续，再加上山路盘旋起伏，两人好不容易抵达一处有人烟的地方时，天色已经完全暗沉了。

陆语望着车窗外黑黢黢的景致，越发心慌，却见唐奕承依旧神色寡淡，她以为他心里有底，略松口气。

"这是哪里？"陆语问。

唐奕承耸耸肩道："我也不知道，但好像不是 T 乡。"

"……"陆语想哭。

四周有村庄，应该不会迷路，唐奕承说："先下车看看吧。"

陆语开门下车，冷不丁先打了个哆嗦，暖宝贴了一天，早已失效。

她刚徒劳地抱起胳膊，便感觉到身上微微一沉——随之而来的暖意里，带着一股甘洌好闻的味道。陆语偏头一看，唐奕承已经站在了她身边，他把自己的羊毛大衣解开但没脱下，直接将她裹进了大衣里，也揽进了他的臂弯里。

陆语身子发僵，有那么一刹那，她不得不承认自己是那么贪恋这寒冬里的温暖，但也只是一刹那而已，随后她的贪恋就被理智取代。

"唐奕承，你好好走路。"陆语说着，已经以避之不及的速度从他的大衣里钻了出去。

怀里忽然空了，唐奕承的表情凝住一瞬，抿了抿唇，但最终他也没说出什么。

是他太心急了。

陆语向下拉了拉毛线帽，遮住耳朵，她跟在唐奕承身边踩在松软的雪地里，深一脚浅一脚、漫无目的地往前走着，雪地上随之印下两排歪歪扭扭的脚印。

不知道是不是运气好，两人穿过村子，竟然误打误撞看见了湖泊。

陆语眼前一亮，猛地顿住脚。

呈U形的湖面蜿蜒曲折，结起了厚厚的冰层，不规则的梯田环绕在湖畔周围。寒风吹卷着雪花漫天飞舞，皑皑白雪覆盖在近处的梯田和远处的山麓间，广袤无垠。像是老天爷撒下了一层糖霜，将那抹属于黄土高原的荒芜和苍凉尽数抹去。

"真美。"陆语忍不住啧啧感叹。

唐奕承唇边漾开一抹浅笑，指着她肩上的相机，他说："那就拍下来吧。"

结了冰的湖面光可鉴人，将这茫茫雪夜映衬得亮如白昼。

这个瞬间，陆语看向远方，唐奕承看着她。

在这般清透闪亮的雪夜里，他修长的眼眸里晕着很浅很浅的、似水雾般朦胧的光。

他等这一天，等了太久。

只要这样看着她的笑容，就好。

直到后来陆语的这幅作品在国际摄影比赛上获得了奖项，她才知道她和唐奕承当晚看见的是震湖——地震引发山崩地裂、河流壅塞后形成的湖泊，在冬季的雪夜里，难得一见。

雪，越下越大。

两人离开震湖，驱车在沿途找餐厅。

乡村跟城市没法比，吃东西没什么好挑的，只要能填饱肚子就行。可即便这样，越野车在乡间兜了足有大半圈，眼瞅着车窗凝结的雾气逐渐厚重，视野也愈发差，两人愣是连一家正常营业的饭馆都没找到。

曲折狭窄的小路上，只有一家小旅馆里亮着灯。

陆语的心愈揪愈紧，她抹了抹车窗上的白雾，跟唐奕承说："咱们别吃饭了，先回村里跟基金会的人会合吧。"

唐奕承也察觉到不对劲，说道："我去打听一下。"

他兀自下车，健步走进这间十分简陋的小旅馆。

"老板娘，附近的餐馆怎么都不开了？"

坐在柜台后的妇人闻声抬头，上下打量唐奕承一眼，她操着口音极重的普通话回道："你是城里人吧？你不知道我们山区常发生雪崩，进出乡的路在半小时前就封了，现在街上连个人影都没有，谁家没生意做还开门啊。"

"大雪封路？"唐奕承微微蹙眉。

二十分钟后。

小旅馆二楼的某个房间里，飘出烤土豆的香味。

一对男女坐在一张老旧的木床上，各执一边。

陆语低头再次刷了刷手机，颇有些不死心地问另一头的男人："你的手机有信号了吗？"

"联系不上基金会的人就算了，我们在这儿将就一晚上，明天再回去。"唐奕承早把手机塞回西裤侧兜了，完全专注于炭火盆上烤着的食物。

看他这副既来之则安之的态度，陆语只能放弃，把手机扔在床上，她烦躁地搓了搓脸。

这都什么事儿啊，一间小破旅馆，老板娘居然趁火打劫开出一晚五百的房价，加之雪天封路一房难求，陆语不得不跟唐奕承待在一个房间里。幸好她机灵，跟老板娘那儿讨了几颗土豆，要不然两人晚上就得饿肚子了。

陆语犹在默默哀叹，她眼皮底下已经递过来一颗烤熟的土豆。

"吃吧。"唐奕承说。

他神色淡然，昏暗的灯光打在他脸上更显五官立体冷峻，如果不仔细看，根本不会发现他眼眸底下其实沉淀着一丝清隽温和的笑意。

他想要靠近她，温暖她，甚至是满怀心思想要做出讨好她的事情来，可她总是没有给他那个机会。现在机会总算来了，这个风雪交加的夜晚，就这么成全了唐奕承。

陆语没抬头看他，她的肚子饿得咕咕叫，注意力全在土豆上。没有锡纸，焦黄的土豆用竹签串着，房间里温度不高，土豆冒着热气，闻起来挺香。

雪虐风饕，环境恶劣，人也变得容易满足了。

陆语伸手接过来，一直拧着的眉稍稍舒展开来，她说了声"谢谢"，已经把土豆放在嘴边吹了吹，咬上一大口，却在她刚要咀嚼的那一刻，倏然想到什么，生生顿住。

这一幕，何其熟悉。

也是这样破落的房间，也是这样香喷喷的烤土豆，也是这样的她和他。在纽约的那间地下室里，唐奕承总是会把第一颗烤好的土豆给她吃，有时候她吃不完，他就帮她把剩下的半颗吃掉。那些被她咬得坑坑洼洼的土豆，他却吃得那么香。

这么多年，陆语承认唐奕承留在她记忆深处的东西很多很多，但她以为早晚有一天那些或疼痛或美好的画面都会被记忆牢牢锁住，尘封在时光尽头。

可原来并不是。

这些遥远又模糊的记忆，竟有着如此深入人心的力量，即便被时光切割成碎片一般的片段，也仍然可以分散到她的生活里。哪怕只是恰好经过一个熟悉的场景、一个相似的岔路口，她就会想起来。

只不过这样的回忆，总会令陆语觉得心酸。

毕竟昔日的少年已不复，现在的唐奕承看起来还是她熟悉的那张脸，有些地方却变成了她陌生的样子。岁月仿佛赋予了他一种发酵的魅力，好像他什么都看透也都经历过了，沉静的，峻冷的，就像另外一个人。

"我烤的土豆不如以前好吃了？"

见她呆坐不动，唐奕承的声音悠悠从身旁传来。

仍陷在回忆里的陆语被他吓了一跳，她霍地转过身，才发现他单手撑在床上，颀长的身躯向她倾过来。

"没有啊，好吃。"陆语慌不择言地说道，她下意识地往旁边挪了挪，赶紧低头吃起来。

唐奕承慵懒而随意的姿势没变，进屋后他就脱下了那件剪裁干练的大衣，身上剩一件黑色羊毛衫，脖颈处露着一截白色的衬衫领口，看起来整个人的气场都随之柔和些许，这也衬得他接下来那句话多了几分诚恳的味道。

"陆语，回去 B 市以后，你搬到我那里住，好不好？"

陆语被他如此直白的邀约激得狠狠怔住，巴掌大的脸蛋上顿时满是惊诧，她忽地抬起头，看向唐奕承，却听他很快补充道："我那边房间多。"

陆语的心神略微一缓，不假思索地问道："可是我为什么要去你家住？"

唐奕承的别墅环境极好，很适合休养，他打算找最好的医生帮陆语调理一下身子。但话到嘴边，他又觉得喉咙好像被沙砾塞满了，刺疼得开不了口，那种复杂的感觉就像是愧疚、悲恸和不忍心混合在一起。

沉吟片刻，他的身子坐直了些，恢复了一贯的清淡口气："上次我去你的工作室，发现四合院的供暖不太好，冬天太冷了。"

他不提还好，这一提陆语蓦然警觉，四目相对间她便忍不住问道："你是不是有什么事瞒着我？"

有那么一瞬间，陆语觉得如果唐奕承能把是他买下陆宅的事情告诉她，他们说不定可以开诚布公地聊一聊。

可唐奕承的心思却压根不在那上面，被她那双清透的眼睛看得愈发难受，他在错开眸光的同时，眼底浮现起一丝隐忍的光。

"我没有事情隐瞒你。"他说。

陆语不吱声了，她又默默垂下颈子，那丝失望也顺势隐藏在低垂的脸颊背后。

陆语对其他男人的感情反应迟钝，但她对唐奕承却可以说是过度敏感。这几天这个男人对她态度上微妙的转变，她捕捉得一清二楚。她本以为是唐奕承良心发现不再打算折磨她了，可此刻看来，到底是她想多了。

陆语没想到会在外面过夜，她没带换洗的衣物，洗手间也没有洗漱用具，热水供应更是极不稳定，时有时无。环境所迫，她准备草草洗个脸便和衣而睡了。殊不知她刚关上水龙头，就听见房间有手机铃声传过来。

陆语连脸都顾不上擦干，就急匆匆地从洗手间跑出来，问道："手机有信号了？"

唐奕承握着手机的那只手隐隐一僵，迅速按掉手机，他敛去脸上那丝异色，抬眼看向陆语，说："没有，是我的闹钟。"

陆语将信将疑，拿起自己的手机看了一眼，见信号格依然空空如也，她这才信了唐奕承所说的话。

破旧简陋的房间里，只有一张双人床。

洗完脸，陆语没脱衣服就上床了，她占据了木床一侧。

有些话在这个时候不用挑明，条件艰苦，两人共睡一床是无法避免的。

可就在她刚刚盖上被子的那一刻，突然感觉脚腕被人握住了，陆语心头大震，她猛地坐直身子，往回缩了缩脚——整个过程不超过两秒钟，她还没缓过神来，唐奕承已经把她的袜子脱下来，拿到窗边的炭火盆上烤了。

"你刚才踩了雪，袜子湿了。我帮你烤干，你先睡吧。"

陆语怔然，失语。

陆语的困意早已袭来，可躺在床上她居然睡不着，她闭着眼不知过了多久，隐约感觉到床的另一侧微微陷下去。随后被子被掀开一角，原本凉飕飕的被窝里，突然就多了几分热度。

　　身后的人明明没有靠上来，但陆语还是觉得整片后背都隐隐发僵。

　　孤男寡女共睡一床，就算早把该做的都做过了，眼下的气氛也还是或多或少有些尴尬的，这让陆语又心慌了很久，才慢慢入睡。

　　直到枕畔传来清浅且均匀的呼吸声，唐奕承也没睡着。

　　房间里的灯关了，周围唯一的光源来自那扇没有窗帘的窗。

　　雪夜是带着光亮的，在这般半明半昧的光影里，唐奕承静静地看着枕边人。陆语背对着他，身子像只小猫似的蜷缩起来，被子在她身上隆起一个小小的坡度，那么小的一团。

　　他忽然就有种把她搂进怀里的冲动。

　　也许，这并不是一时的冲动，而是积累了七年的渴切与欲念。

　　谁又会知道，在美国东岸成千上万个夜晚，唐奕承睡在那间有着深蓝色星空天幕的豪华别墅里，睡在那张柔软的圆形大床上，他常常彻夜孤枕难眠。

　　他总是疯狂地在回想、在怀念那间地下室度过的每一个夜晚，他把她抱在怀里的那种感觉，激荡、温柔又动人。他总是不自觉地伸手摸向身旁，那里应该有个人，他伸手一捞，就能把她捞进怀里，紧紧地抱着，这样才能让他睡个安稳觉。

　　那些不切实际的幻想，那些辗转难眠的夜晚——在今夜，悄然远去。

她此刻就睡在他身旁。

他们仿佛又回到了原点，回到了那间阴暗破旧的栖身之所。

这个念头带动的是一种很熟悉的感觉，这种感觉夹杂着某种男人特有的原始的占有欲，以极快的速度在唐奕承体内到处乱冲，从他的胸口处横冲乱撞到身体某处，便停住不动。他顿觉一股巨大的压抑感憋在那儿，他仿佛犯了什么瘾却得不到消解，憋得难受。

这寒凉的雪夜，唐奕承却像是一个得了急热病的病人似的，全身都在发烧，滚烫。

他一点一点地朝陆语贴过去，动作细微，呼吸隐隐透着急促。

彼此靠得近了。

唐奕承微微一沉气，伸手，抱住了她……

第十章
失败的身体交易

翌日中午，Y市机场。

下了一天的雪小了，只有零星的雪花还在空中飘曳。

透过候机楼的巨型玻璃幕墙，可以看到铲雪车正忙着清理停机坪和跑道上的积雪，在地勤人员的指挥下，一度滞留的航班陆续起飞。

一场暴雪带来的混乱，在这个繁忙的午后，逐渐平息。

飞往B市的登机广播刚刚响起，闸口前已经聚集了不少旅客。

燕姐又看了看手表，翘首回望熙来攘往的候机厅，她面露焦急地说："唐总和摄影师不会赶不上飞机吧？"

"赶不上就赶不上呗。俩大活人还能回不去啊，你操那么多心小心老得快。"

接话的人是周萱萱，在村里被困了一天，终于能返回大都市，她的精神头儿全回来了，一如既往妖艳妩媚的浓妆下，她那双眼睛闪着意味深长的光芒。

检票队伍缓缓向前移动，项目部的另外一位男同事推了推鼻梁上的眼镜，忍不住插嘴道："唐总的胆儿也真够大的，大雪封山还敢出村。你们说他和摄影师一夜没回来，到底是去哪儿了啊？"

一直默不作声的宋远听闻话题跑偏，作势轻咳一声道："你们别在背后议论唐总，当心回去被扣薪水。"

"……"

这事说起来，直到现在宋远都觉得心有余悸。

昨天是到晚饭的时候，大家才发现唐总和陆语不见了，一通好找无果，最后还是从司机那边得到风声，说唐奕承开车带陆语出村了。赶上雪崩高发地段，两人对路况又完全不熟，再加上宋远一直打不通唐奕承的手机，急得他抓耳挠腮，几乎彻夜未眠。

老板就这么失联了一整夜，今儿大早宋远连报警的心都有了，哪知唐奕承竟是突然打电话给他，若无其事地说了句："中午在机场会合。"

人没事就好，宋远高高吊起的心脏终于落回胸腔。掬一把辛酸泪，他权当老板有钱任性了。

不出一会儿，眼瞅着机舱门即将关闭，一对男女这才风尘仆仆地走进机舱。面容清隽的男子在商务舱落座，面容憔悴的女子则在经济舱落座。

陆语扣好安全带，捂着胸口长吁口气。

大雪过后的山路比她想象中更加崎岖难行，幸好唐奕承在大清早临时找的司机尚算靠谱，车胎打着滑，一路惊心动魄，两人总算赶上了飞机。

陆语的屁股还没坐热，她旁边的大叔旅客就被人换走了，取而代之的是某张明艳动人的脸蛋。

"陆语，恭喜你啊。"周萱萱红唇带笑。

对方连招呼都没打，直接不着边际地蹦出这么句，陆语诧异地歪头看她道："你恭喜我什么？"

"你成功和唐总过夜，难道不是可喜可贺的事吗？"

周萱萱说得直白，笑得也愈加张扬。孤男寡女，干柴烈火，荒郊野外，简直具备了所有爬床的条件，两人旧情复燃的那把火，估计不点都能着。

陆语正拧开一瓶矿泉水，一听对方这话，她手上的动作猛地顿住，急声辩解道："你别乱说，不是你想的那样。"

就怕人误会，陆语刚刚在办登机牌时，才拒绝了唐奕承把她换到商务舱的提议，没想到还是没逃过这等被人追问的尴尬时刻。

周萱萱深瞥一眼陆语眼睑下方那块小小的黑眼圈，明明就是一副纵欲过度后的样子啊。周萱萱也不逼她承认，毕竟自古以来男女之事都是只能做不能说的。

身子向后靠了靠，周萱萱兀自唏嘘道："之前我说过，年轻男人就好像是一张没刮的彩票，唐总是头奖。没料到你运气这么好，当年随手丢弃的头奖彩票，现在居然又捡回来了，而且还顺利兑奖了……"

陆语揉了揉突突猛跳的太阳穴，只觉啼笑皆非。这个时候解释就等于掩饰，她索性闭口不言，合上了沉甸甸的眼皮。

其实，昨晚她睡得特别不安稳。

一夜都在做梦。

沉沉梦境里的画面，她不是一次梦到，但却比每一次都更令她脸红心跳，只因那画面太清晰，连细节都昭然可见。男人修长炙热的手指抚摸过她每一寸肌肤，细密潮湿的吮吻落在她的唇边、颈上，经过不可言说的部位，一路往下……在随后那阵持久又剧烈的颠簸震颤中，她像是失去依托的浮萍，在浩瀚无际的海面上漂荡沉浮，一波又一波的巨浪翻滚着涌来，最终将她彻底湮没，沉入温暖斑斓的海底世界……

拜这样的梦境所赐，陆语在清早醒来时，浑身大汗淋漓，口干舌燥，就连呼吸都带着微微的喘息。更糟糕的是，她身体上的异样感觉并未因晨醒而消失，反倒是身后紧贴着她的那个男人，让她有那么一瞬间，竟然分不清那一幕幕春光旖旎的画面到底是梦境，还是现实。

这世上最窘迫的事，莫过于你做了场春梦，却在睁开眼时赫然发现春梦的男主角就在你枕畔。那一片刻的困窘感觉，让陆语脸蛋上的潮红更深几许，她的身子顿时僵得一动也不能动。她不知道唐奕承醒了没有，头脑混沌中她完全被两人的睡姿震慑到了。她几乎不敢相信他们一整夜就这样像两道半月一样紧紧地镶嵌在一起，密合得没有一丝缝隙，他精瘦有力的手臂牢牢地环在她胸前，隔着衣服，她都仿佛能够感觉到他手臂传来的力度，强势得恨不得是要将她揉进他的身体里。不仅如此，他英俊的脸孔埋在她的后颈处，鼻息间溢出的呼吸缠绕着她的发丝，在这个凛冽寒冷的早晨，他的气息，他的欲望将她包裹，似火一般，灼热。

这一切无不提醒着陆语她枕边睡的是一位血气方刚的男人，无论是少年，还是盛年，男人在某方面的需求是永远不会改变的。这样的认知令陆语耳根阵阵发烫，当即心如擂鼓，也让她在后来的几个小时里险些无法直视唐奕承。

而唐奕承，这一晚比她也好不到哪儿去。

他原本以为抱抱她就可以缓解那种被瘾折磨的难受，哪知一碰到她柔若无骨的身体，他却愈发上瘾，以至于他不得不在半夜起来，冲了个冷水澡，这导致他的左肩开始隐隐作痛，一直到后半夜才勉强入睡。

这会儿，唐奕承正在飞机上补眠，就感觉有人轻轻碰了碰他。

睁眼，抬头，他看清站在机舱过道里的人，不由眉一皱，道："宋远，有什么事？"

同样坐在经济舱的宋远是看到陆语后，才确定老板也在机上的，他顾不得老板那副冷峻又不耐的脸色，一心急于表达关切："唐总，您昨晚还好吧？"

那种明明苦不堪言，却又心驰神往的复杂感觉再次在唐奕承心底涌动着，他摁了摁眉心，"嗯"了一声。

宋远不明就里，仍有些疑惑："您昨天不是带了卫星电话吗？可怎么我晚上打给您的时候，好像被人按掉了？"

唐奕承的表情隐隐一僵，很快又恢复了往日的清寡，说："有吗？我不记得了。"

宋远不好再追问，但他为什么就觉得老板在装相呢。

言归正传，宋远正了神色，他单手搭在椅背上，躬着的后背又伏低稍许，凑到唐奕承耳边，他压低嗓音道："禧景湾度假村的招标工作已经启动了，听说梁梓行的公司有意参与竞标，我们需要投标书吗？"

唐奕承面无异色，唯有那双幽深的黑眸里闪过一丝阴霾。

片刻后，他薄唇轻动，气息沉缓道："当然，我们要和他竞争。"

"……"

陆语从下飞机提取行李，一直到跟基金会的同事在机场道别，她全程没再看到唐奕承，估计他早从 VIP 通道离开了。

这让陆语略微松口气，经过昨晚，她愈加不知该以何种心态来面对这个男人了。

B 市进入初冬，天气越发寒冽，不到六点天色已经擦黑。

陆语以为从大西北受了一圈冻回来，她的御寒能力应该直线上升，可不料冷风瑟瑟，她还是觉得挺冷。

客流量极大的 B 市机场，出租车难等是出了名的，陆语加入了长龙般的候车队伍，她把行李箱竖在脚边，搓着手干等。

大概是有些心不在焉，就连她身旁闪起两道车头大灯她都没发觉。约莫两秒钟后，陆语才被这辆黑色路虎发出的两声鸣笛揪住了神思，她下意识地歪头看过去。

车窗匀速降下，驾驶座上某张熟悉的脸孔直触陆语眼底。

"上车，我送你。"驾驶座上的唐奕承口吻淡然。

陆语却僵在车门边，瞪着他，一时说不出话来。

今早起床时这个男人也是这样，他松开她之后，就以那副万年不变的清寡模样下了床，还若无其事地跟她说早安，问她要不要吃早餐。仿佛昨晚抱着她入眠的那个人根本不是他，对她产生欲望的那个人也不是他，反倒衬得是陆语在大惊小怪了。

唐奕承见她不动，唇角微微一勾，道："你不会是在等我给你开车门吧？"

陆语被他揶揄得气闷，她扭头看了看缓慢移动的队伍，估摸这么等下去起码得等半个小时才有车了，她只得硬着头皮上了唐奕承的车。

　　一路风驰电掣驶离机场高速，车子转入市区主干道。灯火通明的街灯掠过安静得有些诡异的车厢，陆语的手机突然响了。

　　她从背包里摸出手机，看了一眼来电显示，接听。

　　"陆语，你们回来了吧？这趟是不是受罪了？"柯嘉礼的消息来得挺快。

　　"还行吧。"陆语说。

　　"你明天来公司吗？中午我请你吃饭，就当慰劳你一下……"柯嘉礼的音量并不高，甚至十分和煦轻缓，但在密闭空间里，还是被某人听了个一清二楚。陆语还没来得及回话，就感觉到一束眼刀斜斜地朝她插过来——随之而来的声音，来自这束眼刀的主人。

　　"小语，你把暖风关小一点，太热了。"唐奕承说得不疾不徐，音量维持在刚好能让电话另一端的那位听得清的程度。

　　果然，柯嘉礼那端陡然没了声音。

　　小语……

　　陆语忘了自己有多久没从这个男人嘴里听到过这个称谓，她握着手机的那只手猛地僵住了。须臾的僵滞，陆语才被柯嘉礼慢半拍传来的声音扯回神。

　　"我晚点再打给你。"柯嘉礼幽幽地说完，挂了电话。

　　听着手机里那阵嘟音，陆语瞪了一眼只穿着件衬衫的唐奕承。

　　"你就不怕别人说我们的闲话吗？"她说。

灯火阑珊，被车窗过滤之后显得晦暗斑斓，打在唐奕承那张轮廓鲜明的脸上，多了几分清雅生动，他唇边浅笑无虞，道："我不介意跟前任传绯闻。"

"可是我介意。"陆语鼓着嘴抛出这么句，就负气地转头看向窗外。

孰料这一看，她蓦然坐直了身子，语带警觉地问："唐奕承，你这是往哪儿开呢？"

窗外的景致令陆语倍感陌生，这不是驶向陆家老宅的路。

"带你去我那里。"唐奕承说完，从后视镜里看到陆语闻言色变，他很快组织好语言，补了句，"我给你找了位知名老中医，是治疗贫血的专家，我今晚约了他去我那儿。"

陆语怔了怔，原来这男人昨晚那番话根本不是随口一提，这倒是符合唐奕承的个性，言出必行，强势果决。可她压根没想到，他兜了个大圈子，竟是要带她看医生。

天色暗了，晚霞被夜色覆盖。

车厢这个不大的铁皮盒子里，安静得让人心悸。

某些远远近近的往事仿佛织成一张绵密的网，在短短的一刹那，将陆语尽缚其中。闭了闭眼，她将那些不重要的细节都过滤掉，她此时此刻唯一的想法就是——这个男人又在可怜她了吗？他明明对她做了那么多坏事。

"我的事不用你管，你靠边停车，我自己回去。"陆语不由得冷硬了语气。

唐奕承不知道为什么他一靠近她，她就像进入御敌状态的刺猬，总是竖起一身的刺狠狠地刺他，这种感觉让他十分不好受。

他沉了沉眉，软话说不出口，硬话亦说不出口，只道："陆语，不管你对我有什么偏见，身体是你自己的。你可以跟我过不去，但你没必要跟自己过不去。"

陆语默然。

这世上最无奈的事情，大概就是你想要反抗的人，却说出了让你无从反驳的话。

陆语不再说要下车了，远远地，她看到一片别墅区。

漂亮的美式建筑风格，尖尖的屋顶，粉白的外墙，和曼哈顿富人区的那些别墅大同小异。当年，唐奕承就曾指着那些漂亮的别墅跟她说："陆语，有一天，我一定会让你住进去的。"

他昔日那低沉的嗓音这一刻犹在陆语耳畔回荡，她心念微微一动，蓦地看向驾驶座上的男人……

二十分钟前。

奢华的美式别墅里，用人忙做一团。

"主卧换了新床单吗？地毯赶紧再吸一遍尘。唉，洗手间的香熏怎么换牌子了，唐先生喜欢 Diptyque 的法式香熏……"

虽然唐奕承只是离开两天，但老管家秦叔在接到男主人今晚回来的消息后，依旧半点不敢马虎。双层别墅，数个房间，秦叔已经指挥用人忙活了大半天，眼瞅着唐奕承快要进门，他抓紧时间进行最后确认。

直到大理石地面可以清晰地映出人影，空气中连细微的浮尘都瞧不见，秦叔这才松口气，转脸他穿过长廊走进厨房。

唐奕承是在美国长大的，偏好西餐，所以唐家的主厨是位老外。快到饭点，金毛大厨正在用电子秤给天使面称重，唐先生习惯的分量是两百克。

秦叔绕过大厨，径直走向烤箱边的女孩。

"宁晞，你的蛋糕做好了吗？"

宁晞闻声回头，甜美一笑，道："就快好了。对了，你没告诉奕承哥我来了吧？"

外甥女那点心思，秦叔还能看不透，他摇头叹道："你呀，就是肥皂剧看多了，变着法地闹腾。前阵子你还被唐先生气得哇哇大哭，现在又想着给他制造惊喜了……"

宁晞笑而不语，她推了推秦叔，说："好啦，你快出去吧。"

喜欢一个人大抵就是这样，明明自己是受到伤害的那个人，可哭过、痛过，却依旧放不下更不甘心，下一秒又想着如何讨好他才能扳回一局。就像宁晞，明知唐奕承心里还装着前任，可她还是控制不住地想要对他好。

这世上虽然不是所有的单恋都能修成正果，但万一她侥幸能够成为那位幸运儿呢？宁晞心底蠢蠢欲动的那一丝丝希冀，时刻鞭策她在披荆斩棘时不要怕疼，时刻提醒她在万念俱灰时不要放弃。

也不知是勇敢，还是可悲。

二十分钟后。

一辆路虎揽胜驶入别墅大门。

秦叔迎着冷风候在门口，见车停稳，他立马要上去开车门，却在抬脚的那一刻，他脚下猛地一个趔趄，当即怔在原地——

副驾车门从里面打开，先踩在地上的是一双女式小马靴，不知是不是长途跋涉的原因，咖色的鞋面有点脏，女人的裤腿束在短靴里，修身剪裁的牛仔裤衬得她的腿型纤细笔直。秦叔的视线往上，借着门灯的光亮，他看到年轻女子那张白得近乎透明的脸颊，和一双十分显眼的大眼睛。

秦叔心里咯噔一沉，还没缓过神，唐奕承已经带陆语进屋，顺便吩咐秦叔说："今晚叫厨房备中餐。"

陆语喜欢吃中餐。

同一时间——

厨房里，宁晞亲手做的布朗尼蛋糕出炉。

她放在鼻端嗅了嗅，满意地在蛋糕上撒上一层碎果仁，笑着就要端出去。哪知这时秦叔突然风风火火地跑过来，一个箭步把她堵在厨房门口。

"你先回去吧。"秦叔压低声音道。

宁晞微微一怔，问："怎么了？"

秦叔不想刺激这孩子，只说："唐先生累了，你别打扰他了。"

宁晞小脸一垮，正要说些什么，秦叔已经匆匆忙忙地扭身走了。倒是两位女佣从厨房门口经过，掩唇议论着男主人的八卦。

"唐先生今天真是破天荒啊，头一次带女人回来。"

"是啊，那女的还挺漂亮的，以后不会是咱们的女主人吧？"

"……"

"啪"一声脆响，硬生生地打断了这阵窸窸窣窣的议论声。

两位女佣吓了一跳，惊慌地捂住嘴，偏头一看——只见满地的盘子碎片，还有两块摔烂的蛋糕散落在旁边。

而宁晞，一脸诧然地僵在这片狼藉中，半张的嘴巴怎么也合不拢。

幸好厨房离得远，唐奕承听不到这边的动静，宁晞不知在那儿愣了多久，直到眼泪漫进眼眶，她才揉着眼睛离开厨房。

她本来准备从后门默默离开，却在中途似乎想到什么，脚步一顿，转眼间便转了身，偷偷摸摸地顺着旋转楼梯跑上二楼，闪进某个房间。

一楼的书房里。

老中医比唐奕承和陆语晚一步抵达，他坐在书桌前，闭目给陆语把脉。

别小看这位老中医，此人鹤发童颜，中药世家出身，一个号在外边被炒到两千块，还不是有钱就能买到的。唐奕承能把他请到家里来给陆语瞧病，显然没少下功夫。

不管陆语心里有多分辨不清自己对这男人的感觉，可这一刻，她或多或少是有些感动的，始终绷紧的脸颊线条不觉柔和下来，灯影打在她脸上，纤长浓密的睫毛投射在眼睑处，弯出好看的弧度，形成一小圈淡淡的阴影。

相较之下，唐奕承的面色就显得凝重了。

他不肯离开书房，就这么两条长腿交叠，枯坐在几米开外的沙发上，不时打量老中医的脸色。那么杀伐果决、运筹帷幄的一个男人，此刻竟像是等待老师宣判成绩的小学生一样，紧张忐忑。

老中医把完脉，龙飞凤舞地开了张药方递给唐奕承，捋着胡须说："陆小姐的身子没什么大碍，只是有些气血不足罢了。十个女人九个寒，吃点补血益气的中药就能调理过来，不用担心。"

陆语的情况比唐奕承想象中好太多，他揪紧的心忽地落下来，跟老中医道了谢，他让用人带陆语上楼洗澡。

陆语一听这话，刚刚舒展开的眉毛再度拧起来，她并未打算在这里久留。

"我回家洗澡就行了。"她说。

唐奕承弯了弯唇，心情极好的样子，漂亮的眸子像是清泉冲洗过的黑曜石，幽黑清澈，他说道："你好像已经三天没洗澡了。我现在就派人去抓药煲药，你喝完药再走。"

三天没洗澡这种事，唐奕承居然当着外人的面说出来，陆语听罢立刻脸泛菜色，她还没回嘴，就听老中医童心未泯般低笑着说："唐先生说得对，药还是趁早喝的好。"

陆语讪讪地挠了挠头，无奈地跟着用人上楼。

这边厢，见她一走，唐奕承立刻把书房的门关起来。

他对老中医说："有件事，我想请教您……"

他刚开个头，便有些欲言又止，老中医倒是一副料事如神的样子，他直接拍了拍唐奕承的肩，气若洪钟般接话道："陆小姐的情况不影响行房。"

"……"唐奕承只剩两声干咳。

用人直接把陆语带到唐奕承位于二楼的主卧，便掩上门，躬身退了出去。

这间卧室跟陆语想象中不太一样，她以为按照客厅那种金碧辉煌的设计风格，唐奕承的卧房应该极尽奢华铺张，却没想到居然干净素雅得堪称低调。房间的空间感很强，简奢咖色调，她放眼望去，只有那张铺着纯白色寝具的大床格外醒目。

陆语稍一巡睃便收回视线，赤脚踩着柔软的地毯，走进洗手间。

洗手间很大，有干湿分离的淋浴房，还有一个超大的按摩浴缸。柔和的光芒铺洒下来，她看见大理石盥洗台一侧叠着干净的毛巾和浴袍，折痕整整齐齐的，也都是纯净的白色，跟酒店里一样。

陆语不得不承认，村里条件简陋害她脏了好几天，这个澡她洗得格外舒服。细致的毛孔仿佛久旱逢甘露，她原本就白皙滑嫩的肌肤得到滋润，在灯光照射下，好似有光芒从她体内透出来一般，又好似滑不溜手的绫罗绸缎泛着盈盈光泽。

其实，陆语的身材很好，线条玲珑有致，是连女人都嫉妒的那种"该大的地方大，该小的地方小"的完美体型，尤其是她的胸部，货真价实的 C cup，既柔软又高耸。可不知她平时是懒得打扮，还是无心在穿衣上下功夫，她总是以一身简单的休闲装示人，白白浪费了这副好身材。

洗完澡，陆语很快犯了难。

她还在穿回脏衣服，还是裹上浴袍间游移不定，便听到洗手间传来"咚咚"的敲门声。

她急忙罩上浴袍，警惕地问了句："谁？"

"陆语，你的衣服我放在床上了。"

"哦，谢谢你。"陆语回道。

唐奕承的声线温软平和，像徐徐波动的水，他似乎并没有惊吓她的意思，说完他就转身离开了洗手间门口，把他吩咐用人现去买来的、连标签都没来得及剪掉的那套女式衣服搁在了床尾。

陆语身上的这件浴袍显然是唐奕承的，两人在身高上将近二十厘米的差距，让她穿起来几乎快要拖地了。三两下系好腰上的带子，陆语对着雕花镜吹干头发，随后开门走出洗手间。

孰料，她刚走进卧室，整个人便被那抹颀长的身影牢牢钉在了原地。

方才好像已经离开的唐奕承，此刻竟然就站在卧室里。

四目相对的这个瞬间——陆语松松垮垮地穿着件浴袍，领口太大，她胸前那片雪白的肌肤就这么暴露在昏暗的光线里，暴露在唐奕承眼皮底下。

有那么一刻，他的视线不经意地晃过那片春光，看似平静，可目光深处，却有令人恐慌的潮汐在涌动。唐奕承想要生硬地挪开视线，可眼睛不受控，这女人白皙的脖颈，尖细的下巴，粉嫩的唇瓣，他的眸光一路往上，墨眸里的那团火越烧越旺，最终凝在陆语那双氤氲着雾气又错愕不已的眼眸上。

接下来的一切都发生得太迅猛太突然，直到陆语被他步步逼退到墙根，她都有种不现实感。

彼此之间的距离那么近，相距一厘米，或者只是半厘米？

就算陆语不低头看，也能感觉到身前这个男人结实的胸膛是如何若有似无地贴着她，她甚至连大口呼吸都不敢，既怕浴袍松垮的领口因此滑脱，又怕胸部起伏过大，跟面前这男人造成身体上的碰触。

"陆语……"

唐奕承的喉结上下滑动，嗓了似被火燎了，喑哑而低沉。

从昨晚到现在，他忍了太久。

陆语纤瘦的手死死地抓着浴袍带子，她想要轰他走，却在闻声抬起眼的那个刹那，撞进他的目光里，身子顿时僵得更厉害了。

唐奕承的眸子幽深漆黑得像个黑色的旋涡，眼底暗涌着如湖水般动人的颜色，明明灭灭的光，带着毫不掩饰的欲望。

那是陆语熟悉的、极具暗示性的眼神。

此去经年，在午夜梦回时，她总是遇见。

她的背脊贴在冰冷的墙上，心却仿佛被他那双眼睛里透出的幽光点着了，全身都隐隐发烫，以至于她一动也不能动，一句话也说不出，她是那么心慌。

房间里唯一的光源来自落地窗外那半轮刚刚爬升上来的明月，幽淡的暧昧的，撩拨人心似的。

唐奕承抬手，揉了揉她的头发，陆语刚要闪躲，却被他一下子扣住了后脑。转瞬间，他微微朝她俯下身来，把那唯一的光源都挡住了，他的气息瞬间侵占了她每一寸发肤，身躯完全将她笼罩住。

陆语只觉得眼前视线猛地一暗，颤抖的唇就被他狠狠地堵住了……

月光凄迷。

来自唐奕承的吻，似乎带着从未有过的浓烈涩意，也带着前所未有的温柔与眷恋。有那么一刹那，陆语觉得从窗外映进来的斑驳光影都好像晃动了起来，从唇上传来的触觉炙热又柔软，几乎令她心慌得发抖，身体也仿佛不是自己的了。

以前他们还在一起时，他的吻总是带着满满的蛮横和强势的占有欲，可现在的他，富有技巧，长驱直入却不急于掠夺她的甘甜，而是追逐着，挑逗着，纠缠着，每一下辗转都带着引诱的意味，那种熟悉又陌生的感觉快要让陆语仅存的那丝理智溃不成军。

她眼睫轻颤，恍恍惚惚地看向唐奕承，却发现在这般幽暗的光线里，他清隽的脸竟是从未有过的清晰，就像一直烙印在她心头的那样——刻骨铭心。

那是她心尖上的人啊。

陆语的身体悸动着，可不知怎么的，她心里越发地委屈，越发地难过，他的好好坏坏都在这个瞬间顺着舌尖冲进她发僵发木的大脑，以至于她完全不能思考，只能伸手试图推开他，却被他抱得更紧，亲得更用力，他不容许她有丝毫的退避。年少时的倔强与冲动，盛年时的深情与沉敛，唐奕承统统加诸在这个吻上，像是要吸走她的魂魄，又像是要让她也感觉到——他们曾给予彼此的那份宿命感。

七年了，从未改变。

他吻得越来越深，陆语的感觉是这样敏感而强烈，可就在她快要沉沦的那一刻，她柔软得不像话的身子却仿佛触电一般猛地僵硬了——唐奕承扣在她后脑上的那只手悄然松开，缓缓下滑，触在她那件浴袍的领口处。他接下来的动作细微而缓和，却是没有一丝一毫的犹豫，就那么顺着她松垮的领口把手探了进去，握住。

他的指尖微凉，指下奔流的血液却在触到她的那个刹那散发出炙热的温度，就像是温凉的清泉里突然注入滚烫的火苗，发出"滋"一声震颤的尾音，这声巨响迅疾地划过陆语的耳膜，犹如一剂清醒剂，令她慌忙按住唐奕承的手。

她这无声的拒绝，让她感觉到来自唇齿间的吮吸狠狠一滞，唐奕承嘴上和手上的动作俱是微微一顿。在这短短半秒钟的迟疑里，陆语蓦然仰起脸，不太确定地看着他。

淡淡的月影下，唐奕承的眉宇间被镀上一层暖光，退去了平时看上去的倨傲和清冷，此刻的他好像卸下了所有防备，俊美的五官柔和得毫无攻击性。只有他那双眼，似乎比往日更深湛了些许，眼眸底下那么赤裸又明白地写着渴切和欲望。

和很久很久以前，一模一样。

可渐渐熟悉的人，却在突然间令陆语觉得害怕极了。曾经情窦初开时的奋不顾身，到头来却只换来七年的身心煎熬，换来久别重逢时的针锋相对。

那么这一次，等待他们的又会是什么？

在爱情里受过伤的人，就是那么胆小。

这女人眼里的胆怯和慌乱清晰地映在唐奕承眼底，她刚才的战栗和悸动也久久停在他的心坎处，以至于此时此刻他仍旧握在她那处、被她死死按住的手指忽地僵硬了。

"陆语，你不想要吗？"

安静的房间里，只回荡着他那低沉沙哑的声音，像扯碎的棉絮，这让陆语的心也像是被撕扯了一下似的，好疼。疼得她不知道自己是该点头，抑或摇头。

良久的沉默，艰涩的对峙。

等待答案的这个须臾，唐奕承连太阳穴都是紧绷的，他一度以为陆语马上就会恢复理智，甚至是冷冷地推开他，却在这时，她微微垂下了脸颊。

不看他，她只问道："你能把陆家老宅卖给我吗？"

唐奕承完全怔住了。

她这是在用她的身体跟他做交换吗?

他对她那些深入骨髓的想念,那些无法言说的心疼和怜惜,那些因她对他展露笑颜而悄然涌生的喜悦,在陆语话音落下的那一瞬,全部被击得粉碎。

他本来打算明天早上就把老宅的房契拿给她的,作为彼此重新开始的纪念,也作为他终于有能力为她做的第一件事。可结果,他所有的柔情,所有的付出,都只是独角戏,镜花水月一场。而她,居然拿捏着他的真心来威胁他?

"你进来暖阳基金会工作,就是为了接近我,然后从我手上买回陆宅?"一阵锥心刺骨的痛意袭来,迫使唐奕承这样反问道。

不等他说完,陆语就抬起头来,却只看见他那幽凉的眼神,好似穿透了昏暗的光影,直直地落在了她的心口处,冷得她一个哆嗦,反倒衬得她成了理亏的那个人。

陆语心里憋屈得难受,她也不知道怎么会弄成这个样子,她只知道这男人夺走了对她而言最重要的东西,她想要买回来,可是他站的地方太高了,他开始时对她的态度又太坏了,让她一直不敢开口提。又或者,她快要被他的处处隐瞒逼得发疯了,她不想就这么稀里糊涂地跟他发生关系,她需要一个可以说服自己再次不顾一切的理由。

再开口时,陆语的喉咙干涩得厉害:"我没想那么多。如果你不愿意把老宅卖给我,就算了。"

片刻前的炙热,早已荡然无存。

就连房间里的温度似乎都比平时低了。

陆语觉得她没有留下来的必要了。

"我先走了。"

说完，她推开唐奕承，抬起站得僵硬的脚就要走，却在她刚刚挪动了半步时，她的手腕便猛地一紧——在接下来那股强势的力道里，她就这么被唐奕承拽回了身前，她脚下一崴险些跌倒，可最终她只是身子摇晃了一下，就被他稳稳地扣住了腰。

错失了她那么多年，到这一刻她明明近在眼前，他却还是求而不得，唐奕承觉得自己好像被她再次抛弃了一样，那种狼狈和羞愤的感觉近乎将他活活吞没，也让他无法眼睁睁地看着她就这样走掉。

"陆语，你敢要我就敢给。"唐奕承一字一顿，语气喑哑又隐忍，像是揉碎了窗外的月色。

陆语那丝惊诧转眼间就淹没在了他陡然将她拦腰抱起的动作下，她只觉得一阵天旋地转，被丢在那张大床上的下一瞬，那个隐隐带着一丝戾气的男人猛地欺身而来，稳稳地把她压在了身下。他灼热又急促的呼吸，他那处明显的反应，都是那样强烈地刺激着她。陆语当即心如擂鼓，连反抗的机会都没有，她只是本能地蜷缩起身子，而唐奕承这时已经伸手解开了她腰上那条浴袍的带子。他眸色愈发地黯了，抬起手，他似要抚摸她，似要把胸腔里所有的窒闷和某处满涨的渴望全都宣泄在她身上，可在触碰这个女人之前，他的动作竟是猛然一僵。

月光铺洒在陆语身上，她肤若凝脂，吹弹可破，躺在那儿就像一只小小的猫咪，无助又无措。这样的她和多年前的那次初夜重合，令唐奕承顿时心口狠狠一麻，那种历经时光涌上来的回忆，让他瞬间湮没其中。

他突然不忍触碰她似的，矛盾着，迟疑着，他只觉自己所有的戾气都悄然化了。

那么强势的男人，到底还是示弱了。

唐奕承一点一点地埋下头，他轻吻着她的眼睛，喃喃地说："小语，你想要什么，我都会给你。"

他是因为她，才孤独又寂寞了这些年，苦苦支撑到今天，他的一切都是她的。

陆语也不知道听进去了没有，耳朵里只剩下自己变得越来越急促的心跳声，在他柔软的唇下，她缓缓闭上了眼睛。

黑暗，让五感去了四个，只剩下触感最为动人，陆语隐约感觉到他那温凉的唇在她的眉眼间缓缓摩挲，沿着她的半边脸颊做了一个轻轻下划的动作，轻缓而温柔，仿佛是在无声地安抚她，他不会弄疼她的。

后面的事，陆语记不清了。

她只知道唐奕承真的没有让她疼，他明明就像一个在荒漠里干渴了太久的旅人，可在久旱逢甘雨的那一刻，他却压抑着、隐忍着、克制着滚滚而来的渴念，只是一小口一小口地慢慢啜饮，那么温柔以待，那么怜惜于她。尽管这种喝法只会让他越喝越干渴，可他又生怕自己一不小心就会破坏掉那日思夜想又期待已久的、甘甜的水源，他只能这般浅酌着。

沙漠里的绿洲，他视若珍宝。

那片许久未经开垦的绿洲像是感应到旅人的温柔，从最初的干涸拘谨到源源不断，再到最后竟是完全向他敞开，任他予取予求……这个寒凉的冬夜，说不清到底是绿洲湮没了荒漠，还是荒漠席卷了绿洲。

七年了，这一夜是唐奕承睡的第一个安稳的夜。

他像是一只蹩足的兽，抱着怀中几乎被他折腾得昏厥过去的人儿，一直睡到晨光微曦。

睡意蒙眬中，唐奕承臂弯里那个软软的身体不见了，他伸手往枕边摸了摸，柔软的床榻上似乎还残留着陆语的余温，却是空空的一片，只有他指尖传来一瞬异样，他好像摸到了什么东西。

陆语不知何时已经走了。

唐奕承给她买的衣服还搁在床尾，空气中属于她的那丝体香也飘散无踪，如果不是他胸膛上留下的那几条抓痕，以及散落在地毯上的软垫和杂物，他真要怀疑昨夜只是黄粱一梦了。

唐奕承罩上件睡袍，急匆匆地下了楼，迎面撞上刚浇花回来的秦叔。

"陆语呢？"他沉声问。

秦叔刚从花园里进来，本来就带着外面的风寒，再对上男主人峻冷的眉目，他不由后背发凉，回道："陆小姐在半个小时前走了。"

唐奕承的声线更沉，像是要把秦叔碾碎一般，问道："我不在的这几天，有谁来过？"

话题跳转得太快，秦叔在一头雾水之余又莫名心惊，老实回道："昨天宁晞有来过，不过她后来走了……"

话没说完，秦叔的视线一低，就瞥见唐奕承露在睡袍外的精瘦手腕，以及手背上隐隐暴起的青筋，老人家还来不及反应，唐奕承攥紧的拳头已经松开，翻转手心，他把手伸到秦叔眼皮底下。

秦叔狠狠一怔。

唐奕承手里有一枚耳环，那是他刚才起床时在两只枕头的缝隙里不小心摸到的。他比谁都清楚，陆语没有耳洞，她以前就因为怕疼一直不肯扎耳洞，而且他昨晚亲吻她的耳垂时，也只有滑嫩柔软的触感。

唐奕承不知该不该庆幸陆语没看到这个鬼东西，他压抑着怒气质问秦叔："这是宁晞的？"

秦叔被吓得一句话都说不出来，优雅高贵的男主人好似被触了逆鳞，那阴沉的面色就像来自地狱的修罗。

唐奕承不愿意把那个单纯的小姑娘往坏处想，可事实摆在眼前，他不得不信，他对秦叔的语气近乎阴狠了："以后不准宁晞再踏进这里一步，否则你们一起滚回纽约去。"

"……"秦叔面色煞白，点头如捣蒜。

唐奕承丢下这番话，便在五分钟内迅速换好衣服，驱车离开了别墅……

第十一章
曝光的旧日少年犯

半小时后。

路虎揽胜驶进鱼儿胡同，停在那间挂有"语映像摄影工作室"招牌的四合院门前。

驾驶座一侧的车门打开，手工黑色男式皮鞋先着地，鞋面上搭着平整笔直的西裤裤脚，往上是包裹在修身西裤里的大长腿以及质地讲究的羊绒大衣，怎么看都是既体面又高贵的穿着，如果硬要找出一丝不和谐，大概就是这身行头的主人脸上的表情了。

唐奕承的脸本就生得轮廓鲜明，五官立体如雕塑，不笑的时候会给人一种疏冷的感觉，此刻在初冬寒冽的空气下，他那张脸显得更为坚毅，神情偏淡，看上去整个人都好似蒙上了一层霜雪。

抬手，他按响门铃。

等待那扇红色木门打开的几秒钟里，他脑子里闪过很多东西，比如大清早陆语为什么会匆匆离开？是他昨晚弄疼了她？那么杀伐果决的男人也许不曾意识到，他在这段感情里是这样小心翼翼，变成了连他自己都不认识的样子。

大概这就是所谓的"软肋"，因爱而生，因在乎而起。

门闩拉开的声音打断唐奕承的凝思，他迅速调整好表情，唇角牵出一个小小的弧度，却在门打开的那一瞬，他唇边的浅笑微微一僵。

"陆语呢？她没回来吗？"风很大，他的声音一出口就被风卷走了大半。

门只开了一道缝，冯晓冬的脑袋探出来，上下打量他一番，她道："陆姐刚才回来了，又出去了。"

唐奕承的眉蹙起，问道："她去哪里了？"

"不知道。"冯晓冬翻着眼皮说，一副不待见对方的样子。

唐奕承不再自讨没趣，把手里拎着的那个袋子递给她说："这是陆语的中药，她刚才忘了拿。一日两次，你叮嘱她按时喝。"

"知道了。"冯晓冬接过药，"砰"一声把门关上了，徒留唐奕承一人僵在门外，伫立在刺骨的寒风中。

冯晓冬快步走进东厢房，一进门，她就把药袋子甩在桌上，对窝在沙发里的陆语说："你猜对了，果然是咱们的房东来了。唉，你就是好脾气，故意躲着姓唐的不敢见他算怎么回事啊，要我是你，非得把他臭骂一顿。他凭什么买了老宅还装成没事人，这不是明摆着看你难受折腾你嘛……"

陆语手里拿着一本摄影杂志，却是一页也没有翻过去，沉吟半晌，她说："胖冬，唐奕承已经答应把老宅卖给我了。"

这下冯晓冬倒是惊讶了，眼睛瞪得溜圆，问道："他怎么突然这么好心了？"

陆语不再吱声，把打开的杂志倒盖在脸上，她向后仰头，枕在了沙发背上。

有些事，她不愿意说，也不知道该怎么说。

从昨晚浑浑噩噩地跟那男人发生关系，到今早回来，她的心口一直叫嚣着各种情绪，复杂的，酸涩的，像是纠葛的藤蔓在心中缠绕蔓延，又像是滚滚岩浆在胸腔里翻滚奔腾，以至于她根本无法面对唐奕承，甚至无法面对这样的自己。

陆语已经不是当年的天真少女了，她早已不敢再奢望这世上还存在多年不变的爱情，或者多年不变的人心。

时间是把利斧，将他们都磨砺成了对方不认识的样子，她一点都不了解现在唐奕承那副高高在上的外表下，隐藏的是一颗怎样的心。他在彼此的关系里不够坦诚，他有她看不透、摸不清的居心，也有着她不为所知的一面，这导致就连唐奕承说出的话，陆语都分辨不出可信度有多高了。

在这种情况下，她是断不该跟他上床的。可在他温柔的唇舌下，炙热的指尖下，猛烈的冲撞下，她却是那么难以自持，狠狠地沦陷了，仿佛干涸多年的身体又浸泡在了温暖的泉水里，被抚慰，被滋润，她贪恋那片刻的温存，沉溺其中。

可后来，陆语一切的悸动和情潮都终结于晨醒时分，终结于她不小心在枕头下面触到的那只耳环上。

不知属于哪个女人的耳环，带着那根细细的钩针，陆语被那根针刺得指尖一疼，她陡然冷却下来的心和余温犹存的身体，仿佛瞬间分裂成了两半。

那种被撕裂的感觉，让她自己都搞不清楚到底哪个才是真实的自己。

四合院高高的围墙后，那抹颀长的身影久久不曾离开。

冬日的阳光带着寒意，穿透槐树枯黄的枝丫，将唐奕承落在地上的影子拉得很长。他侧头看了眼院门口停着的那辆国产SUV，他认识那是陆语的车。

就是那一瞬间不好的预感，让他隐隐意识到什么。

他拿出手机，在短信页面里输入：陆语，我们聊聊。

之后唐奕承的手机就陷入了死一般的静寂，就在他以为陆语不会回复他的时候，陆语的短信进来了。

她只有短短一句话：我们哪天去给房子过户？我会把钱转给你的。

唐奕承出来得太急，没戴手套，也不知是冷风刺骨冻僵了他，还是这句毫无热度的话戳在了他的痛处，他握着手机的那只手隐隐发僵。

来自手上的冷，在刹那间穿透唐奕承的血脉，穿透昨夜那久违的欢愉烙印在他身体里的热度，直击他的心脏。他不愿相信，不能接受，无法承认，一夜欢爱过后他们的关系竟然一落千丈，沦落到只能靠一套房子来维系了。

僵了片刻，不具名的一念掠过。

唐奕承回复：我最近比较忙，等有空再说吧。

收起手机，唐奕承不再迟疑，一矮身坐进车里，疾驰着驶出胡同。降下一半的车窗里，有冷风灌入，掀起他柔软的短发，掀起他内心的狂澜，某种苦涩的情绪挣扎着就要冲破他的心脏，被他强力压下，可还是留下了满腔无奈。

唐奕承握在方向盘上的手越收越紧，始终峻冷的眼角眉梢，缓缓地，漾起一抹苦笑。

他这是怎么了？

难道事到如今他只有用这种卑劣的方式，才能拴住她，把她留在身边了吗？

陆语一天拿不到房产证，一天心里就不踏实，总担心唐奕承会言而无信。

心情不好，工作却得继续。隔天上午，陆语带着这种略微忐忑的情绪，来到暖阳基金会，修大西北之行的照片。

普通的工作日，办公室里的气氛却有些异样。

几位女同事竟然搁下手头的工作，聚在一起交头接耳。陆语对办公室八卦兴致缺缺，她径直走向自己的办公桌，却在中途她不知听到什么，猛地顿足。

宁晞被唐总炒了？

这句话飘进陆语耳朵里时，她两道细黑的眉因惊讶而拧起来。据她所知，宁晞在工作上相当勤奋，经她手的案子也都处理得完美无缺，怎么会突然被辞退了呢？

陆语正疑惑着，手机就响了。

没有输入到通讯录里的号码，她接听，对方一点不啰唆，直接让她到公司的天台上去。

陆语的眉头皱得更紧，犹豫了一下，她才搭电梯上到顶层，又穿过静寂无人的楼梯间，来到天台上。

楼层高，天台上的风很大。

远远地，陆语看到一个女孩儿背身站在围栏前，她穿了条羊毛长裙，裙摆被风吹得鼓鼓的。

听到身后传来脚步声，宁晞转过头，她这一回头，陆语的脚步倏然顿了顿。

宁晞满脸眼泪，眼睛肿得不像话，不等陆语开口，她先声夺人道："是你让奕承哥辞退我的？"

陆语想不心惊都不行，在宁晞身边站定，她说："你说什么呢？这事跟我没关……"

半句话没说完，陆语的声音便戛然而止，她的视线像是被宁晞耳朵上的耳环攫住了一样，有片刻的失焦。原来出现在唐奕承床上的那只耳环的主人不是别人，正是宁晞。

在陆语陷入怔忪的这一秒钟里，宁晞的眼泪又漫出眼眶。

寒风飕飕，却好像怎么也吹不散半个小时前发生在宁晞身上的那一幕。

宋远面色凝重地找到她，尽量用不算犀利的言辞道出了那个残忍的事实：唐总请她离开公司。宁晞几乎是瞬间就崩溃了，她央求宋远带她去见唐奕承，她知道错了，她再也不敢去试探那个男人的底线了，可她得到的回复却只有冷冰冰的两个字"不见"。

对一个女人越深情的男人，就会对其他女人越无情。

爱恨交错失去理智，不过就是一瞬间的事，宁晞所有的不甘这会儿全都发泄在了陆语身上："陆语，你在奕承哥最艰难的时候抛弃了他，却在他最风光的时候重回他的怀抱，你不觉得你很坏吗？"

陆语掏了掏嗡嗡作响的耳朵，有那么一瞬间，她只能听到这世界呼啸的风声。

如果搁在几年前，陆语听到这种话，肯定会像炸毛的刺猬一样用力地去反驳对方，可现在，她忽然有种无力感。张嘴，有白色的雾气从陆语嘴里冒出来，隔着那团雾气，她的声音被风吹得支离破碎。

"宁晞，你想太多了。我和唐奕承没有任何关系。"搁下这么句干净利落的话，陆语掉头就走。

可转过头的刹那，她的脸色就僵白一片了。在和唐奕承划清关系的那种话脱口而出的一刹那，陆语心里竟是狠狠一绞，心底的酸气迅速发酵膨胀，酸涩的，难过的，最后变成一个个细微的气泡，破掉。

陆语已经没有多余的心力去深究，那个男人跟宁晞到底是什么样的关系了。那些对她而言已经不重要了，反正她跟他除了那套房子，便没有半点关系了。以唐奕承现在的身份而言，就算走了一个宁晞，还会有千千万万个宁晞，难道陆语要面对这些吗？

不，她没有力气，也没有勇气了。

陆语一路穿过 Sunshine 集团金碧辉煌的大堂，快步走出大厦，朝着马路对面的药店走过去。不管宁晞刚才的指责有多刺耳，那只耳环有多刺目，有件事倒是提醒了她。

陆语闷头疾走，就连有道挺拔的身影从她出了大堂就一直尾随在她身后，她都不自知……

"给我一盒紧急避孕药。"即使女人维持着平日里的清浅语调，可细听之下，还是可以听到些微的拘谨。

药店售货员是位中年大妈，她一边帮陆语从柜台里拿药，一边好心念叨她："姑娘，事后药可不能常吃啊，容易引起经期紊乱……"

"不好意思，她不买了。"

猝然间，兜头罩下来的男声清冷又沉厚，激得陆语猛然扭过头，可她还来不及看清这副熟悉声音的主人，胳膊上已隐隐一紧，在售货员大妈一脸疑惑的注视下，陆语就这么被这位男士架着胳膊，连拉带拽地拖出了药店。

　　药店门前的人行道上人来人往，衣冠笔挺的男人把陆语拽到几步开外的树下才松开手。

　　树影幢幢，将冬日的阳光切割成明暗交错的光斑，投射到唐奕承那张棱角分明的脸孔上，衬得他的面色阴晴不定，嗓音亦然。

　　"你这种身体状况怎么能乱吃避孕药？你还要不要命了？"

　　陆语上次因经期贫血被送进医院的情景，唐奕承直到此刻仍历历在目，他那时的疼惜和担忧也像是拂之不去的阴影，久久笼罩着他。可这女人竟是罔顾他的担心，一点也不拿自己的身体当回事，这让他怎么可能不生气。

　　听唐奕承这样近乎凌厉地问着，陆语从上一瞬的惊诧中缓过神，她清秀的眉眼像是被雨洗过一般凉，心里那些好不容易压碎的酸涩气泡却再次开始发酵、翻腾。

　　她除了吃药，还能怎么办？难道要她再把肚子弄大，再承受一次那种撕心裂肺的折磨吗？一时冲动酿成的苦果，她瘦小的身躯已然没有能力再承受第二次了。

　　眉一低，陆语刻意不去看他眼底那丝沉沉的光，她咬着嘴唇回道："我的事不用你管。"

　　果然，这女人又开始跟他划清界限了。

　　唐奕承呼吸一紧，嗓子跟磨了层砂似的道："你就这么害怕有我们的孩子？"

陆语似乎被某个字眼刺伤了痛觉神经，疼得她突然就心虚了，好像内心某个不为人知的角落遭到了窥伺，她的头埋得更低，还在苦兮兮地忖度应对他的说辞，整个人却被唐奕承接下来的那句话激得完全怔住了。

"陆语，七年前的那种意外，我绝对不会让它再次发生。"

遮遮掩掩了那么久，到底还是被他一语点破了。

唐奕承的声音低低的，却好似一股猛烈的激流瞬间冲进陆语的心脏，她心中大惊，蓦然抬头看向他，却只看见他沉湛墨黑的眼眸底下浮现起一片痛色。

他那带着疼痛的目光仿佛会蜇人似的，迫使陆语呼吸困难，她被风吹得干涸的嘴唇动了动："你怎么会……"

没有错，他已经知道了，他早就知道了。

时光早已把那段感情留下的大片创面磨得只剩下一道伤疤，唐奕承旧事重提无异于将那道结痂的疤痕再度撕开，可他没有别的办法，他不想再给她添上新的伤口，他也看不得她这副敏感到近乎对他失去安全感和信任感的模样，他只能把那些原本准备烂在肚子里的话，和那些曾经来不及说出口的承诺，都说与她听。

开口前，唐奕承轻轻地握住陆语冰凉的手，分开她冻僵的手指，他的五指紧紧缠住，把她握在掌心里，俨然是执念一般，道："小语，如果我们这回真有了孩子，就把他生下来，然后我们一起抚养他长大。如果你觉得生一个太少，我们就多生几个……"

也许，这不只是一个男人的承诺。

也是他的希冀，他朝朝暮暮的渴望。

这个瞬间，周遭的车流声、人声和风声通通退去。

只有唐奕承那很轻很轻的声音，清晰地回荡在陆语耳畔。

可她却觉得那些宛若从久远的记忆里头飘来的声音，只是过了一遍耳朵，根本没有进入她的大脑，反倒一下子撕开了那个泛黄的世界。

他又可曾知道——

在曼哈顿那个血染的早晨，她失去的不只是他们的孩子。

那一天，她失去了包括他在内的、生命中的三位挚爱。

从那天开始，她就缩进了厚厚的龟壳，变成了一个胆小鬼。从此之后，她的幸福再也没有降临过……

片刻的晃神，陆语被唐奕承握在手里的那只手缩了缩，她满眼迷茫地看着他。

岁月的磨砺，最能够令一个人沉淀。

她眼前的这个男人早已不是曾经那个落魄又带着点痞气的少年了，如今的他成熟稳重、沉敛高雅，仿佛任何事都无法再让他皱一下眉头。这样的男人明明给人一种既稳妥又有所担当的感觉，可陆语想到那些疼痛的往事，她那双倒映着他俊朗容颜的眼睛里，竟然渐渐地漫起雾气。

冷风拂面，树影晃动。

透过那层潮湿的雾气，唐奕承的面孔都模糊起来，那种恍恍惚惚的感觉让陆语觉得他们看似近在咫尺，实际上却相距千里。

一时间，她顿觉心乱如麻，只道："我觉得好累，真的。你让我静一静。"

说着她就要把手抽回来，但唐奕承却紧攥不放，他倏然落进她双眸漾起的泪光中，发酸发涩的心脏顿时像是被水浸泡了，酸胀得难受。

"陆语，我知道你看见那只耳环了，但是我跟宁晞真的什么都没有发生过。我保证她以后再也不会出现在你面前了。"同样的话，解释得次数越多越没有力度，可唐奕承还是要再说一遍。

他是聪明的男人，自从陆语昨天对他避而不见开始，他就料到了事情会走到这一步，所以他才会在一大早就把宁晞扫地出门了。

反倒是陆语对他说出这样的话并不感到惊讶，她混沌的脑子也无暇去深究真假，只说道："不是因为她。"

旧痛新伤，再加上横亘在彼此之间的多年时光，到底让他们变成了两条无法相交的平行线，渐行渐远，他们之间又岂止是隔着一个宁晞。

气氛近乎胶着了。

陆语手上犹在试图挣脱他，她几乎是用上了蛮力，可来自唐奕承的力量却一分不多，也一分不少，就那么刚好缠住她的手指，不容她缩手。就在陆语心力交瘁，险些就要招架不住的一刹那———道人影近了两人的身。

接下来的事情发生得太突然，足以狠杀唐奕承一个措手不及。

唐奕承只觉手腕处狠狠一紧，他牵着陆语的那只手就被柯嘉礼猛地扣住了，随之而来的是对方极不友善的责难。

"唐总，你这是在做什么？请你放开陆语。"

柯嘉礼低八度的嗓音陡然划破萧索的空气。

趁唐奕承那微微一怔的空当，柯嘉礼把陆语拉到了自己身后。他看了眼陆语脸上的眼泪，那张万年不变的阳光面孔上，竟是掠过一丝寒意。

柯嘉礼的身高只比唐奕承矮一点，隔着这么一堵人形墙，瘦瘦小小的陆语当真被挡了个严严实实，唐奕承连瞧都瞧不见她了，更别说把她拽回来。

半路杀出个程咬金，唐奕承的脸色已然冷冽了，眼角微微一眯，他沉声对柯嘉礼说："我和陆语的事情跟你没关系。现在是工作时间，你难道不该待在办公室？"

柯嘉礼当即报以一声冷哂，他拽着陆语掉头就走，迅速把她塞进路边的那辆车里。

车是柯嘉礼的，刚才驶过这处时，他无意瞥见唐奕承和陆语好像发生了争执，于是紧急停车。轿车重新发动的那一刻，唐奕承疾步朝车身走近，似是要把副驾上的陆语从车里抢回来。

可柯嘉礼却在这时突然向陆语那侧探身过去，陆语本能地往后缩了缩身子，就听到柯嘉礼透过降下一半的车窗丢给车门外的唐奕承一句："我现在正式跟你辞职，基金会的工作我不干了。"

话音一落，轿车便擦着唐奕承的身躯加速驶离。

短短的几秒钟，陆语不知她是不是该庆幸自己终于被带离了那场艰涩的对峙，她的手无力地垂在腿上，手指微微蜷着，上面仿佛还留有那个男人的余温。

扭过头，她不自觉地向车外的后视镜看去。

在镜面反射的光影中，属于唐奕承的那抹颀长身影僵如石像，越来越小，渐渐变成一个小黑点，消融在这烦嚣城中，消融在那瑟瑟冷风中，消融在陆语那片泪光的尽头……她明明看不清他的轮廓了，可她莫名就感觉到那抹身影周身都罩着一层悲凉。

那悲凉，烙印在她心上，深深地。

柯嘉礼又恢复了温度的声音将陆语的神思拽回来，他道："你之前在疗养院提到的那个人就是唐奕承？"

走到这一步，已经没什么好隐瞒的了，陆语点了点头。

零碎的片段连成线，柯嘉礼抛出两个字："前任？"

"嗯。"陆语揉散眼里的水汽，跳转了话题，"你刚才太冲动了，怎么会说辞职那种话？你不用因为我……"

这女人声线里的愧疚和不安，柯嘉礼听得明明白白，他挑了下眉道："你放心吧，我不是因为你才辞职的。我早晚得回去接手家族生意，早一天晚一天离开基金会都一样。"

陆语这下倒是惊诧了，她真不知道柯嘉礼还有这层身份。不过仔细想想也不奇怪，他平时言行举止就自带气场，加之敢找唐奕承的不痛快，想必他是有背景有身份的人。

见陆语一路愁眉不展，柯嘉礼直接把她送回了工作室。

站在四合院的院门前，柯嘉礼问她："你要不要考虑终止跟暖阳基金会的合约？"

陆语将了将被风吹乱的头发，摇头道："我暂时不能终止合约。"

她的老宅还捏在唐奕承手里，如果她一走了之，很可能就真的给了他食言的借口。

想必她有苦衷，柯嘉礼不再继续这个话题，他故作轻松地笑了笑道："陆语，人要往前看，别没事总给自己添堵。忘记一段旧感情最好的方法，就是开始一段新感情。你那么漂亮又聪明，不愁没有男朋友的，眼睛别老盯着前任，也往身边看看……"

这话冯晓冬也说过，可此刻从柯嘉礼嘴里说出来，不免多了某种意有所指的深意。

漂亮，是老天赐予一个女人的天赋。

陆语就是因为具备这种天赋，从初中时已经开始有小男生追她了，这么多年数下来，追过她的异性不在少数。可她属于那种晚熟的女孩子，第一次怦然心动还是直到十八岁那年，才给了那位叫"Tang"的少年。在那之前，陆语根本不相信一见钟情，可那惊为天人的一眼，当真应了那句话——曾经不相信一见钟情，只是因为没有遇见你。

但正是那一次，让陆语在往后的九年，尝遍爱情的千般滋味，甜蜜的，痛苦的，苦涩的……多到把她整颗心都填满了，再也容不下别人。

这段时间，陆语跟柯嘉礼相处下来，越发能感觉到他的心思了，再加上他这番暗示性极强的话语，陆语越发感觉不安。

张小娴曾说，真的不爱一个人，可以微笑拒绝、假装不懂，或者转身离去，却说不出"我不爱你"这四个字。有的话，委实太残忍，不想听到别人这么说，自己也就不会说出口。

默默衡量少顷，陆语对柯嘉礼说："谢谢你对我这么好。但是……"

孰料，她刚一道出转折词，柯嘉礼就翘起唇角，一语打住了她："你不用急着拒绝我。我是喜欢你，没错。但我不会强求你也喜欢我，你把我当朋友就行了，不用有压力。"

这种体贴得过分又无懈可击的漂亮话，就这样硬生生地把陆语卡在嘴边的拒绝话噎了回去，她竟是无言以对。

当天下午，Sunshine 集团旗下的暖阳基金会有一场例行理事会，唐奕承作为理事长必须出席。

拜这位不苟言笑、面色冷峻的理事长所赐，在这场持续两小时的会议中，十位常务理事都切肤感受到了什么叫作"低气压"。

散会后，唐奕承正要离开会议室，却被柯嘉礼的父亲柯世达叫住了。

柯世达就柯嘉礼一个宝贝儿子，现在儿子在基金会磨炼，他自然想向唐奕承了解一下儿子的工作情况，所以提出一起喝个下午茶。

殊不知，唐奕承一点面子都不给，立刻冷声拒绝并告诉他："柯嘉礼今天中午已经辞职了。"

柯世达诧然，直到满脸郁色地离开基金会，他都还不知道儿子是因为想撬老板的墙脚，才一时脑热辞职的。

唐奕承冷着脸回到办公室时，宋远觉得老板的低气压已达峰值，他一心想着脚底抹油，赶紧躲得远远的，却好死不死竟然被唐奕承叫进了办公室。

"唐总，您有什么吩咐？"

问出这话时，宋远微微含胸低头，不敢直视唐奕承的眼睛。可在老板说出下句话时，宋远想不看他都不行了。

"你去帮我定制这个。"唐奕承眼里的寒冽退去些许，他指着电脑屏幕说道。

宋远凑过去一看，整个人当即怔然，他震惊得连舌头都打结了："您……要定制钻戒？"

唐奕承淡淡地"嗯"了声，眸色却是从未有过的坚定……

D字开头的裸钻高级定制品牌，有个独特的规定，每位男士凭身份证一生仅能定制唯一的一枚钻戒，寓意"一生、唯一、真爱"的至高承诺。

由于唐奕承定制的是稀世粉钻，全球每年产量不超过五十克拉，再加上量身设计和制作，因此即便是在加急的情况下，预计最快也得一个星期才能到货。

在这漫长的一个星期里，唐奕承吩咐宋远提前预订了B市某间顶级法式餐厅和九百九十九朵厄瓜多尔新鲜玫瑰，求婚的必要流程一样都不少。

虽然唐奕承也清楚在这个时候跟陆语求婚太过仓促，但这是他所能想到的最佳方式了。那个女人每次都像刺猬一样狠狠地刺他，归根到底还是因为她有心结。其实过去的痛早就过去了，只是受过伤的心留下的恐惧阴影长久作祟，一直蔓延到今时今日，让她从心底不愿意给予他一丝一毫的相信。

有时候，怀疑和信任之间看似隔阂着千山万水，事实上却不过只是隔着一张纱窗纸罢了，一伸手就能捅破。唐奕承不是坐以待毙的性格，既然陆语心乱如麻，那他就快刀斩乱麻。关键时刻，他要能做到一出手便捅破横亘在两人中间的那张纱窗纸，要解开她的心结，要她相信他，不外乎就是给她一辈子的承诺。

陆语接到唐奕承的电话，是在他拿到婚戒的当天下午。

"陆语，你在哪里？"

　　时间永远是良药，两人多天没联系，陆语想必是冷静下来了。听到唐奕承这副清浅柔和的声音渡着细微的电波传过来，她已经淡去了那日在药房门口跟他争执时的激烈情绪，但语气里还是带着淡淡的不奈和生硬。

　　"我来疗养院看奶奶了。"陆语一边往护士站走，一边语速稍快道，"你有什么事？"

　　唐奕承"嗯"了声，以稀松平常的口吻问："明天我带你去房管局办理老宅的过户手续，你有空吗？"

　　听闻此言，陆语的脚步猛地顿住，有那么一瞬间，她几乎不敢相信自己的耳朵。难道这男人终于体会到索然无趣的感觉，所以放弃拿老宅吊着她了？

　　手机在耳畔僵了半晌，陆语压下心里的疑惑，急忙说："我有空。"

　　"……"

　　心里一块石头落了地，陆语连脚步都轻盈起来，快步走到护士站，护士又告诉她一个好消息，陆奶奶这两天的情况比较稳定，但就是老人家一直喊着要回家，闹腾得厉害。

　　陆语心念一动，问护士道："那我能把奶奶暂时接出院住几天吗？"

　　"这样也好。"护士递给她两张表格，说，"你填个申请表吧，还有这份院方免责协议你也签一下字。"

　　"好的，谢谢。"陆语展颜一笑。

　　陆奶奶在疗养院住了好几年，一听陆语说要把她接回陆宅小住几天，当即笑得合不拢嘴道："我终于等到这天了啊。"

说着，陆奶奶往陆语身后看了看，随口问道："小语，你男朋友没一起来吗？"

陆语唇边的笑容一僵，扶着奶奶起身，她说："奶奶你怎么好好的又犯糊涂啦。"

她哪有男朋友啊？

陆奶奶敲了敲自己的脑袋，说："你别蒙奶奶，我最近脑瓜灵光得紧呢。"

"……"

陆语帮奶奶收拾好换洗的衣物，护工拿给她一堆小药瓶，逐一教她怎么给陆奶奶喂药，并嘱咐说，万一老人身体不适必须立马送回疗养院。陆语认真记下，折腾了快一个小时她才推着轮椅上的奶奶穿过花园，往停车场走去。

十二月的 B 市，白天气温维持在零度上下，天气寒冽得不像话，一老一小都裹成了粽子，还是觉得冷。尤其是怕奶奶冻着，陆语把自己的大围巾给了奶奶，小刀似的北风呼呼往她脖子里灌进去，冷得她边走边发抖。

远远地，一抹挺拔颀长的身影顶着风从花园另一边走过来。

陆语的眼睛遇到大风容易流泪，可哪怕是透过那片雾蒙蒙的视线，那抹熟悉的轮廓仍然直触她眼底，她立马心头一惊。

唐奕承大步流星，不容陆语回神，他已经近身了。

他看到冻成这样的陆语，微微一蹙眉，当即把自己的围巾快速解下来，裹在陆语的脖子上——在随之而来的暖意里，带着他的体温和气息。

陆语怔了怔，她揪着围巾就要取下来还给唐奕承，问道："你来干什么？"

"我送你们回去。"说话间，唐奕承已经跟陆奶奶略一颔首，就推上了轮椅。见陆语僵着不动，他眉角一挑，丢给她一句："现在不是你逞能的时候，别给奶奶冻病了。"

"……"陆语只能加快脚步跟上他。

事实证明，这种时候有男人在，再好不过了。

陆奶奶腿脚不灵便，唐奕承直接把她抱进车后座，又把折叠轮椅收进后备厢，然后开车带两人驶离疗养院，全程他没让陆语动一根手指头。

坐在车里暖和过来，陆奶奶说了句："小唐，你今天不上班啊？给你添麻烦了。"

陆语怔然，惊讶的目光在驾驶座和后座之间巡睃一轮，她怎么不知道奶奶认识唐奕承？虽然她当初跟唐奕承交往时，他陪她回过两次 B 市，但他完全没跟她的家人打过照面。

唐奕承态度谦和地接了陆奶奶的话道："没事，我今天不忙。"说完，他侧头瞥了眼陆语，若无其事地说："我前几天去疗养院看过奶奶，忘了跟你说。"

陆语转瞬想起奶奶方才说她有"男朋友"的事，她狐疑地拧起眉毛，怎么都觉得奇怪。

不怪陆语不知情，唐奕承在萌生了向陆语求婚的念头后，前几日根据他派人查到的消息，他抽空到疗养院去了一趟。陆奶奶是陆语唯一的亲人了，婚姻不是儿戏，他肯定得先拜会一下老人家，顺便拎去了不少矜贵补品。

不过到了疗养院唐奕承才发现，陆奶奶的身体状况比他想象中还糟糕。半个小时里，老人一连问了他三遍姓什么，这才总算记住他姓唐。唐奕承不得不打消了来时的初衷，只说自己是陆语的朋友。

　　可就在他临走时，陆奶奶突然问道："小唐，你是谁来着？小语的男朋友？"

　　唐奕承无奈地抬手摁了摁眉心，嘴角却是浅笑无虞，回道："是的。"

　　最近暖阳基金会的活儿不多，冯晓冬得空回老家探亲了，工作室就剩陆语一个人。

　　唐奕承把她和陆奶奶送回来，并没有急着离开的意思。别看他生着一副高贵冷峻的皮囊，对陆奶奶却是耐性十足，他推着轮椅带老人家到各个厢房转了一圈，一点不拿自己当外人，倒真挺像个尽职尽责的"房东"。

　　陆奶奶的喜悦溢于言表，沟沟壑壑的皱纹里都漫进了欣慰，曾经住了大半辈子的地方，每个角落都能勾起零零碎碎的回忆，感情之深不可估量。

　　眼巴巴地看着这两人互动良好，陆语都不知道该说什么好了。她既不想拂了奶奶的兴致，却又疲于应付唐奕承，以至于她只能频频低头看表，示意他可以走了。

　　可唐奕承偏偏对此视而不见，听陆奶奶说她喜欢喝青茶，他特地去车里拿了"语"会馆的大红袍进来。陆奶奶长期吃慢性病药物，怕茶太浓抵消药效，唐奕承跟陆语要来茶具，仔细过滤了两遍才把一杯淡茶递给老人家。

　　正房隔出的会客区面积不大，朝南的窗帘收了起来，冬日下午的阳光从木窗照射进来，落在窗户一侧米白色的布艺沙发上，两者之间有缓缓浮动的光晕。这光晕被暖气烘得和煦舒适，笼罩在唐奕承和陆奶奶身上，两人不时浅酌交谈，身姿颀长挺俊的那个谦和儒雅，老态龙钟的那个安详慈爱，小小的空间里，莫名就多了某种天伦之乐的气息。

沙发对面的地上放了个软垫，陆语双臂抱肩坐在上面，这一幕落在眼底，她的表情，僵硬之中似乎又藏着一丝……动容。

光阴凝固在这个下午，宁和安好。

陆奶奶留了唐奕承吃晚饭，陆语见奶奶坚持，也不好再轰他走。陆语本来是打算叫外卖吃完了事的，但唐奕承若无其事地提议道："奶奶难得回来，还是在家里做饭吃吧。"

陆奶奶听了也附和道："小唐说得对。小语，我好久没吃饺子了，晚上包饺子吃吧。"

"……"陆语扯唇，苦笑。

陆语对包饺子最美好的记忆，停留在高中时代。

陆妈妈走得早，那时候陆爸爸还没有给陆语找后妈，逢年过节，她都会和奶奶、用人一起包饺子吃，图个热闹吉祥。陆语包出来的饺子委实不好看，每一颗都歪歪扭扭的，以至于一出锅一眼就能看出哪些是她的杰作，但奶奶总是说小语包的饺子最好吃，馅儿大。

后来，家道中落，家人离散，陆语只有每年春节才会包饺子。煮好的热饺子出锅，她盛进保温桶里，然后给奶奶送去疗养院，两人一起吃。

只有两个人的团圆佳节，凄凉又落寞。

四合院的厨房在北房后头，是独立的。

唐奕承跟陆语一起进了厨房，他脱下了外套和西装，身上只剩一件平整的浅色衬衫,领口微敞,袖口挽到小臂处,不经意展露出的每一寸皮肤和身体线条,都性感到无可挑剔的地步。

不过,这会儿唐奕承这副好卖相只能当摆设看了,他的厨艺陆语再清楚不过,虽然在美国那会儿都是他做饭给她吃,但唐奕承仅局限于烹饪美式料理,要说包饺子,恐怕得难为死他。

陆语不知是不想面对他,还是嫌他会添乱,她把唐奕承往外推了推,说:"你出去吧,我自己来就行了。"

唐奕承却站着不走,道:"没事,我帮你。"

可陆语一包起饺子来,唐奕承才发现他完全帮不上忙,擀面、和馅他都不会,只能陆语包一颗,他给她递一张饺子皮。

递饺子皮的工作毫无技术含量,唐奕承颇有些心猿意马,他眼睫微微垂着,一瞬不瞬地看着陆语手上的动作。

她的手干净白皙,手指细细的,没涂指甲油,指甲上淡淡的光泽健康柔和,像是洗净的白珍珠。有那么一刹那,唐奕承也不知道自己为什么会连她一双手都看得出神,难道他就喜欢她喜欢到那个份上了吗?

人们都说男人喜新厌旧,那是因为没有遇到入了眼又入了心的那个她。如果有一个女人,即使在你失去她以后,她仍然经年累月地霸占着你的全部记忆,仍然时不时在你的心尖上作乱,甚至是在经历了那么长久的痛苦和折磨之后,你还想再次拥有她……那么,你怎么可能去爱上别人?

这样的女人于男人,是幸福,也是劫数。

唐奕承微微失神,手上不由忘了给陆语递饺子皮。陆语看他一眼,没说话,她自顾自侧过身去拿饺子皮。就是她这一侧身,那张巴掌大的小脸撞进唐奕承的视线里,他嘴角随之勾起一个浅浅的弧度。

陆语小巧的鼻尖上沾了一小块面粉，白白的，唐奕承伸手想要帮她擦掉，可他那只手刚抬起来凑近她，陆语便避之不及地别过脸。

唐奕承的手在半空中硬生生地僵了一瞬，而后，无声垂回身侧。

他抹平嘴角的弧度，讪讪地说："你鼻尖上沾了面粉。"

陆语干巴巴地"哦"了声，抬手抹了抹，却是抹得整张小脸都花白了。

唐奕承心里只剩一声哀叹，他明明那么想要和她亲近，但看她这副警惕的模样，清醒的理智又告诉他，必须再忍一忍，忍到明天他把房子交到她手上，忍到明天他把戒指套在她的无名指上，忍到她从心里接纳他的那一刻为止。

只差一步之遥，却是不能操之过急。

陆语对这男人的心思懵懂无知，麻利地包好饺子就下锅煮了。

老人年纪大了，常爱昏睡，陆奶奶躺在陆语床上听着京剧就睡着了，直到饺子出锅，陆语才把她叫醒。

饺子有团圆之意，陆奶奶吃得高兴，话也多了："小语，你和小唐交往多久了？"

陆语闻言，握着筷子的那只手陡然僵住，她犹在尴尬得不知如何作答，坐在她对面的唐奕承已经口吻清浅道："我们交往九年了。"

陆语也不知是因为饺子蘸了醋，还是某个字眼刺激到了她，她顿时心里酸涩得厉害。

相恋两年，分别七年，那是他们的九年。

陆奶奶不明就里，看着陆语，又问："你们在一起那么久了，准备什么时候结婚？奶奶在闭眼前还想看着你成家呢，这也算能了一桩心事了。"

陆语的头埋得更低，面色因局促微微泛红，说："奶奶，你别说这个……"

哪知不等她的话音落下，就再次被唐奕承打断了，"奶奶放心，我们就快结婚了。"

他的声音明明那么轻，却又好像一道超强的电流直击陆语的耳膜。她的心尖狠狠一颤，霍地从碗碟中抬眼，瞧向唐奕承……

陆奶奶难得回家，想必跟陆语有很多私房话要聊，所以当天吃完晚饭唐奕承便起身告辞了，他和陆语直接约在隔天上午房管局见面。

翌日，B市迎来入冬的第一场雪。

雪花纷飞，细细密密。

上午十点左右，一辆黑色豪华轿车驶入房管局大厦，停在门口一侧。

大厦门前不见陆语的身影，车后座上的唐奕承低头看了眼腕上的手表，距离两人约定的时间还差五分钟。

"唐总，要不要给陆小姐打个电话？"副驾上的宋远扭头问道。

"不用，先在这儿等一下吧。"唐奕承淡声回话。

天寒地冻，唐奕承身上却只有一套深色西装，修长的脖颈处，泛着金属光泽的法式领针扣得一丝不苟，被窗外的雪景一映衬，越发显得他这身行头单薄。可他那双眼却透亮如星，一点不见平日的冷峻。

唐奕承屈肘撑在窗棂上，微微侧头望向大厦入口，话是问宋远的："餐厅和花都订好了？"

有关求婚的一切事宜，宋远早在几天前便准备就绪，而且已经知会过老板了。现在唐奕承又问一次，宋远可见此事的重要性，赶紧详详细细地再重复一遍。

"都准备好了。餐厅已经包场了，并且按照您的要求布置成梦幻式的洛可可花园风格。菜式都是陆小姐喜欢的，钻戒会放在甜品舒芙蕾里，最后一道才上……一会儿您和陆小姐办完过户手续，司机就送你们去餐厅。"

唐奕承听罢"嗯"了一声，眼眸底下隐约有笑意浮动。那笑意很淡很淡，淡得几乎没有，却还是引得宋远透过后视镜深凝他一眼。

历经时光沉淀、岁月磨砺和跌宕起伏的人生境遇，唐奕承举手投足间都是成熟男人的魅力。而此刻，他那张脸是温和的、清隽的，宛如剥去了所有的光环和棱角，宛若洗净了所有的纤尘和城府，他只是一个——即将向心爱女人许下一生承诺的平凡男人。

沉静，又温暖。

宋远不由得一阵唏嘘，陆小姐这辈子真是有福了。

然而，随着时间一点一点过去，车里的气氛渐渐变得凝重。

距离约定的时间已经过去二十分钟了，陆语仍未出现。

唐奕承的手机没离开过手，第三次拨打陆语的电话，依旧是被转入了语音信箱，陆语关机了。

"宋远，你给陆语的助理打电话，问问出什么状况了。"

老板的面色早已从晴转阴，宋远不敢怠慢，赶紧低头翻手机准备打回公司查询冯晓冬的电话号码，却在触到手机屏幕的那个刹那，宋远整个身子都吓得僵在了副驾上。

瞅着手机上从 Sunshine 集团纽约总部发送过来的那则新闻，宋远如临大敌，他赶紧转过身，把手机递到唐奕承眼皮底下。

"糟了！唐总，出大事了！"

唐奕承眉一蹙，扫了眼屏幕。

美国某主流财经周刊的头条人物是唐奕承。

青年才俊、身家雄厚，唐奕承上新闻倒也不是新鲜事，但关键是这则新闻有个博人眼球的标题：华尔街黑马身份大起底，曾因故意伤人罪被起诉。

数千字的英文报道半点不吝惜版面，洋洋洒洒地描述了二十一岁的唐奕承曾经把一位纽约黑道小混混打成重伤的旧事，就连唐奕承当年被警方戴上手铐、押入警车的狼狈照片都被公之于众。新闻一出不过多会儿，其他国内媒体纷纷翻译、转载，负面评价简直不堪入目。

事出突然，唐奕承的眉皱得更紧。

商人就怕有黑历史，蒋仲勋当年有意栽培唐奕承时，便动用手段帮他把此事抹得干干净净了，就连警察局的记录都销毁了。按理说，时隔多年断不该再被人翻出来。

知情者甚少，到底是何人蓄意为之？

又居心何在？

不等唐奕承厘清思绪，他和宋远的手机同时响了。

Sunshine 集团 B 市公司内部的紧急来电，内容如出一辙：受到负面新闻影响，集团国内股价已经开始出现大幅下跌。

一切，如陡然开闸的洪水来势汹汹，更像是一场人为的、精心策划的陷阱。

挂上电话，车里陷入死一般的静寂。

唐奕承薄唇紧抿，单手虚撑着下巴，腕上那块名表的金属外壳都冷不过他的脸。短短几秒钟的沉默里，他像是猛然意识到什么，眼中那片冷芒尽头，渐渐地，浮现起一种从未有过的……狠戾。

宋远连声音都颤抖了："唐总，现在怎么办啊？"这样下去，事态恐怕会发展到不受控的局面。

比起宋远的慌张，唐奕承的气度沉稳多了，只是眨眼间，他便收起脸上的情绪，沉声吩咐宋远道："你立刻通知国内公司启动危机处理方案，首先稳住大股东，防止恐慌性抛售股票。然后你帮我订最近一班飞纽约的航班……"

Sunshine 集团位于纽约总部的资产远比在 B 市庞大得多，纽约跟 B 市有时差，此时当地正值夜间，而唐奕承必须赶在纽交所开盘前，稳住股价下跌，避免更多损失。

这一趟，他非去不可。

雪，下得大了。

停在房管局门口近半小时的黑色轿车上，积了一层薄薄的雪。

车子蓦然间加速向机场的方向驶离，覆盖在车身上的雪沫被猛地抖落，扑簌扑簌地落在地上，被干涸的大地吸食，融化。

直到轿车驶远，唐奕承依旧侧身、回头，保持着看向房管局那幢大厦的姿势，那处空落落的门堂，映在他眼里，徒剩一片漠然与苍凉。

陆语到底为什么会缺席如此重要的场合？

"唐总，冯晓冬的手机也关机。"宋远处理完棘手的公事，眼见快到机场，赶紧拨了几遍冯晓冬的电话。

唐奕承没说话，沉着眉不知在想些什么。

车子在候机大楼前停稳，宋远帮唐奕承打开后座车门，转身就要跟老板一起进去，却被唐奕承伸手拦住。

"宋远，你留在 B 市，去工作室看看陆语怎么了，随时给我消息。"

公司不能不顾，那个女人也不能不管。

宋远急忙点头如捣蒜，说："好的，您一路小心。"

唐奕承大步流星步入候机楼，宋远目送那抹挺拔的背影融汇在人群中，直到消失不见。他不免重叹一声，公司出事，求婚泡汤，再加上陆语失联，他全然不敢想象老板现在有多糟心了。

若不是唐奕承是经过大风大浪的人，宋远真怕他挺不住啊。

雪天路滑，路况难行，B 市出现了大堵车。

司机送宋远返回市区，驶抵语映像工作室时，已经是两个小时之后了。

红色的木门紧闭，房顶的四角飞檐隐在暗沉的天色里。

宋远不停搓着冻僵的手，按了数次门铃，可都无人应门……

傍晚时分，陆语和冯晓冬被一个男人送回工作室。

"梓行，你不用送我们进去了，今天麻烦你了。"站在门口，陆语的嗓子沙哑得不像话，像是被千万颗沙砾碾磨过。

梁梓行虚扶在她手臂上的那只手隐隐一僵，随后松下来，在那片刻间的对视，他好似是被陆语哀伤的眼神震了一下，心里猛地一绞，他不自觉地低下头去，心底依旧疼涩得厉害。

陆语身后有刚刚亮起的路灯，路灯把她的影子投射在水泥地上，她身上明明穿着羽绒服，可那影子却看起来如此单薄，单薄到甚至让人怀疑，是不是轻轻碰一下，她就会消失陷落在地平面上，灰飞烟灭。

梁梓行那双狭长的眉眼里沉淀着痛色，却又清楚地知道，在这个时候他说什么都无济于事，只能拍了拍她瘦削的肩，说道："你早点休息，有事给我打电话。"

陆语"嗯"了一声，带着浓浓的鼻音，转身消失在那扇红色的木门后。

冯晓冬是今早临时从老家赶回来的，梁梓行也是她叫来的，搀着摇摇欲坠的陆语进院，冯晓冬的眉眼耷拉着，也是哭过的样子。

陆语跟她说："胖冬，我想一个人待一会儿。"

冯晓冬点点头，什么都没说。

虚弱无力的手推开东厢房的门，陆语没开灯，直接栽倒在床外侧。

她往旁边摸了摸，凉凉的。

不该是这样的啊。

她昨晚起夜时，奶奶还气息平稳地睡在那里，睡在她身边，怎么一眨眼的工夫，她人就没了呢？

陆语咬着嘴唇，牙齿都在打战，她到此时此刻都不敢相信——奶奶走了。

奶奶在睡梦中走了，安详的、慈爱的、纹路沟壑的面庞上挂着浅浅的笑容。

奶奶从她生活了一辈子的陆宅里走了，残念已了，叶落归根，大抵是没有遗憾的吧。

陆语是今天早上起床时，发现奶奶停止了呼吸的，那一瞬撕心裂肺的悲痛欲绝到现在都没有减轻半分，如果不是有冯晓冬和梁梓行帮忙料理奶奶的后事，陆语觉得她连走出这扇门的力气都没有。

现在回想起来，陆语才恍恍惚惚地意识到，原来每一场别离都有着属于它们的前奏曲。

自从七年前，陆家家产被李雁夺走，陆语和奶奶被赶出家门，这么多年来，奶奶就是靠着"回家"这个唯一的念想苦苦续着命。昨天，架不住奶奶一直闹着要回家，陆语把她接了回来，哪知道那一顿寓意团圆的水饺，那入睡前奶奶握着她的手，竟是奶奶在这世上留给陆语的最后记忆。

风烛残年，明灭只在一瞬间。

陆语闭上眼，被眼皮阻挡的泪水逆流着，一寸一寸地倒退，那些眼泪掺杂着巨大的悲恸和陈年的委屈，经过不知名的地方，缓缓地流淌到她的心上，一滴一滴地被黑暗吞噬……

奶奶，你还没有给小语默写生词呢。

奶奶，小语还没结婚，你的心事还有一桩没了呢。

奶奶，你怎么可以丢下小语？你知不知道你走了之后，这个世界，小语就再也没有亲人了，就只剩下她一个人了……

她那么胆小，她会孤独，会寂寞，会害怕啊。

陆语睁开眼睛，直愣愣地望着天花板，随着眼帘掀开，那些眼泪得到了解脱，一串一串的，从她的眼角流淌下来。那泪光，在黑暗里，闪亮晶莹的，仿佛冬夜里划过天际的流星尾巴，拖着长长的思念，和那止不住的悲伤。

"奶奶……"陆语呜咽着翻了个身，把脸埋进了枕头。

陆语不知道自己像只受伤的鸵鸟一样在床上趴了多久，也许是几个小时，也许是一个生死轮回的世纪。

入了夜，高高的围墙外晕染着路灯的光影，黄黄的，昏暗极了。越飘越密的雪花在灯影下飞舞旋转，翻卷着呼啸着飘进院落，落在玻璃窗上，凝结成大片潮湿的雾气。

可陆语所有的眼泪都流尽了，眼睛干涸成荒漠，再也挤不出一滴水分来，她慢慢地抬起手，摸向枕头下面。摸索着拿出手机，按亮，显示屏的光亮照在她浮肿的眼睛上，她眯了眯眼，沿着通讯录一行一行地看着。

在看到"唐"那个字的一刹那，陆语心里的某根弦忽地就被拨动了一下，像是谁的手，重重地握了她的心口一下。

她心脏的位置，忽然就疼了。

陆语冰凉的指尖来回摩挲显示屏上的那个姓氏，仿佛带着艰涩的迟疑，又仿佛是要把那个姓氏刻在她心上。

某个念头控制不住，好似疯长的野草。

她指尖顿住，按了下去……

经过十三个小时的飞行时间，唐奕承飞抵纽约肯尼迪机场时，是纽约时间下午一点。

登机前，他已经致电 Sunshine 集团纽约总部的高管，紧急制订了一系列危机处理方案，据他刚刚收到的消息，纽交所开盘后，集团股价只出现小幅下跌，大多投资者保持观望态度。拜唐奕承雷厉风行和干练果决的处事风格所赐，局面比预想中好太多，损失暂时维持在可控的水准内。

他疾步走出闸口，一位高个子美国男人等候已久，此人是蒋仲勋的助理。唐奕承被他带进机场大楼外的某辆加长豪华轿车，蒋仲勋坐在后座。

轿车朝着位于曼哈顿市区的 Sunshine 集团大楼驶去。

"怎么会发生这种事？"没有心情寒暄，蒋仲勋沉眉问道。

唐奕承的神色早已和缓下来，只是一双冷眼凉如冰河，说道："梁梓行向我宣战了。"

禧景湾度假村的项目，唐奕承和梁梓行两家公司都参与了竞标。据唐奕承掌握的情报，梁氏近年来十分不景气，全指望这次靠着禧景湾的项目打一个漂亮的翻身仗，可惜梁氏的实力与 Sunshine 集团相去甚远，唐奕承的介入无疑会让梁梓行的计划全军覆没。

蒋仲勋了然，面色愈加阴沉几分，他手指规律地敲着膝盖，道："你的人筹备了记者会，等会儿你准备怎么跟媒体解释那件事？"

唐奕承的表态关乎集团的未来走向，他在飞机上也思索了很久，可惜没有万全之策。

见他陷入沉思，蒋仲勋拍了拍他的腿，语气和缓下来："唐，纽约的记者你也知道，他们一定会费尽心思挖掘真相，这次恐怕纸包不住火。如果实在不行，你就把七年前那件事的来龙去脉和盘道出吧。毕竟你是无辜的，而且你现在是有身份有地位的人，名誉上若是受损，后果不堪设想……"

七年前，黑道小混混手持陆语在寄宿家庭被偷拍到的不雅视频来威胁唐奕承，他当时甚至不知道对方是如何拿到这些视频的，便一时气愤难抑出手打了人。后来还是蒋仲勋帮忙查明了真相，在某种程度上说，唐奕承其实并非施害人，而是受害人。

可真相一旦曝光，势必会牵扯出陆语那些视频。

"不行。"这是唐奕承在飞机上第一个便否决掉的可能，抿了抿唇，他说，"陆语到现在都不知道真相。如果事情捅破了，她会受到伤害，我不能让她卷进来。"

蒋仲勋眉头紧锁，不再吱声。

轿车行至中途，唐奕承的手机忽然响了。

来电显示的号码，激得他的呼吸隐隐一窒。

这个瞬间，他一直因为担心陆语而高高悬着的心，悄然回落了些，她能打电话给他，至少证明她是安全的。可就在唐奕承下意识地换算了一下时间后，他的眉心又蹙起来。

B市，现在是凌晨两点多。

接听，唐奕承还没说话，就听到一个微弱的音节透过细微的电流渡进他的耳膜。

"唐……"

只发出这一个音，电话另一端便陷入了沉默。

那沙哑得近乎破碎的声音，仿佛耗尽了陆语此生所有的力气，也用光了她这辈子全部的勇气。她一手捂着口鼻，生怕自己再一开口，呜咽声就会泄露，让他听见。

"陆语？"

唐奕承不自觉地僵直了身体，握着电话的手更紧。

从车窗外掠过的尖顶小别墅和波光粼粼的哈德逊河，全都沐浴在阳光里。这一刻，唐奕承也许并不知道，隔着浩瀚无际的大西洋——他这边日光倾城，而她，正在地狱般的黑暗里独自挣扎。

"小语，你怎么了？"唐奕承的声音不再是往日的平缓如水，隐隐透着一丝急切。

听着他这样叫她的名字，陆语到底还是没控制住，从鼻腔里溢出几声低低的呜咽。她也不知道为什么自己会在这个时候打给唐奕承，却又在感觉到他那熟悉的气息和声音时，让她再度瞬间崩溃。

这么多年，陆语的心就像是一块巨大的海绵，旁人的知冷知热和关切善待，她都把它们收集起来，点点滴滴地挤在心上，喂食那个男人留给她的伤痛。可她每一次感到难过心碎，每一次感到对生活的乏力，每一次感到自己走入了绝境，她第一个会想到的人，却还是他。

他明明已经让她那么疼了，可她为什么还是会想他？

那几声小猫似的哽咽，像是一只爪子，狠狠地挠在了唐奕承的心口处，留下了重重的一道血口子。他动了动唇，就要开口，可陆语却在这时慌乱地挂掉电话，把手机紧紧地压在剧烈起伏的胸口上。

回应唐奕承的，只剩下一片嘟嘟的忙音。

随后，在哈德逊河畔那幢摩天大楼里召开的记者会，跌破了所有 Sunshine 集团大股东的眼镜。

这一天，后来被称为是 Sunshine 集团历史上，最动荡的一天。

在唐奕承步入记者会现场前，他接到了两样东西。

一样，是金发碧眼的公关部经理递给他的刚刚拟好的新闻稿。唐奕承敛眸扫视一眼，与一般的官方言论无异，含糊其辞，不承认伤人事件，老外也善用文字游戏。

另一样，是宋远的电话。

那份新闻稿，只是让唐奕承皱了皱眉。

而宋远那通电话透露的消息，却让他在光可鉴人的大理石走廊里，足足愣怔了三秒钟。

记者会上。

面对记者连珠炮似的追问，唐奕承竟然没有拿出新闻稿，而是用流利的美式英语承认了自己当年曾将人打成重伤的事实，并诚恳致歉。

"辜负了外界的信任，我很抱歉。那是一位少年因冲动不羁犯下的错误，是单纯的打架事件。如果事件可以重演，我也许不会用当时的激进方式去处理，我也许会理智冷静地去面对。为年少的错误负起责任，是我们为成长付出的代价，也是时光带给我们的成长，谢谢。"

话音落下，他站起身，深深地在镁光灯和摄影机前鞠了个躬，九十度。

现场静止了片刻，而后出现骚动。

有掌声，有赞叹，也有集团一众老股东的嗟叹。

这世界是现实的，任何选择都具有两面性。对于唐奕承果敢直接、毫不迂回的认错态度，外界褒贬不一，但集团股票的应声下挫，确是血淋淋的事实。

蒋仲勋坐在办公室里观看记者会的现场视频，有那么一瞬间，他落在唐奕承脸上的目光倏然凝住。

从唐奕承那双墨色眼睛里透出来的光，突然令蒋仲勋有种恍若隔世的错觉。此时此刻，蒋仲勋仿佛又看到了那个倔强的少年，拥有傲骨，拥有抱负，也拥有一股子狠劲，可每当关乎那个叫陆语的女人时，他却总是可以放下他的傲骨、抱负和狠劲，变得那么不像他自己。

无论是少年时，还是现在，唐奕承为了陆语，哪怕是天大的苦衷都可以吞下，哪怕是莫须有的罪名都可以忍受。

蒋仲勋无奈地叹了口气。

果然，一个情字，误尽苍生。

记者会后，就是集团的股东大会。

这么重要的场合，唐奕承竟然缺席了。

秘书在电梯口追上他，道："唐总，现在公司遇到大危机，不能没有您坐镇。"

唐奕承却连脚步都没顿一下，径直步入电梯。

在电梯门合拢的那一瞬，他说："比起公司，有个女人现在更需要我。"

"……"秘书一脸诧然。

唐奕承在记者会结束后，连位于曼哈顿的寓所都没回，便马不停蹄地直奔肯尼迪国际机场，搭乘最近一班起飞的航班飞往 B 市。

B 市这场早来的冬雪扑簌簌下了一天多，俗话说瑞雪兆丰年，却也为交通带来极大的不便。飞机起降受到天气影响，机场实行航空管制，波音客机在 B 市上空盘旋了近半个小时，才终于开始平稳下降。

唐奕承步出机场大楼时，已经晚上九点多了。

不到两天时间，唐奕承在 B 市和纽约飞了个来回，由于时差问题，这还是他在四十多个小时里见到的唯一一个夜幕降临。可他却顾不上倒时差，也顾不上旅途劳顿，直接让司机把他从机场送到了鱼儿胡同。

语映像工作室里有灯光透出来，暗红色的木门没关。

唐奕承推门而入时，试探地在院里叫了声："陆语？"

正房的大门豁然打开，走出来的人却不是陆语。

一脸菜色的冯晓冬乍一看到唐奕承，她愣了一下，随即她便嘴一咧，带着哭腔道："陆姐不见了，手机也没带。她下午的时候突然说要自己出去走走，一会儿就回来。可这都五个多小时了，她还没回来。"

见唐奕承不说话，只是狐疑地拧起眉，有前科的冯晓冬赶忙补了一句："这次是真的，我没骗你。"说着，她就举起两根手指要冲天发誓。

"行了，不用发誓了。"唐奕承一语打断她，眉渐沉，他问，"陆语的朋友那边联系过了吗？"

"陆姐的朋友不多，就是摄影家协会那几个人，我问了一圈，没人见过她。"冯晓冬抬头望天，挠着头苦着脸，道，"你说这天寒地冻的，她心情又那么糟，一个人在外边多危险啊……"

等冯晓冬连珠炮似的说了一通，再把视线转回来时，唐奕承已经转身朝院门外走去，边走边道："我去找陆语，你在这儿等着。要是她回来，你打电话给我。"

一向不待见这男人的冯晓冬，这次倒是毫无异议，老老实实地"哦"了一声。

这两天陆语一点东西都没吃，也不跟冯晓冬说话，就把自己关在屋里，呆呆地坐在床上，好像老僧入定一般岿然不动，没有表情，也没有眼泪。今天上午，柯嘉礼不知从哪儿打听到陆奶奶去世的消息，还特意来了一趟工作室想安慰陆语，但陆语不见人，他最后只能怏怏地走了。

目送唐奕承那抹英挺的背影消失在门边，冯晓冬不得不承认，也许，现在只有这个男人能温暖陆语了。

唐奕承走向停在院门口的轿车，他没进后座，而是霍地拉开了驾驶座一侧的车门。

司机被他吓了一跳，还有些丈二和尚摸不着头脑，只听唐奕承沉声说："你下车。"

五十来岁的老司机在老板这一双冷眼的注视下，到底没耐住服从的本能，急忙蹿下车。直到他眼睁睁地看着老板驾车疾驰着驶离，伫立在寒风中的老司机这才回过神，冷不丁打了个喷嚏。

陆语会去哪里呢？

在上千万人口的城市里找一个人，无异于大海捞针，尤其是在唐奕承毫无头绪的情况下。也是在这个时候，他才恍然意识到，那个在他心尖上停留了九年的女人，他与她之间的关联竟然那么脆弱，脆弱到茫茫人海中他把她弄丢，不过是一眨眼的事。

挡风玻璃外，整座城市一片银装素裹。

覆盖在建筑物上的厚厚的积雪把半边夜幕映衬得清透光亮，宛若一束巨大的灯光穿透云层照射下来。霓虹闪烁，散发出璀璨的光芒，像是一颗颗浮动的彩色珍珠，点缀着这座洁白的城市。

这光华被暗色车窗过滤之后，显得有些晦暗斑斓，投射在唐奕承那张表情凝重的脸上，竟是映出几许青白。他凭着多年前的记忆，设定了导航路线，把陆语曾带他去过的地方逐个翻了个遍，却仍旧没有找到她。

手表上的分针和时针双双叠在一起，停在正中的位置。

午夜十二点。

唐奕承把车停在路边，摁了摁酸胀的太阳穴，巨大的无力感包裹着他，仿佛千万条蚕丝勒住他的心脏，让他连呼吸都变得不畅顺了。

其实，在没有认识陆语以前，从小在美国长大的唐奕承对B市毫无概念。后来，他认识了陆语，这座城市在他心里随之有了一种别样的感情，那种感情淡淡的，也有些模糊，类似于爱屋及乌。而此时此刻，唐奕承对眼眸里的这座城池却有着从未有过的、如此清晰的渴望和急切。

因为他知道，陆语此刻一定就瑟缩在这片土地上的某个角落里，哭泣着，悲伤着，呼吸着那皑皑白雪笼罩下的冰冷空气……

而他，该去哪里找她？

抬手，唐奕承打开车顶灯，从储物格里拿出那只装着求婚戒指的小盒子。两天前，这枚钻戒本来是应该被送去法式餐厅，然后做进甜品舒芙蕾里的，可现在，在这冰寒的冬夜里，它孤独又寂寥。

首饰盒被唐奕承缓缓打开的那个瞬间，尘封的记忆之门仿佛被推开了一条缝隙，透过那道缝隙，他看到了多年前的那一天——

圣诞节，他陪陆语回 B 市。

天黑了，两人却舍不得分开，陆语不忍心他回陆宅对面的小旅馆住，于是打着哈欠跟他在后海附近轧马路。

"唐，你以后会娶我吗？"陆语歪头看着他，眨着又大又亮的眼睛问道。

"当然会。"唐奕承勾着她的无名指，晃了晃，"我跟你求婚的时候，一定会攒钱买个大钻戒给你。"

陆语甜甜一笑，倏尔又皱眉道："那要是我爸不同意呢？"

"那我们就私奔呗。"唐奕承指了指两人身旁的后海，打趣道，"我带你顺着这片海游去大西洋，游到美国去。"

"笨蛋，这不是海，这是河。"陆语蹦起来，敲了他的脑壳一下。

"……"

后海……

蓦然间意识到什么，唐奕承迅速合上首饰盒，扔回储物格，再次发动了轿车。黑色的车身顿时如一道鬼魅的剑影，披靡着夜色，飞驰驶离……

陆语双臂抱膝，坐在河堤上，背靠着一棵大树，她恍恍惚惚地看着河面上结起的那层冰。冰层上面覆盖着雪花，在夜色下是透明的，很薄很薄，以至于她不知道自己一脚踩上去，会不会碎掉，坠下去。

有那么一瞬间，她真的就想走过去踩一踩。

那个陡然从陆语脑中掠过的念头，把她自己都吓到了，她把膝盖抱得更紧，身子因为想象到坠入河底的那种刺骨的寒冷而微微发抖。

陆语不知道自己在这里枯坐了多久，混沌间，她想到了妈妈、爸爸、奶奶……那种把自己的亲人一个一个送走的感觉，实在不好受。就像是唱片机里循环播放的单曲，逃不过的曲终人散，一次又一次。

入了夜，河道两岸的灯火渐渐暗了。

陆语越来越冷，她想要站起来，可她的手还没有从膝盖上松下来，便陡然感觉一股暖意兜头罩下来，她浑浑噩噩地抬起头——背光里，那抹熟悉的身影撞进她眼里。

唐奕承把大衣脱下来，罩在她身上。

他身后有点远的地方是酒吧街，五光十色的霓虹照到这处只剩下几缕浅浅的白光，他整个人都带着雪夜的冷意，眉宇间却沾染着暖色调的微光，那光像是穿透浓黑夜幕的第一缕星光，又像是大雪初霁后穿透云层的第一缕阳光，瞬间冲进陆语心里。

片刻的惊诧过后，陆语莫名鼻子一酸，突然就有种想哭的冲动，但那股酸意从鼻子涌进眼睛，又被她险险地忍住了。

她想把大衣还给唐奕承，可她贪恋这一刻的温暖，那么地贪恋。

"那个……你不冷吗？"

陆语仰头看着他，纤长浓密的睫毛上沾着细碎的雪片，她的嗓子哑哑的，好像被冻住了似的，那声音落进唐奕承的耳朵里，他心里仿佛被砂纸磨了一下，疼得厉害。

"不冷。"他的嗓音淡淡的，像是随口一问，"你怎么不回家？"

陆语拽了拽身上那件大得离谱的大衣，把自己裹严实了一些，冻僵的嘴唇艰难地嗫动了一下，说道："我不想回去。"回到老宅，她会想起奶奶，想起那些失去的、再也无法重来的幸福，那样只会让她更难过。

唐奕承轻轻地"嗯"了声。

他只穿着件羊毛衫，挨着陆语坐在河堤上。

两肩相触，没有距离。

在找到陆语之前，唐奕承那些积郁了两天的焦虑和不安，宛如胀满的气球，随时都可能爆炸，可就在片刻前看到雪地里那抹小小身影的一刹那，那只膨胀的气球像是倏然被戳破了，干瘪下去。

此时，望着远处结了冰的河面，唐奕承的目光悠远又宁静。

他原本有好多话准备跟陆语说，安慰她失去亲人的话，责怪她让他担心的话，可到了这一刻，他却突然觉得那些话反倒成了多余。

这样的夜晚，有他陪着她，就好。

他们多久没有这样安安静静地坐在　起了？

曾经，他们就是这样相互依偎着，一起看过晨曦、夕阳、夜空和星河，看过春夏秋冬和四季变幻，那些画面明明已经过去很久了，但又宛若昨日。

心中沉潭，其实清可见底，只要低头，便能看见。

良久，陆语听到她曾经钟爱的声音在她耳畔徘徊："小语，你要是不想回陆宅，这几天就去我那里住吧，我会睡在客房。等你心情好点了，我再送你回去。"

被她拒绝过太多次，这番话唐奕承说得一气呵成，像是怕被她再次中途拒绝，他就再也说不出来了。

陆语微微一怔，隐约猜到这男人什么都知道了。

迟疑片刻，她点了点头。

她已经四十几个小时没合过眼了，她真的太需要一个能睡安稳觉的栖身之处了。

陆语跟唐奕承回到那栋美式别墅，已经凌晨时分了。

唐奕承上次买给她的衣物还在，换上质地柔软的保暖睡衣，陆语顿觉周身都暖和过来。

暖气可以调节温度，唐奕承帮她调到适合睡眠的二十六度，又用遥控器打开了有助安眠的深蓝色星辰天幕，然后他在陆语床头搁下一杯热牛奶。

"你早点睡吧。我睡在对面的房间，有事叫我。"唐奕承说完便掩上门走了。

陆语跟他说了"晚安"，喝掉牛奶，就缩进了柔软的蚕丝被里。

舒逸的环境，睡眠质量本该极高，但陆语却在梦境中被惊醒。

熟悉的梦魇，折磨了她一年又一年。

七年前，那个悲伤的曼哈顿清晨。

肯尼迪国际机场。

金色的阳光从登机口一侧的巨型玻璃帷幕外照射进来，被大方格玻璃切割成一块一块的，温柔地趴在光可鉴人的大理石地砖上。

这一天中最美、最温和的晨光映在陆语身旁的少年脸上，衬得他那双狭长的眼眸里蕴着宛若水雾般迷人的光。

唐奕承指了指落地窗外的停机坪，对陆语说："马上就回B市了，你别担心，你爸不会有事的。"

陆语心事重重地点了点头，她那一刻的感觉复杂极了。

前一天晚上，陆语刚偷偷在洗手间使用了验孕棒，上面的两条红杠登时让她心如小鹿乱撞，可不等她的心情平复下来，就接到了奶奶打来的越洋电话。奶奶在电话里说，陆爸爸突然心脏病发被送进了医院，让陆语抽空跟学校请假，回家一趟。怀孕的惊喜和忐忑，瞬间被噩耗冲击得荡然无存，陆语心里起急，当即跟唐奕承订了隔天大早的机票……

恋人之间是有默契的，看得出她的不安，唐奕承轻轻吻住了她。

"一切都会好起来的，有我在。"他的声色清醇动听，从两人紧贴的唇瓣缝隙里溢出来。

陆语喃喃地回应着，她抬手捧住少年那张俊美如浮雕的脸庞，如同每一次彼此分享亲密无间的时刻一样回吻着他。那样的吻，缠绵又痴迷，仿佛带着安抚人心的神奇效果，也仿佛真的可以驱散心中的慌乱。

那时候的他，虽然落魄不羁，却能给予她全世界的温暖。

这里是开放自由的美利坚，没有人介意航站楼连排座椅上小情侣的亲热戏码，这个吻不知持续了多久，直到——几位白皮肤蓝眼睛、身材高大健硕的白人警察出现在两人身边。

接下来发生的一切犹如晴天霹雳，彻底把陆语击蒙了。

少年和少女的唇被迫分开，紧紧绞在一起的手也被生生掰开，陆语惊叫着，哭喊着，眼睁睁地看着唐奕承被带上警车，她捂着肚子痛苦地蹲在了地上……

那一天，陆语错过了飞机。

那一天，陆语失去了太多。

那一天，陆爸爸因抢救无效，去世了。

而陆语，最终没能见到他最后一面。等陆语在数天后，带着满身伤痛回到 B 市时，李雁已经夺走了陆家的一切。从此以后，陆语一无所有。

"不，你们不要带走唐，不要！我求求你们……"

唐奕承被警察带走的那个刹那，是陆语这七年噩梦的起始点。她在梦境中发出的痛苦呜咽是细弱的、委屈的，宛若蚊蚋，却还是被胸腔里弥漫的巨大痛感惊醒了自己。

她喘着粗气、捂着胸口睁开眼，只看到天花板上那片深蓝色的星河，静静地流淌着。缓了缓，陆语才从惊悸中回神，意识到自己在哪里。

那些不堪回首的往事，都过去了，过去了。

躺在唐奕承的床上，陆语像每一次自我安慰那样，安慰着自己。然后她拥着被子坐起身，触亮床头灯，看了眼时间。

凌晨三点。

大概是房间的隔音效果太好，她没有惊动另一个房间里的唐奕承，嗓子干渴得要命，陆语掀开被子，起身下床，她想去厨房找杯水喝。

走廊里很静，造型十分简约漂亮的壁灯散发出暖暖的黄色光晕，驱逐了这个夜晚的寒凉。

陆语本能地看了眼对面的房间，没有光亮从门缝里透出，估计唐奕承早就睡了，她放轻脚步走向旋转楼梯，却在临近楼梯口的另一扇房门前顿住了脚步。

那扇白色的雕花房门虚掩着，有一束光以及男人低沉醇厚的说话声，顺着门缝流溢出来。

书房里的声音是唐奕承的。

可是他为什么这么晚都没睡？

那片刻间迸发的疑惑，让陆语不自觉地在门口僵住几秒，就是这几秒钟里，她听清了他讲话的内容。

在美国生活过两年，陆语的英文是极好的，隐约中，她听出唐奕承在跟 Sunshine 集团纽约总部的人开视频会议，商业上的事情她懂得有限，却是被他最后那句话狠狠地攫住了神思——

"今天我女朋友家里出了事，所以我才匆匆忙忙赶回了 B 市。因此错过了董事会议，让公司蒙受损失，我很抱歉。"

难道他在短短的两天里去了趟纽约，又为她放弃公事赶回来了？

一念太不可思议，夹杂的情绪也太复杂，陆语顿觉自己那颗千疮百孔的心，就像是被一双温柔的手轻轻拂过，所及之处，伤口的痛减轻，却又掀起新的波澜。

其实，陆语是个感情旺盛的女人，只是多年苦苦压抑，让她以为自己的心死了。而当下，只是随便掀开一角，从内心汹涌出的各种情绪，就让她连自己都难以招架。

陆语尚未厘清自己的感觉，她面前虚掩的那扇门——打开了。

看见陆语穿着睡衣站在门口，唐奕承怔了怔。

陆语愣愣地仰头看着他，他的眉宇间带着淡淡的疲惫，可那双墨色的眼睛，却让她看得格外分明，他眼底那丝光在落进她眼里时，柔和极了。

"小语，你睡不着吗？"

唐奕承抬手，就要揉她的脑袋，却在他伸出手的那个瞬间，他的身形猛然僵住了——在随之而来的柔软里，陆语扑进了他壁垒分明的胸膛里。

她紧紧地抱住他，脸埋进他的胸口。

无声的拥抱，在这条安静的走廊里。

唐奕承的心跳有一刹那的骤停，血脉有一刹那的贲张，呼吸也有一刹那的加深，他感觉到衬衫前襟被她的眼泪沾湿。

那么多的眼泪啊。

人在整个世界崩塌之后，所得到的温暖，是最弥足珍贵的东西。所以，哪怕只是一点点，都会让她觉得格外温暖，甚至是为此溃不成军。

陆语那些因为过度悲伤而早已被冰封住的眼泪，那些无从倾诉、也不知道可以向谁倾诉的眼泪，这一刻，像是得到了温暖，被融化，骤然如泉水般统统涌了出来，止都止不住。连带着，唐奕承的心口也像是被那些泪水浸泡得潮湿起来。

缓缓地抬起手，他回抱住了她那娇小的身躯……

我习惯了对变化的东西保持着距离，这样才会知道什么是不会被时间抛弃的。比如爱一个人，充满变数，我于是后退一步，静静地看着，直到看见他真诚的感情……

凌晨四点多，美式别墅的家庭影院里正在放映《西雅图夜未眠》。

原版老片，没有字幕，影音效果极好，陆语早就看过，现在还是看得入神，默默在心里翻译着。

刚才她缩在唐奕承怀里，哭了好久才止住那些决堤的眼泪。那种感觉可真奇怪，一直以来陆语都清楚地知道自己所有的痛苦都是拜这个男人所赐，可到头来，在她最悲伤最绝望的时候，却偏偏只有他，才能够给予她，她渴望的那丝温暖。

也许，人的记忆是具有习惯性的。

以前他们还在一起时，她每次遇到挫折，只要闷在他那片结实的胸膛里大哭一阵，那些委屈和难过就会悉数倾倒出来，逃得无影无踪。后来没有他的日子里，她把自己封闭起来，再也无法对任何人掏心掏肺，她所经受的一切不公平待遇，所经受的一切焦虑和憋屈，都只能让她像一只被踩了尾巴的小猫一样，关起门来独自舔舐伤口。而现在，他重新入侵她的生活，她宛如又回到了那一年那一月那一日，她只要坠入他那温暖的怀抱，所有的疼痛便会统统被抚平，被安慰。

那是她专属的怀抱啊。

时隔多年，这一刻，陆语自己都没发现，她就像是宠物认主人似的，依旧认得，记得，贪恋他的怀抱。

人生天地之间，若白驹之过隙，而真正能够温暖一个女人的，这辈子，也许并不多，又或许，只有那么一个男人。

于陆语，只有一个唐奕承。

陆语的情绪起伏太过激烈，唐奕承想说些什么安抚她，又担心旧事重提反而更惹她伤心，他索性把她带到位于别墅地下一层的私人影院看电影，这种时候能稍稍分散一下她的注意力也是好的。

这会儿，唐奕承也看得入神。

只不过他的目光不在屏幕上，而是落在身旁的女人身上。大屏幕的光线明明灭灭地投射在陆语脸上，在她眼睛里落下变幻莫测的光影，她薄薄的眼皮被泪水浸泡过，显得有些浮肿，黑亮的瞳仁却像是被泉水洗净的黑玛瑙，极好看，也极惹人怜爱。

立体声音响里流泻出纯正的英语对白，持续不断，沉缓动听——

芭芭拉："我说过上千次，但我还是要说。他握着我的手，我看着，分不出……谁是谁的手。我心里便明白了。"

安妮："明白什么？"

芭芭拉："你知道的。"

安妮："知道什么？"

芭芭拉："魔力。这就是魔力。"

安妮："魔力？"

芭芭拉："是的。我知道我们将终生幸福厮守。"

屏幕外，陆语平摊在腿上的手微微一热。

唐奕承悄然覆在她手背上的那只手温热又干燥，修长白皙的手指缓缓收紧，他将陆语整只手都握起来。有那么一瞬间，陆语冰凉的指尖轻轻一颤，她似乎能感知到他指腹下血管的跳动。

　　他的脉搏，仿佛跳动在她的心尖上。

　　在唐奕承手里僵了片刻，陆语一点一点地蜷起手指，回握住他的手。

　　十指交缠，扣紧。

　　影片还在继续放映，可陆语断片了。

　　那些动人的对白好像只是从她的耳朵里过了一遍，根本没有经过大脑。时间仿佛凝固在了上一刻，影片也随之倒退、回放至上一幕，以至于陆语低下头看见两只紧紧纠缠在一起的手，她耳畔便蓦然回荡起那句台词——

　　我看着，分不出……谁是谁的手。

　　我知道，这是魔力。

　　我们，将终生幸福厮守。

　　西雅图夜未眠，影片外的这个世界，也注定是一个未眠夜。唐奕承无法专心，他的心在别处。

　　不知是黑暗催生了暧昧，抑或是来自他手上的柔软触感更像是一种暗示：这女人终丁肯握住他的手了。在爱情里，男人永远是那种会顺着杆子往上爬的生物，得到一点，就想要索取更多，孜孜不倦，也永不满足。

　　两人身下是宽大的双人皮沙发，陆语刚强迫自己把神思移回屏幕，就感觉到熟悉又炙热的气息陡然欺近。她惊讶地瞪圆眼，只看到唐奕承扶着她身后的沙发靠背，倾身向她压过来，他有力的手臂和颀长的身躯就这么将陆语圈在了一个狭小的空间里，仿佛有一团热带高气压，瞬间环绕住她。

陆语猛地僵住了身子，连呼吸都有一瞬的屏住。屏幕的幽光从唐奕承身后照过来，他漂亮的脸孔隐蔽在深深浅浅不断变幻的光影里，让她看不真切。唯有他那双深邃沉湛的眼睛像是一个黑色的旋涡，一瞬不瞬地凝着她，仿佛是要将她吸进去。

陆语有一刹那陷在他的目光里，无法自拔。

直到他那唇形美好的嘴唇贴上来，吮吸她的唇，缠绕她的舌，影院音响里的电影对白犹在继续——

此刻不做永无机会。

"永无"是个可怕的字眼。

错过幸福，我们就是傻子。没有温暖回忆的冬季多冷啊，我们已经错过春天……

唇齿碾磨间，陆语感觉到有灼热的手指沿着她的睡衣探进去，向上游走，指尖所及之处带动的悸动感觉，让她在恍恍惚惚中想起了那些一样的光景。

以前他们在纽约的时候，每逢雨天，地下室里就特别阴冷潮湿，两人待得不舒服，只能去看通宵电影，在电影院过夜。

陆语觉得唐奕承应该是不爱看那些腻腻歪歪的爱情电影吧，要不然为什么每一次他都会选视角最不好的后排角落里的位置，又为什么每一次都是看了没几分钟，他就开始心猿意马，不老实地对她动手动脚，以至于最后两人都不记得片子到底演了些什么……总之大清早离开电影院时，少女总是顶着一张红扑扑的脸蛋，少年总是把她的手牵得特别牢。

那是他们的冬天，因为拥有彼此，而不觉寒冷。

那也是他们的春天，最终错过的春天。

此刻的私人影院固然比夜场影院的环境舒适太多，唐奕承不用担心被人窥伺，被人打扰，他在陆语身上游走的手越发放肆，唇齿间的掠夺也越发凶猛，像是要用无尽的占有和掠夺，来打破这场对彼此来说都旷日持久的对峙，持续了七年之久的对峙。

陆语被他弄得缩起身子，从徒劳抵抗到缴械投降，她脑袋里乱哄哄的。直到沙发靠背被唐奕承用遥控器放平，她完全委身于他身下的那个刹那，陆语才蓦然警觉，抬手按住他不断下压的肩，她近乎呜咽着阻止道："唐……不行。"

陆语挣扎着就要直起身，唐奕承的身形隐隐一顿。短短的对视，气氛似乎冷了一瞬。仿佛上一秒还震撼激荡的琴声，却在这一秒戛然而止，琴弦紧绷欲断。

陆语咬着红肿的嘴唇，别开脸不看他，因为她能清楚地感觉到他目光中的失望和忍耐，这让她一时五味杂陈，不自在，也不舒服。

可真的就只是一瞬间的冷凝，唐奕承眼里的那丝失望便被温柔取代，他翻身撒下，摸了摸陆语的头。他余温犹存的手指顺着她柔顺的发丝，滑至她垂落在沙发上的发梢，他好像是琴师梳理他的琴弦那般，柔和又疼惜。

这两天在陆语身上发生了太多事情，她肯定还没有从失去最后一位亲人的悲恸中缓过来，如果她不愿意，他自然不可能强求她在这个时候做那种事。又或者，她心里到底还是对他存有一丝戒心？

唐奕承犹在暗自思忖，嘴上已经若无其事地说："好了，继续看电影吧。"

沙发没有升起来，他挨着陆语躺下去，一手枕在脑后，一手牵住她的手，目光重新投向屏幕上的那部丝毫激不起他兴致的冗长影片。

陆语发现唐奕承睡着了，是在片子结束时。

演员表配着片尾曲滚动出来，她想叫唐奕承去睡觉，却在一扭过头，看见身边的男人那双狭长的眼睛不知何时闭上了。

唐奕承的长睫微微垂着，在眼睑处投下一小圈淡淡的阴影，完美的扇形弧度。平整的衬衫刚才被他解开了两颗纽扣，露出了一点平直的锁骨，随着均匀的呼吸，他的胸膛微微起伏着。大概是因为四十几个小时都没合过眼的缘故，唐奕承是真的累了，连睡颜上都轻蹙着眉宇，隐约透着疲惫。

陆语凝视了他一会儿，她发现自己好久没有这样看他了，似是不忍心叫醒梦中人，又似是想到了什么，她的眸光变得软软的。

她把头往唐奕承肩上靠了靠。

枕在那儿，她也缓缓地闭上了眼睛……

唐奕承这一觉只睡了三个小时，却是睡得十分安稳。

翌日清晨，他离开别墅去公司时，陆语还没有醒来。

没进办公室，他直接大步流星走进会议室，出席在早上九点举行的高管会议。各部门主管已经到齐，公司股票连续下挫两天，每个人脸上的神色都异常凝重。

这场会议持续了一个上午。

中途，唐奕承的办公室那边，来了人。

宋远把周萱萱带进老板的大办公室，道："唐总开会去了，你先在这儿等一会儿。"

周萱萱展露招牌式的妖媚笑容道："好的。"

宋远还有事要忙，他掩门离去没多久，周萱萱的注意力就被唐奕承桌案上的那份投标书吸引了。

这份关于禧景湾度假村的投标书是市场部今早才呈上来的，Sunshine集团大手笔报价，预计投资金额高达二十亿。投标书中还详尽介绍了整个项目的预期规划，可以看出满满的势在必得。

周萱萱做了水晶美甲的指甲在那组数字上戳了戳，不知想到什么，她一挑眉，麻利地从手袋里翻出手机，对着投标书逐页拍了照。

拍完照，周萱萱刚要收起手机，办公室突然传来门把转动的声音，她心里一惊，赶紧把手机攥在手里，就要从办公桌前弹开。

哪知唐奕承在这时已经进来了，不知是不是公司状况实在棘手，他的脸色比平日更加凉薄几分。

看了一眼僵在办公桌边的周萱萱，他问："你在这里做什么？"

周萱萱狠狠压住已经狂跳到嗓子眼的心脏，她从手袋里拿出暖阳基金会的会刊，故作镇定道："唐总，我来给您送会刊，今天刚出的。见您开会一直没回来，我准备搁下先走的。"

唐奕承"嗯"了声，他表情没变，嗓音也是一如既往的冷淡："行了，我知道了。"

周萱萱不敢久留，离开办公室，她疾步走出 Sunshine 集团大楼，这才发现自己的手心早已紧张得冒出一层虚汗。

幸好，有惊无险。

她捂着胸口坐进车里，拿出手机拨了个电话。

电话接通，她没有开场白，只用那种透着愉悦的音色说："约个地方见一面吧，我有好东西给你。"

"……"

| rise to meet you...

有人说，一个人可能不信神也不信佛，
却也许会在某一刻相信因果。

七年了，我还爱着你。
一刻也不曾忘记过。

十二射浮光　下

零度寂寞　著

世界知识出版社

图书在版编目（CIP）数据

十二射浮光：全二册 / 零度寂寞著. — 北京：世界知识出版社，2018 . 10
ISBN 978-7-5012-5850-5

Ⅰ. ①十… Ⅱ. ①零… Ⅲ. ①长篇小说—中国—当代 Ⅳ. ①I247.5

中国版本图书馆CIP数据核字（2018）第215084号

责任编辑	余 岚 刘 喆
责任出版	赵 玥
责任校对	张 琨
总 策 划	白鲸工作室·波菲
封面设计	46

书 名	十二射浮光（下） Shi'er She Fuguang(Xia)
作 者	零度寂寞

出版发行	世界知识出版社
地址邮编	北京市东城区干面胡同51号（100010）
网 址	www.ishizhi.cn
电 话	010-65265923　010-57735442
经 销	新华书店
印 刷	北京嘉业印刷厂
开本印张	880mm×1230mm　1/32　8.5印张
字 数	184千字
版次印次	2019年2月第一版　2019年2月第一次印刷
标准书号	ISBN 978-7-5012-5850-5
定 价	65.00元（全二册）

后来，他叫她，陆语。
再后来，他叫她，小语。
再再后来……

第十二章
背后的黑手

陆语在上午十点醒来。

醒来时，她惊讶地发现自己睡在床上，而唐奕承已经去公司了。

洗手间有新的洗漱用品，女人用的化妆品也一应俱全，显然是唐奕承叫人帮她准备的。陆语洗漱完毕，换上衣服，气色明显比前两天好多了。

一下楼，她就遇到了秦叔。

秦叔想必是受到上次宁晞惹出来的祸端影响，看见陆语时，他的笑容有些拘谨，说道："陆小姐，早安。唐先生让我带话给您，他今晚有宴会不能回来吃饭了。您想吃什么可以吩咐我，我派厨房准备。"

唐奕承应酬多，陆语不以为奇，她笑笑道："谢谢您。我今晚也有工作，不用给我留晚饭了。"

B市商业协会今晚举行周年庆典，陆语作为摄影师在半个月前接下了这单，虽然奶奶去世让她遭受的打击颇大，但案子是签过合约的，她不能推掉。

秦叔应了声，递给陆语两样东西，说："这是唐先生刚才派人去工作室帮您取回来的。"

陆语这下想不惊讶都不行了,她接过自己的手机和相机,就听秦叔又道:"花园里的梅花开了,唐先生说您要是在家里闷,可以去拍拍花。"

"嗯,好的。"陆语点点头。

就算是石头做的心,恐怕也能被唐奕承这种体贴攻势焐热吧,更何况陆语是颗玻璃心。

宴会在晚上七点,不急着出门,陆语吃完早餐,便套上羽绒服,去别墅的花园拍照。

雪停了,通往花园的路上有白色的矮栅栏,地上铺着木头和石子,积雪已经被清扫干净。尽管在冬季,花园里却一点不显得萧条,那片适合 B 市水土的梅林前有个造型独特的汉白玉喷泉,喷泉后几朵红梅探出头来,颇有梅花傲雪压枝头的意境。

陆语取下肩上的相机调节焦距,她的手机却在这时响了。

电话是冯晓冬打来的。

"陆姐,那个……有件事我不知道该不该跟你说。"

依对方的性格,陆语本以为冯晓冬这通来电一定是八卦她昨晚留宿唐宅的,却不料对方一上来就欲言又止的,着实奇怪。

陆语把手机夹在脖子上,拧眉问:"怎么了?"

冯晓冬吸口气,才鼓足勇气问:"唐奕承是不是真的进过局子?"

陆语顿觉头皮一麻,把相机搁在旁边的木桌上,她握紧手机,急声问道:"你从哪儿听来的消息?他不过就是跟人打架而已,没多严重。谁年轻的时候没跟人打过架,你别说得那么难听。"

陆语对他那种本能的维护，连她自己都没意识到。

冯晓冬不跟她争，只说："我发个东西给你，你就知道了。"

片刻后，陆语手机里传进一则新闻截图，正是唐奕承几天前被曝出的那则丑闻。新闻配图上那位戴着手铐的少年，在一瞬间与陆语梦魇中的画面重叠，激得她的呼吸狠狠一窒。

陆语几乎是本能地迅速从通讯录里翻出唐奕承的手机号，就要拨给他问原委，却在按下拨出键的一刹那，她的指尖又顿住。

她恍然想起他昨天半夜还在召开视讯会议，想起他入睡时仍轻蹙的眉宇，陆语虽然不了解他公司的事情，但他遇到的困境，她还是可想而知的。

有那么短短的一片刻，陆语心里微微一疼。

迟疑须臾，她默默把手机塞回了羽绒服的口袋里。这个节骨眼上，他肯定焦头烂额了，她还是不要打扰他了。

然而，令陆语没想到的是，她当晚在商业晚宴上，遇到了唐奕承……

夜幕降临，华灯初上。

商业协会的十五周年庆典，在 B 市某间五星级酒店徐徐拉开帷幕。

位于酒店二十层的宴会厅内灯火通明，穹顶天幕下的水晶流苏吊灯，绲着金边的纯白色餐布，雕花银质餐具，放眼数十围酒席，满目流光溢彩。如此盛大隆重的晚宴场面，受邀嘉宾自然非富即贵，各个身份显赫。

主办方特意在宴会厅入口处打造了一面签名墙，从签名墙到电梯口之间，铺着长长的酒红色羊绒地毯，颇有众商云集红毯秀的气势。签名墙一侧是旋转楼梯，直通十九层的空中花园，俯瞰下去，可以看到人工修葺的亭台轩榭，风景雅致。

陆语照例以短款外套搭配牛仔裤的工作行头现身，路上有点堵车，幸好她风尘仆仆赶到现场时，晚宴尚未正式开始。不过红毯两侧倒是已经站满了人，稍一逡巡，陆语发现除了个别酒店工作人员，基本上全是记者。

各路记者严阵以待，约莫是为了抢拍嘉宾入场的镜头。陆语微微蹙眉，她来得晚抢不到视角好的拍摄位置，只能随便选了个外围的地方落脚。

挡在陆语前面的是位年轻女子，从背影看过去，对方的黑色高跟鞋往上是尖细的脚踝，包裹在透明丝袜里的匀称小腿，以及一身及膝的黑色裙装制服，中规中矩的酒店工作人员造型。

陆语只是随便打量对方一眼，便取下肩上的相机低头调光，可突然间，她像是被揪住了某根神经似的，蓦然僵住，转瞬间她已再度抬起头来，看向那位酒店员工的后脑勺——这女人脑后绾着利落简单的发髻，裸露在发鬓外的小巧耳垂上，坠着一对耳环。

那对耳环，陆语颇有几分眼熟。

陆语还陷在一瞬的怔忪中，宁晞已经转过头来，四目相对间，宁晞也是略微一怔。但只是片刻的愣怔，宁晞很快把头转了回去，两人都没说话。

上次两个女人在天台上不欢而散，宁晞的情绪异常激烈，可事隔多日，就算她心里仍有不甘，却是激不起战火了。

自从被唐奕承革职后，宁晞离开了暖阳基金会。她没有听从秦叔的建议回纽约发展，而是坚持留在 B 市，也许连她都不知道自己这是在跟谁较劲。留下来就要重新找工作，宁晞虽然有学历，但工作经验尚浅，找了好几家外企投简历都没中，最后应聘进了这家五星级酒店的公关部。

她今晚的任务是接待出席宴会的嘉宾。

情敌变成陌生人，这大概是最好的局面了，但别扭或多或少还是有的，陆语默默往旁边挪了挪，站得离她远了些。

同一时间，酒店电梯从一层大堂往宴会厅所在的二十楼平缓上行。

光可鉴人的电梯壁映出两张面无表情的侧脸。

"唐先生，你不打算放弃禧景湾的项目吗？"开口说话的男士看似气质温润如玉，但言语间的挑衅意味十足。

唐奕承没看他，轮廓清朗分明的眉宇间依旧无波无澜，答道："梁先生，该放弃的人是你吧？"

Sunshine 集团出资二十亿，如果不出意外，在开标当日，势必能够力压群雄。

可，若是出现意外呢？

梁梓行想到今天周萱萱为他窃取到的商业机密，他朝唐奕承挑眉一笑，那样肆无忌惮，说道："我在你手里输过很多次了，蓝宝石袖扣，陆家老宅，你总是比我出手快一步。不过你别高兴得太早，这次我绝对不会再输给你的。"

唐奕承那双狭长的眼眸本就生得清冽，一听梁梓行旧事重提，他不知想到什么，眉眼顿时像漫进霜雪一般料峭，更令人觉得寒意深重。

积怨加新仇，一同受邀参加商会晚宴的这两位男士，自从片刻前在大堂电梯口狭路相逢，一股子针尖对麦芒的狠戾味道便悄然涌生。而此刻在这个密闭空间里，硝烟味更是迅速弥漫、发酵，愈发浓烈。

可就在电梯门"叮"一声打开的那个瞬间，唐奕承那张始终表情冷峻的脸上突然展现出一丝戏谑的笑意。

"梁梓行，那我祝你好运了。"

说完，唐奕承深瞥对方一眼，便敛去任何表情，若无其事地整了整领口，先一步迈出电梯。

独留梁梓行一人，在原地僵了一瞬。

梁梓行不知道是不是自己出现了错觉，唐奕承那一眼看过来，明明眸光浅淡，可偏偏让他有一种整个人被碾压的感觉。

直到两秒钟后，电梯外响起记者们此起彼伏的"唐先生"，梁梓行才蓦然回神，跟着走出电梯……

被那阵骚动激回神思的人，还有举着相机、站在红毯旁的陆语。

不知道唐奕承也在晚宴嘉宾名单中，陆语有些惊讶地看向电梯口，却只见守候多时的记者们一下子蜂拥而上，将唐奕承围堵了一个严严实实，录音笔和麦克风几乎快要伸到他脸上去了。

"唐先生，请问您以前真的因打人入过狱吗？"

"听说Sunshine集团董事会对您不满的声音很大，您是否会被弹劾？"

"最近贵公司股价暴跌，是不是受到您个人的负面消息影响？"

记者咄咄逼人的发问声，传进陆语耳朵里的一瞬间，她陡然听到自己耳膜发出的撞击声，每一个音都是震耳欲聋。

难怪有这么多记者在场，原来全是冲着唐奕承来的。

一桩旧事引发的连锁反应，比陆语想象中更加严重，她握着相机的手不由发紧。她使劲踮起脚尖，想要看看唐奕承是否招架得住媒体的疯狂攻势，可数十位记者形成了一个人肉包围圈，她在圈外，而他在圈内。

眼见唐奕承被围攻，宁晞急忙转回身，打电话叫保安。

"媒体的疑问，Sunshine集团公关部会给大家一个解释。"刺目的镁光灯前，唐奕承抿了抿唇，抛出这么句话。

这种时候，这个男人雍华沉稳的气度居然未失半分，举手投足间依然保持着那种岁月历练出的冷静自若。但就在唐奕承抬手挡开记者欲往前走时，他遽然看到人堆外的那抹娇小身影，他的身形微微一顿。

陆语怎么跑到这儿来了？

没有得到答案的记者不肯让路，甚至没给唐奕承思忖的时间，连珠炮似的问题再度袭来，而且愈加犀利："唐先生，您当年的丑闻曝光，是不是被竞争对手所害？"

"对不起，无可奉告。"唐奕承的脸色已经转冷了。

这是他在陆语面前最不想提及的事，现在却被一群记者这样逼问着，他只觉五味杂陈。

唐奕承为了摆脱记者，不得不强势地往前走，一众记者只能一边发问一边连连后退，簇拥着他朝着签名墙的方向移动，转眼间已经来到陆语身前。

黑压压的人群涌过来，就像是迎头劈来的凶猛海浪，陆语受到波及，被挤得站不稳脚跟，脚下一个趔趄，她赶紧抱着相机退到签名墙一侧，视线却没有离开唐奕承，清澈的眼睛里满带担忧。

　　"不要挤！大家不要挤！记者退后！退后！"闻讯赶来的保安急忙上前制止，酒店工作人员也一同拉拽记者。

　　越来越多的人介入导致现场局面愈发失控，混乱中，有摄影机被撞倒，也有记者跌倒。宁晞趁乱挤进人群，不由分说一把拽住唐奕承的手腕。

　　"奕承哥，你跟我来。"

　　她想带唐奕承从员工通道离开，可就在她的手触到唐奕承手腕的那一刻，却被他无情地甩开。宁晞面色一僵，她抬头看向唐奕承，但她还来不及看清他那张冷冽的侧脸，只见唐奕承拨开人群，侧身朝着陆语挤过去。

　　陆语也陷在推搡中，她的发圈不知道被什么东西钩掉了，长发披散在肩上，有几缕凌乱的发丝遮住了她的眼睛。她慌乱地拨了拨头发想要找退路，就撞进唐奕承那双墨黑沉湛的眼眸里。

　　从他眼里射出来的光，有种安抚人心的神奇感觉。

　　"陆语，我们先离开这里。"说着，唐奕承已经冲破重围，近了陆语的身，向她伸出手。

　　可就在陆语要握住他的手时，她顿觉有一股力量不知从哪里袭来，在她腰上推了一把。陆语的身子被推得猛然狠狠一歪，在那失去重心向后跌倒的半秒钟里，她的大脑一片空白，僵白的脸上掠过一丝惊惧。

两只近在咫尺的手，没有抓住彼此。

陆语身后就是通往楼下花园的旋转楼梯，她在滚下楼梯的那个瞬间，发出"啊"的一声短促的惊呼。

那声惊呼明明不大，却又仿佛尖锐地、可怕地拉着长长的回音，那回音擦过所有人的耳膜，骚乱骤停。

唐奕承眉一皱，瞳孔蓦地紧缩。

如果说，应对突发状况的反应能力，是对一个人情商的考验，那么唐奕承此刻完全不需要情商这种东西了，他一切的反应都是出于——本能。

属于这个男人的挺拔身形如同离弦的箭一般，唐奕承飞快上前，抱住了失重的陆语，牢牢地抱住，就这么护着她一起滚了下去……

这一瞬，世界那么静。

静到大家可以听到人身滚下楼梯的咚咚声，惊心动魄……

"唐奕承，唐奕承……你醒醒啊！"

十几级大理石台阶，陆语从楼梯上滚下来的速度很快，时间很短，整个过程不过几秒钟，她全程因高度惊吓而导致大脑一片空白，眼前发黑，就像是坠入了时空黑洞，以至于她所有的感官都有片刻的失灵，甚至连痛感都消失了。

直到停止下坠的那个刹那，陆语才后知后觉地意识到自己为什么没有感觉到疼，因为——她身下有个人肉护垫。

大概是为了把陆语那副小身板护得牢固一些，千钧一发之际，唐奕承将她整个身子都纳入怀中，就这么一手护着她的头，一手紧搂着她，顺着坚硬的弧形楼梯往下滚，直到他自己的头砰地撞上转角处的墙壁，两人这才克服了惯性停下来。

随着那惊心动魄的一声响，围观人群发出倒吸冷气的惊呼声。

从唐奕承怀里钻出来，陆语的心口因为刚刚的意外还在猛烈跳动，四肢也还有剧烈碰撞后的震颤，可她此刻却什么都顾不上了，她眼前只有那张双眸紧闭的熟悉脸孔。

那张只要一眼，便让她记忆深刻，七年都忘不掉的脸孔。

陆语跪在冰冷的大理石地面上，双手托起唐奕承的后脑，她的指尖发颤，喉咙也发颤，哽咽的声音从她嘴里挤出来，像是被尖利的小刀割得支离破碎。

"唐，你别吓唬我啊。求求你，你快睁开眼看看我……"

闭着眼的男人没有回应，四周只响彻着陆语的低声呜咽，以及呜咽声撞在墙壁上然后被弹回的回音。

空旷又寂寥。

如果说，陆语曾经觉得自己前半生所有的委屈都在这个男人身上，那么这一刻，她所受的那些委屈似乎都不重要了，一点都不重要，她只感觉到前所未有的惊慌和恐惧。

那种因为害怕失去一个人，而从心底翻搅出的恐惧，犹如洪水猛兽，瞬间将陆语湮没其中。她的眼泪溢出眼眶，啪嗒啪嗒地，一个劲儿往下掉。

"求你看看我啊……"陆语痛苦地啜泣着。

哪怕只看一眼，就好。

爱恨沉浮，到头来，不过就是你能看着我，而我也能看着你。

"快叫救护车！"酒店员工回过神，急声叫喊。

现场再度陷入骚乱，有记者举起相机，对着昏迷不醒的唐奕承和哭成泪人的陆语猛拍一通。陆语想要阻止，想要大骂这些记者没人性，可她浑身的力气仿佛全被老天爷抽走了，她只能小心翼翼地捧着唐奕承的头，一遍又一遍地，用她那被撕裂的悲鸣声唤他醒来。

远远地，有两道人影站在楼梯口，俯瞰这一幕，僵立不动。

梁梓行的目光长久地落在陆语脸上，在头顶上方水晶吊灯的映衬下，他神色不明。

他以前很喜欢看陆语的眼睛，澄澈如碧波，如天空，如水晶，明明是受过伤的女人，她的眼却不沾染半点世俗浮尘，总能够清晰地勾勒人心。而这个瞬间，她眼眸底下翻涌的眼泪完全湮灭了那片清澈，仿佛是风起云涌时的巨浪，又仿佛是悲痛欲绝时的狂潮，几欲令人窒息。

她的那些眼泪，不是为他而流。

梁梓行垂在裤线两侧的手握紧，抹平脸上暗昧难辨的表情，他转过身，头也不回地走开了。

另一道人影，却没有离开。

宁晞怔怔地看着躺在地上的唐奕承，她想要冲下楼梯看看他到底怎么样了，可她的双脚就像是被钉牢在地上，害怕得、战栗得一步也迈不动，她心里也被各种复杂的情绪填满，相互挤压，逼得她快要发疯……

晚宴因这场意外被迫取消。

救护车来得很快，陷入昏迷的唐奕承，被救护人员用担架抬上停在酒店门口的救护车。

陆语脸上的泪痕被冷风吹得生疼，她抹了抹脸，刚跟着坐进救护车，一阵高跟鞋敲击地面的凌乱声响便陡然从大堂处传来。

正欲关起的后车门被宁晞一把死死拽住，她惨白着脸说："我……我也陪奕承哥一起去医院。"

冷风灌进救护车。

陆语有一瞬间的僵滞。

如果说，人的感情就像是一道大型证明题，需要极其冷静和细致的分析才能梳理出答案，那么这个时候陆语根本无暇思索唐奕承跟她、跟宁晞之间存在着怎样的感情。

看了一眼宁晞，陆语咬着嘴唇说："宁晞，'奕承哥'不是你叫的。我上次说'我和唐奕承没有任何关系'那句话，我现在收回。请你马上让开。"

陆语的声音很冷，她以为对情敌说出这样一番话会耗尽她仅存的力气，但事实上，并没有。好像那些话，本来就是她该说的，从第一次听那个女人亲昵地称呼唐奕承"奕承哥"的时候，她就该这样说。

属于他们的九年，没有任何人可以染指。

转过头，陆语不再看面如死灰的宁晞，她让救护人员关上车门，驶离。

救护车的警笛声划破暮色，一路风驰电掣驶向医院。

路上不过一刻钟，陆语却觉得漫长得宛如一个世纪。

唐奕承身上没有明显的外伤，随车的医护人员刚给他做过简单的临时检查，说伤者应该是头部受到重创引发的昏厥，至于具体情况严重与否，等下到医院做完 CT 才能下定论。

救护车的空间不算狭窄，陆语坐在担架一侧的椅子上，她握着唐奕承的手，倾身看着他，刚止住的眼泪又把她的眼睛胀得酸涩了。

　　属于这个男人的手，手指白净修长，指甲修剪得整整齐齐的，这双手曾经抚摸过她的全身，该到访的不该到访的部位都一一抚触过，可现在，他的手却连回握她的力气都没有，好像只要她一松手，就会失去他一样。

　　"唐，你怎么那么傻呢，你救我干什么？奶奶走了，我就你这么一个亲人了，你不能有事，知道吗？你不能像他们一样，一个一个都丢下我不管。你要好好活着，活得比我还长，这样才能看到我被你欺负得有多惨，这样才能让我后悔当年做出不要你的那种事来……"

　　陆语喃喃自语着，说着那些她烂在肚子里很久很久、从来没有对他说过的话，也不知道面无血色、躺在那儿像是睡着了的男人是否能听到，她干涸的嘴唇就这样慢慢地嗫动着，嘶哑的声音伴着眼眶里的眼泪，一点一点地往外溢，就像是从那坏掉的琴弦上流淌出来的凄婉乐章。

　　陆语的眼泪是滚烫的，沿着白皙的脸颊、尖细的下巴蜿蜒着流下来，大颗大颗地，滴落在唐奕承轮廓清朗动人的脸上，晕散开来，像是被摔碎的水晶。

　　不知是被那热热的泪珠烫到了，还是被那哀婉的音色撩拨了受伤的神经，一直毫无反应的男人隐隐蹙了蹙眉。

　　唐奕承这个微小的表情，如果不仔细看根本看不出，可落在陆语被泪水模糊的视线里，却是那么清晰，激得她当即吸了吸鼻子，坐直身子。

她刚要扭身叫救护人员，就听低哑的男声传进她的耳膜。

"小语……你太吵了。"

从短暂的晕厥中醒来，唐奕承头痛得厉害，左边的肩胛骨也疼得不能动了，又被这女人叨扰一番，说得跟他要死了一样，他实在有些无奈。

陆语狠狠一愣，转瞬间，她犹含着眼泪的眼睛就笑开了。心里大悲大喜，她反倒因情绪起伏得太过激烈，更不能自已，这让她一时哆嗦着嘴唇说不出话来，只有眼泪流得更凶了。

唐奕承的眼帘微微掀开，陆语那副又哭又笑的模样便倏然落进他眼里，他脸上的那丝无奈凝固住，而后悄然退去。她的眼泪，好似滴在他心上，平静的心，瞬间荡起涟漪。

动了动手指，唐奕承想要摸她的脸，可左手抬不高，只能回握她的手。

看得出他没什么力气，陆语还是很紧张，她压下心里的百感交集，正了神色，问："你有觉得哪里不舒服吗？"

在唐奕承开口前，医护人员丢来一句："小情侣别在救护车里腻腻歪歪的。伤者最好别说话，马上就到医院了，省着点力气。"

"……"陆语表情一僵。

到了医院，唐奕承被推进 CT 室照片子，陆语拿了他的钱包去缴费。

唐奕承刚刚告诉了陆语他的信用卡密码，简简单单的六位数，这会儿陆语却因为指尖发抖，在 POS 机上输了两遍才输对。

那六位数字，是陆语的生日。

如果是情侣，彼此用对方的生日设密码，并不足为奇，可是她和唐奕承已经分手七年了。到底是怎样的感情，才能让一个男人把关于前任的所有痕迹都保留下来，点点滴滴地分散到生活的方方面面里去？

是不想遗忘的恨，还是无法割舍的爱？

陆语一时间形容不出自己的心情。上一刻，她因为害怕失去他，而涌生的恐惧，直到此时仍让她心有余悸；这一刻，她因为那些他没有割舍掉的余情，而在心头泛起的波澜，更令她不知如何是好，手足无措。

唐奕承的检查结果很快出来了，轻微脑震荡引起短暂昏厥，外加左肩胛骨脱臼，虽然都不是严重的问题，但医院还是建议他留院观察一晚。

唐奕承不愿意住院，他身体底子好，长这么大唯一一次住院还是在他十九岁那年，参加地下拳击赛受了重伤。那次他瞒着陆语，在曼哈顿的医院里孤零零地躺了一个星期，简直生不如死，直到现在他都十分排斥病房里的消毒水味。

可陆语坚持让他听从医生的建议，唐奕承不想因为这点小事惹陆语不痛快，只能勉强答应了。

VIP 病房的条件很好，病床是加宽的，唐奕承换上病号服，躺了上去。

窗外的月光交织着柔和的灯光照进病房，那些光亮仿佛跑到了唐奕承眼眸底下，衬得他的眼神如波光中倒映的夜色一般温柔。

陆语干巴巴地杵在床边，唐奕承睨了她一眼，遂以稀松平常的口吻道："你晚上留下来陪床吧。"

不是商量的语气，更似命令，陆语犹豫了一下，"嗯"了声。这男人是为了救她才被送进医院的，她如果一走了之，太不合适了。

病房里有果篮，陆语给唐奕承洗了个苹果，她坐在沙发上，拿着水果刀削皮，就听唐奕承问她："你今晚怎么会摔下楼梯？"

"我好像被人推了一下。"陆语回道，见唐奕承闻言皱眉，她赶快补了句，"场面那么混乱，可能是谁不小心碰到我了吧。"

就在这时，病房传来急促的敲门声。

随着唐奕承那声低沉的"进来"，闻讯赶来医院的宋远快步走进，想必他是一路紧赶慢赶，大冬天的，宋远额头上竟冒出一层汗。

在确定老板身体无大碍后，宋远这才松口气，不过他的面色依旧凝重。宋远若有所思地看了看坐在一边的陆语，他把手机递给唐奕承。

"唐总，我刚去酒店拷贝了现场监控，是有人故意把陆小姐推下楼梯的……"

陆语心里猛地一惊，水果刀掉在了地上……

"陆语，这个人你认识吗？"

唐奕承已经下了病床，坐在陆语身边的沙发上，他把手机伸到陆语眼皮底下，属于他的那双漆黑的瞳仁里蕴藏着冰冷的光泽。

手机屏幕上是宋远从酒店保安组拷贝来的事发现场的监控录像，画面已经定格在陆语跌下楼梯的前一帧。

陆语捏着手里的苹果，越捏越紧，探头看向手机屏幕的那个刹那，她脑中不自觉地浮现出宁晞那张脸。

自古以来，真正点燃女人之间火焰的，永远是男人。

就在刚才宋远一脸凝重地道出"有人故意把陆小姐推下楼梯"那句话时，唐奕承沉默地看了陆语一眼，两人那片刻间的对视，虽然是无言的，但彼此眼底除了巨大的震惊，又似乎都隐隐浮现起一丝心照不宣的沉重。

嫉妒的心，生出邪念，不过是一瞬间的事。

就算宁晞真的一时鬼迷心窍，把陆语推下楼梯也不是不可能的事。更何况，她有破坏唐奕承和陆语关系的前科，又是这场意外中，唯一跟陆语结过怨的人。

可当陆语略带警觉的视线在手机屏幕上聚焦时，她却蓦地拧起两道细黑的眉。

监控录像的画质是黑白的，分辨率不算太高，外加场面混乱影响视觉清晰度，但还是可以从定格的画面上看到伸向陆语的那只手——是一只男人的手。

这只手大小适中，从唐奕承身侧伸向陆语，视线沿着此人没有佩戴手表的手腕往上，是黑色的西装袖口，以及后脖颈处露出的一截白衬衫。由于监控只拍到一个模糊的背影，所以无法辨认此人的相貌，但从衣着和身材来看，都只能用"普通"一词来形容。

陆语盯着屏幕看了很久，在脑中苦苦搜索着这人的身影，却始终无法跟任何熟人对上号。

最终，她只能泄气地摇了摇头说："我不认识他。"

唐奕承瞳孔中的阴霾更重，他沉声问陆语："有谁知道你今晚的工作地点吗？"

陆语被他眼底暗昧不明的光看得发怵，越发紧张，她惨白着脸如实回道："商业协会的网站上有晚宴的工作人员名单，我的名字也在里面，要是谁有心查都能查到。但是，我实在想不出来有什么人要害我。"

陆语平时为人低调，朋友也不多，更别说她会跟人结下深仇大恨了。可今晚那一推，如果不是有唐奕承保护她，后果简直不堪设想。说严重点，几乎是要把她置于死地也不为过。

瞧得出她的后怕，唐奕承强压下脸上的寒冽，他抬手摸了摸陆语的头，随即放缓了语调道："小语，你不用害怕，也别想太多，可能就是一场意外罢了。"

听他这么说，陆语想不惊讶都不行了，仿佛片刻前疑云密布的气氛和这男人冷若冰霜的表情，都只是她的错觉似的。

陆语疑惑地张了张嘴，刚要再说些什么，却见唐奕承突然揉着左肩，继续道："小语，我肩膀疼，你去跟医生要点止痛的药膏来。"

话题跳转得太快，陆语又是一阵怔忪，她下意识地看了一眼站在一旁的宋远，又很快收回视线，她点了点头，把手里的苹果递给唐奕承。

目送陆语离开病房，宋远心领神会一般，立马快步凑到老板身边道："唐总，这件事……"

果然，唐奕承刚刚舒缓的面色，再度冷凝下来，他继续了之前的话题："酒店方面怎么说？还有其他监控吗？"

"酒店排除了此人是他们的员工，目前还在逐一核对晚宴嘉宾名单，暂时还不能确定嫌疑人的身份。而且奇怪的是，酒店其他监控都没有拍到这人的正脸，恐怕他是……"宋远一鼓作气说到此，顿了顿，他加重了语气，"恐怕他是被人收买，针对陆小姐有备而来的。"

这跟唐奕承猜测得差不多，他站起身走到窗前，眼角微微一睒，望向窗外那片森黑的夜色。低气压环绕，他深邃的眼眸底下像是凝聚了风暴，狂风骤雨一般狠戾，又像是被触碰了逆鳞的修罗，恨不得要把整片夜色吞噬掉。

到底是谁？

谁敢动他的小语？

默默观察了这阵子，宋远知道陆语就是唐奕承的宝，有人想加害她，无异于捋虎须。宋远摸了摸下巴，试探着问："唐总，我们是否需要报警？"

此刻就连朦胧的月色都化不开唐奕承周身的沉郁了，不过他的气息尚算沉缓稳定："暂时不要让警方介入，避免打草惊蛇。你派我们的人去把这件事查清楚，同时安排保镖保护陆语。"

宋远刚要应下，就听唐奕承又补了句："这些事先别让陆语知道。"

他早已不是曾经那位没有能力保护她的少年了，他不能再让她过那种担惊受怕的日子了。从今以后，她的世界有他，不会再有恐惧；她的人生有他，不会再感觉到孤独。

"好的，我知道。"宋远领命欲退下，却在转身时想起什么，他忽然驻足，问，"那秦叔……"

唐奕承还没看监控录像之前，本能地以为始作俑者是宁晞，他于是打了电话给秦叔，让秦叔过来一趟。现在得知嫌犯另有其人，宁晞那边自然洗清了嫌疑。

"让秦叔不用来医院了。"唐奕承摁了摁眉心，说道。

可不等他这声落下，只听一阵急促且慌乱的脚步声渐行渐近，唐奕承和宋远尚且来不及转过身，便陡然从两人身后袭来"扑通"一声闷响。

转身，唐奕承微微一怔——已经冲进病房的秦叔竟是双膝一屈，硬生生地跪在了地上。

不容唐奕承开口，秦叔就佝偻着背，颤声道："唐先生，请您明察啊。我那个外甥女虽然年轻不懂事，行事鲁莽，但她绝对不会做出那种事的。就算给宁晞一百个胆子，她也万万不敢把陆小姐推下楼梯的……"

唐奕承的表情僵硬，有那么一刹那，他想起了多年前的自己。

他也是被冤枉过的人，并且差点为此进了监狱，没人比他更了解那种心酸。方才是他太心急，太担心陆语的安危了，关心则乱，所以他才一气之下在电话里对秦叔说了重话。现在想来，确实不妥。

伸手，唐奕承要扶秦叔起来，声调也和煦许多："好了，我知道了。是我搞错了，对不起。"

唐奕承态度谦和，可秦叔却不肯起来，他老泪纵横道："唐先生，我知道您已经不相信宁晞那丫头了，自从上次她偷偷把耳环放在您床上，故意害陆小姐误会以后，您就很讨厌她了。我在这儿给您赔不是了，以后我会好好管教宁晞的，保证她再也不会找陆小姐的麻烦了……"

秦叔显然是吓怕了，语无伦次地解释起来，这让唐奕承颇感无奈。

宋远是个识眼色的，他当即拽起秦叔，劝说道："唐总没有责怪你的意思，这些事儿都过去了。唐总今儿个身体不舒服，你先回去吧。"

哪知就在宋远拽着秦叔准备离开的那个瞬间，病房里的三个人全都像是被人猛然按了定格键似的，僵在原地怔住了。

陆语手里拿着一管药膏回来了，约莫是听到了秦叔那番话，她若有所思地看向唐奕承……

五分钟后，VIP病房里恢复了安静。

唐奕承回到了病床上，背朝外坐着，他貌似有些艰难地解开身上的病号服。

他抬起右手，从修长的侧颈绕过去，指了指左肩胛骨的位置，说："小语，你帮我涂点止痛药。"

这个男人裸露的上半身眨眼间便呈现在陆语眼底，柔和的灯光铺洒在他颀长的背部，宽肩窄腰，从脖颈到腰身的骨架都十分完美，薄厚适中的肌肉覆盖于骨骼之上，没有一丝赘肉。而且属于这男人的皮肤纹理漂亮又皎洁，仿佛是那满月之夜静寂的海平面，是那么动人。

如此美好的身材，陆语并不陌生，可此时此刻突然跃然眼帘，她还是有些微的心跳加速。缓了缓心神，她权把唐奕承当病号伺候了，她挤出一点薄荷药膏，涂抹在他肩上，用指腹晕开，力道很轻。

陆语不知道是不是自己的错觉，她的手刚一触到那片皮肤，便察觉到指下他的身体微微一僵，像是绷紧的弓弦似的。

她以为弄疼了他，问了句："疼吗？"

"不疼，继续。"唐奕承弯了弯唇。

来自肩上的触感柔和酥麻，仿佛黑夜里抚平被褥褶皱的手，令他此前所有的阴郁和焦躁都不知不觉退去了，一颗心宁静了须臾，却又隐约泛起别样的欲动。

陆语跪在他身后的病床上，手上的动作没停，似是随口一问："耳环的事，你为什么不早跟我解释？"

人就是这样矛盾，很容易敞开心扉去相信一个人，也很容易对一个人失去信任，往往都在一念之间。

好比那只耳环，就像是卡在陆语深喉的一根鱼刺，平时不吞咽的时候不觉得疼，但稍一触碰到，便隐隐作痛。尤其是唐奕承对她做出那些亲昵的举动时，她心里便不自觉地想到宁晞，继而有些排斥。

"我跟你解释过，但你不信。"唐奕承清浅地丢来一句。

陆语知道他说的是在药房门口那次，可当时她的情绪太过激动，根本听不进去，也不肯相信。"那你为什么不多解释几次？"兴许次数多了，她就会信了。

这女人的声音软软的，指腹也软软的，唐奕承紧致的后背肌理又绷紧了些，愈发心猿意马，道："你又不是我女朋友，我为什么要死乞白赖地跟你解释？"

隐约中，他感觉到陆语的手指狠狠一顿，连带着她的声音也绷起来了："唐奕承，你现在是不是长出息了？你对每个女人都这么轻浮吗？"

他明明强行跟她睡过了，现在居然说出这种撇清关系的话来。

陆语的呼吸因为嗔怒而变得急促，那气息若有似无地落在唐奕承颈后，他觉得自己的毛孔都兴奋地张开了。不疾不徐地转过头，他悠悠睨了陆语一眼，她脸上的表情是他熟悉的那种，愠色中透着一点娇憨，一点杀伤力都没有。

唐奕承唇角的笑意深了，笑容纹路带动着舒展开来的眉目，须臾的目光碰撞，陆语还来不及看清他这副坏坏的笑意是为哪般，她的身子便蓦地向病床上歪倒过去，她的惊呼声还卡在嗓子里，唐奕承已经将她压在了身下。

"那你说，你到底是不是我女朋友？"他的声音里氤氲着水汽，眼眸却仿佛淬了火，目光灼灼，凝着她。

陆语的眸光和神思俱是一紧，看着那张俊美的脸庞从朦胧的灯光里清晰地放大在她的眼前，她的心脏突突猛跳了几下。

可到底，她还是讪讪地别开脸，脸颊紧贴着枕头，道："我早就不是你女朋友了。"

"不是吗？"唐奕承轻哼一声，嘴角捋着一丝戏谑的笑容。

似乎对这女人的答案颇不满意，他非但不肯放过她，反而单手撑在病床上，用刚脱臼复位的左手捏住陆语尖细的下巴，强迫她转过脸来。陆语想要跟他较劲，又怕再弄伤他，稍一犹豫，她就中了唐奕承的招，他的唇就这么压下来，碾压在她的唇瓣上。

薄荷药膏的味道弥漫在病房里，凉凉的，却又火热。

唐奕承本来只是想惩罚她一下，哪知一碰到她的唇，他就像意外品尝到了蜜糖，心里那点儿贪婪劲儿全都被勾了起来。用唇齿吮吸着，用舌尖撩拨着，用他那已经有了变化的部位抵着她，他几乎要吸光陆语肺里全部的空气。

陆语被他吻得喘不上气来，细眉微微拧起，压在他壁垒分明胸膛下的柔软一起一伏地呼吸着，她的手不自觉地按在唐奕承肩上，无力地推拒着，呜咽着道："这里是医院，你是不是疯了？护士会进来查房的。"

"别担心，护士不敢进来的。"

在唐奕承撤下唇齿纠缠的那一刻，陆语如蒙大赦，刚想趁机深吸两口气，却见转眼间这男人已经用遥控器触亮了病房门口那个"请勿打扰"标识，倏尔他强势地扯开了她前襟上的纽扣，埋头用力吻了下去……

午夜的病房变成了一片海洋。

陆语仿佛一下子沉入波涛汹涌的海平面之下，身体有片刻溺毙般的悸动，随后她被一望无际的海水包围。那海水就像是被煮沸了一般，灼热的，滚烫的，夹杂着唐奕承越来越粗重的呼吸和越来越放肆的吮吻，把她全身都烤成一片霞红。剧烈的震颤与颠簸中，陆语觉得自己好似一尾完全失去方向的鱼儿，只能双手牢牢地扣住他宽而平的肩，绞缠着攀附着他漂亮而有力的身躯，任由他主宰，任由他控制，任由他把她带入那片美丽神秘的海底世界。

在那海底深处，有耀眼而纯洁的白月光，有翻滚而来的潮汐，陆语跟随他呼吸着起伏着战栗着，耳边持续不断地溺着分不清彼此谁的喘息声和浪花拍打海岸的声音。她在恍恍惚惚中睁开眼，就看到晃动的天花板和唐奕承那张动人的容颜，他黑色的短发沾着湿湿的细汗，微微眯起的狭长眼眸里，同样写满了迷醉与沉沦，写满了压抑许久的渴念与痴狂。比很多很多年以前，更疯狂更冲动，也更肆无忌惮。

有那么一瞬间，臣服于他身下的陆语头脑发蒙，几欲被他弄得晕厥过去，可她的感觉却是从未有过的强烈与清晰。原来，只有身体和心同时被他拥抱，感受他的存在，他的占有，他的颤动，这才是最极致的、最动人的倾诉爱意的方式。重新闭上眼，陆语的眼睫扑簌抖动，很快乱了节奏，却无法抗拒唐奕承愈加强势的占有和采撷，她只能在自己几乎快要被海浪吞没的那一刹那，又羞又恼地把他拥抱得更紧，发出小猫一般的低低的嘤咛……

炙热的潮汐退去，病房里恢复了宁静，陆语的身体宛若一片沾着露水的桃花瓣，轻飘飘地被唐奕承揽进怀里，他拉上被子，从身后拥着她。感觉到怀中的人儿好像一尾翻白肚的小鱼儿，有气无力的，唐奕承用鼻尖蹭了蹭她粉嘟嘟的耳垂，调笑道："这就受不了了，嗯？"

陆语把侧脸往柔软的枕头里埋进去，徒劳地躲避耳垂上痒痒的感觉，她没力气说话，也说不出话来。枕头上还带着淡淡的消毒水气味，身下的床单也湿乎乎的一片，最要命的是，直到这时，她的心口还在咚咚跳动着，四肢也酸软得犹在微微颤抖。陆语全然无法相信唐奕承居然会在病床上对她不轨，而且他刚才那副生龙活虎的样子一点也不像个脑震荡外加肩胛骨脱臼的病号，简直太荒谬了。

唐奕承伸手摸了摸，就摸到床单上的那片潮湿水渍，说道："你要是睡着不舒服，我叫护士来换新床单。"

听他这么说，陆语心里一紧，顿时把头摇成拨浪鼓，她用那种软绵的声音嘟囔道："唐奕承，你还嫌不丢人啊。你今年二十八岁了，不是十九岁了。"

低低的笑声如清泉滴落山涧一般悦耳，从她耳后飘散开来：

"小语，二十八岁的我，比十九岁的我，表现得更好。你难道不觉得吗？"

陆语的脸色在朦胧的月色里变了几变，想起他那些不知从哪儿学来的技巧，她红着脸揶揄道："你的意思是你已经身经百战、阅尽千帆，所以经验十足了？"

她的话音刚落下，就感觉到后脖颈微微一疼，唐奕承发狠地咬了她一口，带着满满的恶意。

当了七年苦行僧，他夜夜孤枕难眠，前阵子好不容易吃回肉还吃得不痛快，今晚得了机会他当然得变本加厉地讨回来了，哪知反被这女人这样损着，唐奕承当即便要回嘴。

可那些话到了唇边，他却忽而正了神色，手臂微微收紧，把陆语搂得更牢，两人就像两把紧贴的弓。

"小语，从以前到现在，我就你一个女人。"他说。

唐奕承的声音很轻很轻，却仿佛一块温柔的石头沉在陆语内心的最深处，她心里抖了一下，不自觉地瞪圆了眼睛。

"真的？"她问。

人这一生，总会有各种因缘机遇，陆语不是情窦初开的少女了，早已不再相信这世上谁会永远是谁的"唯一"。

他们之间隔着七年，那七年也仿佛是彼此人生的分水岭，将他们都变成了对方不认识的模样。在与唐奕承重逢之前，她不敢幻想有朝一日他们还会回到从前，像曾经在曼哈顿度过的七百多个日日夜夜那样，躺在床上抱在一起，说着那些有的没的情话；在与唐奕承重逢之后，她更加不敢妄想。

现在的他那么优秀，笼罩在他头顶的光环令人不得不仰视，他就像是那奢侈品店橱窗里摆放着的高级待售品，经过的女人不管买得起或买不起总会驻足看上几眼。

这样的男人，能不招人惦记吗？

又岂会还属于她陆语一个人？

如此想来，陆语立马有点后悔自己的刨根问底了，万一唐奕承只是随口说说哄她的呢。孰料，陆语那些乱七八糟的念头刚一滋生出来，唐奕承便出声了。

"真的，就你一个。"

他英俊的脸孔埋在陆语的后颈窝里，黑眸清浅，目光缱绻而迷离，他继续道："小语，这世上最容易改变的是人心，最不容易改变的也是人心。"

也许唐奕承当初并不知道，他把少女时代的陆语压在身下，他成了那个令她破茧的人，却把他自己也缚了进去。

而且，那一缚竟是九年之久。

陆语侧躺着，光洁的后背对着他，她看不到唐奕承在说出这句话时的表情，但她可以感觉到，喷洒在她皮肤上的声音低低的、沉沉的，如同很有分量的东西压在她身上。

爱就深爱，不爱就离开，多么简单的选择题，却被害怕再次受伤的彼此包裹了那么多层复杂的外衣。而那些外衣一旦被狠狠撕开，爱与不爱，其实昭然若揭。

就像这个充盈着消毒水气味的夜晚，人心也好似被洗涤过，水落石出一般澄明，就连说出口的"唯一"，都好像没有经过岁月的浸染，没有经历过时光的消磨。

那么的纯粹。

心随念动，陆语动了动浑身酸软的身子，往唐奕承怀里拱了拱，像是久违温暖与怜爱的小猫，紧紧地依附着他。

他怀里那温热紧贴的人儿，那片白皙光滑的肌肤，以及他指下她特有的柔软，当即勾得唐奕承又有些心猿意马了……

隔天，两人起了个大早。

陆语拿着块湿毛巾，趴在床上擦拭那片欢爱过后遗留下的证据。见她的细眉拧着，一脸认真，唐奕承摸了摸她的头说："别弄了，护士看到也没关系，反正以后咱们也不会再来这里了。"

陆语手上的动作顿住，她仰头看着意气风发、精神头儿特别好的男人，她被他噎得一句话也说不出来。

宋远拎着两份早餐来到病房时，是早上八点整。

嗅出暧昧的味道来，宋远表面上一派气定神闲，心里默默替老板筹划着时间表，估计等禧景湾的招标案落下帷幕，唐总那枚求婚戒指就应该能派上用场了。

陆语看着宋远递过来的那碗没有皮蛋的皮蛋瘦肉粥，颇有些惊讶，宋远倒是一副很了解"老板娘"口味的样子。

唐奕承和宋远今天有正事要办，陆语吃完早饭，就被唐奕承的司机送回了唐宅。

半个小时后，就是禧景湾度假村的开标会。

现场递标书，现场开标，投资额属于各公司的商业机密。虽然禧景湾那边表示，价格不是中标的唯一标准，但生意场上，价高者得是不变的游戏规则。这就导致参与竞标的公司原本有数家，但他们在一收到 Sunshine 集团参与竞标的消息后，便自知实力不如，纷纷不战而退了。最后只剩下两家小公司和梁氏，与 Sunshine 集团死磕。

那两家小公司充其量算是凑数陪跑的，至于梁氏……

宋远驱车驶向景禧大厦的路上，从后视镜觑了一眼老板的脸色。只消这么一眼，宋远便已经读懂了唐奕承那番浅淡的笑容里，蕴藏着多少胸有成竹。

没有错，根据宋远提前收集到的情报，梁氏的市值和总资产，都不允许梁梓行与唐奕承开出的二十亿叫板。

可谁又能料到，这场开标会竟然出现了惊人逆转……

陆语下午接到了梁梓行的电话。

在电话里，梁梓行的音色听起来比平时更和煦，甚至是透着愉悦的："陆语，今天晚上一起吃个饭吧。"

陆语想着奶奶走的时候，是梁梓行帮忙处理后事的，她欠他一个人情，便答应下来："好的，我请你吧。"

"那也行……"梁梓行能约到她已经知足了，谁埋单并没那么重要。

为了避免不必要的误会，陆语打电话给唐奕承，想知会他一声，可唐奕承的手机一直处于无人接听的状态。陆语也没多想，给他发了个短信说晚上不在家吃饭，然后出门了。

陆语开惯了自己那辆国产车，从车库取了车，她直接驱车前往 B 市东区的某家私房菜馆。

一路上，她透过车外后视镜往后看了很多次。

陆语不知道是不是昨天被推下楼梯的事把她吓到了，以至于有些疑神疑鬼，她总觉得有辆黑色轿车一直尾随着她。

她顺利驶抵餐厅，梁梓行已经到了。

两人落座，梁梓行点了瓶八二年的拉菲。

见陆语微微皱眉，他倒是依旧一脸云淡风轻，道："酒我请，饭你请。"

　　陆语不是这个意思，她的眉目并未舒展，疑惑地问："今天是什么好日子，怎么要喝酒？"

　　梁梓行唇边浅笑无虞，他不想在这女人面前提唐奕承，只道："今天梁氏成功标中了大案子，我特别跟你庆祝一下。"

　　陆语"哦"了声，本来她不想沾酒的，但不愿拂了梁梓行的兴致，便象征性地浅酌了两口。哪知一口红酒还卡在她嗓子眼里，某位富家公子哥模样的年轻男子便举着只高脚杯，走来他们这桌。

　　来者显然是梁梓行的朋友，意外在餐厅遇到，过来寒暄一番。

　　这人看了一眼陆语那张陌生的脸孔，权当她是梁梓行的女伴了。

　　公子哥也不见外，自顾自朝梁梓行举了举杯，笑着说："梁少，你今天顺利拿下了禧景湾的项目，恭喜你啊！"

　　梁梓行优雅起身，跟对方碰杯，眉宇间带着毫不掩饰的胜利者的笑意。

　　人都有执念，梁梓行也不例外。

　　这么多年，无论唐奕承是当初那位穷小子，抑或是现今那位身家雄厚的成功商人，梁梓行在他那儿都遍寻不到一丝优越感。

　　感情输人，他仿佛输掉了整个人生。

　　那压抑多年的嫉妒，痛苦地锁在梁梓行心底的某个盒子里，密不透风，也没有发泄纾解的出口，唯有一天天地发酵，成怨成仇。而他曾经距离陆语的那一步之遥，因为唐奕承的回归，瞬间变成千里之距，这让他如何甘心？

今日，他的那些嫉妒在一朝爆发，威力可想而知，足以令他不顾一切，甚至是不择手段，只为赢唐奕承一次。

幸而，他做到了。

但梁梓行并不想当着陆语的面说这些，他低眸看了看面无异色的陆语，拍着那位富家公子哥的肩，道："今天我有朋友，回头咱俩再聊。"

对方心领神会，腿一抬就要撤，却还是没忍住朝着梁梓行竖起大拇指，啧啧感叹道："你今儿个真是给了 Sunshine 集团当头一棒，居然用二十亿零十万拿下案子，就比唐奕承多出十万，真够牛的啊！"

区区十万零头，击了宿敌一个片甲不留，何止是牛，也够狠。

闻言，梁梓行心里猛地一沉，他想打住对方的话，可已经来不及了。余光中，他瞥见陆语那张漂亮的脸蛋陡然色变。

短短的一片刻，陆语蓦然想起，她下午打给唐奕承的那几通他未接的电话，不等梁梓行开口说出任何补救的话，她已经霍地站起身。

"梓行，我临时有点急事，先走了。改天再请你吃饭。"

话毕，陆语徒留梁梓行一人僵在桌边，她急匆匆地走出餐厅……

第十三章
有疑团的遗嘱

陆语离开餐厅一个小时后。

"鱼丸，虾丸，肥牛，羊肉片……"

大型超市生鲜区，陆语半弯着腰，逐一清点购物车里的东西，就听到有人叫她的名字。

"陆语！"

这道清朗的男声落下，由远及近的脚步声在陆语身边停下。

直起腰，陆语带着点疑惑偏头一看，某张一成不变的阳光型男脸直触她眼底。

没想到在超市遇见熟人，陆语略微愣怔一下。

见她发怔，柯嘉礼笑了笑道："怎么？你这是不认识我了？"

有阵子不见，除了那张脸上的招牌笑容没变，柯嘉礼的造型确实跟以前不大一样了。往日的休闲风衣换成了挺括平整、一道褶皱都没有的修身西装，特意打理过的短发也梳得一丝不苟。不知是正装衬人，还是人衬衣服，总之他整个人的气质都好似沉稳下来。他没推购物车，手里拿着两盒巧克力，像是路过超市随便买点零食而已。

"我还真有些认不出你来了。"陆语也笑笑。

"我现在在我爸的公司工作，那帮老古董背后管我叫'空降兵'，嫌我嘴上没毛办事不牢，我这不得把自己往成熟了打扮。"柯嘉礼说得颇为无奈。

　　柯嘉礼比陆语还小一岁，平时总是一副大男孩形象，管理起公司来肯定难以服众，陆语能想象到那种情况。可或许是心思不在这上面，她只"哦"了一声。

　　她这副心不在焉的模样落进柯嘉礼眼里，他隐约想到什么。

　　陆奶奶去世之后，柯嘉礼去工作室看过陆语一次，但不幸吃了闭门羹。后来他一直想找机会打电话安慰安慰她，却碍于公司的事刚上手，每天忙得七荤八素的，最终他编辑了一个长短信发给陆语，温暖窝心的话没少写。不过陆语当时回得十分精简，只有"谢谢"两个字，保持距离的意味不言而喻。

　　男人嘛，追女人哪有不碰钉子的，柯嘉礼显然属于年轻气盛，越挫越勇型的。

　　他敛了敛嘴角的笑意，微微正色，对陆语说："你奶奶走了，你最近是不是心情不好？节哀顺变，你有什么不顺心的事可以跟我聊聊。我虽然不在基金会工作了，但只要是你找我，我保证随传随到。"

　　自从这男人挑明了对陆语的心意以后，他的知冷知热，反而令陆语愈加无所适从。拒绝的话她早已说过，然而收效甚微，她只能再次用"谢谢，我没事"一笔带过，却在这时——另外一抹颀长的身影忽然近了。

　　唐奕承手里拎着袋刚称好的基围虾走过来，约莫是在几步开外的地方，他就看见柯嘉礼围着他的女人转悠，所以在近身后唐奕承面无异色，仅是朝柯嘉礼挑了下眉毛，算是打招呼。

他很快转过头，那般自然而然地搂住陆语的肩，道："小语，煮火锅的食材差不多买齐了，咱们回家吧。"

这一刻，唐奕承有多自然，柯嘉礼就有多震惊。

上次还在药房门口争执得面红耳赤的旧情人，现在居然同居了？还一起来超市买食材煮火锅？这是妥妥的要过小日子的节奏啊。柯嘉礼顿时感觉到自己承受了一万点以上的伤害值，面色当即僵硬了。有那么一刹那，他觉得身侧冰柜里冒出来的冷气直吹向他，冻得他全身嗖嗖发凉。

没料到唐奕承竟然会用如此简单粗暴的方式在情敌面前宣誓所有权，陆语那双明澈的大眼睛里满是尴尬，可不等她缓和冷凝的气氛，她的人已经被唐奕承强势地搂着肩带离了。

走远一点，唐奕承把鲜活的基围虾扔进购物车，把虾丸拣出来放回冰柜，没事人似的对陆语说："少吃丸类食品，都是加工过的。"

陆语不许他岔开话题，她拧着眉毛，道："柯嘉礼没什么坏心眼，你能不能给人家留点面子啊？"

唐奕承单手推着购物车径直走向收款台，另一只手却是把陆语搂得更紧，他语带戏谑回了句："没关系，他脸皮厚。"

别人的锲而不舍，到他这儿变成了"厚脸皮"，陆语突然无言以对了。

自己的女人总是招别的男人惦记着可不是好事儿，如果说，唐奕承压根没把柯嘉礼放在眼里，那么另外一个人就没那么简单了。转念，唐奕承就想到今天傍晚时保镖汇报的关于陆语的消息，他的眸色陡然间便冷冽了几分。

趁着排队结账的工夫，唐奕承貌似随意地问着陆语："你今天去哪儿了？"

气氛偏转，有点怪，陆语心里一紧。

她晚上本来是要跟梁梓行吃饭的，可中途听到梁梓行赢了唐奕承，拿下大项目，她顿时没有吃饭的心情了，干脆直接撂下梁梓行走人，从餐厅驱车到了 Sunshine 大厦找唐奕承。

在陆语看来，生意场上的胜败乃兵家常事，梁梓行赢得案子，是他运气好，没办法的。只不过最近唐奕承负面新闻缠身，触发 Sunshine 集团股价大跌，他已经够糟心了，这下他又输了竞标，简直是屋漏偏逢连夜雨。不用多想，陆语都能猜出他有多沮丧了。

也许，这世上本没有感同身受这回事，但对心爱之人说不定会有例外？

就是路上那短短的时间里，陆语惊讶地意识到，她和唐奕承心上仿佛系着一条细细的线，牵连着彼此，他的心情好与不好，似乎都能够透过那根线，传递给她。人在遭遇挫折的时候，就特别需要温暖，这种时候，陆语希望自己会是能给他温暖的那个人。

陆语赶到 Sunshine 大厦的时候已经七点多了，走进大堂时，她和刚下班的几位公司员工擦身而过，隐约听到什么"董事会有意弹劾唐总"，她登时腿一软，差点连路都走不稳了，原来记者昨天的追问并非空穴来风。果然，后来陆语在唐奕承的办公室找到他时，就从虚掩的门缝里看到那样一幅画面——桌上亮着一盏暖黄色的台灯，唐奕承的剪影就这么静悄悄地落在墙上。

这男人一手摁着眉心搁在桌案上，像是颇为头痛地在思索着什么，他微微突出的眉骨，高挺的鼻子，紧抿着的薄唇……整个剪影都写着"心事重重"这个词。

陆语是个聪明的女人，敲门进去，她没提案子的事，只问唐奕承道："要不要一起吃晚饭？"

被熟悉又悦耳的声音扯回神，唐奕承猛然一愣，但只是须臾的愣怔，他眉目间浓郁的晦暗便被唇角那很浅很浅的笑容取代了，回道："好。"

"大冬天的，吃火锅吧。"陆语想了想，提议道。

"嗯，听你的。"唐奕承拿起衣架上的大衣，带她离开了办公室。

"……"

本来一切都好好的，唐奕承自从出了公司，那张清风雅月的面孔上便没再展露出任何违和的表情，哪知意外偶遇了柯嘉礼，这男人就像是哪根神经莫名被醋浸泡了，越来越不对劲。

陆语眼下被他那句"你今天去哪儿了"问得有些心虚，但碍于唐奕承今天诸事不顺，她不准备提梁梓行的事给他添堵，所以善意地略过。

"我今天没去哪儿啊。我这不是跟你在一起呢。"说话间，陆语已经收拾好了情绪，她突然挽住唐奕承的手臂，脑袋乖顺地往他肩上靠了靠。

唐奕承不是没见过女人主动示好，可惜那些追求他的女人用这一套对他完全无效，偏偏他只吃陆语这套，从以前到现在都是。更何况，这段时日以来，这还是陆语第一次对他撒娇。

唐奕承眸中的晦涩倏然淡去，动了动唇，他似是想提醒陆语什么，可他到底没说出口，只是抬手摸了摸她的头，力道温柔。

远远地，收款台前这一幕恩爱戏码落进柯嘉礼眼里，他眉渐沉，转身搁下手里那两盒巧克力，大步流星地从无购物通道离去。

　　吃火锅是陆语的提议，在家里自己弄却是唐奕承的主意。
　　回到唐宅，两人享受自己动手的过程，用人都知趣地退下了。
　　旧情复燃的好处很多，除了旧情话可以当新的再说一遍，生活和饮食习惯也不必重新磨合。从超市选材到热腾腾的火锅上桌，陆语和唐奕承连"你想吃什么"都不用问，彼此的口味都了然于心，默契十足。
　　热气氤氲中，陆语的小脸红扑扑的，那双眼睛被蒸气晕染得就像是夜色里倒映着繁星的湖泊，闪着粼粼波光。大概是吃得烫，她的嘴巴粉粉嫩嫩的，好似到了成熟期的水蜜桃，让人特别想咬上一口。
　　对面的女人秀色可餐，唐奕承现在不仅睡觉不能专心，连吃饭都频频走神了，偏生就在这时，一串手机铃声打断了他的心猿意马。
　　唐奕承拿起搁在餐桌一角的手机，看了眼来电显示上的越洋电话号码，他跟正在大快朵颐的陆语说了句"我去接个电话"，便握着手机去了书房。
　　陆语没放在心上，点了点头。
　　接听电话，唐奕承的神色冷峻下来，道："蒋先生。"
　　蒋仲勋的声线也颇为严肃，穿过纽约冬晨的阳光，穿过细微的电波，传入唐奕承耳膜："禧景湾的项目进展如何？"

唐奕承言简意赅地回道："梁梓行已经上钩了。"

"……"

如果不出唐奕承和蒋仲勋所料，梁梓行现在恐怕已经抵押上了全部身家，去向银行贷款那二十亿零十万了。

好一出引君入瓮，看来这人世间，最不缺的就是"心思"了，人皆有之。

收线，唐奕承拉开书桌的抽屉，他的视线在抽屉里那对蓝宝石袖扣上停留了一瞬，眸光更冷。他告诫自己，再忍一忍，这一切的动荡，很快就会结束了。

转眼 B 市进入了隆冬时节。

陆语已经渐渐从奶奶去世的阴影中走出来，本来她想着该搬回陆家老宅去住了，可唐奕承不许，她拗不过他，只好就这么住下了。

陆语记得她刚住进唐宅那晚，唐奕承说他会睡在客房，可事实证明，客房就是个摆设，是个幌子，这男人没有一晚不爬床的，夜夜折腾完陆语，然后抱着她入睡，夜夜好梦。

陆语原本还觉得唐奕承变了，可这阵子下来，她发现这男人骨子里的简单粗暴并没有改变多少，对情敌如此，在床上折腾她，亦如此。

这个周六早上，陆语起得很早。

她伸手一摸枕边，空的。

唐奕承已经在书房了，等会儿他要跟纽约总部的高管开视频会议，听陆语说要去墓园祭拜奶奶和爸爸，他在她脸上轻啄一口，道："你先去，我晚一点会过去找你。"

陆语说："你要是忙不用来也行。"

唐奕承还没去祭拜过陆奶奶和陆爸爸，想着早晚都是一家人，他便说："没关系，我不忙。"

"嗯。"陆语点点头。

位于 B 市西郊的墓园山清水秀，临山而起的墓碑层层叠叠。即便在冬季，漫山绿意盎然的松柏也不觉得萧索。但毕竟天气冷冽，寒风刺骨，再加上不时有乌鸦鸣叫着从树间飞过，这种地方或多或少还是令人感觉寒气深重。

唐奕承的司机把陆语送过来，便打道回府了，而守在暗处的保镖却是没有离去。事情过去有段时间了，虽然把陆语推下楼梯的幕后黑手没再轻举妄动，但唐奕承尚未查出是何人所为，他不敢掉以轻心。

陆语竖起羽绒服的衣领，一手拎着祭拜用的水果，一手抱着两大捧沿路买的白百合，踩着山路往上走。她步子迈得快，有点喘，有白色的哈气从她鼻息间冒出来。

陆语的奶奶和爸爸都葬在这里，紧挨着的两座墓碑。

走得近了，陆语心里猛地咯噔一沉。

熟悉的墓碑前站着一抹身影，女人个头不高，黑色皮草短打外套配紧身靴裤，脚踩一双细跟高靴，一身雍容华贵的装扮看起来是位阔太太，就是整身衣服跟乌鸦一样黑乎乎的，惹人厌。

今天是陆爸爸陆学森的忌日，往年陆语过来，从来没见这个女人来，今儿个不知是不是撞了邪。

听到陆语的脚步声，女人循声回头，一张徐娘半老风韵犹存的脸展现在陆语眼前。

"你来做什么？"没有寒暄，陆语的面色绷得很紧。

看见陆语，李雁倒是不感意外，说："我来跟老陆告个别。"

陆语心里琢磨着从这女人嘴里说出的"告别"有几个意思，她抱着花束的手已不由得攥紧了，白皙的手背上绷起青筋，隐隐发抖。

对李雁，陆语只有一个"恨"字。

陆学森生前长得一表人才，家族事业也打理得风生水起，原本丧偶多年他都未再娶，其中陆奶奶功不可没。陆奶奶极疼陆语，担心后妈对陆语不好，她恨不得拿只扫把站在家门口，把那些送上门倒贴陆学森的女人，有一个是一个全都赶跑。

可李雁这女人道儿很深，当时她不过是陆学森的秘书，也不知凭着什么狐媚能耐勾住了老陆，把他弄得五迷三道的，等到陆奶奶发现她的存在却为时已晚。在陆语读高二那年，李雁嫁进了陆家。陆奶奶一辈子为人光明磊落，不耻李雁这种心术不正的女人，自然心里不承认她是儿媳妇，只是赏她口饭吃罢了。

李雁当时找人在美国强暴陆语未遂那会儿，陆语本来以为是后妈过得憋屈拿她出气，但直到这女人在陆父死后侵吞了陆家的家产，陆语才发现是她低估了李雁的蛇蝎心肠。

这盘棋，李雁老早就布局好了。

墓碑上已经放了一束花，估计是李雁带来的，陆语强忍着胸腔内翻滚的痛意和怒意，直接把花束拿开扔在一边，弯腰把自己的白百合摆上去。

见状，李雁的脸色微微一变，刚要张嘴斥责陆语，便听陆语问道："你做了那么多亏心事，还敢面对陆家人？你不怕我爸爸和奶奶在天有灵，让你快点遭报应？"

陆语冷冷的声调，夹杂着乌鸦从头顶飞过时发出的哀鸣，以及那呼啸的风声，听起来怪瘆人的。

李雁不由得打了个激灵，全身寒毛直竖，瞪了一眼陆语，道："你嘴巴放干净点，我做什么亏心事了？你有证据吗？老陆不留遗产给你这个不孝女，是他在天有眼。"

李雁那一眼瞪过来，陆语接住，回瞪过去，她清澈明亮的眼珠像是饱含着夜色，是从未有过的阴沉，可她的嗓子却干涩得厉害，一句话也回不过去。

每次李雁都用这句话堵她，屡试不爽，一个连爸爸去世都没有露面的女儿，被贴上"不孝"的标签，好像天经地义一般。

李雁被她瞪得头皮发麻，也不欲逞口舌之快，扭身便走。

那女人的高跟鞋敲击山间石路，发出的嗒嗒声渐行渐远，陆语顿觉浑身脱力，一屁股坐在墓碑前。

她从包里掏出纸巾，一点一点地擦拭奶奶的遗照，拂去上面沾染的尘埃，就像是每次她在养老院，帮奶奶擦脸那样。不知不觉，陆语的指尖轻轻颤抖起来，她眼睛里有泪，又像是被凛冽的低温冻住了，没有流下来，只在眼眶里打转。

"奶奶，你以前总说爸爸在天有灵会收拾李雁的，可这都过去七年了，她还活得好好的。奶奶你来收拾她吧，好不好？我求你了……"陆语喃喃地说。

李雁这边厢。

天气冷，墓园里没什么人，她气喘吁吁地下了山，还没走出墓园，便点了根长长细细的女士烟。烟丝燃烧发出明亮的火光，可她却突然觉得眼前一黑。

烧了一半的烟，掉在地上，无声无息。

李雁脖子上冷不丁挨了一记掌劈，力道之大，令她头晕目眩，整个人硬生生地倒在地上。她来不及痛呼半声，嘴里便被人塞进来一团破布。一切都发生在两三秒之内，她双目暴突，惊悚地瞪着不知从哪蹿出来的彪形大汉，这一刻，李雁脑中最为直接的反应便是打劫或绑架。

她刚要连滚带爬地逃跑，却是连手臂都被对方一下子束住，反剪到了身后，紧接着，她酸疼打战的身体便被对方拽了起来。李雁就这么被这位一身黑西装的大汉像拖麻袋片一样，拖行了好几步，她的高跟鞋摩擦地面，鞋跟愣是断掉了，要多狼狈有多狼狈。

李雁吓得连呼吸都窒住了，她完全搞不清状况，只见一辆黑色轿车停在不远处。

车子像是刚停下不久，排气管还有白色的热气冒出来。面无表情的大汉霍地打开车门，把李雁塞进了后座。车门关上，大汉守在门外。

车子并没有发动。

车里没有司机，除了李雁，只有车后座上坐着的一位年轻男人。

定睛，回神，李雁怔怔地看着他。

陌生的面孔，玉山般皎然出众，那张脸明明犹如神祇一般完美，可从这男人眼睛里透出的光，却似修罗一般，狠戾又冷酷。

李雁又是一哆嗦，顿觉这男人那双眼的威慑力，能抵十个刚才的彪形大汉。

李雁的手并没有被禁锢住，她掏出嘴里的破布团，舌头紧张得打结，道："你……你是什么人？"

"从你手里买下陆家老宅的人。"唐奕承波澜不惊道。

李雁这会儿脑子不好使，她没见过唐奕承，自然无法将他和陆家老宅联系到一块去，她脑子里全被一个"怕"字填满了。

车窗降下一半，呼呼的冷风灌进来，吹得李雁后脖颈冒冷气，声音也明显发抖："我跟你无冤无仇，你绑我过来是为了什么？"

唐奕承刚才在结束视频会议后，临时接到了一通电话。通话内容导致他此刻的声音，比那灌进车内的冷风更利，更冷。

"李女士，你找人暗算陆语，把她推下楼梯，又是为了什么？"

听到陆语的名字，李雁原本就在微微发颤的喉咙，像是猛然被人一把掐住，这股事先毫无征兆的狠绝力道令她瞬间连呼吸都不能……

陆语的眼泪在眼眶里转啊转，到底还是滚下来了。

带着体温的眼泪，滚烫。

不带温度的寒风，冰冷。

陆语不知道自己坐在奶奶的墓碑前哭了多久，也不知道她的眼泪为什么始终都是对着奶奶在流，而不是爸爸？

陆学森的墓碑就静静地伫立在那儿，七年了。

黑色花岗岩上刻着白色的忌日，永远停留在——那一年，那一月，那一天。

那串由普普通通的阿拉伯数字组成的忌日，就是唐奕承被关进纽约警察局的那一天。花岗岩真耐用啊，风吹日晒、冰冻雨淋的，愣是没有磨损掉上面的碑文，仿佛刻在人心里一样。

一年，两年，三年……陆父过世后，陆语每年都会来墓园祭拜，从最初的泪水滂沱，到后来的干涸枯竭，她也不知道自己为什么再也流不出一滴眼泪。

又或者，爸爸走得太久了，久到留在陆语记忆中的面孔都有些模糊了，可因此带来的痛苦却如绳索缚心，细密又绵长，一直剪不断，也砍不断。

难道时过境迁，她对陆学森还有什么心结解不开吗？

难道她心里其实是怪爸爸的吗？

陆语没有答案，自从她的生活里出现"后妈"这个称谓开始，她的人生就变得一团糟了。

她没去美国留学之前，时不时还会跟爸爸抱怨李雁的种种恶行，可不知道是陆学森太忙没时间仔细听，还是李雁迷惑男人的段数太高，陆学森对那些事总是睁只眼闭只眼的。以至于直到今天，陆语都不确定，在爸爸心里，女儿真的没有女人重要吗？

应该是吧，不然为何爸爸走的时候，什么都没有留给她呢？陆家的公司、老宅、遗产，李雁手里的那份遗嘱上清清楚楚地写着全归她了，陆学森当真是一丝一毫的念想都没有留给女儿啊。

陆语翕动了几下嘴唇，心口像是堵上了一团棉花，被她的眼泪浸湿，沉甸甸的，滴答着水。在那片水滴溅落在心房的声音中，陆语的抽噎忽然停住一瞬——身后有脚步声。

那脚步声是沉稳的、熟悉的，像是从心上很远的地方走来，听着莫名其妙地就让人安静下来。

冬日的阳光不算刺眼，陆语胡乱地抹了把眼泪，扭头向身后看去。

唐奕承走过来的那一瞬间，穿透松柏枝丫的阳光被他颀长的身影挡去，那被树枝缝隙切割得细碎的光影隐没在他身后。他深邃立体的眉宇间，浸着说不出的凝重，周身却仿佛自带光环一般，走近陆语，他的光环笼住她，似那抹久违的阳光。

他说好来接她的。

大概是错觉吧，站在身前的男人让陆语突然就觉得全身都被熨帖得暖和起来了。揉了揉坐久发僵的膝盖，她从墓碑前站起来，声音里还有浓浓的鼻音。

"我们回去吧。"

唐奕承却站着没动，看到她脸上尚未擦干的泪痕，他心头微微一疼。脱掉手套，他温暖的指腹覆盖在陆语的眼皮上，沿着她被风吹皱的脸颊轻轻做了个下划的动作，就把那些泪珠悉数带走了。

"等一下，我有话和陆爸爸说。"唐奕承道。

有话说？

陆语还陷在一时的疑惑中回不过神，唐奕承已经正对着陆学森的墓碑了。他以前在陆语的旧照片里见过陆学森，那时没什么特别的感觉，女朋友的爸爸罢了。可此刻，唐奕承的目光沉静地落在镶嵌在碑身上的那张遗照上，从他眼中透出的光，宛若远处巍峨苍茫的高山一般坚毅。

陆爸爸，小语以后有我了，我就是她的亲人，请您放心吧。

就是这么一句话，唐奕承今天必须要说，他在心里默诵着，一字一顿，铿锵有力。

陆语不知道这男人有什么话跟她爸爸说，逆着光，她歪头看向唐奕承，却只看到他虔诚的、专注的表情，就像是圣徒在庄严的神殿许下诺言时那般坚定，又执着。

陆语心念一动，垂在身侧的手指头动了动，朝着唐奕承的手伸过去，他好似有感应似的，在她碰触到他之前，便伸手握住了她。

他的手修长，也宽厚，温暖极了。

乌鸦的叫声不知何时停了，光阴凝固在这个瞬间，静谧安好。

可就在唐奕承收回目光，准备带陆语离开的那一刹那，他的视线像是陡然被什么攫住了似的，蓦然一凝，转瞬间，他便再度看向陆学森的墓碑。

陆爸爸的忌日……

唐奕承整个人都狠狠地怔住了。

扭头，垂眸，他看向陆语。

有深深浅浅的光影从唐奕承眼底掠过，让人看不清他的情绪，却是晦涩得几乎要蜇伤陆语的眼睛。

那光，几经变化，唐奕承的眼神这才冷静下来，声音沉缓得近乎严肃了："小语，你为什么不告诉我，陆爸爸去世的那天就是……"

他们的爱情被那场意外葬送掉的那天。

他们的孩子没掉的那天。

这世上的每个角落，每时每分每秒，都会发生各种悲剧，无关自己，也无人知晓。可那一天，相隔大洋两岸一万多公里的三场悲剧，统统落到了陆语一个人头上。那种，也许普通人一辈子要分几次经历，或者一次都不会经历的痛苦，全在一夕之间降临，当时的陆语只是一个花样年华的少女啊，她怎么承受得住这样的重创？

这样想着，唐奕承只觉一张巨大的网顿时缠住了他的心脏，那张网密不透风，每个网眼纵横交错，把他内心陡然间升腾起的痛苦统统罩住。那痛苦像困兽一样，在他心头横冲直撞，却冲不破禁锢的牢笼。

他仅仅是疼在这一瞬间，都快要无力招架，那么陆语呢？

数千个日日夜夜，她到底有多疼？

唐奕承不敢想了，他牵着陆语的手，手指越加收紧了些，他们没戴手套，两只手就这么紧紧绞缠着，好像是不再有任何东西可以把他们分开。

可这样都不够。

唐奕承手上微微用力，把陆语拉进怀里，他的下巴抵着她的头顶，陆语听到像是被砂纸磨砺过的喑哑嗓音罩下来。

"小语，你受的委屈，怎么不告诉我呢？"

他们心里都有太多的秘密啊，哪怕是时隔多年，仍然害怕再次伤害自己，伤害对方，所以只能小心翼翼地把那些痛苦都密封在心底的铁罐子里，偶尔打开，独自啃噬。

她是这样，他何尝不也是这样？

比起唐奕承的沉痛，陆语倒显得轻松了，她的脸埋在他胸前，听着他铿锵有力的心跳，她似是笑了笑，只不过笑得不那么好看。真奇怪，她刚才明明觉得自己才是该被安慰的那个人，可现在，她怎么反倒想安慰他了呢？

从唐奕承胸前传出来的、属于陆语的声音闷闷的，但挺好听："都是过去的事情了，没必要再提了，我们现在好好的就行了。"

没有错，现在好好的，就够了。

只是从"过去"到"现在"，这一路走得太久，太久。

迎着风，唐奕承狭长的眼眸底下莫名有湿湿的东西在涌动。

那是男儿的眼泪。

男儿有泪不轻弹，唐奕承这辈子也没流过什么眼泪，就连被诬陷关在那间阴暗潮湿的拘留室里，他都没有为自己流下一滴泪。

但这一刻，他却流泪了。

不是为自己，而是因为心疼她。

那些陆语看不到的眼泪，为她而流，一滴一滴流淌在这个男人心里。

唐奕承把陆语抱得更紧，寒风吹得她发丝飞卷，丝丝缕缕飘在他眼前。隔着那飞舞的发丝，和那薄薄的泪光，唐奕承的目光久久地停驻在那一座座墓碑上。

也许，人无法起死回生，但爱情，可以。

回程，唐奕承开车。

陆语正望着窗外掠过的风景发呆，就听唐奕承她："你爸的遗嘱，你看过吗？"

话题来得太怪异，陆语一头雾水，歪过头看他，回道："李雁给我看过。"

"你没觉得有什么问题吗？"唐奕承若有所思地问。

陆语以前不是没想过这些，唐奕承也不是外人，她实话实说道："当时的第一反应自然是不信的，可后来想想也没什么好奇怪了。我爸去世之前，我和他就因为李雁把关系闹僵了，早就不如小时候亲了。后来他去世的时候，我又不在身边，李雁钻了空子也不奇怪……"

只要一听陆语没见到爸爸最后一面，唐奕承就有种愧疚感，这让他握着方向盘的手不由得紧了，思维也有两秒的迟滞，才续上。

陆语分析得倒是合情合理，可陆奶奶呢？就算遗嘱上没有陆语那份，陆学森也总该给老妈留一份养老的钱吧？再者说了，既然李雁已经得到了陆家的一切，又为什么还要加害陆语把她推下楼梯呢？

除非……她害怕有些事曝光。

那会是什么见不得人的事呢？

唐奕承陷入了沉默，眉宇蹙着。

当年陆家的事，他不太清楚，不过派人查到的消息反馈，李雁最近开始着手变卖陆家公司的股份了。唐奕承今天堵截了李雁，本来是准备把所有问题都搞清楚的，可那女人就像一条蛇，滑不溜秋的，饶是他这么沉稳睿智的男人，都一时抓不住她更多的把柄。

"小语，李雁今天跟你说什么了没有？"唐奕承又问。

"她说'是来跟我爸告别的'。"陆语照实说，言简意赅。

她其实一点也不关心李雁，那个女人该得的不该得的都得到了，陆语抢不回来，也不想抢，反正李雁是死是活都跟她没有半点关系就是了。

可，唐奕承却另有所思。

变卖财产，告别……他的神思隐隐一动。

难道李雁要移民？

唐奕承的目光倏尔寒冽些许，那女人欠了陆语这么多，他是绝对不会让她就这样逃掉的。

陆语观察着唐奕承脸上那副令人难懂的表情，她拧起眉毛，问："你今天怎么一直问李雁的事啊？"

赶上红灯，唐奕承回视她，彼此目光对上的那一刻，他敛去眸中异色，很多东西还不确定，他不想让陆语胡思乱想。

捏了捏陆语的鼻子，他语带调侃道："我随便问问而已。主要是怕我未来的老婆傻乎乎的，被人骗了都不知道。"

陆语笑了，脸蛋微红，道："谁是你未来老婆啊？"

"……"

墓地寒气重，加上天冷，陆语当天晚上就感冒了。

晚饭的时候，唐奕承特别吩咐厨房给她煮了粥。清粥小菜，陆语吃得没滋味。晚上十点，唐奕承端着个马克杯，给陆语送到卧室。

"把这个喝了吧，治感冒。"他朝陆语挑挑眉。

陆语穿着睡衣靠在床头，身上搭着条蚕丝被，膝盖弯曲，上面搁着本杂志正在看。闻言，她放下杂志接过唐奕承递上来的姜丝可乐。

刚喝了一口，她就被呛得直咳嗽："喀喀，太辣了。"

唐奕承一副好整以暇的模样，拍了拍她的背，打趣道："你不是嫌晚饭没滋味吗？怎么口味重了也不行？你以前怎么没这么难伺候呢？"

陆语幽幽瞪他一眼，果然，对这种男人就是不能太好，她才在这儿住了多久啊，他就开始蹬鼻子上脸了。

"伺候"陆语喝完，唐奕承见她嘴角沾着一滴可乐，心思一荡，他就上床朝陆语凑了过去。

陆语还沉浸在满嘴火辣辣的口感中，唇角就忽然被唐奕承舔了一下。她吓了一跳，低头一看，这才发现她坐着，他趴在床上。她刚要笑唐奕承怎么跟小狗似的，哪知她还没笑出来，嘴巴便猛地被这男人堵住了。

"别亲，我感冒了，会传染。"陆语推了推他，嗓子有点哑。

唐奕承却一点放过她的意思都没有，说："没事，我身体好，不怕。"

"……"陆语无语凝噎。

本来唐奕承只是想帮她舔掉水珠，来个浅尝辄止的小情趣而已，可惜他到底高估了自己的克制力和忍耐力，一沾到陆语那两片软糯的唇瓣，他便一发不可收拾，浅啄瞬间变成了法式深吻。姜汁留在味蕾上的热辣感一时散不去，可陆语却觉得这男人伸进来的舌头比姜汁还火辣，她被他亲得发蒙，顿时连嗓子眼都快要冒火了。

两人的唇还粘着，唐奕承的手突然将陆语拦腰一抱，顺着劲把她的腰身往下一拗，陆语本来感冒就头晕，还没反应过来，她就感觉到自己被唐奕承放平在床上了。他的大长腿转而往她身上一压，就这么在短短的一秒钟内，彻底将她禁锢在自己身下了。

唐奕承这个吻十分专注，他在陆语试图抗拒时半强迫地进攻，含着她的双唇不停地吮吸，伸出舌头有力地描绘她的唇形，却在她真的快要抗击不过、呼吸不畅时，再慢条斯理地退开，改而流连地轻啄着，等到她刚深呼吸几口气，便再次捉住她，含在嘴里挑弄。

　　外面天寒地冻，卧室里的暖气却足得很，两人都只穿着睡衣，隔着那两层薄薄的睡衣，陆语清晰地感觉到唐奕承某处的变化。按照这阵子的规律，这个钟点确实是雷打不动的活色生香时刻，可今天……陆语感冒身子难受，光是这么亲着，她已经觉得全身无力，像是要飘飘成了仙一般。

　　"唐……我能不能请假啊……"

　　听她小猫呜咽似的嘤咛从彼此紧贴的唇间溢出来，唐奕承突然低低地笑了。陆语一见他笑，更觉不妙，觉得他特别像大尾巴狼。

　　可没想到唐奕承下一秒竟是真的松开了她，蹭了蹭她的鼻尖，翻身躺到一边去了。他的声音低沉动人，像是月色里流淌的溪水："嗯，今晚给你放假。"

　　他怎么忍心把她折腾坏了呢？

　　陆语摸了摸湿乎乎的嘴唇，呼吸还有些急促，她躺在床上喘气，小脸一片霞红。

　　"亲两下就这样了，真没出息。"唐奕承眸光浅浅，给她盖上被子，掖好被角，他亲了亲她的额头，"你先睡吧。"

　　唐奕承是带着笔记本电脑进来的，他开了一盏立式台灯，就坐在卧室的沙发里看工作邮件。

　　平时他都是在书房办公的，可今儿个不知道怎么了，他就是想和陆语待在一起。好像他只要一分钟看不见她，她就会受委屈，然后她受了委屈又不告诉他。

陆语本来确实有点困了，可唐奕承坐在那儿，她反而睡不着了。她躺在床上睁着眼睛，视线在天花板和沙发上的男人之间巡睃了两轮之后，她问："快过春节了，你要回纽约吗？"

虽然是移民二代，但美国的华人家庭还是有过春节的习惯的。

唐奕承的目光没离开电脑，淡淡地说了句："不回了。"

"为什么？"陆语有些惊讶，困意顿散，"你要沈阿姨一个人过春节啊？"

沈素芳是唐奕承的妈妈，唐父去世得早，当年家境不好，沈素芳在富人家帮佣，也没过过什么好日子，还是这些年唐奕承争气，沈素芳的生活才得以改善。

陆语和唐奕承拍拖时，曾经见过沈素芳几次。沈素芳待人谦和有礼，对陆语的印象很好。有次沈素芳帮佣的那户人家送了她一条挺贵重的项链，她还转送给陆语。陆语记得当时沈素芳跟她说"阿姨年纪大了，不适合戴这个，你们小姑娘戴着才漂亮"。

陆语心里涌起一堆问号，唐奕承却依旧双腿交叠坐在沙发里，那副姿势慵懒又寡淡，他弯了弯唇，道："我回去，难道留你一个人在这儿？"

原来他是担心她，陆语莞尔，道："我可以跟你一起回纽约过年啊。我好久没去了，还挺怀念的。"

陆语在纽约过过春节，不是寒假，学校没假，她回不了B市，就跟唐奕承和沈素芳一起过的节。现在想起来，陆语都觉得那时候多温暖啊，如果没有唐奕承母子，她在大洋彼岸孑然一身，该有多孤单呢。

　　可唐奕承在听到陆语那个提议时，像是想起什么，手上的动作猛然一顿。

　　敲击键盘的声音戛然而止。

　　陆语还没回过味，唐奕承已经说："我们不用回去了。"

　　他的声线平静，可细听之下，还是能听出些许的波澜……

第十四章
新年夜的小九九

陆语睡着之后，唐奕承看了眼时间，放下笔记本电脑，握着手机离开卧室。

轻掩上门，他去了书房。

书房的窗很大，可以看到外面的花园，造型漂亮的园艺灯亮着，冬夜的暖光折射在玻璃上，映出唐奕承的身形。那抹朦胧又完美的轮廓犹如海报上的男模一般，却又带着点说不清道不明的孤寂感觉。

唐奕承微微低头，在手机上按下那串熟悉的数字，然后把手机举到耳畔。

冬令十三小时的时差，此时纽约正值上午，也是冬季，但日光倾城。

待机铃声响了很短，对方接起，妇女的声音里透着喜悦："奕承？"

"嗯，妈。"唐奕承薄唇轻动。

唐奕承原本每周都会跟沈素芳通话，不过最近他摊上的棘手事太多，通话时间没那么固定了。

沈素芳那边有嘈杂的英语对话声，像是在买东西，她跟电话外的人说了句"等一下"，便对唐奕承说道："下周就是春节了，你哪天回来？我正在中国城的超市买食材，今年的年夜饭咱们在家吃吧，妈给你做……"

沈素芳雀跃的声音落下，电话里静了少顷。

"喂？奕承？"

"今年春节我得留在 B 市，等节后我再找时间回来。"唐奕承慢半拍地回道，声线平缓，似乎早已打算好。

期待变成失落，只是一瞬间。

"为什么啊？你上次回纽约就连家门都没进，是不是公司打理得不顺啊？还是你交女朋友了？"儿子大了，不会什么事都跟当妈的报备，沈素芳全靠瞎猜。

唐奕承依旧波澜不惊地说："我交女朋友了。"

沈素芳这下不得不惊讶了，这些年，往唐奕承身边凑的女人不计其数，其中还不乏金发碧眼的洋妞，可她从没见儿子多看过哪个女人一眼啊。

越想越不对劲，末了，沈素芳的嗓音不由抬高八度："你不会是又跟陆语好上了吧？"

抛出这个问题时，连沈素芳自己都觉得荒谬，不可能。毕竟这么多年来，"陆语"的名字就如禁忌，哪怕是母子之间都刻意避之不提。

可在唐奕承那声沉缓又笃定的"是的"之后，她脑子顿了一下，只剩一脸怔忪。

电话里再次陷入缄默。

窗外灯光似乎都暗了。

唐奕承几乎能想到沈素芳接下来会说什么，比如，你忘了当初你被她害得差点去坐监啊？你忘了这七年你有多恨这个女人啊？你忘了妈妈那时为了把你从拘留所里弄出来，急得一夜之间白了头发啊……

也许，在爱情的世界里，除了彼此相爱的两个人，别人都是旁观者。在旁观者眼中，爱就是爱，恨就是恨，一段感情最理想的状态就应该是爱恨分明，当断即断。可没有人比当事人更清楚，曾经那些因爱而生的"恨"，无论有多深，最终却还是敌不过那深入骨髓的"爱"。

唐奕承不知道这些要怎么跟沈素芳解释，只能做好听她发牢骚的准备。

可沈素芳的嘴唇翕动了老半天，最终她竟然只说了句："你自己的事，你看着办吧。"

说完，她便挂了电话。

听着那阵冷淡的"嘟——"音，唐奕承揉了揉不知何时蹙起的眉心。

这是唐奕承预想中的情况，他原本没打算这么早就跟沈素芳挑明的，可既然陆语早晚会进唐家的门，他早说晚说都一样。

遮遮掩掩的，就不是爱了。

有时候，爱情是最脆弱的，只要一个误会，便会被撕扯得分崩离析；可有时候，爱情，却又比任何感情都要坚固，甚至是牢不可摧。

回到卧室时，唐奕承借着床头的灯光，看了看睡熟的陆语。

灯影中，陆语长长的眼睫毛形成了极好看的弧线，根根分明又很浓密。不知是不是灯光太柔和，她的眉目都是淡淡的，唇色也淡，皮肤白得近乎透明，就像一个晶莹剔透的瓷娃娃。

熟悉的人儿啊，就这样看着，都好。

唐奕承眼眸底下的凝重不知不觉就消散了，他摸了摸陆语的脸，上床，从身后搂着她入睡。

陆语眠浅，感觉到有热度贴过来，她翻了个身，把脸埋进唐奕承的胸膛，手臂环在他腰上。睡梦中，她耳边便是隔着肌肉和骨骼的他的心跳声，一下一下的，沉稳有力……

伴着那声音，陆语一夜好眠。

除夕，很快到了。

外地人都回家过年去了，B市街上空了一半，热闹全在家家户户的门里面。

工作室清闲下来，冯晓冬跟陆语请了半个月的长假，美滋滋地踏进了春运大潮。唐奕承用人严格，却不苛刻，唐宅的用人愿意回家过年的回家，愿意留下的有三薪。

除夕这天下午，唐奕承还有公事要处理，一直在公司，说是会到点回家吃年夜饭。

陆语在唐宅忙活年夜饭，其实本来不用她下厨的，但这是她在家散了之后，第一次过上像样的除夕夜，心里暖洋洋的，她想着还是自己动手包饺子给唐奕承吃吧。

厨房很大，长方形的操作台，各种锅具和刀具一应俱全，跟餐厅后厨的配备差不多。

外籍大厨是位不到三十岁的帅小伙，一双蓝眼睛瞪得溜圆，直愣愣地看着陆语砰砰砰剁馅，唰唰唰和面，手脚利落得跟机器人似的。大厨默默哀叹，白瞎了他那些空运来的矜贵食材，全剁碎了啊。

和好馅，陆语闻了闻，扭头跟大厨竖起大拇指，用英语说："谢谢你的澳洲龙虾啊，挺提味的！"

"……"大厨露出一口白牙苦笑，说好的芝士焗龙虾呢？

包饺子的准备工作就绪，陆语习惯现吃现包，看了看时间尚早，她把围裙一摘，转身出了厨房。

别墅门大开，秦叔正在门口贴春联，陆语瞅着已经贴好的上联，蹙了蹙眉。美式别墅贴春联，感觉好违和啊。

秦叔回头看到陆语拧着眉毛，就知道她在想什么，老人家乐呵呵地说："过年嘛，图的就是个喜兴，唐人街每逢这时候还不是也大红灯笼高高挂啊。"

"也是啊。"陆语笑了笑。

秦叔是个明白人，自从宁晞那些事之后，他心里也挺不好受的。俗话说，子不教，父之过。他虽然不是宁晞的爸爸，但好歹也是长辈，没把小辈教育好，他总觉得难辞其咎。

再者，这阵子相处下来，他发现陆小姐待人随和，一点架子都没有，这会儿便跟陆语打开了话匣子："陆小姐，宁晞那丫头不懂事，以前她多有得罪，你别见怪。她前几天已经回纽约了，说是不会再来 B 市了……"

陆语了然，大大方方回道："秦叔您多虑了，我没怪宁晞。"

能被拆散的爱情，就不是爱情了。两人相爱是要走一辈子的，哪能总是一帆风顺，没点儿波澜呢？如果爱情真是一摊纹丝不动的死水，那样倒是稳固，可也就没意思了。有时候，兴起点风浪，才更能考验一段感情。

更何况，都是女人，陆语也能理解宁晞的心理。

宁晞为唐奕承付出了很多感情，却求而不得，伤心之余她难免会钻牛角尖，如果她就这么放弃了，那她付出的一切岂不是浪费了？感情就像赌博，下本投注，输了的人永远不会甘心，总想着再下点本，兴许就能赚回来了。可结果，往往是越输越多，越赔越惨。走投无路又看不到希望的人，最容易走上极端，一念之间，爱成痴成魔，就会做出糊涂事。

秦叔见陆语不计较，笑得脸上的皱纹都深了。转身，他拿出几张窗花递给陆语，说："这是之前买春联送的，你看要不要贴在你和唐先生的卧室里。"

"好啊，谢谢。"陆语接过来。

可一看那几张窗花，陆语的脸立马红了，镂空的剪纸手艺精湛，可图案全是红彤彤的亲嘴鱼，一对一对的。这要是贴在卧室，不得弄得跟洞房似的？

转念一想，陆语捏着窗花走上二楼，往书房去。

她鲜少进唐奕承的书房，拧了一下门把，门没锁。

书桌后边的飘窗挺大，陆语撕开窗花上的双面胶，从左到右在玻璃窗上一共贴了三对。一溜胖乎乎的鱼儿剪得惟妙惟肖，全都嘴对嘴，翘着尾巴，火红的一片，效果有点喜感。

陆语顺便脑补了一下，唐奕承推门进来看到这些胖鱼时的表情，大概是……哭笑不得吧。

陆语嘻着笑收回视线，可就在她转过身的那一刻，她的笑容隐隐一僵。

唐奕承的书桌上放着一沓文件，如果不是上面的"梁氏"刺了陆语的眼睛一下，让她疑窦顿生，她肯定不会打开那份文件。

唐奕承怎么会有梁梓行公司里的东西？

带着那点疑惑，陆语随便翻了两下，孰料就是这一看，她的眸光当即凝住，指尖也微微发颤。

这些梁氏的内部资料应该是唐奕承派人查到的，包括梁氏在禧景湾项目上涉及的所有下游厂商和报价。

陆语虽然不太看得懂专业的商业数据，但禧景湾的案子她是知道的，竞标早就结束了。难道是唐奕承不服输，准备再把项目从梁梓行手里抢回来？可是不太可能啊，前阵子新闻里还报道过，地盘已经开始动工了。

陆语还没搞明白，却是越看越心惊了，资料的内容不只是禧景湾度假村这个项目，竟然还包括了梁氏的资产评估，税务状况等核心商业机密。

莫非……唐奕承要搞垮梁氏？

有那么一刹那，陆语脑中猝然冒出的这个念头，令她全身都泛起细小的战栗。

不，不会的。

她连连摇头，像是要把什么不祥的预感赶出脑袋一样。唐奕承不是那种人，他不会在背后害人，就算他一直跟梁梓行不对付，又在竞标中输了案子，他也不至于暗地里给对方插刀的。

她的唐从来都是光明磊落的啊，他曾经是那个宁愿用拳头解决问题，也不会跟人钩心斗角的少年啊。

嗯，一定是她想多了。

陆语拼命这样说服自己，一颗扑通乱跳的心总算回归平静。

傍晚六点，唐奕承回到别墅时，陆语已经在厨房煮饺子了。

一颗颗皮薄馅大的饺子下锅，在沸水里滚动，像是硕大的白珍珠在海浪里翻腾。

"这种事，你让用人做就行了。"

好听动人的声音突然从陆语耳后传过来，站在锅边的她吓了一跳，歪头，她就看见唐奕承站在边上。他的领带松开了，衬衫领口的纽扣也解开了两颗，微微露出一点儿平直的锁骨，集冷峻和性感于一身。

"你走路怎么没声音的。"陆语笑着嘟囔一句，目光往上，凝在唐奕承脸上看了一会儿。

他的相貌这样出色，唇边稍稍一点笑意，眼角眉梢似乎都已沾染，更显五官清隽生动，怎么看都不像奸商呢，陆语更加确信下午的时候是她想太多了。

被她这样专注地瞅着，唐奕承眸中笑意渐深，他微微一低头，在陆语唇上啄了啄。大概是刚从外面回来，他的唇凉凉的，舌尖却是热的，唇齿间冷热交叠，激得陆语赶紧别开脸。

"你别闹了，快出去。"陆语紧张兮兮地给唐奕承使个眼色，厨房里还有别人呢。

金毛大厨倒是一点都不大惊小怪，他是外国人嘛，开放。他冲这对主人笑了笑，转而继续聚精会神地烘焙马卡龙去了，他新创的芥末口味，绝对能赢未来女主人的龙虾馅饺子。

唐奕承没亲两下就无情地被陆语推出了厨房，他沮丧的表情尚未展露出来，西裤侧兜里的手机就在这时响了。

陆语摸了摸自己的嘴唇，上面好像还沾着熟悉的气息，让人有点脸红心跳。她出神间，锅里的沸水漫上来，她赶紧加了最后一碗冷水进去，翻滚的饺子偃旗息鼓片刻，继而再度浮上水面，熟了。

关火，盛饺子，陆语端着冒热气的餐盘走去客厅。

虽然只有两个人，但年夜饭的丰盛程度不必多说，陆语的饺子是心意，用来压轴的。餐桌上已经摆好了其他菜，满满的一桌。

她把饺子也放上去，刚要叫唐奕承吃饭，就见他拿着手机从旋转楼梯上走下来，灯光映衬下，他的脸色却有些阴郁。

"小语，饺子晚点再吃，我得出去一趟。"

陆语怔了怔，问："怎么了？"

唐奕承走过来，摸了摸她的头，沉吟片刻，才说："我妈来了，我得去机场接她。"

陆语听到这个消息，最直接的反应是惊喜，可那瞬惊喜很快被她压下去。她越发看不懂唐奕承的表情了，沈阿姨来是好事啊，这男人的脸怎么沉成这样呢？

不等她发问，唐奕承已经拎上外套要出门了。

陆语看了看一桌子菜，心里忽地空了一下，那空缺的地方随之被一种叫失落的情绪填满。可就在这时，已经走到玄关处的唐奕承突然驻足，回头，看向陆语。

"你和我一起去吧。"他说。

唐奕承叫陆语出门叫得急，她一点心理准备都没有，直到胡乱套上大衣坐进车里，她才后知后觉地反应过来，自己这是要去见沈素芳啊。

坐在副驾上，陆语赶紧拉下遮阳板化妆镜，对着镜子重新扎了遍马尾辫，又把碎发掖到耳后……尽管沈素芳早就见过陆语了，而且还夸过她长得漂亮，但毕竟都是好几年前的事儿了，人都是有变化的，再次见面她总得先给阿姨留个好印象啊。

可在唐奕承接下来说出的那句话里，陆语的手猛地一僵，手指就这么陷在发梢里顿住了。

"等会儿不管我妈说什么，你听听就好，别往心里去。"

陆语一点都不笨，如果这话她还听不出味儿来，她就白活这些年了。难怪唐奕承不带她去纽约过年，难怪得悉沈阿姨过来，他脸上却没有一丝笑容……

"沈阿姨是不是不喜欢我了？"

陆语把遮阳板掀回去，后背靠进座椅里，明明是努力让自己放松的坐姿，可她却觉得浑身的神经都绷紧了。

唐奕承不能不给她打预防针，又不想给她压力，他单手握着方向盘，一手伸过去摸了摸陆语的头，声音和煦下来："我喜欢你就行了。"

这话耐人寻味，陆语闷了半晌，才从鼻腔里溢出一声"嗯"。

除夕夜街上反而分外冷清，平时总是堵得水泄不通的马路现在一路畅通，唐奕承的车速快，从唐宅到机场全程风驰电掣，不过用了四十分钟。

沈素芳是在飞机落地的时候打电话给唐奕承的，出海关加上提取行李，估计她这会儿人已经出闸口了。

陆语跟他两人快步走进航站楼，朝闸口的方向走过去。

不长不短的一段路，陆语的头一直微微垂着，眼睛盯着不断在地面交替的鞋尖，她突然觉得心脏也跟鞋尖似的，跳动得近乎慌乱了。

尽管有了心理准备，在闸口见到沈素芳的那一刻，陆语的心还是又凉了半截。

都说年龄是女人的致命性硬伤，然而时隔多年，沈素芳的变化倒是不大，好像除了脸上多了一些细纹，她还是陆语记忆中的样子。过耳的短发，偏瘦的体型，虽然上了年纪，可从她那张面容上依然能够看出她年轻时也是个美人。

"阿姨，好久没见了。"陆语站在她面前，笑了笑，尽量让自己笑得自然。

沈素芳却没笑，只是跟她略一颔首，便把视线移向唐奕承，多少有些责怪他怎么把陆语带来了。

唐奕承权当没看见，他面无异色，只道："先回家吧。"说着，他接过沈素芳手里的拉杆箱，直接往停车场走了。

唐奕承腿长走得快，走了两步，他像想起什么似的，突然放缓步子。等陆语跟上来，他悄然握住她的手，然后继续走。

他这个举动不刻意，也不唐突，就像每次牵住她那样，可陆语还是心头一惊，她下意识地看了一眼走在旁边的沈素芳，就想往回缩手。

不料，唐奕承却在这个时候随之施力，把她的手握得更牢，那力量一分不多，一分不少，恰好能够攥住她，又不会让她觉得疼。

沈素芳没说话，不过脸上的不高兴却是明显了几分。

知子莫若母，没人比沈素芳更了解这个儿子。她知道唐奕承带陆语来接机，又牵着陆语的手，并不是故意向她示威或者摆明立场，而是唐奕承就是这样的人。他平时对陆语怎么样，这会儿还是怎么样，不会因为有沈素芳的存在，而让陆语受委屈。

只要是他喜欢的东西，他在谁面前都不会掩饰。

上车，陆语把副驾的位子留给沈素芳，自己先一步坐去了后座。

沈素芳一直绷着的脸，这才稍稍缓和些许。

唐奕承发动车子，问她道："你还没吃饭吧？"

"嗯，就沿路找个餐厅吃吧。"沈素芳不咸不淡地回了句。

唐奕承刚想说家里备了年夜饭，陆语已经抢先接了话道："好的，听阿姨的。"

她不想再找沈素芳不痛快了。

从机场高速进入市区，稍微上点规模的酒楼一早都被吃团圆饭的客人订满了，三人随便找了间中餐厅，点了几道菜。

以前家境所致，沈素芳养成的节俭性子，并未因现在的衣食无忧而有所改变，她依旧是穿着朴素，打扮低调，对吃东西也没有过多要求。再加上几人各有心思，一顿所谓的年夜饭，大家都吃得食不甘味，话也不多。

碗筷间，唐奕承抬眸看了眼陆语，她的眼睛无波无澜，出神地望着面前剩下的半盘饺子。那盘饺子是沈素芳点的，不算好吃，唐奕承只夹了一颗吃，就没再动筷子。

餐厅里的暖气足，饺子还没凉，盘边冒出丝丝缕缕的热气。那热气，氤氲在陆语眼眸底下，不知她是不是想到了自己包的那盘饺子，她的眼睛雾蒙蒙的，看得唐奕承心头微微一疼，像是被小刀割了一道似的。

快吃完饭的时候，趁着沈素芳去洗手间的空当，陆语跟他说："今晚我还是回陆宅住吧。"不然，这么下去得多别扭。

唐奕承眸光浅浅地看着她，始终表情寡淡的脸竟是忽而展现一丝笑意，道："你的意思是，让我把我妈一人晾在别墅，然后跟你回陆宅住？没有这么当人家儿媳妇的吧。"

陆语消化了一下他的话才反应过来，顿感哭笑不得，道："你怎么还有心情讲笑话啊。"

"有我在，你别胡思乱想了。"唐奕承说得轻松，招手叫服务生埋单了。

唐奕承不肯让陆语落单，沈素芳倒也没有任何异议，她其实早就猜到这俩目前处于同居状态了。可她越是嘴上什么都不说，陆语心里越不踏实，她又不是瞎子，沈素芳的臭脸从在机场看到她开始，就没卸下来过。

秦叔听说唐妈回来，已经收拾好了二楼的客房。

打道回府，沈素芳直接上楼，把唐奕承叫进了客房。

陆语拖着沉甸甸的脚步回到卧室，轻轻关上门，她这才终于松口气。她揉了揉笑得僵硬的脸，唇角陡然垮下来，这一晚真累心啊。

母子俩关上门说的话，陆语完全不敢去猜想，估摸着沈素芳嘴里一定没好话，也不知唐奕承是否会被母亲的话影响。如果沈素芳不同意他们在一起，那他又会坚持到底吗？

打开电视，陆语抱膝坐在床上看春晚。一个人的卧室太安静，静了就会让人胡思乱想，她必须得弄点声音出来。可是，相声、小品、歌声伴着主持人抑扬顿挫的欢快嗓音，传进陆语耳朵里时，却是从她左耳进右耳出了。

她的心在别处。

其实陆语也挺理解沈素芳的，那些年想必她这个当妈的也不好过吧。久别重逢，她和唐奕承争吵过，猜忌过，也狠狠地相互再次伤害、折磨过，最终才得以解开心结。那么沈素芳呢？她始终是个旁观者、不知情者，母亲的天性使然，她会对儿子产生本能的维护，她不会仔细考虑陆语受过的创伤，她只会对伤害过儿子的人心生排斥。

这也算正常。

可就是因为想得通透，陆语愈加难受。

以前沈阿姨对她的好，一点一点地浮现上来，跟现在两相对比，那种反差令人格外伤心。陆语一直以来都认为在那段千疮百孔又死而复生的感情里，唐奕承跟她承受的痛苦一样多，可到头来，却好像并不是这么回事。他至少还有个妈疼他，而陆语，真的什么都没有了，哪怕是连一个关心她的亲人都没有了。

她只有他了。

"十、九、八……"

电视机里传出农历新年的倒数声。

那一秒一过的数字，仿佛敲击在陆语心上，配合着她的心跳，空落落地回响着。

外面世界的热闹，无形中催化了人心的孤独。

"……三、二、一！新春快乐！"

在那随之而来的辞旧迎新的祝福声中，陆语缓缓闭上眼睛，向后仰倒，整个人躺进软床里。不知不觉，有眼泪顺着她的眼角流下来，顺着脸颊的弧度流进耳朵里。她耳畔忽然诡异地静了，心跳似乎也停了，她好似沉溺进了安静的水下。

窗外响起鞭炮声。

又是一年。

隔着一条静谧的走廊，和那扇紧闭的客房房门，唐奕承站在窗前，沈素芳坐在沙发里。

沈素芳的脸色还是不好，但到底不是凌厉的人，她叹口气，刚要张嘴说什么，只听有道低沉的、喑哑的嗓音从窗前飘过来。

"我和小语曾经有个孩子……"

沈素芳的嘴唇猛地一抖，喉咙像是被人一把掐住，阵阵发紧，所有反对两人交往的话倏然被堵在她唇边。

没有错，她也是个母亲，失去骨肉的那种痛苦，她曾经感同身受过。

唐奕承静静地看着她脸上那抹震惊，幽静的月光笼在他身后，他像是从很远很远的、缥缈的月光中走来，沉敛又平静。

他的嗓音如徐徐波动的水，沉缓，也坚定。

"以前我不知道，这七年，小语比我受的苦多。陆爸爸和陆奶奶都走了，她现在在这世上只有我一个亲人了，如果你能接受她，那以后你也是她的家人。如果你不能接受她，我也不会勉强你，但我还是会把我剩下的人生，都交给她，就这样。"

就这样，就够了。

唐奕承不再多说，也无须多说。

沈素芳的神色变了几变，有那么一瞬间，她在为往事震惊之余，也仿佛看到了二十一岁的唐奕承。

少年握着拳头咬紧牙关说，他不甘心，他要报复陷害他的人，要把所有失去的都找回来……如果说，当时沈素芳不理解儿子所谓的"所有"指的是什么，那么，现在，她懂了。

唐奕承用了七年时间要找回的"所有"，从来就只是……陆语。

直到新年的钟声敲响，才扯回沈素芳的混乱神思，她跳过了很多思绪，只剩唇边一声轻叹："小语也是个可怜的姑娘。"

春晚不知何时结束了，陆语迷迷糊糊地睡着了，后来又被窗外的鞭炮声吵醒。

卧室里还是只有她一个人，她摸索着拿起手机看了看，手机里进来很多祝福短信，她迅速略过，只看了眼时间。

快到凌晨一点了。

晚上吃饭的餐馆味精下得重，陆语嗓子干，她从床上坐起来，掩上门，下楼喝水。途经客房，她瞥了眼那扇紧闭的门，没来由地心慌了一下。

唐奕承被沈素芳叫进去那么久，也不知道说了什么。

唐宅的餐厅在客厅和厨房之间，陆语走过去，看到用人没有收拾餐桌，一桌子丰盛的菜肴仍维持着她和唐奕承出门去机场时的原样。

她随意扫了一眼，便收回视线，准备去饮水机接水，可蓦然间，陆语像是发现了什么，神思一紧，她再次看向餐桌。

她包的饺子不见了？！

陆语犹在疑惑着，忽然有脚步声靠近，她飞快地扭过头，就看见唐奕承走进来。

他没换衣服，挺括平整的衬衫和西裤衬得他身形完美，脸上的表情淡淡的。他手上拿了盘饺子，看样子是刚去厨房热过的，还冒着热气。

陆语面露惊诧，问道："你和沈阿姨聊完了？你怎么不去房间叫我？"

其实，唐奕承刚才去卧室找过她，发现她睡着了，眼角还缀着眼泪，他没忍心叫醒她。

不过唐奕承不准备说那些，在餐桌前坐下，他朝陆语勾了勾手指，道："过来，先吃饺子。"

陆语此刻的心思根本不在饺子上，她挨着唐奕承坐下，脸上勉强保持着平日的镇定，问："阿姨刚才跟你说什么了？"

唐奕承不疾不徐地递了双筷子给她，唇角勾起一抹微笑的弧度，道："吃完了，我就告诉你。"

陆语无奈地看向他，小眼神软软的，隐隐透着一点紧张，说道："你能别吊我胃口吗？"

"你包的饺子，一直吊着我胃口呢。"说着，唐奕承夹起一颗饺子，送到唇边吹了吹，吃了。

他吃了一颗，又一颗，又一颗……

难怪这男人晚上在餐馆不动筷子呢，原来是惦记着她的龙虾饺子。陆语拔凉了一晚上的心，突然就热乎起来了。

见她傻坐着看他吃，唐奕承夹起一颗水饺，递到陆语嘴边说："你真是越来越娇情了，还要我喂你吃？"

陆语顾不上他的揶揄，乖乖张开嘴巴，清澈的眼睛凝在他眉宇间。

唐奕承眼里是她熟悉的那种宠爱，带着一点极浅的笑意，她就倒映在那笑意里。那种盛满全世界的感觉，让陆语顿时忍不住想要泛起泪意来……

大年初一。

陆语本来是想睡个懒觉的，可想起唐奕承昨晚跟她说的话，她还是在早上九点便从床上一骨碌爬了起来。

昨晚无论陆语怎么追问唐奕承，他都不肯说沈素芳究竟跟他聊了什么，只说，沈素芳今天要跟陆语去逛街。

陆语一开始听到这话有点紧张，琢磨着沈阿姨不会是要在私底下跟她说什么不好听的话吧。可转念一想，陆语又稍稍释然了，沈阿姨不是那种尖酸刻薄的人，她应该是在向自己示好呢。

这么想着，陆语的心情总算没那么压抑了，大早上唐奕承还没醒，她已经钻进洗手间洗漱了。

对着占据半面墙壁的欧式雕花镜子，陆语沾湿发梢，往下捋了捋。她是过肩的直发，睡觉压乱了，发梢弯弯的不好看，她用水顺了几次还是不够服帖，索性拿卷发棒在发尾卷了几个大卷。

镜子里的陆语化了点淡妆，眉如黛，眼如杏，鼻尖小巧，鼻梁秀挺，皮肤白里透红，宛若泛着粉光的剥壳鸡蛋。乍一看，像是原来那个人，又有哪里不像了。果然，一个女人无论再怎么天生丽质，也还是需要化妆品点缀的。这么一打扮，陆语看起来比平时少了一分稚气，多了一分娇美，只让人觉得眼前一亮。

唐奕承推门走进洗手间的一刹那，看到的就是这样的陆语。

他眼眸里还带着晨醒时的惺忪，嘴角已经蓦地勾起一个微小的弧度说："你跟我出去也不见精心打扮，怎么跟我妈出去变得这么积极了？"

说话间，唐奕承近了陆语的身，从身后环住她，镜子里映出彼此交叠的身形。他只穿了件白色的睡袍，带子系得松垮，前胸的热度透过衣料传递到陆语后背。

她身子僵了一下，从镜子里看着他。

眼睛一弯，陆语笑得又软又萌，说道："丑媳妇见公婆，怕被人嫌弃啊，当然得好好拾掇一下自己了。"

"原来你这么急着给我当媳妇。"唐奕承微微低头，嘴唇蹭着她的耳垂低低地笑开了。

陆语意识到自己上套了，有点懊恼，也有点羞涩，道："你别闹了……痒……"

她刚歪了歪头想要避开他的唇，唐奕承却猛地手臂一紧，就这么将她抱了起来，陆语的拖鞋掉了，脚尖掠过地面，她的惊呼声还卡在嗓子眼里，转眼已被那十分强势的臂弯抱到了大理石洗手台上坐着。直到坐稳，陆语才发现彼此的姿势是，她坐着，他站着……站在她双腿间。

借着身高优势，唐奕承把她整个人都拢在了自己的掌控范围之内，他捧起她的脸颊，一瞬不瞬地看着。

这一刻，是无声的。

只有他那安静却灼人的目光，滑过她的长发，她的脸颊，她的眉，她的眼，最后落在她的唇瓣上。他明明什么都没做，可陆语却觉得脸颊脖子全都滚烫一片；他明明没吻，她却觉得像是被他吻了很久一样。

"你还记得我们第一次见面吗？"唐奕承问她。

不知道他为什么突然提到这个，陆语点点头道："当然记得啊。"

那时她被唐奕承从留学中介那位色魔手里救出来，她好像一条小尾巴一样，跟着他沿着哈德逊河的河岸走了好久，好久……直到他踺踺地转过头，睥睨着她。

跟现在一样，他也是这样黑得发亮的眼睛，慵懒又肆意。

就是那么一眼，让陆语的少女心扑通扑通跳个不停，仿佛那波光粼粼又平静徐缓的河面被人投下一颗小石子，荡起一圈圈的涟漪。

那是彼此人生的初见。

惊艳了，心动了，那一幕像是被刻在脑海里、心尖上，谁都不会忘记。

陆语关上记忆闸门的那一刻，就感觉到原本落在她脸上的灼热目光悄然消失了，下一秒，唐奕承头一低，重重地压在了她的唇上。

她怔了须臾，不自觉地微微张开嘴，缠住他的舌，彼此舌尖相触的那个瞬间，她当即换来唐奕承更加疯狂的反噬，唇舌撩拨着，吮吸着，纠缠着，他的眸色深了又深。陆语还没来得及换衣服，丝绸睡衣下缘不知何时有滚烫的手伸进来，沿着她玲珑的腰线和细嫩的皮肤一路往上，握住他最爱的那处，肆无忌惮地挑逗。

陆语的身子狠狠抖了一下，慌忙伸手过去，抓住唐奕承的手腕，红着脸道："我和沈阿姨要出门呢，没时间了。"

"让她等会儿，没事。"唐奕承一点要停手的意思都没有，他嘴角噙着笑，眼里淬着火，"是你先招惹我的，谁让你今天这么漂亮……"

"……"男人啊，男人。

速战速决，陆语真怀疑自己是只冰激凌，快要被他吃得融化了。从洗手台上下来时，她的腿都是软的，打理过的头发也乱了。没时间重新梳理，她只能扎上马尾辫，急匆匆地换上衣服，就要下楼。

唐奕承倒是不疾不徐的，用那种惬意又清醇的声音问她："要不要我陪你一起去？"

陆语瞪他一眼，波光犹存的眼神没有丝毫威慑力说："不用了！"沈阿姨又不是他，不会把她吃了的。

陆语下楼时，沈素芳已经穿戴整齐，坐在客厅的沙发上等她了。

"不好意思，我起晚了。"陆语压下那丝心虚，抱歉地笑了笑。

沈素芳看了看她脖颈上的那串红痕，不动声色道："没关系，我也刚收拾好，走吧。"

"……"

两个女人出了门，唐奕承进了书房。

他给蒋仲勋打了个电话，问候了春节快乐之后，他直切正题："梁氏在禧景湾度假村项目上使用伪劣建材的消息，我的人今早已经曝光给媒体了。还有，梁氏这些年的偷税证据也一并透露出去了。"

一切都在预料中，蒋仲勋了然，道："梁梓行这次是在劫难逃了，我会吩咐禧景湾那边跟他划清界限，重新招标的。"

没有错，蒋仲勋正是景禧集团幕后的大股东之一。

从故意让周萱萱看到 Sunshine 的竞标书那一刻开始，梁梓行就落入了圈套。唐奕承之所以会开出二十亿的高价，也是算准了梁梓行为了赢他，会不顾一切地跟他死磕。梁氏资产不够，他只能去贷款，正规渠道贷不到，他就会去高利贷借，总之他一定会想方设法筹钱。可梁梓行却从来没有想过，他投入得越多，最后输得只会越惨，甚至是倾家荡产。

一击即中，直捣黄龙，唐奕承和蒋仲勋不给他留任何后路。

七年了，是时候清算了。

挂上电话，唐奕承离开书桌，背身而立看向窗外。他狭长的眼眸中，目光悠远而宁静。

冬日的阳光虽然温暖不了大地，却是和煦的、明媚的，如同那一天的纽约。

陆语去大学上课去了，唐奕承照例在给某间酒吧送完货后，驱车驶离，却不料在酒吧后巷被一位黑人拦下。

黑人个头高大，堵在货车前，厚嘴唇上穿了唇环，身上罩着件皮夹克。这人粗壮的手背上有蛇形文身，蛇信子文在指节下端，往上是蛇头，一路延伸至磨出毛边的袖口里，应该是整条手臂上都布满可怖的蛇身图案。

以前没认识陆语的时候，唐奕承身边也有坏朋友，他虽然没干过违法的事，但对类似的混混并不陌生，他们有自己的地盘，自己的生存方式。

以为对方要"借点钱花花"，唐奕承降下车窗，刚想让他滚，黑人已经把一个信封递进半开的车窗。

唐奕承皱眉，打开信封，里面的照片当即刺得他眼前一黑。一张一张翻过去，他捏住相片边缘的手指指节弯曲到僵白。

照片像是从视频中截下来的，并不算清晰，不过还是可以看出上面的女孩很漂亮，身体曲线玲珑有致，有她换衣服的、洗澡的……

而那个女孩，唐奕承再熟悉不过。

是他的小语。

开门，下车，唐奕承把信封塞进牛仔裤后兜，冷冷地问黑人道："你什么意思？"

黑人也不含糊，直接报了个数字："两万美金，照片归你。"

如果搁在现在，别说两万，两百万都不在唐奕承话下。可那时，他没有，真没有。

黑人见他双目赤红，站在面前一动不动，又说道："照片上的妞不错，两万块买点裸照回家自慰，也挺不错的。如果一个人欣赏不过瘾，还可以叫兄弟一起来玩……"

黑人的话尚未说完，一记重拳便迎面而来。

那么大的块头硬是没招架住，狠狠地向后趔趄了一下，他大概不知道唐奕承可是进过地下拳击场的人。黑人吐了一口痰在地上，痰里见血，是被打的。他立马气红了眼，不由分说就抢拳朝唐奕承胸口袭击过去，可这记力道十足的拳头却在近身的一刹那，被唐奕承闪身避掉了。黑人还没反应过来，胯下又中一脚，他疼得嗷嗷直叫，骂着脏话捂住裤裆，一手竟是从兜里抽出一把蝴蝶刀，如狼似虎一般朝唐奕承扑过来。

一场恶战在所难免，两人都被激怒，唐奕承不给对方任何反扑的机会，抄起地上的一个空酒瓶就朝黑人脑袋砸了下去。在对方血流满面的那个瞬间，他借势扣住黑人握刀的那只手，用力一拧，只听"咔嚓"一声，黑人的手臂就断了，整个人向后连连败退，倒在了巷子里，那条吐着信子的毒蛇垂在肮脏的地上，狼狈至极。

"照片你从哪儿弄来的？"唐奕承踩着他的脸，声音冷冽如刀，声带隐隐颤抖。

黑人不仅不吐露分毫，反倒继续口出秽语："照片算什么！还有视频，你要不要？视频更厉害，那妞真正，如果放到网络上……"他骂着骂着就没声了，竟是头一歪晕死过去。

唐奕承额角突突猛跳，恨不得把他的脸踩碎，却在这时巷子另一头传来钢管摩擦建筑外墙的刺耳噪音。显然是混混有同伙，几个面露凶相的黑人拎着钢管朝唐奕承步步逼近。

不可能硬拼，会没命。

唐奕承只能扔下半死不活的黑人，迅速跳上车，疾驰驶离。

直到小货车在纽约街头兜兜转转了无数圈，唐奕承几欲跃出胸口的心跳才平复下来。

少年，害怕吗？

害怕。

然而，唐奕承害怕的，并不是跟人斗殴。

而是那些照片，还有他没见过的视频。

那时的陆语还是个如花似玉的少女，假如那些东西外流出去……唐奕承不敢往下想，一脚急刹车，他把车停在路边，趴在方向盘上，痛苦地抱住头。

到底是什么人会做出这种龌龊事来？

他的小语那么干净，那么清纯，连被他碰一碰都会脸红的啊。

车窗外日光倾城，被玻璃窗过滤后的光斑投射在少年身上，却仿佛末日的乌云笼罩。

不知过了多久，唐奕承坐直身，把照片一张一张地撕成碎屑。那个时候，他的眼睛里像是翻滚着狂风，狂风扫过，这世界一片荒芜，满目碎屑。

根据陆语那些照片的背景，可以看出针孔摄像头并不是安插在唐奕承那间地下室的，而是装在她刚到美国那会儿入住的寄宿家庭里的。寄宿家庭就是留学中介的那位色魔安排的，显然摄像头也是他安装的，而黑人，很可能是他收买的。

这些，唐奕承不难推测出来。

可当他怒气冲冲地找上门时，色魔虽有忌惮，唯唯诺诺地承认了视频是他偷拍的，却坚决不承认自己曾找人拿视频去敲诈唐奕承。

他只说："视频被人买走了，高价。网上交易，不知买家为何人。"

查证中断，唐奕承知道事情远远没有结束，可能有更大的麻烦等着他，手持视频的人说不准哪天又会来勒索他。但他却万万没想到，最终找到他头上来的人，却不是勒索犯，而竟然是……警察。

黑人被打成重伤，送医急救才险险地捡回条命，却是落下终身残疾，被酒瓶碎片刺瞎了一只眼。如果闹上法庭，唐奕承的罪不会轻。被关在拘留所里，他很清楚，唯一为自己脱罪的方式，就是道出真相。

可，他做不到。

因为照片和视频不在他手里，那人既然能找上他，说明早已把他和陆语查了个底掉。他们在明处，而那人在暗处，唐奕承怕对方会狗急跳墙，报复在陆语身上。

那种不雅照是对一个女孩一生的伤害，阴影，恐怕一辈子如影随形。

　　少年啊，冲动又鲁莽。在某些事上不加考虑，本能地用拳头来解决问题，却在某些事上又处处谋划，小心翼翼地保护着心尖上的少女。

　　后来的事情不言而喻了，蒋仲勋帮唐奕承处理了一切。

　　他不知道蒋仲勋的人用了什么办法，撬开了黑人的嘴。黑人不仅同意撤诉，还乖乖透露了背后指使人的名字。

　　指使人也就是买视频的人，通知警方去肯尼迪机场抓捕唐奕承的人，以及将陆语从纽约带回国的人，都是同一个人。

　　那个人叫——梁梓行。

第十五章
共同的敌人

这个大年初一，唐奕承送了梁梓行一份大礼。

媒体曝出梁氏的丑闻时，梁梓行正陪梁母在餐厅用午餐。

在梁梓行接管公司前，梁氏一直由梁母打理。后来梁母隐居幕后，不太热衷过问公司的运营，常年独居在郊区的私家别墅里。

平时母子俩见面的机会不算太多，赶上过年，这顿饭吃得其乐融融。殊不知，用餐中途，梁梓行收到了新闻客户端推送进来的某则新闻，餐桌上的一片和谐，就此戛然而止。

梁梓行的视线落在手机屏幕上，心里咯噔一沉。

来不及深究，他已经霍地站起身，急声道："妈，先让司机送你回去，我得去趟公司。"

得知公司出事，梁母不肯先走，坚持跟梁梓行一起去了公司。

媒体炸锅，公司炸锅，好端端的 个年没法过了。

一众高管闻讯后，也全员到齐会议室，紧急商讨启动危机处理方案，希望借着春节股市休市期间力挽狂澜，否则节后开盘，梁氏很可能直接面临破产。但情况远比想象中严重，偷税漏税，外加使用伪劣建材的新闻一经曝光，税务部门和质监部门随时都会找上门来，到时一查起来，别说破产了，梁梓行分分钟会进局子。

事情怎么会突然变成这样？

在梁梓行头脑迟滞的那几秒钟里，他的手机响了。

一则短信跃然他眼底。

你欠我和小语的七年，是时候还给我们了。——唐

一句话，一个姓氏，分明那么干练简洁，杀伤力却似箭一般狠戾、尖利，直直刺中红心。梁梓行心脏的部位霎时疼得像是痉挛了，他当即面如死灰，僵如蜡像，连手里的手机都差点拿不稳了。

该来的，终于要来了吗？

唐奕承要他死，这是那个瞬间，梁梓行最为直接的反应。

如果说，人这一生或多或少都会体会到烦恼、焦躁和不安，但真正地感觉到"恐惧"的时刻却并不多，那么此时此刻，梁梓行陡然对"恐惧"这个字眼有了切肤之感。

那种从未有过的恐惧。

会议中途，梁梓行才稍微回神，他艰难地在会议桌上维持着最后一丝冷静，道："Sunshine 集团不甘心在禧景湾的项目上栽了跟头，这次是故意报复梁氏。我们得先打个电话给禧景湾那边。"

高管们纷纷附和道："梁总所言极是。梁氏现在和景禧集团是合作伙伴关系，如果项目出问题，双方一荣俱荣一损俱损，

这个时候大家必须形成稳固联盟，共同进退。"

可就在梁梓行拿起手机时，竟然有人出声反对："电话不用打了，景禧集团是不会帮梁氏的。"

十几道目光顿住一瞬，倏然射向开口说话的人——梁母。

她的眼神似有些涣散，宛若突然被什么东西抽走了魂似的。

景禧集团……

恍惚中，梁母就这么隐隐约约地想到了……某个人。

会议无疾而终，梁氏发给媒体的公关稿字字句句都像是在苟延残喘。

一个人回到市区的公寓，梁梓行扯掉领带，连鞋都没脱，便直挺挺地栽倒在客厅的沙发上。

落地窗的欧式窗帘半开半合，阻隔了部分阳光，客厅一半是光亮，一半是阴影。

梁梓行的神色隐匿在阴影之下，眼神穿透明与暗的界限，看向窗外。他手里拿着手机，界面显示着"陆语"的名字，他只要动动手指头，按下通话键，电话就会接通。

可不知过了多久，直到梁梓行缓缓合上眼皮，那通电话都没有拨出。

他仿佛又回到了第一次见到陆语的地方。

那是个阴雨绵绵的纽约午后，梁梓行在学校的国际学生办公室里做兼职。玻璃门推开，一位扎着马尾辫的女孩走进来。

女孩淋了雨，潮湿的刘海贴在脑门上，本该是狼狈的模样，可她的五官实在生得太漂亮太标致，竟然让人感觉不到一丝狼狈。尤其是她那双眼睛，大大的，很亮，像是倒映着湖光山色。

这就是陆语。

"你好，我来注册，是艺术学院的新生。"陆语的英文说得连贯，但初来乍到，到底有些生涩。

梁梓行冲她笑了笑，看了眼陆语递过来的资料，他随口用中文问了句："你是中国人？"

陆语捋了捋湿刘海，唇边笑容扩大，露出几颗小白牙，道："原来你也是中国人啊。"

"嗯。我在建筑学院读书，明年就毕业了。"不可否认，男人都是视觉动物，天性喜欢漂亮女孩，梁梓行也不例外，见陆语对着一堆英文表格拧起眉毛，他主动说，"我教你怎么填吧。"

"好啊，太感谢了。"

假如一个人的一生都会经历那么一次一见钟情，那么往后每每回想起来，梁梓行觉得那天大概就是他的一见钟情吧。

陆语是新生，梁梓行算是她的学长了，都是留学生又来自同个国度，他平时关照一下小学妹完全不在话下，也自然而然。

梁梓行家境优渥，自身条件也极好，追求他的女孩不在少数，可他属于性子心高气傲的那种，一般女孩入不了他的眼，他偏偏就喜欢陆语。喜欢看她坐在绿油油的草坪上看书，喜欢看她坐在餐厅一角啃三明治，喜欢……

孰料，他这种尚未来得及说出口的喜欢，在两人认识的第二个月，一夕之间彻底改变了。

那天梁梓行本来是准备跟陆语表白的，他连礼物都买好了，是一架新款单反相机。可就在他出门要去学校的时候，在公寓楼下遇见了唐奕承。

两个男人住在楼上楼下，却不是同一个世界的人。

唐奕承蜗居在阴暗潮湿的地下室里，而他住在阳光满屋的公寓里；唐奕承靠力气打工，而他靠脑子读书；唐奕承的前途一片渺茫，而他的前途一片光明……他们的命运，从生下来的那一刻起，便注定不同。

但碍于都是华裔，偶然遇到还是会打个招呼："唐，你要搬家？"

唐奕承从车里扛出个大纸箱子，听梁梓行这么问他，他回了句："不是，我女朋友搬来和我一起住了。"

"哦。"梁梓行耸耸肩，心想他也快要有女朋友了。

话毕，梁梓行抬脚离开，可没走几步，他全身猛地僵住了。

回过头，他竟然看到唐奕承那辆破车的副驾车门打开，陆语走了出来。

她三两步跑到唐奕承身边，抬手帮他擦了擦汗，又捏了捏他的胳膊，眼睛弯成了月牙，说："你看着挺瘦，劲儿还挺大啊，搬个大箱子那么轻松。我昨晚打包这些行李的时候都快累死了呢。"

唐奕承酷酷的，不笑，只丢给她句："笨蛋，我没力气以后怎么保护你。"

那一天，晴空万里，有阳光铺洒在这对少年少女身上，就像是被打了柔光的画面，定格下来。

可梁梓行却觉得刺眼极了，也讽刺极了，是他先认识陆语的啊，那个漂亮女孩应该是他的女朋友啊，怎么就让一个穷小子捷足先登了呢？

仇恨的种子，或许就是在那天埋下的。日后数百个夜晚，从地下室里隐约传来的木床咯吱声，让那颗仇恨的种子，在梁梓行内心某个阴暗密闭的角落生根发芽，逐渐长成带着毒刺的参天大树。

每个人都有两面性，正面属阳，流淌着温暖的清泉；背面属阴，埋藏着不可告人的居心。正如梁梓行，他在陆语面前永远向她展现出自己的阳面，就像第一次见到她那样，他的初心单纯而美好。可那阳面愈盛，阴面就愈沉，沉得他简直透不过气来，必须要寻找到一个发泄纾解的缺口。

后来机会来了。

看到陆语的不雅视频的那个夜晚，是梁梓行这一生最糟糕的夜晚，他几乎本能地就想要毁掉那些鬼东西，但那一切复杂的感受，最后统统败给了一念之间生出的某种想法。

唐奕承当初对陆语说的那句"我没力气以后怎么保护你"，在那个死一般静谧的夜晚，如魔音穿耳，久久响彻梁梓行的耳膜。

那句话是梁梓行这辈子听过的最好笑的笑话，这世上能保护一个女人的最基本的方式就是金钱，是物质。光有一身力气，有屁用呢？

执念催化之下，一颗被爱蒙蔽的心生出邪念，那么容易。

他倒要看看那个穷小子怎么凭力气保护陆语。

果然，面对黑人的勒索，唐奕承拿不出两万美金，他只有拳头，他保护不了陆语，他甚至连自己都保护不了，最终他只能把自己送进了拘留所。

而陆语，离开了他。

这是梁梓行预料中的结果，然而他唯一漏算的，是陆语当时怀孕了。

他陪她去的医院，然后把她带回国，她懵懂不知，每一次都流着眼泪、诚恳地对他说"谢谢"。

哪怕是发生了那样的悲剧，这么多年，陆语依旧是善良的、阳光的，这光偶尔照进梁梓行心里，让他那些阴暗无所遁形。

日落了，客厅里漆黑一片。

梁梓行似是生出幻觉，他觉得陆语那张满布泪痕的脸慢慢近了，近到触手可及。

他伸手，想要碰触，想要擦掉她的泪，却在睁开眼的一刹那，梁梓行被胸腔里一股巨大的、不知从何而来的痛苦猛烈撞击了一下，他猛地从沙发里坐起来，汗湿了全身。

所有的阳光都隐去了，在这黑暗中，梁梓行耳边蓦然再次回荡起唐奕承那句话："笨蛋，我没力气以后怎么保护你。"

也许，在那漫长的七年里，梁梓行一度以为唐奕承是他的手下败将，虽然他赢得不怎么光彩，但唐奕承早已失信于陆语，他没有保护她。

可此时此刻，梁梓行却后知后觉地意识到那个他一直以来刻意忽视、故意逃避、不愿相信的事实——其实，唐奕承从未食言。

那个穷小子一直在保护陆语，只不过不是用所谓的"力气"，而是用……他的命。

他宁愿自己坐牢，也不愿玷污她的清白。

他宁愿在沉默里躲了一年又一年，也不愿告诉她真相，只怕再次伤害她。

他这是在用他的生命，保护着陆语啊。

陡然间，梁梓行感觉到一种如同血管爆裂般的剧痛，席卷太阳穴，他抱住头，哑然失笑。

难道是他输了吗？

陆语这边厢。

沈素芳以前是苦过来的人，到现在也不习惯被人伺候，她不想用唐奕承的司机，觉得麻烦，陆语索性开自己的车带她出去。

她本以为沈素芳提出逛街是想要买衣服，便把她带去了百货公司，哪知沈素芳一路走马观花，兴致不大的样子。

逛到中午，两人在百货公司附近的餐厅吃饭。

陆语细心地提议道："阿姨，您要是不喜欢逛街，下午我带您去景点走走吧。"

沈素芳对陆语的态度比前一晚缓和不少，她也不见外，直接说："不用了，我年纪大了，对景点没什么兴趣。对了，这附近有好一点的中药店吗？"

美国买中药不方便，估计沈素芳是要带药材回去，陆语咬着筷子想了想，回道："有倒是有。不过带中药材过海关会被查的，您最好别带多了。"

沈素芳忽然笑了笑，道："我不是要带回美国去的。"

陆语这下倒是奇怪了，直到后来，她把沈素芳带去同仁堂，她才明白过来是怎么回事。

沈素芳自己极为节俭，买起价格昂贵的野生参茸、灵芝和阿胶什么的，却是一点不手软，拎着一大包名贵药材离开，她才跟陆语说："女人的身子就是底子，元气伤了不好补的，要靠食疗。阿姨今晚用这些药材煲汤给你喝。"

陆语怔然。

尽管对方说得含蓄，但她还是觉出味来，难道沈阿姨知道她流过产的事了？

再想想沈素芳对她态度的转变，陆语基本已经确定是唐奕承跟老妈说了什么。事情过去那么久了，既然是唐奕承的妈妈，确实也没有什么好隐瞒的。

短暂的惊讶过后，陆语点了点头，伸手挽住沈素芳的手臂，道："谢谢阿姨。"

自从陆奶奶走后，陆语曾感觉到整个世界都崩塌了，她所拥有的那些温暖变成了弥足珍贵的东西，哪怕只是一点点，她都格外珍惜，格外感动。她原本还觉得这世上只有唐奕承一个亲人了，现在看来，似乎又多了一个呢。

沈素芳拍了拍她的手，开门上车，问道："小语，你跟奕承准备什么时候结婚？"

一听这话，陆语的屁股还没在驾驶座上坐稳，便全身倏然一僵。

唐奕承还没跟她求过婚呢。

不过这话说出来，有告状之嫌，陆语赶紧道："我们还没商量过这事呢。"

听出她的敷衍，沈素芳以为她还有什么顾虑，立马念叨起来："不好的事情就不要想了。你和奕承好不容易走到这一步，早点把婚结了，趁着年轻要个孩子，我还能帮你们带孩子……"

陆语越发尴尬了，她正要支支吾吾地应下，却在这个时候，她的手机响了。

电话是冯晓冬从老家打来的。

"阿姨，我先接个电话。"

陆语说完，刚把手机举到耳畔，就听冯晓冬用那种惊吓过度的嗓音嚷嚷道："陆姐，糟糕了！"

"怎么了？"陆语微微皱眉。

"梁哥的公司出事了……"

陆语握住手机的那只手猛地僵住。

"小语，小语？"

陆语挂断冯晓冬的电话，便陷入片刻的呆怔，直到副驾上的沈素芳叫了她两次，她才艰难地把自己的神思揪回来。

"小语，你怎么了？谁来的电话？"沈素芳瞧她脸色不太好，语带关心地问道。

"哦，没事，我助理的电话。"陆语讷讷地说着，发动了车子。

沈素芳心知陆语肯定有事隐瞒，却也不好再追问。

半小时的车程，陆语一路都有些心不在焉，脑子里像是灌进了混凝土，沉重的，僵硬的，转不动。

冯晓冬方才在电话里叽里呱啦地说了一通梁氏遭遇的险境，这位小助理虽然不谙内幕，纯属为梁梓行担忧，但那些话落进陆语耳朵里，她却本能地联想到在唐奕承书房里看到的那份资料。

信任与怀疑，有时候，只是一念之隔。

车子驶过一个个街口，陆语想让自己的头脑冷静下来，她拼命说服自己，说不定这中间有什么误会，也许梁氏的丑闻与唐奕承半点关系都没有，可这样的心理暗示在这个时候显得那么苍白无力，完全站不住脚。

她总是控制不住地去想——唐奕承怎么会变成在背后捅人刀子的那种人？又或者，这世上本没有运气和努力这回事，他能够取得今时今日的成就，全是靠这种非常手段得来的？

久别重逢后的唐奕承，仿佛是被精美包装纸层层包裹起来的奢侈品，精致优雅，而在这个瞬间，陆语好像一不小心就揭开了包装纸的一角，窥伺到了他不为人知的那一面。

直到此刻，她还记得，那天唐奕承在输掉禧景湾的项目之后，她在用餐中途抛下梁梓行，火急火燎地赶去 Sunshine 大厦找他，然后跟他一起去超市买食材，回家煮火锅。那时候，她是那么单纯地想着自己心爱的人受挫了，她要安慰他，温暖他。

可到头来，唐奕承竟然是挖了个坑给梁梓行跳，连带着，陆语也扑通一下跳了进去。

车里的暖气开到最大，可陆语整个人还是没来由地感觉到冷，那种冷，来自皮肤之下，来自她对他那一丝说不清道不明的……胆怯。

车子驶入唐宅，停在车库。
唐奕承的车就停在旁边，他在家。
陆语急匆匆地下车，步伐偏快，跟沈素芳一起朝大门走去。
陆语发现自己的心眼儿就那么大，心思也不多，她必须得亲口跟唐奕承要个解释，不然这么胡思乱想下去，她非得把自己逼疯不可。

透过客厅的大落地窗，陆语看到水晶吊灯亮着，一片灯火通明，唐奕承就坐在窗前的沙发上，他衣衫整齐，双腿交叠，那姿态慵懒又寡淡，与往日无异。

可就在陆语推门而入的一刹那，她猛然发觉喉咙发干，像是被什么东西堵住了。

唐宅有客人。

转角沙发另一侧还坐着一位男士。

此人看起来上了年纪，衣冠楚楚，气宇轩昂，光是坐在那儿就浑身透着一股子沉敛贵气，陌生的面孔稍显威严，但眉宇间的神色却是极和煦的。

跟陆语一起进门的沈素芳看清这人，愣了一下，随后她笑了笑，寒暄道："原来是蒋先生来了，您怎么也不提前打个招呼，我好准备一下呢。"

蒋仲勋是唐家的恩人，沈素芳在纽约见过几次，也算熟悉。

"不用客气。我临时来 B 市处理点事情，大过节的打扰了，是我不好意思。"蒋仲勋虽然身份显赫，为人倒是谦和礼貌。

他从沙发上站起身跟沈素芳说话的工夫，视线在陆语脸上停了一瞬，他很快话锋一转，问道："这位就是陆小姐？"

不知是因为突然被点到名，还是对方问得意味深长的，陆语有些愣怔，她刚点了点头，唐奕承已经弯了弯唇，介绍道："嗯，她就是我女朋友，陆语。"

"原来陆小姐长得这么漂亮，难怪这么多年让唐念念不忘。"蒋仲勋莞尔。

唐奕承唇边笑容渐深，平时不苟言笑的男人，这会儿难得打趣道："蒋先生您可别夸她，一会儿她的尾巴就翘上天了，苦的还是我。"

"……"陆语听得一愣一愣的，硬是接不上话。

沈素芳喜欢安静，不善交际，寒暄过后她就拎着中药材进厨房煲汤了。陆语想走走不掉，想问唐奕承事情也问不了，加上蒋仲勋的话题一直围绕着她，她只能硬着头皮，挨着唐奕承在沙发上坐下来。

陆语之前听唐奕承提过蒋仲勋，言谈间总算是把人跟名对上了号，然而令她意外的是，蒋仲勋对于她和唐奕承的事，似乎知道得不少。

蒋仲勋健谈，又赶上心情好，话就多了起来："陆小姐，这些年唐的事，你大概有好多不知道的。有次我们去拉斯维加斯谈生意，生意谈得顺，我提议去赌场玩两把，唐这小子真是运气好，玩百家乐，一上来就赢了钱，我让他趁热打铁赶紧接着下注，可他却说什么也不肯再玩了。你知道为什么？"

陆语摇了摇头问："为什么？"

蒋仲勋喝了口茶，不疾不徐道："唐说，赌场得意情场失意，人这一辈子的运气是有限的，不能浪费。可他当时根本没有女朋友，我心想没女朋友的人哪儿来的'情场'呢。后来我才琢磨出来，这小子说的是你啊。你们虽然有好几年没在一起，但他心里可是一直认定了你的……"

对方话里透露出的讯息，令陆语止不住地心尖一颤，那种感觉十分微妙。

唐奕承没有她参与的那些岁月，他鲜少提及，又吝惜给她注解，以至于在陆语脑中属于他的那七年就像是一张白纸，她无从了解，亦无从感受。而现在，那张白纸上渐渐描绘出了轮廓，也有了颜色，仿佛她真的能从蒋仲勋的描述里拼凑出当年的唐奕承。

陆语一时间有些百感交集，她没有怀疑过唐奕承对她的感情，可她心里对梁氏一事还存有疑惑，这下只觉脑子更乱，却在这时她平摊在膝盖上的手背微微一热。

唐奕承握住了她的手。

几乎是条件反射地，陆语往回缩了一下手，避开了他的碰触。

这一幕，落在蒋仲勋眼里，他若有所思地看了一眼唐奕承，就看见唐奕承原本舒展的眉宇隐隐蹙起，他似乎意识到了什么。

蒋仲勋留下来吃晚饭，沈素芳特地下厨炒了菜，席间和乐融融，没有人提到梁氏，仿佛这件事根本没有发生过似的。只是陆语和唐奕承的脸色都有些不好，可碍于外人在场，谁也没法捅破。

这种粉饰的太平，在晚饭后被打破。

蒋仲勋说要去别墅的花园散散步，一个人出去了，沈素芳也上楼休息了，客厅里只剩下唐奕承和陆语。

"唐奕承，有件事我想问你。"陆语不绕弯子，他们好不容易才走到今天，他是她最亲近的人，没什么是不能说的，她索性直言问道，"梁氏的事情是你弄出来的？"

早猜到这女人连手都不许他碰，就是因为这事，唐奕承闻言眉一沉，以极不善的口吻反问："你这是想要维护梁梓行吗？"

问出这话时，他眼里的温柔丁点都不剩，只目光沉沉地看着陆语，好像理亏的人并不是自己，而是她。

陆语就这样被逼进了有口难言的地步。

尽管唐奕承和梁梓行都是在她身边存在了九年的男人，但被赋予的意义却是完全不同的。

　　唐奕承在她的生命里，心尖上，是爱人。

　　而梁梓行只是在她的生活里，是朋友。

　　陆语不想因为这些和唐奕承争吵，默默组织了一下语言，她尽量沉住气，说："我知道你跟梁梓行有过节，但是很多事不是你想的那样。当初我从纽约回来 B 市，是我自己的选择，跟他没有任何关系。而且这些年，他也挺关照我的……"到底还是有情谊的。

　　陆语后半句话说得没有错，在她面前，梁梓行就是这样的好好男人，对她不计回报地默默付出着。以至于有那么一瞬间，听着这些刺耳至极的话，竟然让唐奕承无从反驳。他只觉有一把钝钝的刀，缓缓划过他的心，没过心头。

　　她也许不知道，有些事避而不谈是个结，而谈开了，是个疤。

　　但到底，唐奕承还是没忍住心里蹿上来的火，他沉声对陆语低喝道："够了！"

　　咄咄逼人的两个字充斥在她耳畔，就像金属互相刮擦发出的噪音，刺激得陆语全身打了个激灵，她从未见过唐奕承愠怒成这副样子。

　　动了动唇，她刚要再说什么，唐奕承已经继续说道："陆语，如果你要因为这件事跟我生气，那么请你先去冷静地想一想，梁氏偷税漏税、使用伪劣建材是在坑害政府和人民，梁梓行受到惩罚是天经地义的事。这和个人恩怨无关。"

　　陆语哑言，她不得不承认唐奕承说的是事实，是她心里太乱一时没想清楚。

客厅里的气氛陡然僵滞了。

两人站在和暖的灯光里，周身却寒意遍布。

陆语仰头看向唐奕承那张冷酷的脸，只看见他狭长的眼眸里像是有星云瀚海在翻卷着，那汹涌的情绪让她有些看不懂，却又似乎随时都可以把她吞噬掉，这让陆语突然觉得有点委屈。

恋人之间就算有误会，他也不至于这么凶她啊。

陆语鼻子一酸，讪讪地耷拉下脑袋，转身就要上楼，殊不知就在这个时候，大门发出门把转动的声音，以及蒋仲勋那句——

"梁氏的事情与唐奕承无关，整件事都是我的主意。"

蒋仲勋散步回来，口吻沉缓，字字铿锵有力。

他今天之所以会从纽约飞过来，本来是跟唐奕承商讨禧景湾的项目，没想到遇到小情侣吵架，看来他这趟是来对了。

果然，蒋仲勋的话音落下，陆语和唐奕承双双怔住了……

陆语和唐奕承的争吵声，惊动了楼上的沈素芳。

她快步走出卧室，倚在旋转楼梯的汉白玉扶手前，探头往楼下的客厅看去。见陆语眼里噙着泪花，沈素芳心里一紧，立马走下楼梯，她刚数落唐奕承两句，却被蒋仲勋打住了。

"没什么大事，我带唐和陆小姐出去一下，有点事情谈。"蒋仲勋对沈素芳说道。

沈素芳不知道到底发生了什么事，但有蒋仲勋打圆场总是好的，她点了点头。

唐奕承也看到了陆语眼底的泪，有那么一刹那，他觉得自己在那水漾波光里狠狠地晃动了一下，几乎就要心软，可到底，这女人对梁梓行那种发自肺腑的关心，还是刺伤了他。

唐奕承脸上犹带着几分薄愠，压不下去。听了蒋仲勋的话，他也不问去哪儿，兀自在玄关处取了外套就开门出去了。

陆语僵在客厅不动，心里酸得就跟浸了柠檬片一样，特别不是滋味。

直到沈素芳把她的大衣递过来，软言劝说："小语，奕承有时候就是这样坏脾气，一会儿他冷静下来就好了，你们有什么话好好说，别伤了和气。"

唐奕承的脾气，陆语再清楚不过了。

他性情寡淡，气场凉薄，让人觉得不容易接近是常态，但他对她从来都是温柔的，仿佛卸下了所有的棱角和光环，只把最真实的自己展现在她眼前。尤其是他方才对她苛责成那副样子，真真是九年来头一遭。

陆语想不通自己怎么就触碰到了这男人的逆鳞，越发觉得委屈，眼圈都红了。但碍于有外人在场，她又不能耍性子，只好朝沈素芳"嗯"了声，然后逼退眼泪，乖乖穿上大衣，跟着蒋仲勋和唐奕承出了门。

半小时后，"语"会所。

春节期间，这间极其高档的会所并未营业，但唐奕承是老板，出入自由。他不知道蒋仲勋为什么提议来这里，也不确定对方究竟要说什么，不过这里环境清幽雅致，确实是个说话的好地方。

陆语第一次来，如果不是蒋仲勋，她压根不知道 B 市还有这样的地方。

日式榻榻米矮桌，三人落座后，陆语对这间会所名字滋生出的短暂惊诧，很快便湮没在蒋仲勋接下来的那番话里。

同样的清雅茶室，同样的隐私故事，蒋仲勋几个月前来 B 市时，曾在这里跟唐奕承提及过，现在他又给陆语讲了一遍。

清茶缓缓倒入青花瓷杯，茶叶滤得干净，浅浅的碧色茶水清澈见底，这反倒衬得蒋仲勋的口吻沉重了："陆小姐，其实我跟梁氏有着很深的恩怨。为了等梁氏破产的这一天，我等了二十多年。"

陆语怔然，握着瓷杯的手猛然僵住，问道："您这是什么意思？"

她的惊愕反应，跟唐奕承之前乍听此事时差不多。如果说他为了报复梁梓行隐忍不发了七年，那么蒋仲勋则忍了比他多上三四倍的时间。其中的苦，不得而知了。

那种苦，就连今日终于得到解脱，仍旧带着退不去的疼涩，以至于蒋仲勋那张素来波澜不惊的脸上，浮现起一抹痛色。

他说："梁梓行的母亲叫作梁霞，是我的前妻，第二任太太……"

事情要追溯到二十多年前，蒋仲勋的原配夫人在诞下孩子不久后，就因病去世了。蒋夫人弥留之际的遗言就是让蒋仲勋给襁褓中的婴儿找个妈妈，不要让孩子在没有母爱的家庭成长。蒋仲勋跟夫人爱得极深，丧妻之痛自是不必多说，可为了遵从夫人的遗愿，他还是在熟人介绍下，认识了梁霞。

梁霞家境不好，婚姻不幸，离异后带着个儿子，就是当年只有两岁的梁梓行。梁霞对这门婚事极为积极，毕竟蒋仲勋正在创业，他又长得英俊不凡，他们孤儿寡母的能嫁入这样的人家，简直是三生有幸。

可后来，梁霞就不这么认为了。不知是她的错觉，还是魔怔了，总之她就觉得蒋仲勋偏袒自己的孩子，对梁梓行不怎么上心。再加上相处久了，梁霞越发对蒋仲勋动了情，可对方一直对死去的原配念念不忘，这让梁霞很是苦恼。

这世上，人最怕的就是比较。

比较，催生了嫉妒和邪念。

蒋仲勋发现孩子丢了，是在一次出长差回家后。

当时梁霞说，是管家带着几个月大的孩子出去晒太阳，一转身婴儿车就不见了。女管家事后在蒋仲勋面前长跪不起，连声认错，所有的罪责都担下了，并吓得直拿脑袋撞墙。

蒋仲勋当场就蒙了，赶紧报警。警方迅速介入，可那时候C市的城市监控网络还没现在这么发达普遍，无法准确还原事出的那一幕，警方不排除孩子是被人贩子拐跑，卖到什么犄角旮旯的乡村去了，种种可能谁都说不准，找起来如同大海捞针。

这一找，就是好几年，蒋仲勋无暇顾及梁家母子，最终支付了大笔赡养费，草草离婚了事。

直到蒋仲勋发觉孩子丢失可能并不是管家疏失造成的意外，而是梁霞精心策划的阴谋时，事情已经过去数年，梁霞早已带着梁梓行移民美国。后来的事情不言而喻了，蒋仲勋手上没有确凿的证据指证梁霞，他只能在美国扎根立业，伺机报复，可梁霞跟他玩起了躲猫猫的游戏，几年间带着梁梓行辗转了很多城市，最终在B市定居，还用那笔赡养费开了公司……

这一朝雪恨，一等，就是二十余年。

蒋仲勋沉甸甸的声音落下，茶室里陷入一片死寂。

陆语整个人都呆怔了。

她从不知道事情竟然会是这样的，也许，连梁梓行都不知道梁母曾做出过如此恶毒的事情吧，毕竟他当时的年纪那么小。

大概是看出了陆语的晃神，蒋仲勋浅啜一口清茶，隐去眉宇间的沉重，他道："母亲的基因和性格会影响儿子的一生，梁梓行的性情很大程度上随了他母亲……"他也用了下三烂的方式去破坏别人的感情。

可蒋仲勋还没来得及说出后半句话，便被唐奕承的一声轻咳打断了。

他抬眸看向唐奕承，就看见唐奕承不着痕迹地跟他摇了摇头。

有的事，他宁愿陆语一辈子不知道。

蒋仲勋了然，叹口气，他转而拿出手机，翻出一组照片递给陆语，道："你看看这些吧。"

陆语还沉浸在某种震撼的情绪中，她恍恍惚惚地接过手机，目光倏尔一凝。

照片像是私家侦探拍的，一对男女的亲密照。

陆语紧锁眉头，语气带着点不可思议："这不是梁梓行和周萱萱吗？"

蒋仲勋点点头道："所以你不用因为梁氏的事，而感到内疚，更不必因此责怪唐。梁梓行是追求了你好多年没错，可他的生活一点都不寂寞，多你一个不多，少你一个也不少。"

陆语一字不差地听着对方的话，蓦然想起了周萱萱之前在村子里跟她说的那句"梁梓行是我的"，她突然发觉很难形容自己这一刻的感觉。

也许，那种种错综复杂的感触，仔细梳理起来，其中最多的，竟是释然。

　　如果说，陆语一直对梁梓行的付出感到亏欠，感到负担，她不想因为自己耽误了他，那么，现在这种愧疚不知不觉轻了，也淡了。

　　时间，在清茶的淡香中，一分一秒地流淌。

　　听蒋仲勋说了那么多，陆语不免触动，她知道对方为什么跟她讲这些。时光在这位长者身上沉淀的内涵，让他完全能够把所有的隐私和秘密埋藏于心，根本不需要向她这个外人倾诉。

　　陆语亲手帮蒋仲勋的茶杯续上茶，她说："蒋先生，谢谢您的开解，事情我都清楚了。其实我下午的时候有点心急，也不全是因为梁梓行。虽然作为朋友，我不希望他有事，但静下心来想想，每个人都得为自己的错误负责，梁氏有今天，梁梓行确实是有责任的。我不会怪唐奕承，更不会怪您，我只是觉得唐奕承应该事先知会我一下，我就不会被那些新闻吓一大跳了，也不会胡思乱想那么多了。毕竟我们是男女朋友，他在我心里是最重要的，我不会无缘无故为了别人的事跟他置气。"

　　陆语的语速很慢，每个字都说得很清楚，她发觉把这些心里话都大大方方地、毫不遮掩地说出来，心里舒服多了。

　　她倒是舒服了，可一直默不作声的唐奕承，却是微微蹙眉。

　　这女人这番好听的话，应该是跟他说的吧，可陆语怎么自始至终都不看他一眼呢？她全然一副跟蒋仲勋推心置腹的样子，这是拿他当摆设？

　　蒋仲勋忽而笑了，他把陆语斟的茶一口气喝干，茶杯往桌上一搁，发出一声脆响，他颇有几分豪气地总结道："行了，今天咱们就聊到这儿吧。你们小两口有什么话，回家说去吧，我也要回酒店休息了。"

唐奕承的脸色比先前缓和许多，不管怎么说，陆语刚才的话算是戳进他心坎里去了。

三人离开茶室，走到会所楼下，唐奕承对蒋仲勋道："我送你回酒店。"

蒋仲勋摆摆手说："不用了，我想自己走走，你们回去吧。"

唐奕承了解他的性子，也不再坚持，便道："好的，你路上小心。"

蒋仲勋颔首，却在他转身的那一刻，陆语突然想到什么，叫住了他："蒋先生。"

"怎么了？"蒋仲勋驻足，回头看她。

外头挺冷的，陆语没戴手套，她搓了搓手，问道："那您的孩子后来找到了吗？"

这丫头是关心他，蒋仲勋莞尔一笑，却语焉不详，只说："该找到的，总会找到的。"说完，他便抬脚走了。

"所以这到底是找到了，还是没有？"陆语自言自语嘀咕了一句。

"应该还没有找到。"唐奕承替她解惑了，他从未见过蒋仲勋的后代。

蒋仲勋在寒风中渐行渐远，尽管他身姿笔挺，但到底是上了年纪，那抹远去的背影莫名多了一抹苍凉和孤寂，陆语忽然就觉得鼻子酸酸的。

那种失去亲人的感觉，很痛的，她知道。

在会所门口停留的短短时间里，陆语看着蒋仲勋离开的身影发呆，唐奕承凝眉瞅着她。

她的眼睛里已经没有眼泪了，却依旧亮闪闪的，黑亮的瞳仁像是倒映着月色下的水波，看得他有那么一片刻的晃神。

其实，刚才在茶室里，唐奕承已经冷静下来了。

他原本觉得，爱是一种维护，不分理由的、不论对错的、完完全全的维护，所以不管他对梁梓行做了什么，陆语都是应该站在他这边的。

以至于她在为梁梓行的事质问他的一瞬间，让唐奕承像是被触碰了逆鳞一样恼羞成怒。他就那么本能地想到了那水深火热的七年，以及她和他承受的全部煎熬。他们痛失的孩子，他们被误会蹉跎掉的时光，她没有见到最后一面的爸爸……那一切，归根结底都是拜梁梓行所赐。

那个男人，是唐奕承这辈子最恨的人，陆语怎么能帮他说话呢?

可仔细想想，陆语并不知道梁梓行曾经做的那些龌龊事，在这种懵懂不知的情况下，她对他仍旧存有情谊也是人之常情，不能怪她。

想清楚了，唐奕承就后悔了。

他真是千不该万不该凶她的啊。

不知道现在示软是否还来得及，唐奕承微微一沉气，音色和煦："小语，我们回去吧。"

说着，他抬手，就想要搂住她的肩，却在碰到她的前一秒，陆语猛地警觉，她灵敏地像是蜗牛的触角，突然闪身，避掉了他的手。

"我今晚回陆宅住。"陆语绷起小脸，一点没有方才跟蒋仲勋说话时的亲切可人了。

冷风吹在唐奕承脸上，他的五官更显深邃坚毅，表情却是温柔得不像话，诱哄似的说道："你还生我的气呢？你刚才不是跟蒋先生说不怪我了？"

陆语白了他一眼，道："那是说给人家听的话，你也信啊？"语毕，她双手往羽绒服口袋里一插，闷头就朝路边疾走。

她边走，声音边往后飘："再说了，我只是不怪你对付梁梓行，又没说不怪你之前那么凶巴巴的。"

唐奕承怔了一下，赶紧两条大长腿开拨，朝路边追过去。可陆语已经伸手拦下一辆出租车，开门坐进后座了，她跟司机报出"鱼儿胡同"的同时，伸手就要关门。

不料，门被卡住了。

陆语在里面拽着不松手，唐奕承在外边拽着，声音低低地道："小语，你下车。"

"不下。"陆语直视前方，不看他，手上徒劳地发力，试图关门。

司机不乐意了，扭过头嘟囔道："你们俩到底怎么回事啊？大过年的还吵架，这是一年都不想好好过日子了啊？要吵架下车吵去，要离婚去民政局，别耽误我拉活。"

离婚……

陆语正感到哭笑不得的那个瞬间，陡然发觉熟悉的气息欺近，她刚惊讶地扭过头看向车门，唐奕承已经探进来半个身子，他猛地双臂一箍，就一手扣住她的腰，一手捞起了她的腿。陆语下意识地惊呼一声，可已经来不及了，他就这么打横把她整个人从后座抱了出来。

隔着厚厚的外套，陆语都能感觉到他手臂传来的力度和热度，她挣脱不开，只能猛捶唐奕承的胸口。

他不理她，抬脚，踢上出租车后门，他又把她抱紧了些，然后朝他的车走过去，大步流星。

陆语被他箍得死死的，两人的脸贴得很近。

她负气地耷拉着眉眼，道："喂，你快放我下来啊。"

孰料，唐奕承闻言，果真松了手。

陆语只觉身体蓦然间失重，忽地往下坠去，她没想到他居然要把她扔在地上，心里咯噔一下。害怕被摔下去，她本能地搂住唐奕承的脖子，动作敏捷又惊慌。

这下唐奕承倒是弯了弯唇，不过是吓唬她一下，他手臂一捞，又把她抱了回来。

"你搂我这么紧干什么？"他语带戏谑。

"……"陆语赶紧松开手，一双杏眼瞪着他，气得说不出话来。

垂眸看着一脸懊恼又无计可施的女人，唐奕承再次轻启薄唇，有白雾似的哈气氤氲在彼此之间。

"小语，我不会放你走的。"他的声音温柔又强势。

第十六章
被困的身世之谜

　　陆语身高一米六多，就算体型偏瘦，好歹也有九十来斤，可唐奕承抱着她走到车边，再把她塞进副驾，他的一连串动作干净利落，硬是毫不费劲的样子。

　　陆语心里还憋着气，屁股一挨到座椅她就要开门往车外钻，却被一矮身坐进驾驶座的唐奕承按住了肩。与此同时，她听到啪嗒啪嗒几声，车门落下自动锁。

　　密闭空间，只有两个人。

　　唐奕承没有立刻发动车子，而是看着她，眼神淡淡的，问得挺直接："你怎么才能消气？"

　　他其实不太会哄女人，尽管以前两人也吵过架，但陆语不是爱耍脾气的性子，他稍微哄哄就好了，基本上没什么技术难度，再加上唐奕承七年不近女色且完全懒得揣摩女人的心思，导致他在哄女人这方面的经验相当匮乏。

　　陆语双臂抱肩，鼓着腮帮子，不看他，也不吭声，一副冷暴力的模样。

　　她也不知道自己在生什么气，大概是被他宠惯了，习惯了他的好，以至于她一想起他在唐宅那副凶神恶煞的嘴脸，以及那种冷厉低沉的语调，陆语就觉得特别委屈。那种委屈，仿佛会发酵似的，在她心里一点一点地膨胀，满满的低气压。

沉默少顷，陆语闷声重复了一遍："我今晚要回陆宅住。"

她本以为这男人一定又会强势拒绝，可不承想，唐奕承竟然波澜不惊地回道："好，我现在就送你回去。"

他居然妥协了？

陆语惊讶犹存，唐奕承已经倾身向她靠过来，彼此之间的距离陡然拉近，近到她可以感觉到有温热的气息覆在额角，激得陆语的呼吸不由得微微一窒，身子僵僵地往后靠，可唐奕承却并无任何僭越之举，他只是帮她扣上安全带，便重新坐直了身。

一眨眼的工夫，车子驶离停车场，朝着鱼儿胡同的方向疾驰而去。

这是陷入冷战了？

陆语有些沮丧，没多大的事儿，本来唐奕承再继续哄哄她就好了，殊不知他就这么……放弃了，功亏一篑。

半道上，陆语的手机响了，有短信进来。

她从外套侧兜里掏出手机，扫过发件人的名字，她握着手机的手隐隐一僵。

竟然是梁梓行。

偏头，陆语心虚地瞥了一眼唐奕承。

窗外的月光照在他那张雕塑般的脸上，挺直的鼻子在斑驳陆离的光影里显得更加硬朗，他下巴的弧度流畅，又完美，漠然地高抬半分，似乎并不关心是谁找她。

陆语把注意力转回短信，梁梓行只发来一句话——我想跟你聊聊。

　　梁氏的事情，陆语都一清二楚了，作为企业法人，梁梓行的种种行为已经构成犯罪，他这次可能无法靠缴纳罚金了事，弄不好真的会被判刑。如果说陆语对他尚有一丝情谊存在，让她无法坐视不理，那么也只是出于朋友的关心。

　　想了想，陆语按下回复键，在短信界面上输入：梓行，你配合相关部门好好接受调查吧，争取宽大处理。

　　她只能说到如此了，她知道这个时候他一定不好过，可那也不该由她来安慰他。

　　陆语的消息发出去后，手机便陷入了寂静。

　　语映像工作室附近停着一辆银灰色轿车。

　　车窗半开，有香烟燃烧的烟气飘出窗口，被寒冽的夜风吹散。

　　驾驶座上的男人虚撑额角屈肘支在窗棂上，指间夹着一根刚点燃的烟，而车载烟灰缸里已经插满了烧尽的烟蒂。

　　梁梓行在车里枯坐一个小时了，他想再见陆语一面。

　　或许，人一旦到了走投无路的时候，执念就会变得格外强烈。最初，他只是远远地瞧着那套没有灯光透出的四合院，眉宇间充满倦意和落寞，后来，他忍不住给陆语发了短信，可她的回复竟让他无言以对。

　　事到如今，她真的就只拿他当个普通朋友一样，连关心都没有一句。

　　入夜的胡同很安静，隐约中，梁梓行听到有车子驶来的声音。

他掀起眼皮，看向后视镜，只见一辆黑色路虎停在四合院门口，副驾车门打开，陆语下来。紧跟着，驾驶座一侧的车门也打开了，唐奕承步出……

　　梁梓行眯了眯眼，深吸两口烟，浓烈的烟气入肺，再从嘴里呼出时，他唇边溢出一抹苦笑。

　　烟雾缭绕中，那笑，要多讽刺有多讽刺。

　　爱情就是贪婪与恐惧之间的平衡，可结果却是越贪婪，越想要占有，反而越不可得。他做了那么多，也错了那么多，走到这一步，他和那个女人竟然还是差之微毫，又失之千里。

　　升上车窗，梁梓行到底没下车，他拨出一通电话。

　　电话很快接通，他沉声对着手机说：“李雁，我们谈谈吧。我知道你手里那份陆学森的遗嘱是假的，陆家的公司有陆语百分之三十的股份，你一直瞒天过海……”

　　“……”

　　没有错，这件事梁梓行早在多年前就查到了，他没有告诉陆语，只是出于私心，她越是一无所有，他靠近她的机会才越大，可是现在看来，这些都不重要了。

　　陆语这边厢。

　　冯晓冬回老家了，四合院里空无一人，倍显冷清。

　　陆语开门走进院落，身后有道身影跟着她进门。

　　“唐奕承，你跟我进来干什么？”陆语扭头问他，口气被夜色熏得冷冰冰的。

　　唐奕承倒是一副不以为然的寡淡表情，见陆语把他堵在院门口，他自顾自绕过她，直奔东厢房。

他边走边说："你今晚要住在这儿，我没意见，不过我会跟你一起住的。"

陆语僵在原地愣怔片刻，难怪这男人那么爽快就把她送回来了，原来憋着这出。

回过神，她拧着眉毛快步追上唐奕承，拉着他的胳膊就往外拽，嘴上不甘示弱地说："这里是我家，你凭什么说住就住？你出去。"

唐奕承驻足，垂眸凝着她，他忽而笑了，笑得优雅动人，道："陆小姐，你大概忘了，这套四合院我好像还没有过户给你，目前这里的一砖一瓦都在我名下。我才是房主，你说了不算。"

"……"陆语的表情猛然一僵。

谁说唐奕承拿这女人没法子，他的办法多得很。

陆语拽在他衣袖上的手顿住须臾，而后松开，她狠狠瞪了他一眼，负气地扭身进屋。

唐奕承唇边笑容更盛，落在她背影上的目光像夜色一样温柔。

陆语自从奶奶去世后，就一直住在唐宅，严格说来，这还是唐奕承第一次踏足她的卧室。屋里布置得简约温馨，也挺暖和，他一进屋就脱掉外套，只穿着件衬衫坐在沙发上。

"给我倒杯水。"他浅声吩咐陆语，漂亮的眼眸里有隐含的笑意。

这男人怎么能这么不要脸，陆语站在沙发前，没好气地揶揄他道："你不是房东吗？想喝水的话自己去厨房煮就行了。还有……"

她回头看了看屋里那唯一的一张床，继续道："今晚你睡这里，我去冯晓冬的房间睡。"

哪知陆语的声音刚落下，手上便倏然一紧，她低头一看，就发现唐奕承握住了她的手。她尚未来得及抽回来，他已经随之发力，使劲一拽，就把她拽了一个趔趄。身子有瞬间的失衡，陆语不受控地向沙发扑过去，等她再回过神来时，已经跌坐在唐奕承的大腿上了。

她全身一僵，就想要站起来，却突然被他箍住腰，不容她挣脱。

唐奕承英俊的脸忽然近了，近在咫尺的气息也灼了一些，道："陆语，你这是要跟我闹分居？"

陆语歪过头避开那灼灼的气息，不安地扭动了一下，她也不知道怎么就会冒出这么一句："我们又没结婚，本来也不该住在一起的。"

一听这话，唐奕承挑了下眉，被她蹭得身下隐隐有些燥热，他的眸色沉了沉，嗓音倒是透着几分轻佻："你是怪我没跟你求婚？"

陆语不敢动了，她隐约感觉到有什么东西抵着她，身子挺得笔直，她回嘴说："你想太多了。就算你跟我求婚，我还不一定答应嫁给你呢！"

明知她在说气话，唐奕承却不依不饶了，他忽然手往上一捞，箍住她的后颈，手臂再往里一扣，就把她扣到了自己唇边，牢牢堵住她那张说山难听话的嘴。随之，他握在她腰上的那只手越发用力，将她的整个上半身都贴向自己。

陆语的惊讶全被他吞进了嘴里，又热又潮湿的触感让她下意识地想躲，手撑在他肩上想要推开他，却根本撼动不了。僵持间，她紧抿的嘴唇微微一疼，竟是被唐奕承惩罚似的咬了几下。他也不是真咬，就是在唇齿吮吸间逼她收回那些气鼓鼓的心思。

陆语不甘心落了下风，想要回咬他的那个瞬间，就听他暗哑的声音从彼此唇间溢出："小语，你别跟我闹了。我知道错了，好不好？以后我再也不会跟你发脾气了。"

唐奕承这话说得分外诚恳，也分外温柔，倒与他一贯疏冷的气场，以及此刻唇齿间肆无忌惮的掠夺不大相配了。没办法，大概这世上也只有陆语，能够拿得住他，让他低头认错了。

这男人软硬兼施，加之这记绵长又凶猛的吻让陆语骤然心跳加速，她显然有些招架不住了。她其实在回来的路上就想通了，已经不怎么生他的气了，就差找个台阶下罢了。

说白了，唐奕承今晚大发雷霆，不外乎就是吃梁梓行的醋呗。一个男人肯为你吃味，那是在乎你的表现，要是他哪天真的对你大度起来，那才不正常呢。

现在顺着台阶下来，陆语绷紧的身体渐渐放松了些，她捧住唐奕承的脸，含含糊糊地说了句："我不生气了。"话落，她啄了啄他的唇，算是大人不记小人过了。

她心念所动的清浅回应，当即令唐奕承眸中那丝明明灭灭的光火闪烁一瞬，不同于陆语的蜻蜓点水，他的手从她腰间游移到背部收得更紧，强迫她更紧密地凑向他，不允许彼此有半刻的分离，就这样近乎野蛮地吮着她的唇角、喷着她的舌尖。他那种投入的力量，就像是磁石一般凶猛，舌头翻搅着，几乎是要把她肺里全部的空气统统吸走。

房间里很静，有稀薄的月光透过木窗，渗透进来。

来自唇舌间的纠缠声细密又暧昧，宛若是小猫爪子挠在陆语敏感的神经上，一时间她只觉越吻越干渴，忍不住哼出一声轻微的嘤咛。唐奕承倏尔撤下唇间纠缠，头一低便埋进了她的肩颈里，不再是片刻前那鲸吞蚕食一般的霸道，他转而轻缓地、温柔地吮吻她的脖颈。在陆语那细致得几乎半透明的肌肤下，她的颈动脉在他唇下危险地跳动着，脑袋愈加眩晕，她连呼吸都断续起来。她双手颤抖着忍不住环抱住他越埋越低的颈项，像是抗拒，又像是难耐的催促。

唐奕承抬眸，狭长的眼眸微眯起来凝视她须臾。不甚明亮的灯光下，陆语的脸颊透着一层淡淡的粉意，被他吮吸得有些红肿的唇上仿佛沾染着水光，盈润又勾人。他微微一笑，抱着她就从沙发里站了起来，突然悬空的不安感令陆语急忙勾紧他修长的脖子，她像只树袋熊似的双腿缠在唐奕承坚实的腰杆上，攀附着这唯一的依靠。他又含住她的唇，从沙发一路吻到床边，撞偏了茶几，又撞到了椅子，最后他带着她倒在了床上……

春节过后，梁氏正式接受调查。

最新消息传到唐奕承的耳朵里时，着实令他吃了一惊。

Sunshine集团的总裁办公室内，唐奕承面色严峻，嗓音冷冽："宋远，你确定消息属实吗？"

宋远站在办公桌前，有点不敢直视老板，他搓着手又重复了一遍："千真万确。梁氏这次惹上的麻烦，梁霞全部承担下来，正在配合有关部门接受调查。而梁梓行他……跑了。"

唐奕承没有听错，梁梓行失踪了。

沉眉思忖少顷，他问："该找的地方都找过了吗？"

现实很残酷，可宋远还得硬着头皮如实报备道："都找过了，但是没见到他的人。世界这么大，如果梁梓行有心想藏，恐怕一时半会儿是找不出来了……"

唐奕承沉默了。

从春节期间媒体曝光梁氏丑闻，到相关部门正式介入调查，其中有几天的时间差。而梁梓行，正是利用这个时间差闻风而遁了。现在税务和监管部门对梁氏的调查尚未结束，处罚结果也没有出来，公安机关不可能立案。就算最后确定梁梓行确实涉嫌经济犯罪，根据目前的状况，警方也只能是通缉他，至于结果……多少通缉犯都是人间蒸发，最终不了了之呢。

不得不说，梁梓行这次兵行险招，杀了所有人一个措手不及。

唐奕承屈肘支在桌案上，撮了撮眉心，他对宋远道："我知道了，你先出去吧。"

宋远转身欲走，却又想起什么，忙不迭补充说："对了，您派去监视李雁的人回报说，梁梓行逃跑前曾经跟李雁见过面。这两个人会不会……有什么关系？"

闻言，唐奕承的眉蹙得更紧，修长的指节轻叩桌面，陷入片刻的沉思。

这世界说大不大，说小也不小，那两个人都是陆语身边的人，就算认识也不足为奇。可这个节骨眼上，梁梓行去找李雁，肯定不会是为了陆语的事，毕竟他自己都自顾不暇了。这么说来，难道他是在向李雁寻求后援？

但李雁那种蛇蝎妇人不会做亏本的买卖，断不可能无缘无故帮助梁梓行脱困，除非……

除非她有把柄捏在梁梓行手上。

抽丝剥茧，唐奕承隐隐意识到一些微妙的关联，他紧蹙的眉宇稍稍舒展，有条不紊地吩咐宋远道："你派人去调查陆家的公司，包括所有的大股东，以及股权分配状况。还有，去找陆学森生前聘用的律师，核实他那份遗嘱的真实性，并且继续监视李雁。我估计她最近也会离开 B 市，不能让她也跑了。"

宋远的脑子有点跟不上老板的逻辑和思考速度，他只能逐一记下，点头如捣蒜一般领了命。

当天傍晚，唐奕承回到唐宅时，眉宇间蕴着淡淡的疲惫。

给他开门的不是秦叔，而是一张明艳动人的笑脸。

"你回来啦。我跟沈阿姨煮了晚饭，马上就开饭了呢。"陆语穿着一套淡蓝色的家居服，笑盈盈地说道。

情侣闹别扭，从来都是床头打架床尾和，自从上次两人闹了点小矛盾之后，关系反而更好。

唐奕承敛去心事，抬手摸了摸她的头，边走上旋转楼梯，边问道："你这是有什么好事了？"

陆语就知道糊弄不了他，她浅浅的梨涡里盛着一丝小兴奋，道："你还记得暖阳基金会援建希望小学，我们去农村那次吗？"

唐奕承微微颔首，道："我记得。怎么了？"

"有天晚上我们不是脱队去了个小乡村嘛，我当时拍了雪夜的震湖……"陆语那时不过是随手一拍而已，回来 B 市后，她才想起国际摄影大赛的事儿，索性把那幅作品交了上去，"没想到我居然获奖了呢！"

她好久没有拍出像样的照片来了，交作品上去的时候，本来也只是抱着重在参与的心态，根本没指望能拿奖，哪知那帮老外评审竟是眼光独到，从众多参赛作品中选出陆语这一幅，颁发了旅游摄影组银奖。陆语年纪轻，能入围国际大奖实属不易，虽然不是第一，但足以让她雀跃不已了。

听她说话的工夫，唐奕承已经走进卧室里面的衣帽间了。

衣帽间挺大，三面墙都是开放式衣柜，豪华程度堪比奢侈品店的展示柜。他解掉领带，扯开衬衫扣子，眸光浅浅地看着小尾巴一样跟着他进来的陆语。

"你想要什么奖励？"唐奕承弯了弯唇，问道。

他又知道！

陆语的心思就这么被戳破，想不惊讶都不行。她接过唐奕承抽掉的领带，水润亮泽的眼睛回视他，却是还没来得及开口要奖励，就被这男人搂住腰，抵到了试衣镜上。

气氛一下子就暧昧了。

淡雅的射灯罩下来，唐奕承的衬衫扣子全开，若隐若现地露出精致的锁骨和修韧的胸膛。他微微低下头，蹭了蹭陆语的鼻尖，弧度美好的唇，缓缓地朝她压下来。

就在两片唇快要贴合的那一刹那，陆语忽然抬起手，食指压在他温软的唇上，不许他进犯。

她摇头笑了，模样娇憨可人，道："我不要这种奖励。"

唐奕承眉一挑，狭长的眉眼略带玩味，道："那你想要什么？"

陆语的指尖在他唇上停留一瞬，随即向下挪了挪，触摸到了他的锁骨，一个男人，却是随便哪一处都精致又细腻，真招人嫉妒。

她轻轻戳着他的胸口，说："下周有摄影大赛的颁奖礼，在纽约，你陪我一起去好不好？"

那是他们相遇的地方，分别的地方，重逢后再度相爱，陆语一直想回去看一看。那里保存着太多太多属于他们的独家记忆，之前没来得及回味，现在正是时候好好重温一次。

可唐奕承的反应，却令陆语有些意外。

她停在他胸膛上的手，被他握住，来自他掌心的温度暖暖的，但他眼中却是闪过一丝晦涩。沉默须臾，唐奕承才说："小语，最近我挺忙的，可能这次没办法陪你去了。"

李雁和梁梓行的事情太棘手，他走不开。

陆语那瞬间失落下来的表情，倏然落进唐奕承眸中，他把她的手握得更牢，埋下颈项亲了亲她的额头，沉缓又柔和的声调带着安抚的意味："等我忙完这阵子，一定会跟你去一趟纽约的，乖。"

虽然陆语知道他忙，但心里或多或少还是有点不是滋味，她闷闷地"嗯"了一声，又不想让他为难，转瞬便佯装若无其事笑了笑，道："那以后再说吧，先下楼吃饭。"

唐奕承很快换好衣服，拉着陆语的手下楼。

话锋一转，他突然问她道："梁梓行跟你联系了吗？"

陡然冒出的名字，激得陆语当即怔忪，不知道他为什么这样问，她实话实说："梁氏出事那天晚上，梁梓行给我发了个短信，不过他没说什么。那是他最后一次跟我联系，之后就没有了。怎么了？"

唐奕承相信她，淡淡地回道："没事，我随便问问。"

晚饭是沈素芳做的，陆语帮她打下手，中西合璧，有美式烤牛肉、香煎鹅肝、意大利面和蔬菜色拉，外加中式高汤。

自打沈素芳来了，金毛大厨觉得自己的地位岌岌可危，当妈的天天亲自下厨给儿子和未来的儿媳妇做饭，他完全插不上手。更要命的是，各种他见都没见过的中药材加在肉骨汤里一起煲，那古怪的味道……他这个老外实在闻不习惯。

幸好沈素芳在Ｂ市待的时间不长，吃饭时，她说："奕承，下个星期小语要去美国，我准备跟她一起回去，你要不要也回纽约小住几天？"

沈素芳常年一个人在美国，觉得闷是难免的，又到了该享儿孙福的年纪，她总希望家里能多点人气。

唐奕承刚拒绝完陆语，不承想老妈又提到此事，他颇有些为难，却在这时听陆语解围道："沈阿姨，您别让他去啦。到时候我还准备跟您学做西餐呢，多个大男人跟着多不方便，是吧？"

唐奕承唇边浮现起一丝很浅很浅的笑意，这就是他的小语，总是那么善解人意，他怎么可能不爱她。

沈素芳不好再说什么，转头跟陆语说道："那你别预订酒店了，就住在我们纽约的家里吧。免得你一个女孩子在外面不安全，我也操心。"

"好的，谢谢您。"陆语笑着应下。

有沈素芳跟陆语做伴，唐奕承的愧疚之心稍微平复了些，他优雅地切着牛扒，说："你们在纽约有空多出去逛逛街，想买什么就买，不用给我省钱。"

"……"

陆语的签证是提早办好的，行程一共五天。冯晓冬已经从老家回来了，临行前一天，她回了趟鱼儿胡同，暂时把工作室的事交代给冯晓冬打理。

　　隔天，陆语如期启程赴美。

　　时间短，她轻装上阵，只带了一个小行李箱。沈素芳在B市住了半个来月，随身带的东西不多，回程的行李也十分精简，可唐奕承还是坚持亲自送她们去机场。

　　到了机场那一刻，他才突然发觉，五天，其实挺长的。

　　临换登机牌的时候，他抱了抱陆语，眉眼间怎么看都是舍不得，在她耳畔的叮咛也不觉多了几分柔和："你到了记得给我打个电话。"

　　"知道啦。"陆语给他使个眼色，沈阿姨就站在边儿上呢，注意点影响啊。

　　唐奕承了然，隔着外套捏了捏她的腰，转而跟沈素芳说："我已经安排了司机，到时司机会在肯尼迪机场接你们。"

　　三人和乐融融的这一幕，不远处，有一双眼睛，一直看着……

　　躲在一隅窥伺的那双眼睛的主人，是个女人。

　　看见唐奕承跟沈素芳和陆语在机场道别，那女人眼里浮现起掩饰不住的错愕，显然她是第一次把这三个人联系到一块儿去。

　　待唐奕承离开后，她本也想掉头离开，可到底没忍住，眸中暗光一闪，她便朝着陆语和沈素芳走过去。

　　陆语是在办理完登机牌，转过身的那一刻，赫然发现李雁站在自己身后的。

两人冷不丁目光相遇，陆语条件反射地愣怔一瞬，但也只是一瞬间而已，她脸上的表情便再无任何波澜了。事到如今，她跟李雁已没话好说。曾经的后妈，如今的路人，仅此而已。

陆语头一低，挽上沈素芳的手臂，便抬脚欲走，却在这个时候，李雁笑着打了个招呼道："沈女士，好久不见。"

陆语诧然，这女人认识沈素芳？

尚且来不及消化这个突如其来的事实，陆语隐隐感觉到沈素芳的身体抖了一下，对方整个人随即僵在原地，愣是挪不动半步。

陆语满眼疑惑地抬头看向李雁，因而错过了沈素芳脸上藏着的那丝如同见了鬼似的表情。

但是，李雁没有错过沈素芳这个表情。

她还是那样意味深长地笑着，没看陆语，她直接对沈素芳道："借一步说话，如何？"

陆语压下心里的狐疑，看了眼手表，刚想提醒沈素芳时间不多了，沈素芳已经拍了拍她的手背，说："小语，你先去安检口等我。"

"哦……"陆语越发觉得奇怪，可她也不好多问，只能一个人先往安检口走去。

中途她扭头往后看，李雁就站在原地跟沈素芳说话。沈素芳背着身，所以陆语看不到她的神情，倒是瞥见李雁收敛了笑意，红唇一张一翕说着什么。

陆语很快转回头，继续朝前走了。

机场人声喧杂，她和那两人的距离又越拉越远，听不到只言片语。

李雁这辈子所经受的最大惊吓，就是那天在墓园，她被唐奕承的人掠进车里。

当时他冷厉的语调，犹若寒星的双眼，以及眼底隐隐透出的那丝狠戾，直到此刻回想起来，仍令李雁止不住地发抖。

在那之前，李雁的如意算盘原本打得很响。

她手里那份陆学森的遗嘱是找人篡改过的，陆学森其实给母亲和女儿都留下了陆家公司的股份。李雁左瞒右瞒毕竟心里不踏实，于是很早就萌生了变卖公司、远走高飞的念头。陆奶奶死了，陆语名下的股份成了她唯一的绊脚石，只有除掉陆语，她才能神不知鬼不觉地将那些不属于她的股份套现……

岂料，人算不如天算。

李雁做梦也没想到，陆语竟然有如此能耐交到那么个神通广大的男朋友，她只能暗呼倒霉。那天在唐奕承车里，她一边低声下气地保证以后再也不敢碰陆语一根汗毛了，一边跟他打太极，她除了承认自己一时鬼迷心窍，找人把陆语推下楼梯，其他的一概避之不提。

尽管后来唐奕承把她放了，可事后李雁却是越想越心惊。招惹到那尊修罗，只怕她做的那些事早晚有一天纸包不住火，一旦东窗事发，她估计自己得被对方扒掉层皮。这不，她也不敢打陆语那些股份的主意了，只想着赶紧把自己手上的资产低价变现，然后步梁梓行的后尘卷包走人算了。

可大概是命不该绝，她居然在机场遇到"救星"了。

李雁盯着沈素芳瞧了少顷，暗藏眉间喜色，道："咱们有二十几年没见了吧，幸好你的变化不大，要不然我还真认不出你来了。没想到时间过得真快，你儿子都长这么大了……"

听起来普普通通的寒暄，沈素芳的面色却因对方某个故意拉长的字眼，而变得越发僵白。

　　李雁嘴不停，耸耸肩，自顾自继续说："你儿子就是Sunshine集团的唐先生吧，不瞒你说，我还跟他打过交道呢。他好像对我有些成见，我寻思着要是有你出面帮我说个情，事情应该就能迎刃而解，他也不会再找我的麻烦了……"李雁脑瓜灵光，这就想好了对策。

　　可沈素芳并不关心她遇到什么棘手事了，她只是微微低着头，魂不守舍地一个字一个字地听着，那些声音却仿佛根本没过她的脑子，她脑中一片空白。

　　直到李雁突然放缓了也加重了语气说："沈女士，尽管唐先生不是你亲生的，但就算是养子，也是有感情的。我想他大概不会为了女人的事，连你这位养母的面子都不给的。"

　　沈素芳终于霍地抬头直视李雁，她嘴角轻微地颤抖，嗓音倒是坚定得不容置喙："你不要乱说，奕承是我亲生的。"

　　李雁一听这话就笑了，她眼神一紧，直直地回瞪沈素芳，道："你是年纪大了，脑子不好使了吧？二十八年前，是我亲手把那个婴儿交给你的。"

　　没有错，李雁就是当年蒋仲勋家的那位女管家。

　　当初梁霞用一大笔钱收买她，让她处理掉蒋家襁褓中的男婴。她不是没有过犹豫，再小的孩子也是一条人命，她万万没胆弄死，可如果不答应，只怕最后对方会连她一起灭口。豪门多恩怨，下人只能在夹缝中求生存求自保。更何况，那笔钱数额之大，是李雁就算不吃不喝、勤勤恳恳一辈子，也赚不来的。

　　人不为利益效命，只是因为诱惑不够大。

而一旦诱惑足够大，就没有什么事是人做不出来的了。

　　李雁不是笨蛋，她最终留了个心眼，把那个男婴送给了熟人。那时沈素芳也在富人家帮佣，跟李雁是老乡，两人关系虽然不算熟稔，但李雁知道她结婚多年一直没有生育，便问她要不要收养个孩子，说是捡来的孤儿。

　　沈素芳为人善良，乍一看到褴褛中的男婴，已是喜欢得心疼得不得了。跟丈夫商量了之后，她二话不说就答应把孩子留下来抚养了。再后来，不知发生了什么事，沈素芳夫妇突然音讯全无。

　　二十多年来，李雁并没有刻意找过他们。

　　人各有际遇，她既然经不住金钱诱惑，误入歧途，索性在那条路上将错就错，越走越远。离开蒋家，她便用梁霞给她的那笔钱彻底改头换面，开始了全新的人生。

　　那一年，李雁也不过是个二十多岁的姑娘。

　　人生这条路，很难说清楚到底是宽还是窄。有时候，明明是交情疏浅，路过之后便不再会有交集的人，却又突然在数十年后的某一天，在某一个不经意的转身，再次狭路相逢，随之翻搅出一段本该烂在肚子里的陈年往事，谁想得到呢？

　　这大概就是所谓的"因果"吧。

　　记忆的闸门被无情叩开，隐秘的往事一点一点往外漏，沈素芳腿软得险些站不稳，她眼神里有痛色，也有一丝闪烁。

　　末了，她对李雁开口，嗓音沙哑，又像是吞了铁块一般言之凿凿："你当年给我的男婴，后来……生病夭折了。奕承是我跟老唐的孩子，千真万确。"

　　李雁皱了皱眉，沈素芳不是那种会信口雌黄的人，可也保不准人在特别想要维护什么的时候，会说出谎话，是不是？

两相思量，李雁将信将疑地瞅着她，一时居然觉得真假难辨。

人生多讽刺，像李雁这种满嘴谎言、心狠手辣的女人，有朝一日，竟也会辨不清别人的真话假话。

话毕，沈素芳不欲久留，抛下李雁一人，她转身朝安检口走过去。

唐奕承这边厢。

他是走出航站楼之后，收到陆语的短信的。

短信进来的那个瞬间，他正在想她。

他爱她，没有错，可怎么就能爱到了那个份上呢？爱到他明明上一刻还在和她温存，下一刻不见她之后竟又特别特别地想她；爱到他明明孤枕难眠了七年都熬过来了，却在眼下没有她的这五天，他感觉自己可能随时都会受不了……

到底该怎样与她厮磨相守，他才会觉得足够？

到底该怎样霸占彼此的人生，他才会觉得此生无憾？

低眸看着短信发件人显示的那个"语"字，唐奕承翘了翘嘴角，小丫头也想他了不是。

他点开短信——沈阿姨认识李雁？？？

陆语发来的那句话后面的三个问号，令唐奕承微微一怔。

这事他还真不知道。

他尚未来得及回拨陆语的电话，宋远的来电陡然打进来。

"唐总，征信社已经把李雁和梁梓行的事情查清楚了。李雁手里有陆学森留给陆小姐的遗产，而且数额巨大。这件事梁梓行一早便知道，他在潜逃前，曾找李雁拿了一笔钱，估计是他借此事勒索来的……"宋远今天才查出真相，口气难免略带唏嘘。

唐奕承却只是淡淡地"嗯"了声，情况跟他预想中的所差无几。

说到此，宋远又蓦然话锋一转，道："我们派去监视李雁的人回报说，李雁已经联系好了外地的买家，她今天会去见那人，卖掉陆家的公司。她现在人在机场，需要我们的人把她拦截下来，给您带去办公室吗？"

唐奕承握着手机的那只手收紧，声音瞬间寒凉几分："不用了，我自己来处理。"

他就在机场呢，李雁这是自己往枪口上撞。

收线，唐奕承大步流星折回航站楼……

航站楼内，旅客依旧熙来攘往。

值机柜台一侧，李雁僵在原地，犹在思忖沈素芳所言虚实，她手里捏着的登机牌突然被人抽走了。

抬头，那张光风霁月又冷峻寒凉的脸，倏然落进李雁眼中。她头皮隐隐发麻，正想问"你抢我登机牌做什么"，男人已经挑了下眉，道："聊聊？"

多好听的字眼，可惜对方的嗓音冷若冰霜，一听便知来者不善。

李雁心头蓦然掠过一瞬不安，表面上倒是仍然强装镇定，说："唐先生，你想跟我聊什么？"

唐奕承也不啰唆，直言问道："梁梓行人在哪里？"

一听这话，李雁隐隐松口气，幸好话题与她无关，她说："梁梓行去哪里，他怎么会跟我交代？"

问不出来，唐奕承勾了下嘴角，似是笑了一下，可他眼睛里却一丝笑意都没有，冷声道："你不知道是吧？那好，等你打听到了他的消息，可以随时联系我。"

见唐奕承说完转身便走，李雁急了，道："你把登机牌还给我，没登机牌我怎么上飞机……"

唐奕承竟然充耳不闻，丝毫不介意一个妇人蹬着高跟鞋追着他喊，他包裹在黑色修身西裤下的那两条大长腿一迈，就稳步朝航站楼出口走去。

"……纽约。"

直到身后传来这么一声，唐奕承才猛然驻足，回头看向李雁，就听她没好气地继续说："梁氏出事后，梁梓行就逃到纽约去了。国内警方鞭长莫及，恐怕抓不到他。"

李雁这种女人做事不可能不留一手，她不会任凭梁梓行敲诈勒索，起码她会从对方身上打探到点有利情报，以备不时之需。这一点，唐奕承心知肚明，所以她蒙不了他。

可"纽约"二字却如魔音穿耳，当即令唐奕承的额角突突猛跳两下——陆语和沈素芳估计已经登机了。

"现在你能把登机牌还给我了吧？"李雁道。

唐奕承收回神思，冷声说："你已经不需要登机牌了。"

李雁还没琢磨出他这话几个意思，便在唐奕承接下来的那番话里，彻底惨白了脸色。

"梁梓行跑了，可是你跑不了。从七年前到现在，你对陆语做的每一件事情，包括篡改陆学森的遗嘱，私吞陆家公司股份，买凶试图谋害小语等行为都已经构成犯罪，我会派人把你的黑材料送去警察局的。你现在是准备去自首，还是在这里等警察来找你？"唐奕承的声音仿佛藏了万千雷雨，每一字每一句，闷声阵阵。

二十多年的罪孽，这女人到处遮遮掩掩，日夜担惊受怕，却终究还是——

在一夕崩盘。

于一朝幻灭。

李雁顿时心脏雷动，只觉面前衣冠笔挺的男人就像是那充满破坏力的龙卷风，那道狠戾的气息朝她寸寸逼近，以至于她全身登时如筛糠般颤抖起来，突然就有一种人生尽毁的绝望感觉。

那种绝望，在瞬间催生出了巨大的愤怒，以及不甘。

呆怔半晌，李雁稍一控制不住，便用一种刺耳的、尖锐的嗓音朝唐奕承叫嚷道："你懂什么！我这么做是因为陆家愧对于我！我跟陆学森睡了多少年，他都不肯让我嫁进陆家，后来还是我以死相逼，他才不情不愿地给我一个名分。可是结果呢?！"

咽口唾沫，她的声调又抬高几分，近乎刺耳了："陆语的奶奶不拿我当人，天天给我撂脸子看。陆学森怕我对陆语不好，竟然不许我怀孕，我光为他打胎就打过两次！我走到今天，全是陆语那个贱人害的！她是童话故事里的小公主，那我算是什么？恶毒的继母吗?！可你们怎么不想想，我在陆家过得容易吗?！我连陆家的骨肉都不能有，他们就是怕我多分遗产，我倒要看看最后谁得到的更多……"

李雁失态了。

原来，她也有陈年的"委屈"。

此时此刻，她用那种歇斯底里的语调宣泄出来，引得所有经过的旅客都忍不住驻足围观，看上一眼热闹。这些不明原委、道听途说的路人，还真从李雁的叫嚣中嗅出几分可怜的味道，甚至开始对唐奕承指指点点起来。

可唐奕承却依旧无动于衷，深邃的眼眸如冬夜一般寒凉，也如月下清潭一般澄清分明，他本想反驳李雁，那被邪恶之心所扭曲的"委屈"早已不再是委屈，而是逞凶肆虐的借口，是利欲熏心的邪念，是早晚会遭到报应的。

可话到嘴边，他只说："李雁，你省点力气，留着去跟警察叫屈吧。"

他冷冰冰的话音落下，李雁俨如泼妇撒疯，居然踉踉跄跄地朝他扑过来，伸手就要抢他手里的登机牌，却在近身的那一刻，李雁浑身一抖，就被不知从何处冒出的几位彪形大汉死死地扣住了，任她如何张牙舞爪，也无法挣脱。

他们是唐奕承的保镖，唐奕承不再多留，沉声扔下句："把她送去警察局。"

说完，他便头也不回地走了，就连背后再度传来李雁失心疯一般的叫骂，他都没有顿足分毫。

于是，李雁那句"姓唐的，你这个浑蛋！你大概还不知道自己其实根本不姓唐吧……"就这么淹没在嘈杂的人潮中，湮没在喧嚣的空气中，并未灌入唐奕承耳中。

尘埃落定，李雁会得到法律的制裁，唐奕承已没心思在那位疯妇身上，他担心的是另一件事。

　　梁梓行狗急跳墙会做出什么事来，恐怕谁都料不准，唐奕承不能拿陆语和沈素芳的安危开玩笑。他原本想要搭乘下午的航班飞去纽约跟她们会合，可他有一场十分重要的会议，不能缺席。所以他给纽约那边打了电话，安排保镖保护两个女人，又给陆语发了微信。

　　离开机场，唐奕承驱车驶向市区的 Sunshine 集团大厦。

　　公路两旁，鳞次栉比的摩天大楼从车窗外掠过，笼罩在阳光下的繁华都市在这一刻犹若过眼云烟，化作人生中的一线风光，一粒浮尘。

　　唐奕承忽然就感觉到内心宁静下来。

　　一种从未有过的宁静。

　　在那片宁静中，他想起了陆语——

　　曾经的某一天，她瑟缩在陆宅那扇再也进不去的朱漆大门前哭泣，任由大雨浇湿身子，任由对亲情的苦苦思念吞没自己；曾经的某一天，她枯坐在后海那片结着薄冰的河畔旁，任由大雪纷飞冻僵自己，任由失去奶奶的痛苦在她心里发酵膨胀；曾经的某一天，她跪坐在父亲的墓碑前泪流满面，任由寒风吹过苍白的脸颊，任由对没能见到父亲最后一面的愧疚啃噬身心……

　　世态凉薄，人心难测，李雁何谈"委屈"？

　　若说委屈，谁又有他的小语委屈？

　　她那些眼泪都不能倾诉干净的悲伤，是命运的捉弄，又何尝不是人为酿造的悲剧？而今时今日，她这所有悲伤的罪魁祸首之一，终于得到了惩罚。

唐奕承稍稍有些释然，他终于为陆语做了些什么。

收回思绪，他给宋远拨了电话，让宋远帮他订明天的机票，直飞纽约。

他想她，想见她。

十几个小时的航程，沈素芳一直在睡觉。

陆语觉得沈素芳其实没有睡着，她只是不想说话，又或者，在合着眼凝思什么。陆语没有打扰她，自顾自该吃吃，该睡睡。

飞机降落在纽约肯尼迪机场时，是当地时间的中午。

时隔多年，重回故地，陆语到底是有些开心的。

当初跟唐奕承分手后，她本来想着这辈子都不会来纽约了。人在触景生情的时候，甜蜜的回忆会变得酸涩，痛苦的回忆会加倍难受。可是现在不一样呢，兜兜转转那么多年，他们被迫分开的手再次牵在一起，那些疼痛的过去似乎已经不再是悲伤的灰色，而是和她头顶的这片天空一样，湛蓝，也无瑕。

唐奕承安排了司机，陆语和沈素芳上车，轿车直接驶向曼哈顿的高档别墅区。

陆语开通了数据漫游，一开手机，她就看见唐奕承的微信进来：小语，梁梓行逃逸到纽约了，你和妈小心。

陆语心里咯噔一沉，隐约嗅到一股严肃的味道，但很快地，她又觉得是唐奕承多虑了。没做多想，她回了个：好的。

然后她举起手机，对着窗外拍了张照片。

沐浴在阳光中的布鲁克林大桥，桥身由上万根钢索吊离水面，远处海天一色，几朵淡淡的白云异常素净，仿佛是在浩海碧波中飘动的叶叶白帆。再加上陆语的摄影技术没话说，拍出来的照片效果相当不错。

她把照片发给唐奕承，也没打多余的字，就是到此一游的意思。

B市已经入夜了，她本以为唐奕承不会回复这种无聊的照片，殊不知，他竟然回了段语音过来。

陆语把手机举到耳畔，听他问她道："记不记得我以前带你来布鲁克林大桥拍过照？"

那熟悉的声音低沉醇厚，但又绝不会显得粗重，尾音带着一点点散漫劲儿，听得陆语的耳朵软软的。

她不由得抿着唇角，笑了。

她怎么会忘记，当时她坐在他的小货车里，他故意放慢车速，让她把相机镜头探出窗外拍下那幅美景，气得后面的车猛按喇叭。

一样的冬天，一样的悬索桥。

原来，岁月浸染，心中镜像却依旧清澈见底，只要低头，便可以看见——那水波中晃动的金色阳光，一如那个明媚温暖的冬天。

第十七章
地下室的秘密

　　唐奕承位于纽约的住所，是一幢尖顶的粉灰色两层别墅，周边十分宁静。

　　别墅门口有大片的绿化带和草坪，只是赶上冬季的尾巴，乔木不是那种绿油油的颜色。树叶凋零，枝丫光秃秃的，露出树木原本的浅褐色，有和煦的阳光打在树上，竟是泛着淡淡的金边，不令人觉得萧索，反而别有一番"莫问春曦几更还，腊月犹是不觉寒"的温暖意境。

　　沈素芳把陆语带进屋，便说身体有些不适，想先休息一会儿。

　　陆语见她从离开 B 市就一直脸色不好，有点担心，道："沈阿姨，你是不是哪里不舒服？"

　　"没事，旅途劳顿，我歇会儿就好了。"沈素芳强颜欢笑，转而跳转了话题，"你这些天就住在奕承的房间吧，用人已经收拾好了。"

　　陆语不知道是不是自己的错觉，她总觉得沈素芳这副心事重重的样子恐怕跟李雁有关，可对方不想多说，她也不好再问，只能点点头，跟着用人上楼去房间。

沈素芳以前做的是伺候人的活儿，自然不习惯被别人伺候，因此唐家在纽约四百多平方米的别墅里只有两位用人，都是体型偏胖的白人妇女。

其中一位不知叫什么，陆语压根没看到那人的正脸。从她进门，那位用人就在花园修剪草坪，只在陆语眼里落得个虎背熊腰的模糊背影。

而另一位叫 Ella 的女佣性格明显比较热情外向，把陆语带到房间，又耐心地告诉她室内的各种遥控开关如何操作，在确定陆语都搞明白了之后，她才欠身离开。

唐奕承的卧室呈浅色调，后现代风格。尽管他有大半年没住在这里了，但房间依旧干净整洁得一尘不染。落地大飘窗的视野通透，可以看到外面的露天花园，低矮且宽大的窗台被设计成坐榻，上面铺着白色的皮质软垫和一个欧式小茶几，处处尽显精致奢华。

男朋友过得好，按理说陆语应该开心才对，可她心里突然有点不是滋味，忍不住腹诽：也不知道唐奕承是从哪一年发迹的，他居然把她蒙在鼓里这么多年，独自一人在美国享福。

幸好这点小埋怨只是一闪而过，陆语并未纠结。

摄影大赛的颁奖礼在明天，陆语在飞机上睡过一觉，现在一点不觉得困顿，沈素芳又是一副"闲人勿扰"的状态，她一个人待得闷。不知转念想到什么，她安放好行李便走出房间，下楼找到了 Ella。

"我想出去走走。"终归不是自己的地盘，陆语出门前还是得打个招呼。

Ella 事先得到了唐奕承的吩咐，她让陆语先等一会儿，转身去打了个电话。片刻后，司机和保镖都到门口了，她这才放陆语出去。

看着那几位人高马大的白人男子，陆语只觉唐奕承真是小题大做。梁梓行就算逃来纽约了，也不可能来伤害她啊，毕竟多年情谊摆在那里，这点她还是笃定的。

轿车驶过市区，驶过那些熟悉的街景，半小时后停在了唐人街附近的一处华人社区。

陆语开门下车，没让司机离开，她说："麻烦你等我一下，我很快回来。"

司机应了声："好的。"

这里与唐奕承居住的富人区明显不同，普通的旧式公寓楼，环境也稍显喧杂，却是陆语再熟悉不过的。

时隔七年，那幢她曾经进进出出无数次的公寓，看起来比以前更老旧，也不知道地下室是不是早已荒废了。

一时间，陆语莫名有些心跳加速。

那种感觉就像一个荒废已久的旧房间，里面锁着很多回忆，终于还是有这么一天，被人叩响了积灰的门，即使不知道里面还剩下些什么，陆语却还是忍不住想要进去看一看。

地下室的入口在一层背后，狭窄的楼梯之下，廊道灯光偏暗，阴晦又潮湿，斑驳脱落的墙面上绘着各种涂鸦。似乎是那繁华都市里，隐秘且不为人知的一角。

陆语心里明明有制止的声音，可脚步不受控，她快步绕过去走下楼梯，直到来到那扇紧闭的大门前，她才放缓步子，粉饰掉上一刻的百感交集。

微微一沉气，她抬手，敲了敲门。

逼仄的走廊里除了回荡着"咚咚"的敲门声，以及那声音带来的回音，再无他响。

大概，真的是没人住了。

陆语不死心又敲了几下，仍旧没人开门。手垂落回身侧，她忽然感到有点惆怅，仿佛跟过去的时光打了个再无回应的招呼。

孰料，就在陆语转身欲走的那个瞬间，楼梯口突然传来一阵脚步声，沉重的声响在这静谧的走廊里显得格外突兀。她霍地偏头一看，就发现有一团高大的黑影投射在楼梯转角处的墙面上，朝她移动过来，渐行渐近。

陆语心中一紧，竟是莫名生出几分怯意。

这一带的治安并不是很好。

她十分熟悉地形，地下室只有一个出口，要是真出点什么事，她连逃都逃不出去。可待那人近身，陆语又略微松口气。来者是个约莫四十来岁的妇人，身材高大了些而已。

"请问您是住在这里吗？"陆语礼貌地用英语问道。

白人妇女手里拎着超市的环保袋，她奇怪地看了陆语一眼，回道："我是用人，过来打扫房间。你有什么事？"

陆语笑了笑道："我以前在这里住过，可以进去看看吗？"

妇人掏钥匙开门，看向陆语的眼神越发古怪，她急忙又解释了一句："我就是想看一眼，保证不会乱动东西的。"

女佣想了想，应道："那你进来吧。不过你什么都不要碰，男主人脾气不好，要是知道有人来过，他肯定会发火的……"

陆语点了点头，在对方的碎碎念中，跟着进了门。

时隔数年，这间地下室还有人租住，只怕不知换了多少拨租客，黑人、白人或是黄种人更是可能皆有之。如果说，陆语并不指望在这里寻找到什么记忆，只是没来由地想要重回故地看上一眼，那么在她进屋的那个刹那，她简直是宛若置身梦境了。

一切，似乎都没有改变。

跟她当初离开时的样子，居然所差无几。

那张会咯吱作响的木床、那张漆皮剥落的木桌、那扇只能漏进些微光线的木窗，乃至是墙上贴着的那张杰克逊的海报都还在那里，维持着原貌。仿佛没有经历过岁月的洗礼，仿佛没有经历过春夏秋冬，就静静地停在时间的某个点上。

陆语那一片刻的愣怔，让她呆呆地站着那儿，一动也不能动。

但也只是愣怔了片刻，她便收回神思。

地下室的租金便宜，但凡租住在这种地方的人家境都不会好，懒得将房子翻新也在情理之中，手边之物如果还没报废，大抵就凑合着用了。

时过境迁，物是人非。

唐奕承毕竟不是那位落魄少年了，这里不再是属于他的世界，也不再是束缚他的牢笼，以他如今的身份自然是住在富人区的豪华别墅里，恐怕繁华城中的这处角落早已被他遗忘。这个小小的空间，此刻也只能让陆语缅怀一下逝去的青葱年华罢了。

那边厢，女佣将采购来的新鲜蔬果放进冰箱，很快过来催促陆语道："你看完了没有？男主人明天就要回来了，我还要打扫卫生。"

陆语赶紧收回视线，不忘道谢："看完了。我要走了，谢谢你。"

她掩门离开，女佣心不在焉地"嗯"了声，拿着块抹布继续擦拭家具。直到收拾完屋子，女佣才从环保袋里取出一盆仙人掌盆栽，放在窗台上。

唉，男主人的仙人掌不知道为什么死了，她新买了一盆差不多的，也不知道会不会为此挨骂。

轿车还停在那里，唐奕承派来的两位保镖站在车外，见陆语从公寓楼里出来，伸手就要帮她开车门。

陆语心里到底因旧时的记忆翻涌出来，而或多或少有点波澜，她说："你们先回去吧，我想一个人在附近走走。"

保镖有点迟疑，但最终还是答应了："好的，那一个小时后我们再来接你。"

怎么弄得跟犯人放风似的，陆语无奈地点了头。

社区一带的配套齐全，拐两个街口就有一溜小店，吃喝俱全。陆语走进一间卖甜甜圈的店铺，买了杯咖啡和一个巧克力甜甜圈，坐在临窗的位置上。

以前唐奕承常买这间店的甜甜圈给她。

一口咬下去，酥脆的巧克力外皮入口即化，松软面粉包裹下的奶油缠绵在味蕾上，香气四溢，像是有甜甜的小人在陆语舌尖上跳舞，她满足地舔着嘴唇，又咬了一口。嗯，还是原来的美妙滋味，一点没变，比 B 市星级酒店里的甜品还地道。

她嘴上专心咀嚼，眼睛漫不经心地看着窗外来往的路人，陡然听到身边有人叫她。

"Miss Lu？"

陆语微微一怔，吞咽的动作不由得停住。

这里应该没人认识她吧？

循着声源扭过头，陆语愈发疑惑了。

她身侧站着位中年华裔男人，一身黑色西装，外面罩着件长大衣，他手里拎着个公文包，样貌平平，也不是熟悉的面孔。

"你是？"

陆语还在脑海中苦苦思索自己是否认识这张脸，对方已经换上中文，自我介绍道："陆小姐大概不记得我了。七年前，我是唐先生的辩护律师，曾经跟您见过一次面的。"

陆语惊讶地张了张嘴，这才后知后觉地想起来，忙道："哦，原来是你。你好。"

当年，唐奕承面临故意伤人罪指控，以他的经济条件自然是请不起知名律师的，这人就是法院指派给他提供援助的律师。陆语隐约记得他叫 Berg Luo，当时他们确实曾见过面，她让对方带话给唐奕承，说她不会等他出来。

天天跟冷冰冰的法律条文打交道，律师多少都有些刻板、不近人情，所以当时罗伯格也没问陆语原委，领了话便走。

多年前的一面之缘，再次街头偶遇打个招呼足够了，可罗伯格似乎犹豫了一下，然后他竟然拉开陆语对面的空椅子，坐下来。

"陆小姐，方便聊聊吗？有些事情，我想你应该了解一下。"罗伯格推了推金丝边眼镜，口吻略凝重。

陆语听得一头雾水，她看了眼手表，时间富余，便说："你请说。不过唐的案子不是早就结了吗？"她实在想不出除了唐奕承，这位律师跟她有什么好聊的。

罗伯格并不否认，他不疾不徐道："案子确实是结了。但是当时我对案情并没有查得很清楚，我那时只是个名不见经传的律师，唐先生的案子我才处理到一半，突然被知名律师团接手了，我也没办法继续跟进。"

停顿一下，他继续说："还是这几天我在调查另一起案件时，才发现唐先生当年确实是无辜的……"

陆语的呼吸猛然一窒，她用那种连自己都觉得不可思议的声音问道："所以你的意思是……唐打伤人另有隐情？"

"是的。"罗伯格点点头，他打开公文包，从里面取出一张照片递给陆语。

"请问你认识这个人吗？"他问。

陆语的视线落在照片上，有那么一瞬间，她的视觉神经像是猛地被人挑动了一下似的，眼神一紧。

她怎么会忘记那张邪恶的脸。

难堪的一幕浮映在脑海里，陆语不由得咬紧了牙齿，道："我认识他。他叫赵华庆，在一间留学中介工作，是个变态、骗子！"

没有错，照片中的男人就是当初试图强暴陆语的那位色魔。

可早已是八竿子打不着的人，再说了，这人跟唐奕承又有什么关系？

陆语两道细黑的眉刚刚拧起来，便听罗伯格解释道："赵华庆最近犯下了一起强奸案，警方在搜查他的寓所时，查获了不少不雅视频，其中……"

稍事斟酌一下说辞，罗伯格才继续说："其中也有你的，是在多年前偷拍的。"

陆语的惊愕程度可想而知，她对"不雅视频"的概念仅局限在各种新闻上，比如某某艺人的糜烂私生活被曝光，配上一些大尺度的艳照或不雅视频作佐证，又比如网络上那些乱七八糟的社会丑闻，什么花季少女误入歧途之类的。她恐怕是做梦也不会想到这种不堪入目的东西，有朝一日居然会发生在自己身上。

一瞬间，陆语仿佛狠狠地跌入冰窖池中，浑身一凉的同时彻底溺毙。她绞尽脑汁想要厘清什么，可大脑"轰"一声炸开了，她什么也想不起来。

她只能哆嗦着嘴唇问："这到底是怎么回事？你是不是搞错了？"

职业使然，罗伯格倒还是那种四平八稳的样子，他并不急于帮陆语解惑，而是问她道："梁梓行这个人你认识吗？"

如果说，在甜甜圈店里指认色魔已足够令陆语惊诧，那么此刻只有"震惊"这个词，可以形容她听到"梁梓行"这个名字时的心情了。

陆语一点都不笨，虽然她还不能还原整件事的真相，但她从对方的话里几乎是本能地觉察到——难道那一切跟梁梓行有关？

空气中的甜腻味道，似乎猛地凝固住。

陆语垂在木桌边角处的手渐渐收紧，纤细的指节因过度弯曲绷得近乎发白，那颤抖的声音从她嘴里挤出来仿佛不是自己的。

"我……认识他。"

她直觉上的反应很快在罗伯格口中得到了证实："赵华庆偷拍了不少淫秽视频，通过网络交易出售。根据我这阵子的调查取证发现，当年你的不雅视频出售给了一位叫梁梓行的华裔男子。后来他买通小混混，拿这些视频去敲诈勒索唐先生……"

"不，不可能的！"

律师的话尚未道完，便陡然被陆语打断。

真相来得犹如一场毫无预警的龙卷风，风卷残云，飞沙扬砾，吹乱了人心，摧毁了理智，以至于在那短短的一瞬间里，陆语完全没有办法相信——唐奕承那时竟是为了保护她，才甘愿忍受牢狱之灾，灭顶之罪。

他们各自悲哀、各自痛苦、相互折磨、相互怨恨的那整整七年，在真相大白的这一刻，竟反倒被衬得如此酸涩，如此悲凉，如此令人扼腕痛惜。

这让她如何接受？

而这一切悲剧的始作俑者，竟是在那七年、在那数千个灰色日子里，给予她无限温暖的、被她称为"朋友"的那个人！

这会不会太可笑、太荒唐了？！

陆语从来不知道，所谓的弥天大谎，所谓的瞒天过海，不过是个伸手一戳，便会像气球一样破掉的笑话，却偏偏有人遮遮掩掩、缝缝补补，换得那短暂的偷天换日，将那些无辜的人推进万劫不复的深渊。

她使劲地摇着头，突然什么都不想再听了，干涩的声音像是破碎的棉絮一般七零八落："罗律师，对不起，请你不要再说了。过去的事情我不关心了，我和唐现在生活得很好，我不希望任何事再打扰我们……"

是真的不关心吗？

还是——没勇气面对？

陆语不知道，也不想知道，她脑子混沌极了，根本无法思考，站起身就要走，却被罗伯格下句话揪住了脚步。

"陆小姐，这些事情唐先生应该很早就知道了。"

陆语身子一抖，双腿在蓦然间顿住。

她心底那种好不容易压制住的强烈酸涩，就这么被对方这句话再度翻搅起来，那酸意冲进鼻腔和眼眶，让她忽然有一种情到深处难自处的错觉。

见陆语怔住，罗伯格示意她坐回来，他口吻不变："有件事，我还希望陆小姐可以帮个忙……"

赵华庆最新犯下的一起强奸案中，受害者是位华裔留学生，是个只有十八岁的少女。罗伯格正是她在此案中的代理律师。

陆语的不雅视频案已经超过了法律追诉时效，不可能再提出控诉。这样的情况不止她一个人，罗伯格希望她可以和其他受害人一起签署一封联名信，提交给陪审团和媒体，虽然不算直接有效的证据，但起码可以引起对事态严重性的更广泛关注，最好能严惩罪犯，多判赵华庆几年。

这也是他跟陆语说了这么多的原因。

陆语没坐，站着听完，她清澈的眼眸依然无法聚焦，眼底翻卷着支离破碎的光。

所谓的"帮忙"，其实意味着她那段不为人知的隐私会被公之于众。

也意味着，唐奕承替她守护了七年的秘密，最终会以这种方式呈现出来。

"你让我考虑一下。"陆语闷声说完，摇晃着身子走掉了。

司机准时来接陆语返回唐宅。

"麻烦你把暖气再调高一点行吗？"陆语抱着肩膀坐在后座，连大衣都没脱。

她已经是第二次提出这个要求了，司机忍不住面露疑惑，从后视镜里看她一眼。真有那么冷吗？车内温度显示二十六度，司机已经热得满头大汗了啊。

可陆语就是没来由地觉得冷，一想到梁梓行那个人，她只觉一阵恶寒顺着脊梁骨往上爬，每颗细胞都像是被冰封住了似的。

梁梓行有一张和煦俊朗的面容，一种温文尔雅的气质，就连他对陆语的一言一行都像是阳光一样普照着她。但如今，事实摆在眼前，由不得陆语不相信他是个伪善的人。就像那华丽的面纱揭开一角，终究还是会露出腐败的皮囊和坏死的血肉，只是她从来没有见过罢了。

潘多拉的盒子打开，她心头昔日的那抹阳光，变成今朝的乌云，只用了吃完一个甜甜圈的时间。

可陆语用了一路的时间，都没有消化掉这个可怕的事实。

她回到唐宅，刚好赶上吃晚饭。

沈素芳的面色和缓许多，乍看之下，与往常无异，倒是换作陆语心事重重了。她晚餐吃得很少，只吃了一块烤鸡和一小份土豆泥，便把自己关进了房里。

躺在床上，陆语算了算时差，是 B 市的早晨。

她摸出手机，按下那个熟悉的号码。

她每次拨出唐奕承的电话时，心情都不一样，但没有一次像今晚这样，紧张的，矛盾的，还有那一丝说不清道不明的心潮澎湃，这让她的指尖都有些轻颤。

　　短暂的待机铃音过后，唐奕承沉缓清醇的声音从大洋彼岸传入她的耳膜。

　　"小语，你这么快就想我了？"

　　他的声音明明和平时一样好听，可陆语却突然鼻子发酸。

　　她没有立马回话，细微的电波里，一些想法又远又近的，她也不知道该不该讲，又该从什么地方讲起——

　　笨蛋，你就这样为我苦苦隐忍了那么多年？

　　笨蛋，你为什么不早点把真相告诉我？

　　笨蛋，我没有你想象中的那般脆弱，我是你坚强的小语啊。

　　陆语那种无法宣泄的、又酸又涩的情感变成了凝结于眼眶的泪水，以至于她按住嘴唇，才没让那鼻音泄露出来。

　　默默组织了一下语言，她揪回神思，索性直言问唐奕承道："你还记得罗律师吗？"

　　手机里陷入片刻的沉默。

　　唐奕承刚打完领带，猝然冒出的名字令他喉头一紧，慢半拍才回道："我不太记得了。怎么了？"

　　这个时候，他都不肯对她说真话吗？

　　陆语心里苦苦克制的那团焦躁的火，仿佛瞬间被他这句云淡风轻的话点燃了，她再也控制不住自己混乱的情绪，张嘴便说："唐奕承，不就是不雅视频吗？你为什么要一直瞒着我？比起我们这么多年承受的痛苦，那些视频算得了什么？如果不是你的故意隐瞒，我们说不定就不会有那水深火热的七年……"

这一刻，陆语觉得心里特别堵得慌，她甚至连该怪谁都不知道了。

怪唐奕承的隐瞒，赵华庆的变态，梁梓行的阴险，抑或是怪她自己？

唐奕承一辈子都不想让她知道的那件事，就这么被她一股脑统统说了出来，而且是用那种憋屈又稍显凌厉的语气，这让他的喉结滚了一下，只觉喉咙像是被人掐住了似的，发干发紧。

"我没有你想象中的那么脆弱，我不会为了那些可恶的视频寻死觅活。我们不是很早就说好了吗，无论生活丢给我们什么样的磨难，我们都会一起扛。你怎么能言而无信？你就这么不相信我可以和你一起勇敢面对？"陆语终于一鼓作气说完要说的，她真怕中途被他打断，思维空白一瞬就再也续不上了。

她的声音明明不大，却像是幽静的湖面上突然响起的箫声，凄楚又哀婉，仿佛在低低地控诉着什么，每一个音都让唐奕承额角直跳，就连他原本深邃又温和的眼神都有些微的凝固。

他想反驳，可是却发不出一个音节。

难道真的是他做错了吗？

也许，时光改变的不只是他，她也变了。

她比他想象中的要勇敢，也要坚强太多。

陆语的尾音落尽，也不给唐奕承说话的机会，她说了句："我困了，要睡了。"便挂了电话。

把手机扔在床上，蒙上被了，陆语的眼泪像是开闸的洪水，一串一串地流下来。

人这一生有多少个七年？

为什么要因为别人的过错，蹉跎掉他们那些永远不能重来的青葱岁月？

他难道不知道，对她而言，这世上再没有另一种痛，比失去他更让她难过吗？

他以为他在保护她，却从来没有仔细地去想一想，这种盲目的保护，何尝不会变相地造成更大的伤害？

陆语不知自己在被子里闷了多久，直到有信息进来，她才抹掉眼睛里湿漉漉的水汽，摸索着拿过手机。

信息是唐奕承发来的：小语，我现在要去机场。明天下午我会去你的颁奖典礼，见面再说。

他原本是想突然出现给她个惊喜的，但现在看来，能安慰她激动的情绪比什么都强。

陆语一夜被噩梦滋扰。

梦境中，梁梓行那张温润如玉的脸上多了几道刀疤，血肉模糊的样子很是惊悚狰狞，他死死地掐住陆语的脖子，目眦尽裂地说着什么。

无声的梦魇让陆语在凌晨三点被令人窒息的压抑感吓醒。

她身上的睡衣被汗水浸湿，贴在皮肤上，冰凉。

半夜惊醒后，陆语就没有再睡着，直到隔天晨光熹微，她才浑浑噩噩地睡了过去。再睁眼时，已经是中午了。

偌大的别墅里，只有她和用人 Ella 在。

Ella 直接把午饭端上桌，跟陆语说："沈女士本来是想带你去超市的，但看你倒时差睡得久了，她就没叫醒你，让 Karen 陪着去了。她们过一会儿才会回来。"

陆语这才知道另一位女佣叫 Karen，她点点头，表示知道了。

午餐是西式的，陆语吃完就上楼换了衣服，被司机送去颁奖典礼现场。

摄影大赛的颁奖典礼在第五大道附近的一幢超高层大厦里举行，连同摄影展一起，场面颇为隆重。陆语特意化了淡妆，穿了事前准备好的小礼服。

礼服是唐奕承帮她从法国定制的。

车子稳稳地停在大厦门口，侍者打开加长豪车的车门，细跟黑色高跟鞋先落地，高跟鞋的主人有着秀美的脚踝，往上是匀称笔直的小腿，及膝的珍珠白色裙摆剪裁成由高到低的弧线，微微蓬起来，裙角缀着露珠般细碎的钻石，素雅低调又不失奢华，将陆语的苗条身材展露无遗。再配上她的黑发和大眼睛，看起来就像是从画里走出来的东方美人。

外面的气温偏低，陆语下车便步入大楼，手包上的流苏随着她的脚步起伏灵动跳跃，优雅得体。只是她脸上的表情有一丝违和，眉眼耷拉着，像是兴致不高。

她找了一圈没有看到唐奕承，看了眼手机显示的时间，她微微蹙眉。

这个时候，他的航班早就应该抵达了。依陆语对他的了解，如果迟到或者飞机晚点，他一定会告诉她的。

而令陆语更不解的事情还在后头——一直到颁奖典礼结束，唐奕承居然都没有出现。

第十八章
与死神擦肩

在纽约举行的这次国际摄影大赛，有来自世界各地的上百幅作品入选，被分为自然、旅游和新闻等若干参赛组别，每组分别评出金银铜奖。包括陆语在内一共有十多位摄影师获奖，其中仅有两位是亚洲人。

颁奖典礼现场云集了众多知名摄影家和身份显赫的权贵富商，再加上同期举行的摄影展隆重开幕，吸引了大批摄影爱好者争相一睹风采，场面盛况空前。

陆语在业内的名气其实并不算大，能够获得如此殊荣，她自认为全凭运气。

也许，这世上，大概最难测、难猜、难求的就是运气了。

有多少身怀抱负又才华横溢的人在孜孜不倦地追求着自己的梦想，却总是难逃被埋没被忽视的命运，每每只能用"金子总是会发光"这样的励志语言来安慰自己。毕竟，熬得出头的人，永远是极个别的少数，他们未必真的是同类里最优秀最出色的，但无疑是"运气最好"的。

因此走上颁奖台的那一刻，陆语没有过多的感慨，她只觉自己是幸运的。

那种被称为"命运"的神奇力量，在亏待她多年后，终于给予了她一丝小小的眷顾。

陆语当天得到一个银奖奖杯，亮银色，流线型，设计得像是美女婀娜的腰身，精致又讲究。作为年轻漂亮的东方女摄影师，她在会场上颇受瞩目，她的获奖作品《雪夜震湖》也在展出之列，有中东富商当场开出高价想要收于囊中，但被陆语婉言谢绝。

她并没有出售作品的打算。

而且，这幅作品是她和唐奕承一起拍的，要说收藏，当然也得由唐奕承来收藏了。

陆语正苦于应付对方，手包里的手机适时响起。

"不好意思，我去接个电话。"她说完，便拿着手机走远几步。

中东富商耸肩摊手。

来电显示是一个陌生的纽约本地号码，陆语本能地认为是唐奕承，或许他是要告诉她，他临时有急事所以缺席了她的颁奖礼。

可陆语却在接听的那个瞬间，愣怔半秒。

电话另一端的男人没有寒暄，声线偏沉："陆小姐，我是蒋仲勋。你能尽快赶来纽约长老会医院吗？"

陆语神思猛地一紧，她与蒋仲勋之间的唯一联系就是……

"唐奕承……他在医院？"她几乎是不假思索地问出这么一句。

蒋仲勋沉默一瞬，才道："嗯，你先过来再说吧。"

陆语连声线都紧绷得颤抖了："我马上就到。"

短短的一刹那，她被某种不祥的预感攫住，情绪起伏得太过激烈，她什么都顾不上了，甚至忘了联系司机，直接抬脚冲出这幢直冲云霄的高楼大厦。

陆语伸手拦下辆出租车，便朝医院疾驰而去……

长老会医院位于曼哈顿上东城。

陆语抵达时，身上还穿着那套来不及换下的小礼裙。高跟鞋敲击医院走廊的地面，发出频率很快的嗒嗒声，那声响交错得近乎慌乱，每一下都仿佛是尖利的铆钉凿在她心上，一颗心越来越沉。

蒋仲勋给她的方位是 ICU 重症监护室。

到底是出了什么事，才会入住那种病房？

"车祸。"蒋仲勋沉声道。

陆语身子蓦地一晃，虚靠着身侧冰冷的墙壁，她才没让自己瘫软跌倒。

使出全身的力气，她也只能问出三个字："严重吗？"

问完，她又觉得自己这不是在说废话吗，如果只是轻伤，绝对不用住在重症监护室的。

蒋仲勋身后是病房的白色自动门，门紧紧地闭合，他没有立马让陆语进去，而是面色凝重，道："唐的情况不是太好，颅内出血。他刚做了手术，目前还在昏迷，没有脱离危险。你最好有个心理准备。"

准备什么？

他再也醒不过来？

还是……

陆语不敢想，一时只觉头脑发蒙，她翕动了一下嘴唇，道："让我进去看看他。"

蒋仲勋迟疑一下，侧身让开。

ICU 的病房门是双层的，进了自动门后，还有一道门。但里面那道门，陆语是进不去的，病房采取严格的消毒隔离制度，除了医护人员，暂时不允许任何人进入探视。

她只能透过那扇半人高的大玻璃窗，看看里面的情形。

区区几步路，陆语的脚步已不复之前的匆忙凌乱，她感觉到一种前所未有的沉重，像是陡然失去了最后一丝力气似的，每迈出一步都显得格外艰难。

这种时候，有再多心理准备都是不够的。

陆语只看了一眼，便默默别过脸，不肯再看。

这一刻的眼泪，是混沌的，无声的。

"他怎么会……弄成这样？"她喃喃地嚅动着嘴角，声音破碎不堪，也不知道她在问谁，更像是神思恍惚间的自言自语。

那么桀骜不羁的男人，怎么会就这样伤痕累累地躺在那里？

那么衣冠楚楚的男人，怎么会戴着氧气面罩，头上包裹着纱布，置身于一堆医疗仪器中？

那么爱她的男人，怎么会连睁开眼看看她，都做不到了？

陆语从来不知道即使只是这样远远看着，也能清楚地感觉到那种叫作"绝望"的情绪。一时间，前所未有的恐惧席卷而来，犹如千万条细细的蚕丝，紧紧地束缚住她。

那是害怕失去一个人的恐惧。

那是害怕再也不能"执子之手，与子偕老"的恐惧。

那是害怕心头爱再一次被老天残忍夺去的恐惧……

陆语的头埋得更低，她死死地捂着嘴唇，不让自己呜咽出声，只有一颗颗泪珠啪嗒啪嗒地一个劲儿往下掉，砸在坚硬的地面上，仿佛是裙摆上的钻石被摔碎了，晶晶莹莹的。

蒋仲勋的神色比陆语好不到哪里去，平日里身姿笔挺、目光如炬，从来不喜怒形于色的沉稳男人，此时眉宇间却满布黯然，竟是显出了一抹苍凉。

"出来说话吧。"他虚扶了陆语一下。

陆语点点头，灌了铅似的双腿挪回走廊，问他道："唐奕承在哪里出的车祸？当时的情况是怎样的？"

她还什么都不知道。

蒋仲勋到底是经过大风大浪的人，虽然沉痛，但头脑依旧清晰，他说："我也是在车祸后接到医院的电话，才赶过来的。当时的情况并不是很清楚，后来看了监控才知道……"

唐奕承的车在离开肯尼迪机场不久后，就被一辆逆向行驶的大货车直接撞飞。惨剧发生的那一瞬间毫无征兆，就像好莱坞大片里的惊悚画面一样，迎面而来的巨大冲撞力导致轿车当即失去控制，整辆车在半空翻转起来，最后重重地摔在柏油公路上。

车顶着地，唐奕承的司机当场死亡。

而他，好歹捡回条命来。

陆语听得心惊肉跳，浑身发凉，紧紧交握在一起的手沁出冷汗来。那画面她想都不敢想，像剜心一样疼，她闭了闭眼，才险险地努力维持住镇定。

"货车司机怎么会逆行？人被抓了吗？"她急声问。

听到这句话，蒋仲勋忽然眸光一沉。

事到如今，没什么好隐瞒的，他说："陆语，这不是普通的交通事故。"

她怔然道："什么意思？"

"货车司机在肇事后逃逸，跑了两条街被抓，警方目前还在审讯。他神志清楚，没有饮酒，但有抢劫犯罪前科。我怀疑，他应该是受人指使制造出的这起车祸。"蒋仲勋的声音越来越沉。

陆语高度绷紧的神经一下子断了，她条件反射地就想到那么个人，而蒋仲勋直接把那人的名字道了出来——

"受梁梓行的指使。"

微微一沉气，蒋仲勋补充道："美国警方应该很快就会通缉他。他以为逃来纽约就安全了？不，他错了，在这里他只会死得更惨。"

直到这个时候，陆语才骤然想起昨夜的那场噩梦。

原来每一个噩耗都有着特属于它们的前奏曲，她一直觉得梁梓行就算再狼狈，再恼怒，也不会对她下狠手，可她却未曾料到，他报复的对象竟然会是唐奕承，而且他要起阴来几乎是让人一招毙命。

"他疯了……他怎么可以这样伤害唐奕承……"

梁梓行的所作所为已然超过了陆语的认知，她简直快要承受不住，心情复杂得让她连话都说不利索了。

蒋仲勋很清楚，陆语到底是个女孩子，肯定很难接受这样残酷血腥的事实。他想安慰她几句，可到了这个时候，任何安慰恐怕都苍白无力了吧。

他稍稍放缓语气，话锋一转，嘱咐陆语说："唐的情况不

417

能向外人泄露。如果媒体知道他车祸昏迷，Sunshine 集团的股价势必大跌，公司内部也会人心不稳……"

陆语还沉浸在七分悲痛和三分震惊中，浑浑噩噩地点头应下。

蒋仲勋看了眼手表，拍了拍她的肩，道："我还得去警察局一趟，了解案情的最新进展。唐这边就先交给你了，有事情可以随时打电话给我。"

蒋仲勋权势庞大，有他亲力亲为自然是最好的，只是陆语的神思太过混乱，她完全没有意识到，蒋仲勋为什么把唐奕承的事情当作他自己的事情一样上心。

陆语忙不迭收了收涣散的目光，张口道谢："蒋先生，谢谢您，有劳您费心了。"

蒋仲勋颔首欲走，却又被她叫住。

"沈阿姨知道了吗？"陆语问。

"我还没通知她，怕她受不了刺激。"停顿一下，他继续道，"还是由你跟她说一声吧。这里的医疗团队是顶尖的，也许唐的情况过几天就能好转。毕竟沈女士是他母亲，不管好坏都该让她知道。"

"好的，我一会儿回去跟她说。"

陆语临时被叫来医院的路上感觉到惊恐万分，她不想沈素芳再经历一次那种感觉，还是她陪在对方身边的时候再说比较稳妥。

蒋仲勋离开后，陆语在走廊里僵了一会儿，又回到那扇白色的自动门前。

其实，唐奕承真没什么需要她照顾的。他陷在深度昏迷中，不能吃，不能喝，不能说话，也不能睁眼，陆语留在这里帮不上任何忙。

可哪怕就是待在这充满消毒水气味的空间里，哪怕就是隔着一扇玻璃守候着他，都能在这个时候带给她莫大的心安。

站在玻璃窗前，陆语抬手，触在那片没有温度的玻璃上。

她的指尖轻轻颤抖着，沿着不远处他躺在病床上的身形勾勒，一遍又一遍地，在窗上临摹着他，好像这样她就真的可以摸到他似的，好像这样他就会感应到她似的。

眼泪，又不争气地落下来。

陆语不知不觉间就想起了昨天，不，确切地说，是不到二十个小时前。她当时在电话里跟他要性子，他明明说见面会跟她解释的，可他现在怎么一声都不吭了？

"唐，你不是有话跟我说吗？我听着呢。"陆语的指尖顿住，问着玻璃后面的人。

没人说话，那寂寥的回音令她心慌。

"唐，昨天是我错了。我不该跟你发脾气的，不用你哄我，这次我哄你，好不好？其实我很在意那些视频，如果搁在七年前让我知道那些事儿，我肯定会受不了的。我知道你对我好，你是为了保护我才隐瞒下来的。你为此也承受了那么多痛苦和隐忍，我怎么会怪你呢？"

如果没有唐奕承的庇护，就没有今天的她。尽管一直以来，陆语都知道他爱她，却还是到了这生死一线的时刻，她才清晰地感知到——他是这样爱她。

"梁梓行太坏了，如果不是因为我，他也不会这么报复你。所以你别让我内疚，赶快醒过来，好不好？我们一起对付他……"陆语闷声哽咽着，这些沉在心里的话并没有因为说出来，而让她好受半分。

她反而更难过。

原来这世上真有一种男人，他会为珍惜的人顾念一切，却也会不顾一切地把自己陷入孤立无援的地步。

而陆语，就遇到了这样的男人。

可此时此刻，他却无法抱着她，说着那些动人的情话，也无法握着她的手，跟她一起看日出日落……他躺在那儿像是睡着了，沉静的，安然的，仿佛没有知觉的倾世瓷器，又仿佛只要伸手碰一碰，就随时会灰飞烟灭一样。

这到底是老天给她的恩赐，还是惩罚？

陆语红肿着两只眼睛回到唐宅时，沈素芳已经吃过了晚饭。

见她这副狼狈样子，沈素芳关切地问道："你这是怎么了？奕承不是说今天回来吗，他怎么没跟你在一起？你们又吵架了？唉，这小子就是脾气坏，他又欺负你了吧……"

生活面前，人都能够坚不可摧，也能够在瞬间脆弱崩溃。

被沈素芳这么一说，陆语当场……崩溃了。

"沈阿姨，唐奕承他出车祸了……"陆语突然抱住她，趴在她肩上号啕大哭。

这个刹那，所有伪装的坚强都变得脆弱不堪，所有告诫自己冷静理智的话，都形同虚设。

陆语只觉得医院里的那人让她的天塌了，她的世界仿佛囤积着厚厚的阴霾，那些阴霾就这样铺天盖地席卷而来，张开血盆大口啃咬她的心，她越是想要挣扎摆脱，呼吸就越困难，以至于她全然泣不成声。

而沈素芳听罢，直接晕厥了过去。

这注定是一个焦头烂额的不眠夜。

陆语陪沈素芳又去医院看了一次唐奕承，回到别墅时，已经是午夜十二点了，用人都睡下了。

沈素芳不肯睡觉，想必也是睡不着的，她把冰箱里的食材全翻了出来，在厨房煲汤。

陆语去拉她的胳膊，说："沈阿姨，您别弄了，先去睡吧。"

"不行，我明天还得给奕承送汤去的……"沈素芳说着说着就没声了，她拿着汤勺的那只手不由僵住，眼圈也红了。

他连醒都没醒，怎么能喝汤呢。

厨房隔壁就是用人房。

隐约间，陆语听到房门打开的声音，以及一串脚步声。

估计是她和沈素芳说话的声音惊动了用人，陆语正要让用人不用管了，却在转过头的一刻，她微微一怔。

唐家的两位女佣，陆语只见过 Ella，还真没见过这一位。

四目相对，睡眼惺忪的 Karen 也是愣了愣。

她一副活见鬼的表情，用英语对陆语说："我们好像见过面的，昨天在地下室……"

没有错，她就是陆语昨天见过的那位女佣，在那间地下室里。

那间地下室——曾经装满了少男少女在青涩年华里最纯真、最激烈的悸动；曾经是唐奕承在大洋彼岸给予她的像"家"一样温暖的所在；曾经在陆语心里荒废了七年之久，久到她以为早就被他遗弃，被他忘记……

脑子迟疑了两秒，陆语才后知后觉地意识到——其实，他从来没有忘记过。无论他走得多远，站得多高，他都没有忘记过。

岁月轮回，时光浸染，足以令世间种种面目全非，而那间地下室的男主人却始终没有改变，依旧是……她的唐。

车祸第十天。

唐奕承脱离术后危险期，被转入 VIP 病房。根据医学检测，他的昏迷指数有所减轻，但依旧没有苏醒。

这种时候，一点点好消息都能令人为之振奋。

陆语原定的行程被打乱，她没有回 B 市，一直留在纽约。白天，她去医院陪唐奕承"说话"，晚上由司机送回唐人街附近的地下室。

她跟 Karen 拿了钥匙，每晚都住在那里，一个人。

纽约的气候渐暖，寻常的一天中午，沈素芳照例用食盒装了午饭，出门去医院。

唐奕承靠注射营养液维持，可陆语在医院一待就是一天，她总是要吃饭的。沈素芳担心她不好好吃东西，于是每天两次去医院探视时，她顺便按顿给陆语带饭。

别墅门一开，沈素芳愣了一下。

门外站着位年轻女孩，正要抬手按门铃。

"宁晞？"沈素芳略感惊讶。

唐奕承以前在纽约的管家就是秦叔，宁晞来家里找过秦叔几次，沈素芳见过她，但算不上熟悉。

宁晞礼貌地笑了笑，笑得苍白，道："阿姨，听说奕承哥住院了，我能跟您一块儿去看看他吗？"

唐奕承车祸昏迷的消息对外封锁得极严密，只有家里人和用人知道，宁晞也是从秦叔那儿听说的。她得悉后急忙跑去了医院，却被蒋仲勋安排的保镖拦截下来，坚决不许她进去。没办法，她只能来找沈素芳了。

沈素芳权当买秦叔的面子，点头应许。

司机驱车送两人去医院的路上，沈素芳随便和宁晞聊了两句。

"你怎么回纽约了？"沈素芳记得秦叔早前说过，外甥女去B市发展了。

宁晞扯了扯嘴角，溢出一丝苦笑，道："有些事我自己没做好，惹奕承哥不高兴了，我在B市待不下去就回来了。"

沈素芳"哦"了声，并未深究，毕竟是不太相干的人。

素白的病房门，沈素芳来到门口，却没有立马推门进去，而是在门边驻足稍许。

宁晞不明所以，也跟着她停下脚步。

有说话声从病房里传出来，温柔的，细腻的，如同细柳河畔那琴弦轻轻撩拨，浅浅的吟唱，低低的痴缠。

事实上，沈素芳每天来医院，都会听到陆语跟唐奕承"说话"。

说的人，红着眼圈，嘴巴一开一合，像是复读机那般孜孜不倦地讲着他们以前的故事，喉咙干哑了就喝口水，继续说；眼泪流下来了，就抹两把，擦干泪，或者把头埋进他的被单，一动不动地发会儿呆。

听的人，静静地躺在那儿，眉宇间还是往常的模样，清隽

423

动人又英挺深邃，但那双狭长的眼睛始终闭着，长睫微垂，也不知道听进去了没有。

沈素芳看到这样的情景，总是忍不住背过身，在走廊里暗自垂泪，比起昏迷不醒的儿子，陆语也挺让她难受的。

到底是有多爱一个人，才会让这女孩不离不弃？

而这女人，遇到这样的爱人，是劫数，还是幸福？

收回神思，沈素芳正欲抬手转动门把，一回头，却发现宁晞不见了。

人去哪儿了？

她没多想，将眼中泪水掩藏无踪，走进病房，说道："小语，过来吃午饭吧。"

病房是套间，陆语跟她去里间的休息室吃饭，就听沈素芳说道："你准备在纽约待到什么时候？如果奕承他……"

如果他再也醒不过来了呢？

这是医生都说不准的事儿。

沈素芳查过不少资料，很多昏迷的病人在床上一躺就是数年，甚至更久。

俗话说"久病床前无孝子"，更何况陆语只是唐奕承的女朋友，连名分都没有，她又能坚持多久呢？诚然，多个人照顾儿子，让沈素芳安心不少，但这何尝不是一种自私的心态？毕竟陆语还那么年轻，唐家总不能耗着她。未雨绸缪，她这个做长辈的，也该为别人打算一下。

"唐会醒过来的。"陆语不接受任何负能量，急声打断她，言之凿凿的语气稍显突兀。

从碗碟间抬眼，她遂朝沈素芳笑了笑，放缓语气补充道：

"阿姨，刚才他的手指头动了呢。我去问过医生了，医生说这是好现象，很多昏迷的病人都能被亲人唤醒的。"

一个月，一年，一辈子。

她一定能唤醒他。

常言道，恋人之间是有感应的。

陆语以前不信，但现在却深信不疑。

这些天她跟唐奕承说过好多话，多到连她自己都记不清到底说过什么，多到连她自己都惊讶那些点点滴滴的记忆竟然历久弥新。有时候那些话翻来覆去的重复，她也不在乎，因为她坚信他肯定能听得到，只是没办法回应她罢了。

直到刚才，陆语轻握着他修长的手指，慢悠悠地跟他说："唐，你知道吗，窗台上的仙人掌今天清晨居然开花了。离开你之后，我养过那么多盆都没开过花，今儿个还是第一次看到，小小的、粉色的那种花儿，特别可爱。你看铁树都能开花，你是不是也该醒了……"

就是那个刹那，她感觉到掌心里的手指动了一下。那么轻微，那么不经意，可陆语敏感的神经却仿佛被什么撩拨了似的，一下子就兴奋起来。

也是那个刹那，支棱着耳朵站在门外的宁晞猛然怔住，然后默不作声地转身跑掉。

她条件反射地想起以前自己送给唐奕承的那盆仙人掌盆栽，她放在他纽约办公室的窗台上，告诉他仙人掌的花语是——坚强，将爱情进行到底。

可后来，她在他办公室里，再也没有见过那盆仙人掌。

听陆语那样浅声说着，宁晞心里蓦地狠狠一绞。

原来在那对相爱的人面前,她一直是一个可笑而尴尬的存在。

宁晞在认识唐奕承的时候,并不知道陆语的存在,更不曾预料到,他心里埋藏着那样一个深爱的女人——他们曾经相爱,中途离别,走到最后的竟还是他们两个人,与后来的人无关,与路过的人无关,与等待的人亦无关。

宁晞,爱过一个人,就算从未得到回应,也不枉情动一次。

你可以不后悔,可以不甘心,但现在,你该死心了。

她深吸一口气,怅然一笑,是啊,就这样吧。

病房里。

沈素芳和陆语面对面吃饭。

她凝眉看着陆语,就看见她眼底清澈如泉,又带着一丝坚定。她想跟陆语说些什么,可到底喉头酸涩,发不出一个音节。

这女孩,比她想象中坚强太多。

沉默半晌,沈素芳给陆语夹了块黄油煎鱼,这才说道:"你多吃点,别奕承还没醒,你先累垮了。等他好起来了,你们赶紧把婚结了……"

事到如今,陆语早已是她认定的儿媳妇。

"嗯……"陆语点点头,脸颊微红。

那块外焦里嫩的鱼肉,她却是没吃两口,只觉那股鱼腥味似乎特别浓烈,刺激得她有点反胃。

晚上九点,司机照例将车停在社区街口。

陆语下车,在路边的咖啡店买了杯热巧克力,双手捧着纸杯往公寓楼走。

从咖啡店到公寓，大概几百米。

安静的林荫路两边植满橡树，路灯的灯光不甚明亮，又被高大的树冠遮住些许光亮，整条幽径随之显得愈加黯淡，阴恻恻的。

陆语读大学那会儿天天都从这里经过，也不觉得夜路害怕，因为那时她不是一个人走，她身边总有一抹颀长、英挺的身影陪伴左右。

"你以后不用每天都来街口接我啦，我自己回去就行了。"她摇着马尾辫，跟走在身边的少年说。

"这一带治安不好，还闹鬼，你不怕吗？"唐奕承双手抄在外套衣兜里，挑眉睨着她。

陆语拧起眉毛，有些惊讶道："这里闹过鬼？"

唐奕承"嗯"一声，压低嗓音讲给她听："以前这座楼里住着一对年轻情侣，男孩每天晚上接女孩回家，也是走这条路。后来有一天男孩突然没有出现，女孩倒没觉得不对劲，以为他有什么事耽搁了。当天夜里，女孩接到了男孩的电话，他说跟朋友在酒吧喝酒不回来睡了。女孩有点不高兴，但也没说什么。直到隔天早上，警察敲开女孩的家门，说她男朋友昨天下午跟人打架被人打死了。女孩猛然想起半夜那通电话，当即吓得尖叫起来……"

陆语听得头皮发麻，不自觉地挽住唐奕承的手臂，问道："然后呢？"

他还是那么跩跩地往前走着，继续说："可是第二天晚上，女孩又是一个人走这条夜路时，居然看到了她男朋友在等她。男孩说，他根本没死，是警察骗人。女孩抱着他哭了一通，就跟他一起往公寓楼走，哪知走了一半，女孩突然一低头，发现她男朋友……没有影子。"

刚好走到最黑处，陆语吓得把脑袋直往唐奕承怀里拱。

可他不仅不抱她，反倒声线更低："小语，你看看我有没有影子……"

陆语心肝一颤，惊悚得不由发出"啊"一声，她挽在唐奕承臂弯上的手猛地顿住，低头就往地上看——昏暗的路灯下，他的影子好端端地投映在地上呢。

"浑蛋啊你，吓死我了。"陆语在他的影子上踩了两脚，腮帮子鼓鼓的。

唐奕承这回倒是笑了，搂住她的肩，牢牢的，道："笨蛋，以后还需要我来接你回家吗？"

"废话，当然需要。"陆语撇嘴道。

就是这条夜路，他们一起走了两年。

陆语从来都没有告诉过唐奕承，其实那天她听到他的鬼故事，一点都不觉得害怕。只是她喜欢勾着他的手，跟他一起走这段回家的路。她担心如果自己说"不害怕"，他以后就真的不会来接她了。

少女的心思，可爱又单纯。

此时，地面依然树影斑驳，街灯依然昏暗幽淡，可原本那成双成对的影子却已然无踪。

孤寂的夜路上，只有一个人的影子。

陆语踩着自己那被路灯拉长的影子，突然就有点想念那个少年了。

她打开纸杯盖子，喝了一口热巧克力。

甜食有助于舒缓神经。

其实她这几天，不是不担心，不害怕啊。每晚夜阑人静时，陆语都会在那张会咯吱作响的木床上辗转反侧，夜不能寐。

她会想起曾经在那张床上，每一个与他相拥入眠的夜晚，他炙热的气息、俊朗的容颜、有力的臂弯和那结实的胸膛都是那样紧紧地包围着她，侵占她每一寸发肤，那样才能让她睡一个安稳觉。

可现在，床是空的，是凉的。

她在那间地下室里找回了属于他们的曾经，属于他们的所有回忆，她甚至能够在床褥上嗅到属于彼此的旧日气息，可她却唤不醒那记忆里的男主角，只能一遍一遍地独自回味那种甜蜜又酸楚的滋味。

属于夜的悲凉，在每一个晨光熹微的初晨，被第一缕朝阳带走。

迎来白日的希冀。

在医院里，陆语长久地凝着那张俊朗的睡颜，她总是这样安慰自己一番：在彼此分别的七年里，她每每回忆起他们在一起的那两年，总觉得那些美好的时光只在弹指之间，犹若天边红霞那么短暂；后来，他们重新执子之手时，她想起彼此相互折磨的那七年，又觉得那些痛苦和忧伤同样只是白驹过隙，一晃而逝；那么，也许真到了他们变成小老头和小老太太的那一天，再头靠着头、手牵着手忆起现在这段他昏迷不醒的日子，大概也觉得不过是岁月长河中的一小段插曲吧，没那么难熬。

是啊，七年都等过了，还怕再多等一下子吗？

爱上一个人，就好像真的有了软肋，也有了铠甲。

陆语没办法不坚强，因为那个容她脆弱、耍赖、撒娇的男人现在睡着了，她只能咬紧牙关坚持下去，等他醒来。

翌日，天空明净如洗，Sunshine集团内部却暗藏血雨腥风。

世上没有不透风的墙，集团最高决策者莫名其妙消失了十一天，各种猜疑风起云涌，公司几名位高权重的老股东开始蠢蠢欲动，欲谋权事。

这实在不是新鲜事，自古以来，皇权被削，宰相篡位的戏码不计其数。

唐奕承当年为了早日立足华尔街，极速扩充资产，不得不稀释股权，吸引投资。那会儿蒋仲勋曾经劝阻过他，不可过度融资，以免危及他在董事会的地位。可唐奕承没有时间，他等了太久太久，早已没有另一个七年任他耗费。

他在集团主事的时候还好，毕竟Sunshine由他一手创立，就算那帮老股东仗着自己股份多，时不时投个决策否决票挫挫他的锐气，却也并不能真把他怎么样。

但现在的情况不同。

山中不可一日无虎，唐奕承的"消失"，无疑为那帮老狐狸创造了造反的绝佳机会。不知集团内部哪位有心之人把"唐总在美受伤昏迷"的消息散布给了国内媒体，导致集团股价大幅下跌，员工人心惶惶。而与此同时，老狐狸们纷纷趁着股价低点开始大幅收购。

当天，陆语是在起床后接到宋远的越洋电话时，才得知这些事的。

忠心耿耿的宋远坐镇 B 市，急得直挠头，他恨不得扒开唐奕承的眼，抠开他的嘴，这个时候，哪怕他随便说句话都好啊。只要证明他还活得好好的，就足以令那帮老浑蛋有所忌惮了。

商场上的尔虞我诈，陆语一窍不通，但她还得安慰宋远："你先别着急，容我想想办法。"

宋远压根没指望一个女人能想出办法来，但消息传不到唐奕承那儿，他只能汇报给陆语。

挂断电话，陆语拥着被子坐起身，翻看宋远发给她的那些 B 市媒体的新闻截图，她只觉脑瓜仁嗡嗡作响。

国内媒体的分析露骨又讽刺，称唐奕承曾是少年犯，后来虽然白手起家，但实则根基不稳。他既无背景又没后台，实力远远比不上那些家底雄厚的富二代。再加上他年轻气盛，随便一个老股东都是能当他爹的年纪，这就导致唐奕承难以服众，甚至让集团出现信任危机。而目前，董事会为了力挽狂澜，已有意扶植新任 CEO 上位。

好一个"力挽狂澜"，陆语这么好脾气的女人，都忍不住想要暗呸一句"人渣"！

在 B 市的那段日子，她总觉得唐奕承冷酷霸道，我行我素，却从不知道在他的光环背后根本就是危机四伏，如履薄冰。

尽管事态非同小可，但陆语如今也算经过风浪的人了，急中生智，她就想到那么一个人。

也不知道对方会不会帮忙，又能帮多少，可这个节骨眼上，她还是得试一试，至少她不能眼睁睁地看着唐奕承辛苦打下的帝国毁于一旦。

陆语第一时间把宋远传给她的消息，转发给了蒋仲勋。

她这辈子没求过什么人，就算再艰难的日子，她也自己挺过来了。现在拉下脸求人，陆语难免心中忐忑。

而更糟糕的是，她的消息发出去了，蒋仲勋却一时没有回复。

陆语揣着手机出了门，她并未像往常一样直奔医院，而是让司机把她送去了附近的一所教堂。

唐奕承以前带她来过这里，当时陆语说自己是无神论者，不信基督也不信天主。

他摸了摸她的头，眉梢一挑，道："我也不信，但不妨看看。"

那天碰巧有新人在教堂结婚，两人权当观摩了一场西式婚礼。

每个女人心里都有一场婚礼梦，陆语也不例外，她或多或少被那种幸福的氛围所感染，有些心潮澎湃。离开教堂，她就拉着唐奕承叽叽喳喳地回味那场陌生男女的浪漫婚礼。

唐奕承倒是眉目淡淡的，只问她道："你要是喜欢，以后不如我们也在教堂结婚？"

陆语眨着眼睛，看着他那张帅气的脸，立马脑补了一下唐奕承身穿燕尾服的俊朗姿态，以及自己披上白纱的模样……

她笑得娇憨可爱，毫不迟疑地点头说："我看行呀，就这么说定了。"

唐奕承屈指，在她脑门上弹了一下，也弯了弯唇，笑道："原来娶你这么容易啊。"

那一刻，有没有信仰不重要，够浪漫，够幸福，就行了。

故地重回。

还是古老的哥特式建筑，魁伟繁复的穹顶，巧夺天工的雕刻，描绘得细腻精致的教派窗画，什么都没变。

　　可走进去的那个瞬间，陆语的心态却有些微改变。

　　教堂里没有婚礼，只有信徒在做礼拜。

　　陆语悄声在最后一排坐下。

　　这一刻，悠扬的钟声，平缓的诵经声，在耳畔余音缭绕，每一个音都沾染着慈悲的光芒，让人无端感觉到宁静安和。

　　心念微动，陆语双手合十，低下头，跟着默默祷告。

　　有人说，一个人可能不信神也不信佛，却也许会在某一刻相信因果。

　　这大抵就是陆语此刻的感受吧。

　　那个曾经不信命的女孩，此时，却在用一颗最诚挚的心，向命运祈祷。

　　祈祷她的唐，快点醒来。

　　祷告结束，陆语刚离开教堂，手机就响了。

　　还是宋远来电。

　　电话接通，她就听宋远语带惊诧地问道："唐总……是蒋仲勋的儿子?!"

　　陆语诧然，这都什么跟什么啊。

　　尚不容她厘清思绪，宋远已半是狐疑，半是震惊地解释说："刚才蒋先生发了声明给媒体，称唐总是他儿子。并说唐总回归前，Sunshine 集团大局暂时由他接管，请浑水摸鱼之人好自为之……"

　　蒋仲勋这是为帮唐奕承，所以胡乱杜撰出个理由，以堵媒体之口？

还是……

宋远丈二和尚摸不着头脑，还在竹筒倒豆般地说着，陆语整个人却已经如遭电击一般，猛地被钉牢在原地……

初春乍暖的正午，日光倾城，这是纽约一天中最美的时光。尖顶的哥特式教堂沐浴在圣洁的光辉中，魁伟又神圣，仿佛画家笔下最为大气磅礴的一笔。

而站在教堂前的陆语，脸色却苍白了。

宋远的电话早已挂断，她的手机却仍旧举在耳畔，握住机壳的手指僵住。

在她的认知中，唐奕承是有爸爸的。

陆语虽然没有见过唐父，但却不止一次地听唐家母子提及过此人。就在几天前，沈素芳翻旧照片时还把陆语叫过去，指着照片上的中年男人跟她说："这就是唐建海，奕承的父亲。"

据沈素芳回忆，她和唐建海都是 C 市人，早年生活并不如意，后来有了奕承，又正好赶上移民潮，两人为儿子打算，于是历尽艰辛到美国打拼。和许多第一代移民一样，唐建海夫妇没有多少积蓄，也没有任何社会关系，只有华人的吃苦耐劳和勤俭节约，那会儿夫妻俩在酒吧调酒，在餐厅洗盘子，给人当司机、当保姆……什么活都做过，什么苦都吃过，总算把唐奕承养大成人。

幸好唐奕承争气，终于让含辛茹苦了大半辈子的沈素芳过上了好日子，可唐建海却是个没福分的，他在儿子十六岁那年，便积劳成疾因病去世了。

如此慈爱的父母所养育出来的，怎么可能不是自己的亲生骨肉？

信息量太大，陆语觉得简直不可思议，转而又蓦然想起蒋仲勋之前说丢过孩子的事儿，也不知道他当年丢的是男孩女孩，莫非——他是因为思子心切，索性在危急关头拿唐奕承当儿子了？

陆语心头疑云密布，当即让司机把她送回唐宅。

新闻一出，势必人尽皆知，满城风雨。沈素芳早晚会知道，陆语想着这种时候也没什么好避讳的了，直接问问沈素芳就真相大白了。

殊不知，在半道上，陆语意外接到了蒋仲勋的电话。

对方口吻依旧无波无澜，仿佛什么都没有发生过似的，蒋仲勋只道出个地名，让她过去。

陆语挂断电话，重新跟司机报上目的地，车子掉头，改向华尔街驶去。

二十分钟的车程，陆语全然无法集中注意力，脑子里乱糟糟的，努力回忆着照片中的唐建海。

到底是被宋远那个真假难辨的消息刺激到了，她不知道是不是自己出现了错觉，以至于总觉得唐奕承跟唐建海长得确实……不大像。

唐建海是位样貌普通的男人，方脸单眼皮，面容和善老实，看起来性子温温吞吞的。唐奕承就不用说了，眉眼狭长，鼻梁英挺，下巴微微尖削，五官如雕塑一般精致，而且脸部轮廓清朗鲜明，他光是往那儿一站，就透出一股子桀骜凉薄的气场。

基因和遗传这种东西……

陆语头疼欲裂，摁了摁突突乱跳的太阳穴。

蒋仲勋的公司位于曼哈顿的心脏地带，超高层的钢筋玻璃建筑，碧蓝色幕墙，仿佛是一根巨大的晶莹剔透的结晶体，在阳光照耀下折射出盈盈辉光，宛若一座延伸向纽约天际线的"天空之城"。顶层的总裁办公室可以将华尔街的财富，纽约的繁华，以及薄冰渐融的哈德逊河和冬逝回暖的中央公园，统统尽收眼底。

当年，二十一岁的唐奕承就是在这里开启了自己的全新人生。

多年后，还是在这里，陆语坐在蒋仲勋对面的白色真皮沙发里。

陆语跟这人说来并不算熟悉，打过照面的次数屈指可数，在 B 市一次，唐奕承车祸入院一次，后来蒋仲勋去医院探视过几次，仅此而已。

对于唐奕承的这位"恩人"和"伯乐"，陆语以前从未多想过，而此刻，她忍不住仔细打量起面前这张脸——丰神俊朗，气质儒雅，眉宇谦和却又稍显凌厉。

陆语的神经猛地一跳。

基因和遗传这种东西……

也许，真的是骗不了人。

蒋仲勋浅啜一口秘书送进来的咖啡，他问陆语道："知道我为什么找你来吗？"

答案就堵在嗓子眼呼之欲出，憋得陆语有些焦躁，可对方偏偏一副淡然自若的姿态，她也不知是否该由自己点破。

"您真是唐的父亲？"陆语终究没忍住。

蒋仲勋挺喜欢她这种直来直往的性子，却不答反说："今

天你帮了奕承一个大忙，如果不是你及时联系我，Sunshine
集团这次可能真的危机重重，损失惨重。奕承日后有你这样的
妻子和贤内助，我也可以放心了，不枉这些年来所有人忍受的
离别之苦。"

陆语的身子猛地僵住。

怔然半晌，她才悟出对方口中那个"奕承"，以及此话里
的深意来——答案，已不言而喻。

从离开教堂到现在，已经过去四十分钟，尽管在这段时间
里，陆语早已心生疑窦，也做好心理准备。可这个瞬间，亲耳
听到确凿无误的消息，那种震惊的程度远比她预料中……强大
太多。

她微微瞪圆眼睛瞅着蒋仲勋，顿时心如擂鼓，惊讶得一句
话也说不出。

"你……早就知道了？"抿了抿唇，她结结巴巴地问出这
么一句。

喝惯的黑咖啡入口，蒋仲勋竟是隐约嗅到一丝苦涩，眼中
也流露出一瞬罕见的苍凉，说道："当年把奕承从拘留所里弄
出来的时候查到的……"

蒋仲勋最初在地下拳击场曾与唐奕承有过一面之缘，那种
说不清道不明的好感，让他当场馈赠对方一枚蓝宝石袖扣。老
实说，那枚袖扣虽然价值不菲，但对富可敌城的蒋仲勋来说，
确实不算什么。

后来，他接到了唐奕承委托律师打来的电话。那时他并未
立马答应会伸出援手，而是首先派人去查唐奕承的底细。蒋仲
勋不吝惜钱财，可他是商人，即便他有多看中一位年轻人，也

断不可能帮不清不白和无缘无故的忙。更何况，是从监狱里捞人这种事，弄不好他会给自己惹上麻烦。

殊不知，查到的结果令蒋仲勋大为震撼。

唐奕承的祖籍竟然在 C 市，年龄和血型也与他早年丢失的儿子完全吻合。只可惜时隔久远，许多事早已无从查证，他也只是抱着极其侥幸的心态，瞒着唐奕承，给他做了 DNA 测试。

蒋仲勋永远记得拿到检测结果的那一天。

那一天，红霞相映，大地流金。

他就站在办公室窗前，手里拿着那份报告，指节控制不住地颤抖个不停。

二十八年的血脉亲缘，上万个日夜的相思成疾，对亡妻遗愿的愧疚与亏欠，在这个世界兜兜转转，在四季轮回间寻寻觅觅，在一位父亲心里一刀一刀刻下永远抚不平的沟壑和伤疤……然而，这一切的一切，到了那一刻，不过就是一张薄薄的纸——他找到了自己的儿子。

蒋仲勋原本以为此生再也无缘见儿子一面，他早已死了的心，就在那一刻，死灰复燃。又或者，历经沧桑，阅尽千帆，这一生也没有任何一种情绪，比那一刻，更为摄人心魄。

陆语激动的心绪倒是渐渐平复下来，不由得默默唏嘘。

也许，这世上本没有"运气"二字，也没有平白无故的恩惠，如果唐奕承不是蒋仲勋的儿子，对方也不可能助他取得今时今日的成就。

可话说回来，绕了大半个地球的父子重逢，又何尝不是老天赏赐的"运气"呢。

陆语尚有些疑惑不解，她直言问道："您既然找到奕承了，为何这么多年不跟他相认？"

"这事说来话长。"蒋仲勋轻叹口气，才说，"我知道唐家生活拮据，可唐氏夫妻一直是把奕承当亲生儿子养育的。失子之痛，没有人比我更有体会，我不能把这种痛苦加诸在旁人身上。生之恩，养之恩，左手右手都是情，也没必要让奕承左右为难做出取舍，只要他过得好，我就知足了。"

一番话，蒋仲勋说得音色平平，气息沉缓，但其中为人父的慈爱和酸楚，恐怕只有他自己最清楚。

陆语没抚养过孩子，却也多少可以感受到一些——失散多年的儿子就近在眼前，却不能听他亲口叫一声"爸爸"，反而要顾及别人的感受和情感，这究竟是怎样的遗憾？

低眉思索间，陆语不得不对这位商人、这位父亲刮目相看，她笑了笑，道："蒋先生，您真是个好爸爸，我突然觉得奕承挺幸福的。"

被个丫头夸，素来不苟言笑的蒋仲勋这下倒也笑了，不免感叹道："奕承到底是随我，是块经商的好料。刚开始的时候，虽说是自己的骨肉，但毕竟过了那么多年，我也不了解他。他的人品、能力和性格都需要考验，所以那时我给他投入的第一笔资金并不多……"

逆转人生，谈何容易。

不用对方说，陆语也能想象唐奕承定是吃了不少苦头，而且依他的性情，大概不会向蒋仲勋需索无度。

果然，蒋仲勋说道："奕承能吃苦，也有脑子，拿到钱先去读书了。我盘算着，等他毕业就帮他开间公司，哪里知道这小子半工半读，自己就把公司开起来了，后面愣是坚决不肯再跟我拿一毛钱。"

谈及儿子的致富之路，蒋仲勋言语间带着属于父亲的骄傲和自豪。

陆语却不知想到什么，原本舒缓的脸色微凝，她忽然有点难受，说道："对了，沈阿姨那边怎么办？她应该不知道奕承的生父是谁，如果她知道了，可能会受不了的。"

她带着担忧的话音刚刚落下，秘书便敲门进来，身后跟了位女士。

正是沈素芳。

"我会跟沈女士解释。"蒋仲勋对陆语说着，已经站起身，朝沈素芳略一颔首，"不好意思，把你请过来。"

沈素芳衣冠得体，脸色却非常不好，尤其是一双眼，目光有些微的涣散和失神。她显然看到了那些新闻，已知真相。

苦苦隐藏二十多年的秘密，看似平静得快要被岁月沉没，却在揭开的一刻，波澜骤起，她心情之复杂不是常人可以想象。

陆语觉得这种场合不适合有她旁听，她也从沙发上站起来，说："那你们聊吧，我先去医院了。"

蒋仲勋和沈素芳俱是点了点头。

从那幢直耸天际的摩天大楼里出来，陆语没让司机接送，一个人沿路走了走。这段时间发生了太多事，她也需要沉淀一下。现在尘埃落定，只差唐奕承醒来，以及……抓到梁梓行了。

抬头看了看湛蓝的天空，她眯起眼睛。

梁梓行，他到底躲到哪里去了？

日光刺眼，收回目光的那个瞬间，陆语在无意间瞥见街边的药房。她算了算上次经期的日子，迟疑一下，她走进去买了个东西。

她怀过孕，自然有点经验了。

与死神贴面，唐奕承在那天车祸发生的瞬间，甚至来不及反应过来发生了什么，只觉天翻地覆，身体猛然从车后座上腾起，猛烈的冲撞力导致他头部受到重创，狠狠一疼，便当即陷入了昏迷。

之后，他失去了所有意识，就像陷入了沉眠。

这一觉他睡得很长，也做了很多梦。

断断续续的梦境中，全是些残缺不全、支离破碎的旧日时光……

他仿佛又回到了彼时的纽约，那会儿金融风暴刚过，市场不景气，Sunshine创立伊始，员工不过几人，他每天工作超过十八个小时，日子过得简直比在那间小地下室里还辛苦。每次快要坚持不住的时候，他就拿出陆语的相片看看，那个让他又爱又恨的女人啊，他早晚有一天会混出个人样儿来，让她后悔曾那么绝情地抛弃他。

爱与恨，孰轻孰重，在那样艰涩隐忍的岁月里，变得一点都不重要了。

就是那么个人，那么点执念，让他撑过一天又一天，一年又一年。

分不清是偏执，抑或执着。

商场如战场，只有努力是远远不够的。唐奕承在那段日子里也曾领教商场的尔虞我诈，也曾如法炮制对付过竞争对手，也渐渐习惯了和权力打交道，用金钱去欺压，偶尔也会内心不安，也会让骨子里的善念备受煎熬。

那时候，他有台老式唱片机，拨下唱针，唱片转动，如时光流转如斗转星移，耳畔那旋律始终周而复始，是首经典的英文老歌……

I rise to meet you
我努力向上爬是为了能够遇见你，
As your trust dissolves to shame
与此同时你的信任却消融成了遗憾。
Oh, this innocence has turned and lost its way
哦，天真纯洁已不再，遍寻不着它的方向，
Retrace the footprints
回顾那些足迹，
Off the path from which I came
那些我一路走来的轨迹，
I'm the beast in you, the beast in me
我是令你讨厌的人，也是令我自己生厌的人，
The bitterness, the jealousy
那些苦涩、那些妒忌，
The part of you that never sleeps
那些与你有关的部分从来不曾停歇过……

无数个夜阑人静的深夜，他伴着这样悲伤的旋律入眠，心脏浅浅抽痛，驱之不散的难过，像缠绵的蚕丝一样包裹着他。

他变了，是否远在大洋彼岸的她也变了？

久别重逢的那一天，他们会是什么样子？

那是他当时想过很多很多次的问题。

财富与女人是成正比的，在唐奕承渐渐走上事业巅峰的过程中，总有各种莺莺燕燕可劲儿往他身边凑。姿色过人、环肥燕瘦的佳人，甚至是大着胆子直接往他大腿上坐的，皆有之。可他总是向弹苍蝇一样，把那些女人弹得远远的。

而唯一不变的，是在那些数不尽的睡梦里，他常常会看到那位扎着马尾辫、对他笑得天真烂漫的少女。

那才是他的女人啊。

他的小语皮肤白皙细嫩，身材纤秾合度，眉眼清澈明莹，哪怕只是被他摸一摸、亲一亲，都会羞红了脸蛋，可爱又娇憨。

那爱恨交错的七年，唐奕承的梦里却是没有恨的，意识也那么薄弱，又直接。

他耳边时常环绕着细细的嘤咛，就像是她曾经臣服于他身下时，青涩的身体不知该如何去承受那波涛汹涌的情潮，唯有发出那低低的、浅浅的细哼。他胸前也时常被两团柔软的东西挤压着，撩拨得他的喉咙像是发烧一样燥热，也干渴。那久违的、虚幻的快感，迫使他在梦境里伸出手，想要采撷，想要更深刻地占有和掠夺。可每次抬起手，唐奕承都会从梦中恍然惊醒，唇边无奈地溢出一缕苦笑……

这依旧是一个孤独的夜晚。

爱与恨缠绵，最看不清的是人心，而最诚实的，却莫过于身体。

唐奕承犹陷在双重梦境里不自知，陆语已经走进病房，拉过把椅子，坐在他的病床边。

她像往常一样握住他修长干净的手，目光温柔又宁静，缓缓滑过他俊逸的睡颜，白色被子下浮映出的颀长身型，然后她移开目光，刚要开始"说话"唤醒疗法，却在眸光流转的那一刹那，陆语的眼神隐隐一紧。

咦，被子底下怎么有些异样？陆语浑身一僵，也不知道是不是该找医生问一问，昏迷的男性病人……居然会自发地出现生理反应吗？

"唐……"她试着唤他一声。

她每天都这样唤他无数次，每一次都毫无回应，陆语本来也没抱多大希望，却在这个时候，床上的男人居然哼了一声。

病房里很安静，安静得那似乎从鼻腔里溢出的微弱声线，竟然如此清晰。

陆语耳膜里"嗡"一声炸开了。

他醒了？！

唐奕承左臂骨折，打着石膏，陆语不敢摇晃他，也顾不得被子下的异状，她把脸凑近，紧紧地盯着他的眼睛。

"你睁眼看看我，好不好？"

她半是惊喜，半是紧张，小心翼翼地问着。似乎生怕自己嗓音一高，就要把那个美梦震碎了似的，又怕自己把他吓着，再也醒不过来。

被感召，被呼唤，犹若安睡千年的男人就这么眼皮浮动，缓缓地睁开那双狭长的眼眸。

四目相对间，陆语只觉心脏骤然停跳一拍。

生死一线，不过一瞬。

这一切来得太突然，她简直不知如何是好，只是哆嗦着嘴唇，傻傻地朝他笑着，她眼睛里有泪花滚动，晶莹剔透。

唐奕承从那个梦中春梦里苏醒的那一刻，就看到陆语这副喜极而泣的模样，竟也觉得好似恍若隔世。

"你能说话吗？"陆语握着他的手，哽咽着问道。

此时此刻，她的眼睛明亮极了，像是雨后天边浮现出的绚丽彩虹，雪山上迎来的第一抹晨曦，又像是烦嚣世界尽头的那一片净土，清晰地勾动人心。

唐奕承想要多看一眼，可眼睛习惯了黑暗，不适应光线，他微微眯了眯眼，轻动嘴唇，那沉沉的磨砂质感，声线却格外动听，可是他话里的含意——

"你是……谁？"他问。

陆语脑子里又是"轰"的一声巨响，惊喜转瞬间变成惊吓。

"你失忆了？！"她喉头一顿，表情猛然凝住。

唐奕承没再说话，就那么静静地看着她。

"我去叫医生，你先躺着别动。"陆语耷拉下眉眼，一时间只感觉到万念俱灰，好不容易盼醒的人，竟然不认识她了，还有比这更糟糕的事情吗？

可就在她要松开他的手，转身走开的那个瞬间，顿觉手上微微一热，就被唐奕承反握住了。大概是刚刚苏醒，他的力气不大，轻轻地覆在她手背上。

"小语。"他勾了下唇，似是笑了。

就算这条命都没了也罢，他又怎么会忘记她的容颜。

第十九章
馈赠

VIP 病房里，传出低低的呜咽声。

劫后余生，病床上的男人有些虚弱，面带倦容，一双狭长的眉眼却是带着属于他特有的温柔。他低眸看着怔忪片刻，然后突然扑进他怀里哭泣的女人。

陆语就像一只受了天大委屈的小猫，不敢用力抱唐奕承，只把脑袋轻轻往他胸膛上蹭着，哽咽着呢喃："唐，你知道吗，你真的吓死我了。你要是醒不过来，我可要怎么办……"

她压抑了十几天的情绪，惊慌的，胆怯的，忐忑的，在唐奕承昏迷醒来的这个瞬间，如开闸流泻的洪水一般，爆发了。

各种激烈的情绪从陆语肺部挤压出来，经过不知名的地方涌到她唇边，化作细细的抽泣，浅浅的缠绵，以及那对命运之神终于网开一面的感恩。

"小语，不哭了，乖。我没事了。"唐奕承的嗓音低哑，又温醇。

他想要伸手抱紧她，却是有些使不上力，只能缓缓摩挲她一起一伏的后背，带着从未有过的眷恋。

还有什么能比从鬼门关走一遭出来，就看见那个心尖上的人始终不离不弃地守着自己，更令人喜悦的事情呢？

被安抚，陆语渐渐收起眼泪，头一抬，就用那双被眼泪洗过的明莹眼睛瞅着他，一副可怜巴巴的娇俏模样。

"我这阵子跟你说的话，你能听见吗？"她吸了吸鼻子，问。

整整十一天啊，她在他耳边一刻不停地叨扰着，只盼哪个音能触动他，让他睁开眼，看她一眼。

哪怕就一眼，都好。

那来自灵魂的召唤，他怎么可能听不到呢？

在他意识迷离中，她的声音就像是彼此初见时哈德逊河面上泛起的粼粼波光，就像是彼此相爱时仰头看到的那夏夜里划过天空的流星尾巴，就像是彼此执手一起走过林荫夜路时那被风撩动的树叶沙沙声……

波光里的倒影，在他心头荡漾。

只是他太累了，累得张不开嘴，累得没有办法回应她。

"你听得到吗？"见唐奕承不吱声，陆语又问了他一遍。

她也不知道自己怎么突然钻起牛角尖儿来了，她就是想让他听到，那些她平日里不好意思说出来的甜言蜜语，恋人间的情话，在她终于吐露的时候，总希望有所回应啊。

唐奕承弯了弯唇，眸中那丝光微微一闪，稍稍把她搂紧了些，说："我没听到。你都跟我说什么了？"

"……"陆语顿感泄气，鼓着腮，瞪他。

呵呵，臭丫头瞪我干什么，我只是想再听你说一次啊。

唐奕承虽然从昏迷中醒来，但各项身体机能不可能立刻恢复，加之头部在车祸中受到重创，医生建议他继续住院观察治疗，绝对卧床休养。

其实唐奕承就算想下地，也下不了。昏迷期间他不知人事，醒来之后才发觉不仅头疼，身上的伤口也疼，尤其是左肩胛骨粉碎性骨折，手术后打上夹板让他特别不舒服。

陆语一连几天寸步不离地守在病床边照顾着，一日三餐给他喂食，事无巨细统统包揽。

"唐，你别说话，说话多了耗气。"

"这个猪骨汤是沈阿姨亲自下厨煲的，强身健骨，你多喝点。"

"喂喂，你躺着别动，我给你拿水杯。"

"……"

唐奕承在有生之年，第一次体会了一把当"废人"的感觉，竟也感觉十分舒坦，十分享受。就是不知道是不是因为昏迷期间一直靠流食和营养液果腹，他胃亏得厉害，总觉得……饿。

"小语，我想吃你包的饺子。"

陆语正坐在床边的小桌前帮他剥葡萄，闻言她动作一顿，歪头看他。

病床调高，唐奕承穿着病号服，卧靠在床上。

尽管他身体底子好，但毕竟这次元气大伤，明显瘦了。初春午后的阳光穿透玻璃窗，映在他脸上，他本就立体的五官更显深刻，光影斑斓中，格外显出一种清隽俊逸之感。

陆语看得有点心疼，她点点头道："病号下菜单，当然没问题。我晚上给你带饺子过来。"

唐奕承浅笑无虞，眸光浅浅看着她，一瞬不瞬地，有些微入神，他不禁想起那几欲夺命的车祸瞬间。

害怕吗?

当然。

但在那个刹那，涌进唐奕承内心的恐惧不是因为怕死，而是害怕再也看不见这个女人了。他们已经浪费了七年，才刚刚准备携手共度余生，他要是就这么死了，如何甘心？她又该如何自处？

他还没有看够她，没有守护她，没有兑现承诺她的幸福呢。

在唐奕承苏醒后，连医生都说伤重如此还能活命，简直是"奇迹"，可他知道那根本不是什么奇迹。生死之间，支撑人活下来的，是渴望，是意念，是未了的心愿。

是因为生命中有那个……他放不下的人。

陆语已经转回身，心无旁骛地帮他做餐后甜品了，因而错过了他那瞬的失神。

美洲土生土长的康科德葡萄，果肉肥厚，味美多汁，陆语在剥皮后放入一只玻璃碗里，在碗底铺满浅浅的一层，然后淋上一杯优酪乳，再加入几颗敲碎的碧根果，卖相煞是惹人喜欢。

陆语捧着碗，坐到病床一侧，舀起一勺喂到唐奕承嘴边，说道："奶制品加强营养，葡萄补血，碧根果补脑，最适合你了。"

唐奕承不爱吃甜食，但陆语的心意，他照单全收，不一会儿就吃完整碗。只是这酸酸甜甜的滋味，到底是太寡淡了，他还想念别的美味。

陆语搁下碗刚准备站起身，肩膀就蓦地被某只不怀好意的手扣住了，唐奕承用能动的右手轻轻一捞，便把她拉近了。彼此之间陡然缩减的距离，令陆语微微一惊，她怕牵扯到他的伤处，不敢乱动，只能前倾着身子，任由他一如之前彼此分享过的温存时刻那样，修长的手指从她脸侧划过，指尖临摹她漂亮的唇形，然后他来到那柔顺的下巴上，钩起她的脸，静静地凝视。

他眼睛里那丝沉迷的、温柔的光，越贴越近的唇，都让陆语一时屏住呼吸，有点不确定地看着他。她翕动了一下嘴唇，道："医生说你不能过度兴奋，会刺激多巴胺分泌，对你的脑子……"不好。

陆语的最后两个字在下一秒被他狠狠地吞进了嘴里，那丝不确定也在刹那间败给了他的唇齿缠绵。笑话，他要是放着女朋友不亲不碰，养病养得跟苦行僧似的，才是脑子不好。大概真是素了太久，唐奕承这个吻不同于前几天极力克制的浅尝辄止，而是来势汹汹，带着满满的肆无忌惮。他扣住陆语后脑的手越发用力，含住她的双唇不停地吮吻，勾住她舌头富有技巧地搅动追逐，舌尖缓慢而有力地探索掠夺。气氛一下子就暧昧了，也激烈了，陆语被他亲得身子软绵无力，几乎整个上半身都贴在他身上，她撑在他大腿上借力的手随之轻轻抖动一下，隐约感觉到这男人的欲望。她也想要继续加深，想要用唇齿痴缠倾诉连日来那些一直无从宣泄的心动，可唐奕承到底是个病号，她不能由着他这般胡来。

用了点劲儿推开他，陆语在他脸侧轻啄一口，嘴唇粉红得像是涂了唇蜜，说："今天就这样吧，其他的等你好点再说。我还要回去包饺子的。"

唐奕承意犹未尽，却也不再需索无度，他抬手摸了摸她的头，音色柔和："嗯，你把我的手机拿给我。"

与世隔绝数日，他今天感觉好些，正好了解一下外界消息。

可陆语不理他，摇头说："你还是过几天再用吧。公司的事有蒋先生和宋远处理挺好的，他们让你安心养伤。"

这还真不是陆语的主意。医生说病人脑部受损恢复期间，应尽量避免受到任何精神刺激。蒋仲勋和沈素芳随即达成共识，暂时不让唐奕承知道自己的身世，免得他情绪波动影响身体恢复。

现在陆语说什么就是什么吧，唐奕承权当落得清闲了，拼了那么多年命，也该歇歇了。

陆语离开医院，顺路去中国超市买了包饺子的食材，她拎着东西回到唐家别墅时，沈素芳在家。

听说唐奕承想吃饺子，沈素芳倒是有些惊讶："奕承以前不爱吃饺子的。"

移民家庭大多延续华人传统，那会儿唐建海还在世的时候，逢年过节，沈素芳都会准备饺子，可唐奕承每次最多只吃几颗。

陆语笑笑道："说不定人的口味会变吧。"

两个女人其实都不知道，唐奕承口味改变的原因。他是从什么时候喜欢上饺子的？也许，是陆奶奶临终前那晚，他在陆家大宅吃的那顿意为"团圆"的水饺，又或许，是今年春节他吃的那盘加热过的龙虾水饺。因为喜欢陆语，所以喜欢她的手艺，喜欢她亲手包出的水饺带给他的那种温暖和感动。

无论到哪里，都不愿错过。

沈素芳的厨艺比陆语的更胜一筹，两人一起在厨房包水饺，就听陆语问她道："沈阿姨，您最近是不是心情不好？"

自从唐奕承的身世曝光，沈素芳的情绪一直颇有些低落，两人这阵子又忙着照顾唐奕承，陆语也没顾得上好好跟她聊聊。

沈素芳也没什么好跟陆语隐瞒的，填馅，捏褶，她把一颗薄皮大馅的水饺放在盖帘上，说："蒋先生和奕承的关系，早晚有一天奕承会知道，瞒不了多久的。"

　　陆语知道她的顾虑，说："蒋先生是好人，他不会跟您抢儿子的。"

　　"这点我清楚，上次蒋先生找我谈过，也阐明了他的立场。他说跟不跟奕承相认并不重要，只要孩子过得好就行了。但是他……"

　　叹口气，沈素芳继续道："我是怕奕承会跟我心生嫌隙，毕竟我只是个养母，总比不上亲生。而且，我当年真不知道奕承是富人家的孩子，是被李雁拐出来的，如果他在蒋家成长，一定是锦衣玉食，生活优渥。唉，这么多年他跟着我们夫妻俩，真是受苦了。"

　　陆语了然，她擀好一张饺子皮递给沈素芳，道："我觉得这个纯属您多虑了。奕承是重感情的人，你们的母子之情是不会改变的。当初如果不是有您和唐叔叔，他的命运如何谁都说不准，万一他被李雁卖给人贩子了呢。现在奕承多了个爸爸，多个人疼他是好事儿，凡事多往好处想，兴许您就不会难受了。"

　　沈素芳性格内向，朋友不多，这种隐私和苦衷也不能跟外人道，这么多天就这样憋在她心里，找不到出口。现在听陆语一番宽慰，她还真觉得好受多了。

　　陆语神思一转，突然歪头问她道："阿姨，您知道那天我去了教堂吗？"

　　"嗯？"沈素芳不明就里，等她下面的话。

　　"以前我不信神的，可是那天我在教堂祈祷之后，奕承居然真的醒了。"顿了顿，陆语接着说，"其实想想，一个人这一生会走什么样的路，会遇到什么人，会经历什么劫数，都是命运，无所谓好坏。每个人走到今天，变成今天的自己，都是昨天造就的。所以奕承如果没有遇到您和唐叔叔，也就没有今天的他，保不准他是个顽劣的富二代呢。"

沈素芳这回终于笑了，说道："你个丫头倒是看得通透。"

事实上，陆语过去也会抱怨，会委屈，会觉得李雁亏欠她，唐奕承亏欠她，整个世界都对她不公平。可后来，经历了许多事，她反倒看开了。如果不是李雁当年算计她，找人试图强暴她，她就不会遇到唐奕承；如果不是忍痛跟唐奕承分别了七年，她就不会了解这世上有一种爱，可以深入骨髓，可以消弭一切伤痛和怨念，可以让爱与被爱的人都坚强地活着。

世间种种，无论悲喜，何尝不都是生命的馈赠。

陆语跟沈素芳用两个小时包出来的水饺，被唐奕承二十分钟就吃完了一大盒。

吃完水饺，陆语刚要去洗饭盒，就被他叫住了。

"小语，我想洗澡。"唐奕承若无其事地说。

陆语面色隐隐一僵，道："昨天我不是给你洗过澡了吗？"

"不洗澡睡不着。"他一副爱干净的样子。

"……"

唐奕承洗澡是个大麻烦，他行动不便，左手和头部又都一颗水珠都不能沾到，全程都得由陆语服侍。如果光是伺候他洗澡倒罢了，关键是这男人还十分不配合不老实，总让她洗一些奇怪的地方。昨天两人关在浴室里足足折腾了四十分钟，陆语出来时大汗淋漓，也不知道是累的，还是羞的。

　　VIP 病房里的设施跟酒店不相上下，浴室有白瓷浴缸，陆语用消毒水把浴缸洗干净，撒了一把泡泡浴盐进去，调节水温，用温水冲出细腻温和的泡泡。这倒不是因为唐奕承爱享受，而是她实在不想一低头就看见清澈的水下浮现起什么异状。

　　唐奕承舒服地坐在浴缸里，左臂搭在浴缸边缘，微微闭着眼睛，任由陆语沾满泡泡的手在胸膛上游走擦洗，卧床一整天不过就是为了这一刻。男人多奇怪，灵活自如、有手有脚的时候从来只知道强取豪夺，攻城略地，可一旦受伤了，不能动了，才发现另一种小美好小情趣。有时候，不只是女人要学会示弱，男人偶尔示弱也不吃亏。

　　看着他嘴角噙着的那丝笑意，陆语真想狠狠地掐他一下。果然是患难见真情啊，她以前怎么没发现这个衣冠楚楚的男人脱下西装后竟然那么禽兽不如呢？哦，不，其实他一直这么禽兽的。

　　"你帮我个忙行吗？"唐奕承问她，声线里仿佛氤氲着浴室里的水汽，眼睛里却像是淬了火。

　　陆语被他看得头皮发麻，别过微红的脸，嘴上毫不留情地拒绝了："不行。"

　　不用想，她也知道他想让她干什么。这几天唐奕承为这件事没少磨她，尤其是在昨晚洗澡的时候，他用那种带着一丝乞求的炙热眼神看着她，示意她。哪知陆语昨天的拒不服从竟是没让这男人心死，今晚他又故技重施。

　　"不是我不愿意帮你，是医生不许呀。"她多少有点心软，给他搓背的动作放缓了些。

唐奕承明明焦渴难耐，却也没办法再强求，无奈地绷紧背部线条。

洗完澡，陆语把他扶回病床，掖好被子，说："你早点睡，我回去了。"

唐奕承忽然说："我给你个电话号码，你打过去。"

"嗯？为什么？"陆语这下不得不奇怪了。

"你打了就知道了。"他不肯多说。

陆语不想吵他睡觉，拿着手机，带着一头雾水去里间的休息室打电话。

手机号码是国内的，她拨出后，很快接通。

"喂？"中规中矩的男人声音。

"你好。我是陆语，唐先生让我……"

她话还没说完，对方便恍然大悟似的"哦"了一声，口吻顿时热情不少："陆小姐，您好。我姓田，是唐先生的法律顾问。事情是这样的，李雁涉嫌篡改陆学森的遗嘱，伪造陆氏假账……她半个月前已经被唐先生送去警察局了。"

陆语诧然，这些事她怎么从未听唐奕承提起过呢？

她陷入怔忪中的几秒钟里，就听田律师继续说："现在案子已经进入司法程序了，唐先生委托我做您的律师，正式起诉李雁，协助您追回陆家财产……"

对方话里的信息量太大，陆语一时消化不了，直到挂断电话，她依旧呆呆地僵在原地。

她从不知道，原来爸爸是真的留了遗产给她的。

她从不知道，原来唐奕承为她默默做了那么多事。

她从不知道，原来久别重逢时他在飞机上说的那句"我去拿回属于我的东西"，也包括找回她，以及为她找回她曾经失去的一切……

陆语觉得自己这阵子眼泪特别多，眼圈不由得红了，向上翻了翻眼皮，她把那些就要滑落的泪水收回去。这是好事情，不要哭了。

开门，陆语慢吞吞地走回外间的病房，走到病床头。

病房里只亮着一盏台灯，光影阑珊中，唐奕承枕在床头上，撩眼看她。

这一眼的时间很长，他的视线如深水静流缓缓而过，带着满满的宠爱。

"唐，谢谢你。"陆语翘起嘴角，声音软糯。

"不客气。"他拍了拍身边，示意她坐到病床上来。

陆语坐着跟他说话，胸腔里一股积郁已久的陈年旧气仿佛缓缓释放出来。

"刚才律师说，李雁肯定会被判个几年，她从陆家坑走的财产也都得悉数奉还。我粗略算了算，奶奶的股份加上我的，不是一笔小数目……"

"小富婆，我帮了你个大忙，你准备怎么谢我？"唐奕承轻挑眉梢，修长漂亮的手握住她的手。

分他点钱？

陆语还在琢磨这男人应该不缺钱吧，便感觉到自己的手被他越握越紧，她尚未回过神，身子已经被唐奕承拉到他身上。她的唇转瞬被封死，他幽深的眼睛里噙着一丝款款深情，一丝动人笑意，喑哑的声音从彼此相缠的唇间溢出，他闷哼道："礼尚往来，你也帮我个忙吧，什么方式都行。"太复杂的唐奕承做不了，只能稍微解解馋了。

"……"绕了一圈就为这事，这男人没救了！

满室旖旎之时，陆语的手机传进来一则短信，她却浑然不知。

幽蓝的屏幕上，发信人一栏显示着某个名字——梁梓行。

好一番折腾，唐奕承总算解了馋。安顿他睡下，陆语红着脸去了洗手间，白皙的颈子上也印着几枚浅红色的吻痕，她只觉自己真是太没出息了，怎的被他诱哄一下，又在病房里做了荒唐事。

当晚，陆语是在被司机送回唐家别墅后，才赫然发现梁梓行发来的短信。

梁梓行买凶欲夺唐奕承之命，已遭纽约警方通缉，这还是他失踪多日后，第一次与陆语联系。

他约陆语见面，让她一个人来，时间是翌日上午，地点待定。

陆语神思蓦然一紧，本能地就想报警，可就在她退出短信界面，转而去拨911的那个刹那，却是指尖生生一僵。

僵了稍许，她默默再次点开梁梓行的短信，回道：好的。

对方未再回复。

发完短信，陆语就关灯上床了，手指捏着蚕丝被边缘，内心隐隐紧张。

梁梓行不仅能查到唐奕承的行踪并成功对他下手，而且还能躲得过警方追查，想必他消息灵通，行事也极为谨慎。现在他蛰伏数天终于露头，定是做好了最坏的准备——陆语会报警。有准备就会有对策，梁梓行很可能备有脱身之策。如果警方不能一击即中，日后再想抓他只怕更难，陆语不能打草惊蛇。

可是，话说回来，梁梓行冒险找她做什么呢？

旧情难却？

抑或……要将毒手伸向她？

陆语揪着被角的手，不由得收紧了些。

这一夜，她睡得极不安稳，天刚蒙蒙亮就醒了。

沈素芳起得早，正在厨房准备早餐，麦片杏仁薄饼、香煎美式香肠和现煮咖啡。除了咖啡，她各给唐奕承装了一份，等陆语一会儿带去医院。

陆语在洗手间磨蹭了二十分钟，出来时面色极为复杂。

早餐桌上，沈素芳把咖啡杯推到她眼前，说："你昨晚是不是没休息好？脸色不怎么好呢。这是我朋友送的牙买加蓝山咖啡，味道挺好，你喝点提个神。"

陆语强颜笑了笑，但却没碰杯子，道："谢谢阿姨，我今天不想喝咖啡。"

沈素芳愣怔片刻，约莫意识到什么。

"小语，你是不是怀孕了？"

闻言，陆语下意识地摸了摸肚子，犹豫半晌，她没有隐瞒道："嗯。"

沈素芳大喜，道："几个月了？你跟奕承说了没有？"

"我刚刚才测出来的，还没来得及告诉他。"

陆语前几天买了验孕棒，本来是要测孕的，哪知后来唐奕承苏醒，她光顾着开心了。这阵子又忙于照顾他，便把这事耽搁下来，今早起床她才想起来测孕。

"怀孕了就要好好休息，你今天别去医院了，奕承由我来照顾就行。我一会儿联系医生，尽快给你安排做孕检。"

　　陆语不吱声，咬着薄饼，越发食不甘味。

　　"对了，奕承是不是还没跟你求婚呢？这小子真是的，孩子都快生出来了，也不惦记着赶紧把你娶进门……"沈素芳觉得自己这下有得忙了，什么事都得操心，却是高兴的操心。

　　沈阿姨难得话多，可一个字儿都没进陆语的耳朵，她敛下眼眸，眼底那丝凝重的光顺势隐藏在了低垂的长睫后。

　　她所有的欣喜和幸福，全在这个时候，化作对今天那未知的、不可测的担忧。

　　天阴得厉害，乌云压城城欲摧。

　　那初晨的第一缕曙光还没来得及穿透云层，就被厚重的黑云隔绝得丁点不剩，感觉整个天像是破碎的瓦片，随时都会倾塌下来。

　　沈素芳拗不过陆语，最后还是由陆语去医院给唐奕承送早餐。

　　一夜好眠，唐奕承倒是气色不错。在这样阴沉的天色下，他俊朗的五官仿佛自然带上了柔光，好看得紧。陆语比平时来得晚些，她没到的时候，他还下床走了走。

　　陆语的情绪能骗得过沈素芳，却是蒙不了唐奕承的。

　　靠在病床上吃着早餐，他问陆语："你有什么事瞒着我？"

　　陆语坐在床边，身子一顿，她微微坐直了些。

　　思忖两秒，她说："我之前跟你说过的罗伯格律师，你还记得吗？"

"嗯。"唐奕承面无异色，挑了下眉，"他怎么了？"

"赵华庆的强奸案快开庭了，罗伯格是受害女留学生的代理律师。他之前提出，希望我能跟其他受害女性一起，签署一封揭露赵华庆以往劣迹的联名信，争取严判罪犯。我当时没有立马答应他，后来想想，我觉得我应该帮他这个忙。"

听着陆语平静如流水的口吻，唐奕承眸色倏尔一沉。这样一来，陆语当年被人偷拍过不雅视频的事情，恐怕会闹得人尽皆知了。

"你确定要去签字？"他问。

尽管陆语心里已有打算，但还是得征求一下唐奕承的意见，毕竟他是她男朋友，又替她苦苦守护了这个秘密七年之久。也正是这件事，害得他们差点终生错过彼此。

"你觉得行吗？"陆语看着他的眼睛。

有那么一刹那，唐奕承几乎是条件反射地就想要让她打消念头，可也只是短短的一刹那，他仿佛想到更多更深更远的东西，眼眸深处的沉重渐渐退去，悠远又深邃。

"小语，去做你认为正确的事情吧，我会支持你的。"他的语气淡淡的，唇角也蓦地勾起一个小小的弧度。

有这句话就够了，陆语倾身过去，抱抱他。

这大概就是岁月的魔力，让多年前在突逢噩运时不知所措的少年少女，在多年后的今天，能够用理性和一颗慈悲心去面对所有的问题。他们不再彷徨，不再恐惧，不再慌乱，懂得如何为自己做出最好的选择，也为别人做出最好的选择。

这何尝不是命运赐予你为成长付出的所有代价的一种变相的圆满。

陆语离开病房时，两位白人保镖像往常一样，随行在她身后。

转过头，陆语用英文说："今天你们不用跟着我了，我有一些私人的事情要处理。"

保镖犹豫须臾，看向病房的方向，就听陆语补充道："我已经跟唐先生说了，他答应了。"

保镖受雇于唐奕承，既然老板知情，他们也无须坚持。

支走保镖，陆语又支走司机，她揣在牛仔裤侧兜里的手机却是一直没响过，梁梓行没有打来。

阴沉的天色更暗，飘起斜风细雨。

根据罗伯格给她的地址，陆语先去了趟他的办公室，签署联名信。出来的时候，她撑起伞，数不清是第几次了，她再次看了看沉静的手机屏幕。

这种等待，还真是煎熬。

就在陆语正欲收起手机的那个瞬间，一辆白色轿车从她身后驶来，缓缓停下。

车窗降下一道缝隙，熟悉的男声伴着雨声直击陆语耳膜："上车。"

陆语头皮一紧，正是梁梓行。

想想也不觉得奇怪，梁梓行自然不会打电话跟她约地点，那无异于暴露自己的行踪。他从医院开始一路跟踪她，确定没有保镖，也没有警察尾随陆语，他才停车。

梁梓行戴着棒球帽坐在驾驶座上，帽檐压低，她看不清他的表情，只能看到他原本干净的下巴上胡楂密布。

陆语收伞，上车，就听他说："你的手机给我。"

她闻言狠狠一怔，心里瞬间凉了半截。

看着梁梓行把她的手机电话卡卸下，转瞬重新发动了车子，陆语愈加有种不祥的预感。

梁梓行的狠戾手段早已刷新了她的认知，这不是逞能的时候。唐奕承尚未痊愈，陆语不愿让他担心，却是留了个心眼。在今早去医院之前，她先去找了一趟蒋仲勋，把事情告诉了他。

蒋仲勋不想她犯险，可这是唯一的机会，于是他派人给陆语的手机安装了定位跟踪器，以便随时可以确定她的位置。现在倒好，梁梓行直接把她的后路断了。

雨大了，车子朝着不知名的街区驶去。

陆语将瞬间涌上来的强烈不安感又压下去，尽量将自己所有的反应都控制在镇定的范围里，问道："梓行，你要带我去哪里？我们好好谈谈，行吗？"

她示软，梁梓行却心硬，口气近乎阴狠了："陆语，我有今天，都是唐奕承害的。是我先认识你的，你本该是我的女朋友。为了你，我足足等了九年。可是结果呢？唐奕承命大没死成，我却身败名裂，走上逃亡之路……"

不甘心，绝不甘心！

"你们都欠我的！"这声骤然拔高音量的话语落下，梁梓行猛地踩下刹车。

陆语差点从座位上弹起来，迅疾地拉住车顶扶手，她才稳住身体重心，可不等她狂乱猛跳的心脏落回胸腔，梁梓行竟然倾身朝她压过来。

无人的路段，车门自动锁落下，有种从未有过的恐惧紧紧地包裹着陆语。

她面前的，不再是那个温润如玉，一贯以"朋友"相称的好好男人。

而是——亡命徒。

陆语所有强装的镇定，在顷刻间全都败给了梁梓行伸手撕扯她衣服的动作。她徒劳地阻挡，声音发颤："别这样，你冷静点。"

等了这么多年，也渴望了这么多年，如今他已走上绝路，又怎会就此罢手。

滚滚雷声裹挟着雨滴砸到车窗上的噼啪声，以及衣服被强行撕裂的刺啦声，在这样的环境下让人毛骨悚然。那些声响如万箭穿心一般，齐齐震慑着陆语的每一条神经，她害怕得快要窒息。

然而，在她道出下句话的一瞬间，梁梓行的动作竟然隐隐一顿。

"我……怀孕了。"

陆语也不知道自己为什么会这么说，情急之下，她只能赌一把。

赌他也许，尚有一丝人性未泯灭。

但也只是……也许。

梁梓行没有松开对陆语的禁锢，却是陡然抬眼看她，在她那蓄满泪眼的眼睛里，有那么一片刻，他觉得自己所有的残忍都快要无所遁形。

他明明想要泻火，可在陆语胸前作乱的手忽地僵硬了，仿佛下不去手似的。就是他这一迟疑，陆语一手死死地攥住他的手腕，一手捂住自己的胸口，阻止他的进犯。

见他有所松动，她趁势哀求。

"梓行，我因为你做过的那些事，曾经失去过一个孩子。我不想再失去另一个了……算我求你了。"

攥住他手腕的那只手凉得惊人，梁梓行可以感觉到自己的脉搏在她指下肆意跳动，一瞬的激流涌动，那些破碎的记忆翻江倒海般滚滚而来。

他僵住少顷，到底是慢慢抽身坐直了。

"陆语，我不碰你，但直到我安全离开美国，你必须在我身边。"他说。

只要有她在手上，唐奕承就不敢轻举妄动。

陆语略松口气，点了点头。

车子在死一般的寂静中，极速驶离。

远远地，陆语透过雨水冲刷下的挡风玻璃，依稀看到了布鲁克林大桥。

疾风劲雨中的悬索桥，依旧魁伟，坚固。

她忽然不觉得有那么惊悚了，甚至还问了句："你要去机场？"

梁梓行没说话。他确实是花高价找人做了假护照，准备逃去非洲。日后，无论他在哪个犄角旮旯苟延残喘，都比在牢狱里度过余生要强。

殊不知，就在轿车停在肯尼迪机场，车门自动锁打开的那一刻，陆语突然开门蹿出车外。狂风骤雨霎时从门外涌入，那纷飞的雨水冷得刺骨，转眼便将陆语的外套打湿大片，她却一无所觉，只顾拔足狂奔进人群。

人质跑了，梁梓行心里咯噔一沉，转瞬便要重新发动轿车，却在这个当口警笛声蓦然大作，他还没反应过来发生了什么，他的车就被埋伏在不远处的数辆警车团团包围。

瓮中捉鳖，他插翅难逃。

梁梓行大惊失色，这些警察从何而来？

不给他思考的时间，驾驶座一侧的车门已被几位人高马大的纽约警察一下打开，几乎是与此同时，冰冷的枪口对准了他的太阳穴。

警察厉喝一声，强行掠他下车。

接下来的一切都发生得太快，梁梓行只觉手肘猛然一疼，就硬生生地被警察反剪住双手，按到了车门上。随即，他手腕一凉，就这么被戴上了手铐。

陆语此时就站在几米开外的地方，她身边站着……蒋仲勋。

过程，不言而喻了。

陆语是了解梁梓行的，她昨晚就猜到他不会无缘无故见她，除非是他想要逃离纽约。所以蒋仲勋早已跟她商量好，不管中途发生什么事，她都要稳住梁梓行，警方最终会在机场堵截。

雨水如刀，刺穿身体，梁梓行的视线越过雨幕，看向陆语。

她也看着他。

她那张脸苍白得毫无血色，嘴唇也在微微发抖，但她眼神里的讽刺和凉意，让梁梓行真真切切地看了个清楚。

梁梓行扯了下唇，满眼的绝望中，沉淀着一丝……讥诮。

他一时心软，终究没忍心对她下手，可她却亲手把他送给了警察。

这就是他最爱的女人啊。

他为她犯罪，为她疯狂，可到头来，他这后半生的自由，也终结在她手上。

待梁梓行一身狼狈被塞进警车后，陆语这才发现湿衣服贴在身上，冷得她发抖。但心里，却是一块石头落了地。

陆语被蒋仲勋的司机送回那间地下室。

她不想去医院，不想回唐宅，只想一个人静静地待一会儿。

肚子里现在有个小生命，她一点不敢马虎，一进门便洗了个热水澡，又喝了杯热牛奶驱寒，然后她蒙着被子躺在床上睡着了。

她恨梁梓行，他伤害了她挚爱的人。

但他的阴狠何尝不是一把铁铲，淘尽了她与唐奕承之间的最后一层沙砾，露出爱情如钻石般的珍稀与坚韧来。

唐奕承为她付出了那么多，她也总得为他做点什么吧。

昨晚辗转难眠，今天心惊胆战，陆语是真累了，这一觉她睡得很长，就连天色已经暗沉了，她仍陷在睡梦中。

窗外的雨不知何时停了，有稀疏的星点缀夜幕。

半梦半醒间，她又看到了那位少年，坐在窗口，抬头看向那远处的夜空，目光桀骜又悠远，仿佛他总有一天会逃出这牢笼，冲上云霄；睡眼惺忪间，她又看到了那位少女，坐在少年身边，脑袋歪着靠在他肩头，也看着那片夜空——她不需要全世界啊，她只需要他，他就是她的天。

这是个美梦吧，陆语唇角弯了弯，却在睁开睡眼的那一刹那，她猛地怔住了。

窗前，真的坐着那个熟悉的身影。

"醒了？"唐奕承听到被子翻卷的窸窣声，转头看着她。

陆语揉了揉眼睛，昏睡得有点不知道天南地北了。

她反倒问他："你怎么在这儿？"

唐奕承行动仍然有些不便，他不疾不徐地站起身，颀长的身形蒙着清雅的夜色，慢慢地移动到她床边，坐下。

"我能不过来嘛。你现在胆子越来越大了，竟然敢背着我去做那么危险的事儿。"他语带责怪，眼神幽淡。

唐奕承在这间地下室里已经枯坐三个小时了，直到此刻，回想起下午在病房里发生的那一幕，他依旧心有余悸。

下午的时候，蒋仲勋和沈素芳一起来探视。

蒋仲勋也不给自己邀功，直接跟他说："陆语刚才把梁梓行给逮住了，已经送交警方了。"

唐奕承当时脑子里"嗡"一声，只觉额际青筋乱跳，叫道："她人呢？！"

他在梁梓行手下吃了大亏，差点连命都丢了，怎奈那丫头不知死活，居然敢去以身犯险？

蒋仲勋莞尔一笑，道："她没事，应该就是受了点惊吓。"

陆语比他想象中勇敢不少，得悉梁梓行的消息后，她始终镇定自若，没有自乱阵脚。她早上去找蒋仲勋帮忙时，那种斩妖除魔的坚定小眼神，让他这位当长辈的都忍不住流露出几分赞赏。

可唐奕承却眉一皱，后怕得紧，说："她真是不要命了。"

当真应了关心则乱那句话，他当即就叫保镖推着轮椅进来，道："我去找陆语。"

"奕承——"沈素芳想叫他，可没叫住。

唉，这性子急的，她本来还想嘱咐儿子两句，陆语怀孕了，别跟她发脾气。哪知保镖的动作太麻利，推着他就走了……

　　眼下瞅着陆语好端端的，唐奕承虽然安下心来，但还是忍不住数落她道："梁梓行是通缉犯，你这么傻乎乎的一个人去见他，万一出点什么事，谁能救你？"

　　见他板着脸，陆语一点不敢提白日里的险象环生，只能可劲儿给他吃定心丸："安啦，安啦，我这不是没事嘛。"

　　转念，她又笑了笑，跳转了话题："你是不是从医院偷跑出来的？"

　　唐奕承还真是偷跑出来的，黑色V领羊毛衫里隐约露出病号服。

　　陆语的目光从他的衣领上移到他的脸，仔细凝着。

　　不期然的对视，房间里没开灯，她的黑瞳在窗前月色下清润明净，里头仿佛汲着足足的水分。

　　他就是看不得她这副软绵绵的样子，心里的火登时消下不少，他抬手摸她的头，说道："我要再不出院，老婆怕是要被人拐跑了。"唐奕承的口吻舒缓下来，声音比那夜色更和煦。

　　陆语内心所有的波澜在有他陪伴的这一刻，统统沉淀下来。

　　她拥着被子坐起来，打趣道："谁是你老婆啊？"

　　"你，小语。"他温凉的手下滑，轻轻捏了捏她的脸颊。

　　陆语撇嘴，心里突然就有点不满，道："可你还没跟我求婚……"

　　她的手在这时被他握住，话音，戛然而止。

　　陆语忽地低头一看，就看见唐奕承修长的手上拿着一枚钻戒，微凉的触感，命运似的小小圆环，缓缓地沿着她的指尖，指节，指腹，一路向下，套在她的无名指上。

那是唐奕承早在 B 市就准备好的，一生只送一人的稀世粉钻，拿身份证独家定制。在他原本的计划中，这枚钻戒应该被做进甜品舒芙蕾里，然后还有浪漫的法式餐厅，厄瓜多尔玫瑰和悠扬的音乐做陪衬。

不承想，拖了这么久，最后他居然是在这间装满彼此回忆的狭小地下室里，为她戴上了求婚戒指。

陆语眼皮一垂，错愕地看着手上的戒指。

太突然了，她一时间心潮澎湃，不知道该说什么。

"小语，我爱你。"唐奕承啄了啄她的唇，嗓音温柔得仿佛可以融化她。

很久很久以前，她也常听他这么说啊。

然而，久别重逢后，她还真正是第一次听到这三个字。

也许，少年时代的表白，只是表达爱意的一种方式，可以轻易说出，也可以轻易许诺。毕竟这一路还有太多风景，我遇到了你，也会遇到别人，我对你说爱，也会去爱别人。在那样躁动的青涩年华里——爱，往往就是一瞬间的情念所动，说出来也无妨。

可，阅尽千帆，历经磨砺，一个"爱"字，不再浅薄，它被赋予了时光，被赋予了成长，以及人生更多的意涵。它经历了最初的怦然心动，也经历了后来的悲伤疼痛，最终走到这一刻，"爱"不再只是一种情绪的表达，更是一种——承诺。

他给她的承诺，一生一世。

陆语突然感觉心脏的部位像是产生某种共鸣，又像是被人握了一下，怦怦猛跳几下。

那是唐奕承的手，在撷取她的心。

她想要咧嘴笑，可眼睛却湿了，她抬眸看他，他的眼睛在今夜又深又亮，宛若某年某月某日，她趴在那位少年身上抬头去看的那一弯银河，那一帘星梦。

璀璨，无双。

唐奕承抬手，拥她入怀。

阴暗的地下室啊，终于在九年之后，迎来了那第一缕光明。

少年曾经做梦都想要逃脱的牢笼，如今他却甘愿深陷其中，因为这里不再是牢笼，也不再有枷锁，这里有他心爱的女人，也有属于他们过去的、现在的甜蜜，和那些一辈子都忘不掉的动人回忆。

陆语搂住他的腰，下巴枕在他肩上，再抬头去看那窗外的星星，她幸福得眼泪哗哗直流。

"唐，我和我们的宝宝，也爱你。"她喃喃地说。

她的声音刚刚落下，就感觉到唐奕承猛然一僵，但仅是瞬间的僵滞，他的手臂随之微微施力，把怀中的人儿搂得更紧。

他们的小天使，终于姗姗而来。

温暖的怀抱，坚实的肩膀，炙热的心跳，那是彼此初见时悸动的感觉，那是时过境迁依旧无法消逝的颤动，在那分分合合的岁月里，在这短短的一刹那，如彩云变幻般短暂，又如半世年华般绵长。

你要相信，这世上，真的有那么一个人，为你而来，为你守候，只为许给你此生的幸福。

只要你不放弃，就一定会遇到他。

（正文完）

番外一
小陆总

陆氏作为一家上市广告公司，在创始人陆学森去世后，一直不太景气。员工士气低迷，走一拨来一拨，都干不长，只有几位老板娘派系的高管中饱私囊，混得风生水起。

可谁又能料到，职场的天跟这人间四月天一样，说变就变。

老板娘涉嫌篡改老陆总遗嘱、伪造公司账目、恶意操控股价等犯罪行为，被某位"热心好市民"实名举报，送进了监牢，一判就是六年。

据知情人士透露，唐先生事后对媒体使用"热心好市民"一词来形容他，颇有些郁结难平。

陆氏一朝变天，在诸位高管的人心惶惶中，代理总裁走马上任。此人姓宋，能力不俗，资历不凡，由商界黑马唐先生举荐。宋总兢兢业业地做了小半年，陆氏渐入正轨，哪知他某天突然宣布，公司要来一位新副总。

陆氏内部换了几次血，久经职场幸存下来的多半是老油条，他们发现宋总平日不苟言笑、刚正不阿，有些难巴结难讨好，顿时便把主意打到这位新副总身上。

可是新副总是何许人？

宋总暂未透露，所以此人身份显得有点神秘了。

那帮老油条在油锅里浸久了，对陆氏内幕，甚至是陆家家事都略有耳闻。在新副总上任当天早上，他们趁着开工前那点工夫，赶紧给新人科普一番，爆爆猛料。

老油条一号："老陆总的独生女当年被老板娘坑得特别惨，不过后来她倒是转运了，嫁了个有钱人，就是宋总的前老板，美籍华人唐先生。"

众新人大悟："难怪唐先生先是举报李雁，然后又举荐心腹过来经营陆氏，原来是宠老婆啊。"

老油条二号："错错错，大错特错！要我说，这一切都是因为陆大小姐有手腕。唐先生是什么人啊，他那种高富帅什么女人没见过？怎么会被一个女人吃得死死的呢！你们猜猜他为什么会看上陆小姐？"

众新人摇头："别卖关子，快解惑。"

老油条三号："我告诉你们，那是因为母凭子贵。两人婚礼的时候，陆小姐都怀孕三个月了。你们没瞅见，当时那场婚礼那叫一个气派奢华，艳惊四座。唐先生一副把她含在嘴里怕化了、捧在手心里拍摔了的样子，还不因为陆小姐肚子里怀着他的娃。"

众新人大悟："啧啧，原来是借子逼婚，心机婊啊。"

就在这时，一副沉冷的嗓音蓦然插进来："真是够了！唐先生和陆小姐拍拖九年，不离不弃，人家那叫有情人终成眷属，伉俪情深。你们在办公室嚼舌根，是不是不想干了？！"

众新人和老油条扭头一看此人，俱是大惊失色："宋总……早安！"

然而，让他们惊得合不拢嘴的，还在后头。

宋远身边跟着一位……孕妇。

这位孕妇虽然怀孕六个月，但身材并不臃肿，孕妇裙装下露出的小腿依旧骨肉匀称，脚下踩着一双平底鞋，外面罩了件浅咖色小风衣，风衣没系扣子，隐约露出鼓起的小腹，乍看之下落落大方。尤其是她那张不施粉黛的面容，五官精致，脸盘小巧，透着一股清新自然之感，完全瞧不出年龄。

大家片刻前的议论纷纷，她显然听到了一耳朵，可她竟也不恼，只是眉眼清澈明莹地看向众人，微微一笑置之。

认出她来的老油条无不"喀喀"干咳两声，掩饰尴尬，小心翼翼地赔着笑脸道："陆大小姐，您怎么有空来视察公司啊？"

陆语看了眼宋远，就听他道："陆小姐不是来视察公司的，她就是你们的新副总。"

"原来是……小陆总。"众人心里咯噔一沉，咬舌自尽还来得及吗?！

不得不说，李雁在把自己折腾进局子之后，陆氏名下绝大部分股份物归原主，在陆语手里。她是摄影师出身，对经商一窍不通，再加上怀有身孕，她本来并没有打理家族事业的意愿。

可唐奕承白天工作，晚上还时常应酬，陆语在唐宅待着闷得慌，总有种游手好闲的感觉。加上她肚子里的娃娃乖巧，除了头三个月陆语有点妊娠反应，偶尔厌食呕吐，那娃娃之后竟是一点没再折磨她。

于是陆语提议，她想找点事情做。

外出摄影是肯定不可能的，唐奕承便建议她去陆氏学习学习。一方面有宋远照应，她想干就干，不想干就随时回家。另一方面，毕竟陆氏凝结着陆父一生的心血，早晚有一天得由陆家人接手。

宋远提前叫人帮陆语准备了办公室，带她过去，他说："刚才那些话你别介意，要是看他们哪个不顺眼，炒了就是。"

老板娘谁敢得罪啊，该任性就得任性。别说那帮打工族了，就连宋远都得打起十二万分精神。尽管他现在不在唐奕承麾下了，但唐总爱妻如命，他宋远又奴性不改，当然对唐太太唯命是从了。

陆语倒是不以为然地朝宋远笑笑，道："没事的，不知者无罪。"那些属于她和唐奕承的独家爱情，只要彼此能感受到就是幸福了，何必介意流言蜚语呢，她心态挺好。

只是陆语并不知道，她跟宋远一转身离开公共办公区，那边才叫真正炸了锅。

新人一号："老油条，你们少胡说八道了。你没看见唐太太那么漂亮啊，气质又好，简直可以秒杀一切莺莺燕燕，要我是唐先生，也非她不娶好吗！"

新人二号："就是就是，人俩多般配啊。这世上有种男人虽然看起来高冷寡淡，但其实闷骚得很呢。这款男人是不轻易动情，可一旦动了情，也是了不得的。唐先生八成就是这个类型的。"

新人三号："唉，可惜唐先生已经结婚了，要不然他这种专情、多金又英俊的男人，绝对是我的头号男神啊！"

"……"众老油条竟是无言以对。

陆语的办公室里没配电脑，宋远说是唐奕承的主意，有辐射对胎儿不好。

陆语只能抱着文件看了大半天，首先熟悉公司的运作流程。到底是商场上的初学者，很多东西她都不懂，难免滋生挫败感。

但胜在充实。

傍晚时分，司机把她送回唐宅，唐奕承还没回来。

"奕承晚上有饭局，咱们先吃。"说话的人是沈素芳。

"好的，妈。"陆语换上家居服，跟她坐下来吃饭。

第一次抱孙辈，沈素芳当然得从纽约跟来B市照顾儿媳妇。她以前在富人家帮佣，照顾过孕妇，经验不少，她亲自给陆语配餐，格外注重营养搭配，这才使得陆语既不缺乏营养，又保持住了美好身材。

吃过晚饭，陆语陪她聊了会儿天，就回房间休息了。

她听着胎教音乐，脑子里琢磨着那堆磨人的报表，两不耽误，不知不觉便渐入梦乡，就连唐奕承回来都不知道。

迷迷糊糊的梦境中，陆语的唇被人吻住，轻轻辗转几下，鼻息间带着淡淡的酒气，那感觉很是舒服。她意犹未尽地舔了舔嘴唇，想要去勾那人的舌尖，却没勾到，对方像是不想惊动她睡觉，已经撤下了唇齿痴缠。

孕妇会起夜，陆语半夜睁开眼时，是凌晨两点。

床头亮着一盏小水晶灯，暖黄色的光线浅淡，她摸了摸大床另一侧，没人。

咦，唐奕承还没回来吗？

什么应酬要到半夜三更啊，陆语腹诽着下床去洗手间，却在正要转动门把的那个瞬间，她的手顿了顿。

洗手间里有人。

还有……奇怪的声响。

"唐，你在里面？"她揉了揉眼睛，问了句。

那窸窸窣窣的声响停顿片刻，唐奕承有点不自在地"嗯"了声。

陆语眼皮微微一跳，隐约意识到什么，她咬着嘴唇说："你把门打开一下，我尿急。"

门纹丝不动，只传出这男人低了八度的声线："小语，你别闹。"

她的声音软软的，回答得有点无辜："我没闹，我只是想帮帮你啊，你让我进来吧。"

"……"

唉，一个男人半夜在洗手间自己解决生理需求，然后中途被老婆当场抓包到底是怎样一种感觉？嗯，酸爽。不过如果老婆挺着大肚子，又大言不惭地对你的行为表示理解和关切，并眼巴巴地说自己想要奉献一丝绵薄之力，那又是怎样一种感觉？嗯，幸福来得太突然。

"你去床上等我。"有老婆帮忙就不用在洗手间里偷偷摸摸了。

"哦，好的——"陆语故意拖长了尾音，有一种很是明白的意味。

唐奕承只穿着件浴袍从洗手间出来时，就看见陆语已经乖乖躺回床上去了。她换上了一条孕妇穿的蕾丝睡裙，靠坐在床头，半透明的前襟勾勒出她饱满的线条，暧昧的灯光打在上面，像是那迷人云雾里若隐若现的雪峰，诱惑力十足。陆语狡黠地朝唐奕承眨眨眼，又瞄了瞄他，示意一切准备就绪。唐奕承弯了弯唇，这老婆还真是……善解人意。

其实陆语挺心疼唐奕承的，他身体底子好，经过半年的康复期，车祸时受的伤早已痊愈，可从那会儿开始，他就没再吃过一顿肉了。尽管陆语曾暗示他，医生说怀孕三个月以上是可以有适当的夫妻生活的，可他还是苦苦地克制住了，老婆肚子越来越大，他哪里舍得折腾她。

在陆语"伸出援手"后，唐奕承像一头餍足的兽，捧住她的脸，啄了啄她的额头。

陆语的脸蛋红扑扑的，此刻她竟是一点睡意都没了。卧室的灯熄了，她枕在唐奕承的手臂上，头靠在他肩窝里，问他："你刚才在洗手间的时候……脑子里想的是谁？"

讨论这种事真是……尴尬，不过唐奕承倒还蛮诚实的，直接回给她一个字："你。"

"我才不信呢。"陆语掐他的腰，唐奕承身材完美，腰线紧致修韧，没有一丝赘肉，她只能掐了掐他的皮，毫无威慑力地恫吓他，"你老实交代，不然以后我都不管你了，憋死你。"

他低笑两声，于夜色中带着灼人的气息，下巴抵在她头上，他说："晚上喝了点酒，回来亲亲你，就……"情难自禁了。

陆语顿如醍醐灌顶，她轻抚他的胸，指尖在胸肌上画着圈，羞涩道："可我怎么不觉得自己有那么大魅力呢。"

"是吗，我也是随便说说而已。"被她搔得舒服，唐奕承语带戏谑。

"讨厌啊你。"陆语仰头瞪他。

她尚未看清他狭长眼眸里那丝比夜色更温柔的光，就感觉到腹部微微一热，唐奕承的手覆在她那儿，问她道："你说里面是小公主，还是小王子？"

　　早到了能测出胎儿性别的时候，可陆语坚持不要预测，她喜欢那种幸福降临前的未知感。这种事唐奕承自然由着她，就连婴儿房都提前准备了两间，一粉一蓝。只是做爸爸了，他难免会对胎儿的性别产生好奇。

　　"你喜欢男孩还是女孩？"陆语反倒问他。

　　他挑了下眉梢，说："都喜欢。"

　　磁性的话音落下，唐奕承不由得想起那个大雪纷飞的村庄。他和陆语送阿伊莎回家。

　　当时他在想，他们曾经失去的那个小家伙是男孩还是女孩？小家伙会长得像他，还是像她？

　　半年前，在纽约那间地下室里，听到陆语说出"我们的宝宝"那几个字眼时，他的心跳有一瞬间的骤停，血脉有一瞬间的贲张，呼吸也有一瞬间的停滞，就是那个瞬间，那么多年的光阴竟如弹指一刹，他们终于又拥有了自己的小生命。那是失而复得的欣喜若狂，是对老天再次给予的感恩，无法言说。

　　可到了现在，唐奕承突然发现自己平静下来了。

　　毕竟不是当年的毛头小子了，在陪伴陆语度过漫长孕期的过程中，他想得更多的是未来，他和她的未来，他们这个小家庭的未来，也许不只是三口之家呢，或许随时还会再添新丁。他肩上的担子也重了，一种从未有过的责任感和甜蜜的负担，就这么加诸在他身上。

　　卧室安静下来，交缠着两人均匀又平缓的呼吸声。

　　唐奕承沿着陆语凸起的腹部摩挲着，力道温柔，掌心温热，像是在感应那细微的胎动。困意袭来，陆语缓缓合上眼睛，心里美滋滋的，那是他们的小生命啊，看他有多喜欢呢。

　　她殊不知唐奕承此时心里想的却是——这小东西，真够坏的，就是因为你啊，害得你妈咪在婚礼上没办法穿漂亮的束腰白纱，害得你妈咪和爹地没办法去蜜月旅行，害得你爹地还要……煎熬地禁欲。

　　啧啧，这男人这么快就开始跟"小包子"吃醋了。

番外二
一家人

　　婚后，尤其是陆语的孕期，唐奕承一直在 B 市陪伴她左右。哪怕是选购婴儿用品这种小事，他都会开车带陆语去 Shopping Mall，她左挑右选，他就杵在边上说"买买买"，然后刷卡结账。以至于"小包子"还没生出来，两间男女有别的婴儿房已经堆满了。

　　陆语突然有点后悔，说："不然我去问问医生，胎儿的性别吧？否则太浪费了。"

　　唐奕承摸着她的肚子，波澜不惊地回道："不浪费。要是这次是女儿，下次就生个儿子呗。反之亦然。"

　　"这还能选？"陆语拧眉看着他，笑问。

　　陆语的预产期定在一月中旬。

　　预产期还剩一周，唐奕承便要把她送去住院。

　　"为什么那么早就去医院啊？医生说剖腹产提前一天入院就行了。"大清早，陆语刚睁眼，就看见唐奕承在亲自帮她收拾衣物，她面露不解。

　　"我今天下午的飞机，去纽约。你在医院里待着，我踏实。"

那么处变不惊的男人，也有难得感觉紧张的时刻。

陆语莞尔，拥被而坐，问他："那宝宝出生那天，你能赶回来吗？"

"当然。"他弯了弯唇，他早把原本一周的行程缩减至六天。

唐奕承装好陆语随身要带的东西，转而又开始收拾宝宝的物品，奶瓶，纸尿片，蓝色、粉色的小棉被，小毛巾……他手里拿着张提前记录下来的清单逐一核对，不假他手。

晨曦铺洒进卧室，唐奕承整个人都溺于晨光里。他和往常一样，黑色修身西装，浅色衬衫，领带打得一丝不苟，低眸浅笑时却不复以往的峻冷疏离，显得温和又谦逊，尤其是宝宝用的东西可真小，他那么个大男人拿在手里，莫名令陆语觉得特别可爱。

她没下床，就这样懒洋洋地看着他。那冬日晨时的暖阳温煦而亲切，这个瞬间就这样截到了她心上。

时光静好，岁月如初。

却在这个时候，陆语的手机忽然响了。

接听电话，陆语叫了声："蒋爸爸。"

唐奕承闻声动作一顿，唇边笑容也随之隐隐一僵。

蒋仲勋没什么事，就是例行关心一下小两口的日常，这样的来电每周一次。至于他为什么把电话打到陆语的手机上，答案不言而喻了。

通话时间不过几分钟，陆语挂上电话，跟唐奕承说："蒋爸爸说他过几天会来 B 市。"儿媳妇生产，他这个当爷爷的当然要来。

唐奕承"嗯"了声，再无话。

他无法接受蒋仲勋这个爸爸，这是大家原先都没有预料到的。

那会儿还是在纽约，唐奕承出院前夕，意外从保镖的闲谈中听到了这个消息。

当时病房里只有陆语和他两个人。

那一刻，他墨眸中闪过的巨大错愕，可想而知。但也只是一刹那的惊诧，他的眼神蓦然复杂起来，那墨黑深湛的眼眸底下浮现起陆语看不懂的情绪，波涛汹涌。

不知沉默了多久，他沉声问陆语："这是真的吗？"

见陆语点头，他竟是突然冷哂一声："你们早就知道了？"

他那种笑容令陆语心中一紧，她甚至还来不及回话，唐奕承已说："蒋仲勋是不是在七年前就知道了？他为什么到现在才说出来？而且我居然是最后一个才知道的。难道你们不觉得这太讽刺了吗？"

陆语越听越心焦，赶紧解释说："我们不是故意隐瞒你的，主要是担心你伤重未愈，一下子承受不了……"

可这种时候，再多解释也没有意义，唐奕承只抿了抿唇，回她一句："蒋仲勋是我的恩人，这一点我一辈子也不会忘。但我只有一个爸爸，他叫唐建海。"

那个生活拮据，却从不吝惜给他花钱的爸爸；那个靠力气干活，却永远把牛扒放在他盘子里的爸爸；那个会于平安夜在餐馆洗盘子，然后给他买圣诞礼物的爸爸……

伴随着所有童年和少年记忆的父爱，沉淀着岁月，扎根于唐奕承心里，已然胜过一切。

陆语一开始还有意无意地跟他聊起这些，替蒋仲勋说情，但唐奕承总是不愿多言。后来，陆语说得就少了，她其实也挺理解他的心态的。

唐奕承对蒋仲勋的感情原本十分单纯，类似于恩情，或者莫逆之交。可骤然之间，这种感情发生了翻天覆地的变化，他的父母瞬间变成养父养母，恩人变成亲生父亲，他以往所有的认知统统被推翻，就连当年蒋仲勋施恩于他的动机，都变得不那么纯粹，想必唐奕承在短时间内是难以接受的。

而亲生父亲明明早就可以跟他相认，却一直隐瞒，回避，把他蒙在鼓里，哪怕对方是善意的，也难免让他有种不舒服的感觉。

血脉亲缘，父子深情，原本是这世上最牢不可破的亲情。但到了这一步，却是生疏、脆弱又纠结，成了接受程度最低的一种情感。

陆语每每想到这些，都只能轻叹一声。

这趟回纽约总部，唐奕承本来是不准备去的，但适逢 Sunshine 集团董事会换届选举，他身为董事会主席实在不能缺席。

人在曹营心在汉，唐奕承每天算好时差，都会在 B 市傍晚时分打电话给陆语，雷打不动。没什么营养的对话，两人听听彼此的声音，感受一下距离带来的那份想念和牵缠，竟也十分美妙。

唐奕承的公事处理得很顺利，却在返回 B 市那天碰到了大麻烦。

纽约普降大雪，当天肯尼迪机场飞往 B 市的航班因天气原因被迫取消，可以改签的最早航班也要等到隔天早上。

也就是说，他赶不上宝宝呱呱坠地的那个瞬间了。

偌大的机场内满是滞留的旅客，怨声载道，航空公司只能一遍遍道歉，安排旅客食宿事宜。老天发难，谁也没辙。

唐奕承这辈子也算波涛汹涌了，经历无数风浪，却是没有比这一刻更令他焦灼的。想起陆语那张期盼的小脸，再想想素未谋面的小生命，他只剩唇边一丝苦笑。

陆语的电话刚好在这个时候打来："唐，你快登机了吧？"

她的声音带着点临产前的小兴奋，这让唐奕承那句"航班取消了"怎么也说不出口，他最后只是"嗯"了声，道："你好好休息，我会按时回来。"

收起手机，唐奕承摁了摁眉心，脑子里还在思忖怎么办，远远地，他就看到一抹熟悉的身影。

那人也看到了他，四目相对间，对方步履稳健朝他走来。

"奕承，你赶不回 B 市了？"说话的人是蒋仲勋。

虽然唐奕承现在跟他心有嫌隙，但两人都是为了同个目的要回 B 市，也都同样插翅难飞被困纽约，说来也算同病相怜了。

唐奕承朝他略一颔首，道："我不想让小语失望，还在想办法。"

比起他这副颦眉蹙额的样子，蒋仲勋竟显得淡然许多，他拍了拍唐奕承的肩说："我有办法，你跟我来吧。"

唐奕承迟疑片刻，到底跟蒋仲勋一起离开了肯尼迪机场。

蒋仲勋是真有办法，他带唐奕承上了他的私人飞机，直飞芝加哥。天气恶劣，幸好飞行员经验十足，从私人飞机停泊的小机场起飞后，一路有惊无险。美国中西部虽然也有降雪，但天气情况比纽约好太多，飞往 B 市的航班只是延迟了几个小时。

到了这个地步，唐奕承内心多少有所动容。

既然他不认这个爸爸，蒋仲勋其实是不用管他的，也不必跟他一起一路涉险赶回 B 市，可关键时刻，蒋仲勋还是急他所急，以身相伴。

也许，这就是父亲。

无论富有与否，他总会用他的方式疼爱儿子。

在飞机上，有那么一瞬间，唐奕承侧头看了一眼蒋仲勋，就看到他耳鬓的几丝白发。他动了动薄唇，想说什么，喉头又似被万千情绪堵住，一时发不出声。

那一声"爸爸"，他还是叫不出口。

蒋仲勋心中了然，似乎知道这个儿子在想什么，他笑了笑，说道："奕承，等今年禧景湾度假村开幕了，我们一家人去散散心。"

"嗯……"唐奕承点点头。

航班抵达 B 市国际机场时，正值正午。

寒冷冬日，阳光却似碎金一般，流光溢彩。

两个男人从机场直奔医院，全程紧赶慢赶，到底还是错过了把陆语送进手术室，不过，唐奕承总算没有错过"小包子"呱呱坠地。

他周身还沾染着外面的寒意，手术室的门已经拉开，带着大口罩的小护士抱着个棉布团出来，喊了一嗓子："陆语的家属在不在？"

"在。"唐奕承心脏莫名快跳几拍，健步上前。

"母子平安，恭喜了。"小护士把娃娃递给他看看。

那就是儿子了。

唐奕承小心翼翼地接过来，素来淡定自若的男人在这几十个小时里，情绪却是波动得厉害，以至于这一刻，他修长的手指都有些发颤。

这小家伙，太小了。

他真怕把他捏坏了。

棉布里包裹着的，是个小小嫩嫩、皱皱巴巴的小婴儿。这时候小家伙正闭着眼睛，像是睡着了，虽然实在看不出哪里像爸爸这么英俊帅气，但小家伙睡得倒是极为香甜，给人一种很柔弱很美好的感觉。

唐奕承狂跳的心，在凝视这个小家伙的几秒钟里，奇迹般地渐渐平缓下来。

十个月的孕育，上天赋予生命的回礼。他平安地降生到这个世界上，那种感觉很奇妙，远比唐奕承想象中的感动要多，却又让人感到平静。

从未有过的那种平静与幸福。

"小唐唐。"唐奕承薄唇轻动，小声唤了句。

小家伙不理他，眼睛闭着，酣睡。

小唐唐其实已经有名字了。

之前唐奕承和陆语取了两个名字，男孩就叫唐礼庭，女孩就叫唐礼婷。

唐奕承刚抱了几下，沈素芳和蒋仲勋便凑过来说："你别光自己看，给我们也看看啊。"

"……""小包子"挺抢手。

移动病床随后推出来，陆语躺在上面，她是有意识的，嘴角微微弯着。她是第一眼看到小家伙的，真可爱啊。

唐奕承把孩子交给沈素芳，走过来，俯下顾长英挺的身躯，在陆语唇上啄了啄。他的唇微凉，眼睛却温柔如水，眸光浅浅的，藏着道不尽的宠爱。

"小语，谢谢你。我的小功臣，疼吗？"他握住她的手，轻声问。

陆语摇摇头，道："不疼，就是有点累。"

唐奕承握在她手上的力气稍稍加大，翘起唇角，转而凑到她耳畔，低低地说了句什么。

陆语的脸蛋当场就红了，眼睛里像是有水波在荡漾，她小声啐了句："你这个流氓。"

沈素芳把婴儿交给护士，也过来看陆语，就见这丫头跟唐奕承打情骂俏呢。当奶奶的喜悦溢于言表，她忍俊不禁地问："你俩卿卿我我地说什么呢？"

两人居然都不吭声了，陆语强绷着嘴角，有点想笑。

唐家请了月嫂照顾小礼庭。沈素芳给陆语坐月子，平日除了母乳喂养，陆语着实没什么事情做。沈素芳给她调养得很好，陆语的体重没怎么增加，产后不到两个月便恢复了身材，她本来还想着报个塑形班什么的，看样子也省了下来。

唐奕承在工作日照例忙得神龙见首不见尾，但晚上和周末他拒绝了一切公务和应酬，回家奶娃。说是奶娃，实则他比较热衷于给陆语"催奶"。

这天中午一点刚过，唐奕承就回家了，陆语午睡刚起来，还抱着被子躺在床上。

"你今天怎么这么早？"她似笑非笑地看着唐奕承，唇边浮起两枚小小的梨涡，"妈帮我请了催乳师，不用劳你大驾了。"

唐奕承眉梢一扬，说着就伸手进被子里摸她，道："催乳师能有我的技术好吗？"

陆语被他抓得又麻又痒，全身像煮熟的虾子似的，说："唐，你别闹，大白天的。你把小礼庭给我抱来看看。"

唐奕承还真停了手，他也想玩会儿那只"小包子"，转身去婴儿房抱孩子了。

他一走出卧室，陆语就忍不住咯咯笑起来。

这话说起来，她其实是哭笑不得的。

今天上午，冯晓冬传了一组照片给她，让她帮忙瞅瞅拍摄效果如何。自从陆语结婚后，语映像基本交给冯晓冬打理了，那丫头悟性高，又跟着她学了这么久，把工作室经营得风生水起的，还招了一名修片师。

陆语随便看看照片，眸光一偏，便发现唐奕承的书桌上摆着本台历。台历上，今天的日子画了个圈。

她有些奇怪，唐奕承的行程向来都是由助理安排的，遇到重要的事情助理更是会特别提醒，所以他基本没有标记特殊日期的习惯。更何况，若是公事，他也不会标注在家里的台历上呀。

到底是什么事儿，如此重要？

难道是快到小礼庭的百日宴了？

不对呀，他才两个月。

再仔细一想，陆语恍然大悟了。

出院那会儿，唐奕承让她去问医生多久可以有夫妻生活，医生当时说，最好到两个月的时候吧。而今天，刚好是他……禁欲期满的这一天。

难怪急着赶回家催奶呢。整整一年，也真是难为唐奕承了，陆语挺心疼他，可就是忍不住想笑。其实她也想啊，每晚被他拥在怀里入眠，她就枕在他的胸膛上，耳边便是隔着肌肉和骨骼的一下一下的他的心跳声，沉着有力；她就紧贴着他腰身，皮肤都仿佛被他的体温熏热了似的，有暖流在身心流淌，就像彼此每一次分享温存时刻那样的悸动。

可现在大白天的……

他有这么猴急吗？

唐奕承很快就把小礼庭抱了进来，小家伙特别调皮，一点没在陆语肚子里那会儿乖巧。唐奕承一抱他，他就哭，边哭边伸着小手往爸爸那张帅脸上抓。那么小的手，手指头短短的肉肉的，像玩具一样。挠在唐奕承脸上，他也不疼，就是觉得小东西闹得慌。

他把小礼庭举高高，在他粉雕玉琢的小脸蛋上亲了亲，像是怎么也亲不够似的。可惜小礼庭不买账，哇哇哭得更凶，好像挺嫌弃他似的。

唉，母子俩哪个都不让他碰，想想也是心塞。

陆语接过小礼庭，哄着他玩，小礼庭嗅着妈妈身上淡淡的奶香就不哭了，小胖手按在陆语越发丰满的胸脯上，抓啊抓。唐奕承坐在床边，看得喉咙发干，颇有些眼馋，更无奈。跟儿子争风吃醋这种事……说出去都嫌丢人啊。

"儿子肯定随你，说不定你小时候也这么皮。"陆语眉眼弯弯，说道。

就是这么句玩笑话，却让唐奕承微微一怔。

他听沈素芳说了，自己是在不到一岁的时候，被李雁从蒋家送去唐家的。如果他刚生出来时，真的也这般调皮捣蛋，那么蒋仲勋会怎么哄他呢？

是不是也像他这样，跟儿子玩亲亲，或者把他举高高？

是不是也会在某天半夜起来，突然想看看自己的儿子，然后便轻手轻脚地走去婴儿房，看上两眼？

是不是也有那种油然而生的责任感，想要把这辈子最好的一切都给儿子？

收回神思，唐奕承突然觉得心里空了一块。

那是当爸爸的人，才能体会到的父子之情。

血浓于水，割舍不掉。

无论怎样想要漠视，抗拒或排斥，那情依旧深藏在你的骨血里。

就像那日在飞机上，他看到的蒋仲勋的白发。一个小小的细节，却像是一根银针，刺在唐奕承心上，他越不愿意去想就想得越多，尤其最近他跟自己的儿子待在一起，那种感触就更加明显。

陆语看在眼里，跟他说："蒋爸爸今天来电话了，你要不要去给他回个电话？"

"好。"唐奕承第一次没有拒绝。

蒋仲勋是上个月离开 B 市的，现在人在纽约。

手机响起的那个刹那快要入夜了，他看向来电显示，那个熟悉的号码直触他眼底。

蒋仲勋从书桌前站起身，踱步到窗前，接听了电话。

　　片刻的沉默，唐奕承微微一沉气。

　　"爸，是我。"

　　这一刻，世界都静了。

　　隔着那细微的电波，隔着那浩瀚无垠的大西洋，隔着白天与黑夜的时差，蒋仲勋握着手机的手都在隐隐发抖。那个日思夜想的称谓，就这样在猝不及防间顺着他的耳膜，倏然落进心里。

　　掷地有声。

　　等了二十九年，他终于在有生之年，听到了那一声"爸"。

　　蒋仲勋抬手，抹了把脸，才发现自己竟是潸然泪下。

　　这夜，纽约的星空，一片璀璨。

番外三

老醋坛

盛夏，夏威夷。

碧海蓝天，白云朵朵，明媚的阳光铺洒在沙滩上，沙砾细腻似碎金一般，闪闪发光。由蓝白金三色构筑的世界，每一种颜色都那么纯净，仿佛一幅调过色的摄影作品，大气磅礴又唯美动人。

"姐姐，你帮我也堆个沙雕行吗？"奶声奶气的娃娃音，来自一位模样俊俏的五岁小帅哥。

小帅哥皮肤白嫩得跟瓷娃娃似的，穿着条小黄人泳裤，倒腾着两条小短腿扑进软绵绵的沙堆里，他朝着正在专心致志堆沙雕的姐姐讨好地笑了笑。小小年纪就知道有求于人的时候要摆出笑脸了，真是挺机灵。

姐姐约莫十二三岁的样子，对唐礼庭撒娇卖萌毫无免疫力，她摸了摸他的头，说："行啊。你想堆什么？城堡？战车？"

唐礼庭摇摇头，他咬着手指头想了想，才说："堆个美美吧，穿比基尼的。"

姐姐傻眼，道："呃……我堆不出来。"

美美是唐礼庭在幼儿园大班的"女朋友"，一个六岁的漂亮小姑娘，还要比基尼款的……也不知道这只"小包子"到底随了谁，这么小就开始好色了！

唐礼庭在幼儿园其实不止这一个女朋友，还有两个小女生也号称是他女朋友，只不过他最喜欢美美。没办法，谁让他长得帅。小帅哥的五官长开了，双眼皮大眼睛，长长密密的睫毛微微上卷，覆盖在一双格外明亮的眼眸上，鼻尖也尖尖翘翘的，唇红齿白，果然跟他的英俊老爸像是由一个模子刻出来的。而他一笑起来，便会露出两枚浅浅的酒窝，这则是遗传了陆语的基因。

不得不承认，唐礼庭小朋友挺会长的，继承了父母的优点。

不远处，树影婆娑。

椰树下支着几张白色的沙滩椅，一位比基尼美女趴在躺椅上。她脑后随意地绑着个丸子头，大片白皙的肌肤暴露在金灿灿的阳光下，湛湛金光在她背上晕散开来，仿佛打着柔光的昂贵锦缎，细腻光滑。有男人修长干净的手游走于她背部，经过她那雪白的后颈，曼妙的蝴蝶骨，玲珑有致的腰背线条，以及微微凹陷的性感腰窝，一路往下抚触，就这么轻缓又温柔地……帮她涂抹防晒油。

涂着涂着，唐奕承就有些心猿意马了，目光在这女人比基尼细细的背带上流连片刻，他眼神渐热……椰树下还有几对情侣，他略微俯低颀长的身躯，手不由得施力掐住女人的细腰，说道："小语，不如我们先回酒店房间？"

陆语诧然，虽然酒店就在海畔一侧，可他们这才刚过来没多会儿啊，这男人就急着要走？

陆语没翻过身子来，因而错过了唐奕承那副隐忍难耐的表情，她双臂交叠抵在下巴下，不以为然地回道："再待会儿吧，小朋友还没玩够呢。"

唐奕承闻言，朝两个孩子那边望过去，他挑了下眉，说道："阿伊莎会照顾礼庭的，我们先回去。"

"不要。"陆语撇嘴。

沙滩度假，她兴致正好，哪里舍得离开，全然不知老公已经身陷于水深火热中了。

唉，算了，唐奕承无奈地一挫眉，继续帮老婆抹油了。

老实说，婚后生活跟唐奕承想象中的着实有些出入。

陆语怀孕那会儿，他想着等"小包子"呱呱坠地，他们就可以享受甜蜜又激情的夫妻生活了。可哪里料到，儿子黏妈，无论陆语到哪儿，他都像小尾巴似的跟着，还时不时撒娇要抱抱，要亲亲，弄得他这个当爸的几乎捞不着跟老婆亲热的机会。

后来，总算出现了一线转机。

还是在唐礼庭两岁那年，暖阳基金会组织去暖阳希望小学考察，唐奕承公务繁忙走不开，陆语替他去了，她还给阿伊莎从 B 市带去了好多书本、零食和衣服。可到了村里，陆语才惊愕地得知一件事——阿伊莎竟然辍学了。

阿伊莎的家还在，与其说是家，其实不过是一间简陋的土坯房罢了，尤其在冬天，屋不避寒，四处漏风。

陆语带着几分疑惑过去时，就看到阿伊莎坐在小板凳上啃油香饼，饼子又干又冷，她在热水里泡一下，啃一口，再泡一下，再啃一口。

阿伊莎认出她来，眼里闪过一丝惊喜的光，可到底有些怕生，她只是咧嘴笑了笑，害羞地叫了声："大姐姐。"

陆语却笑不出来，那因为常年生火被熏黑的房顶，开裂出沟壑的土墙，以及眼前这位脏兮兮的小丫头都那么强烈地刺激着她的神经。

她蹙眉，问阿伊莎道："你奶奶呢？"

"半年前生病没了。"阿伊莎在希望小学读到二年级，学会一些普通话，能磕磕绊绊地说几句。

"你怎么不上学？"陆语又问。

"跟叔叔阿姨种枸杞，没空读书。"

"为什么要种枸杞？"

"为了……活着。"阿伊莎乌黑透亮的大眼珠黯淡下去。

奶奶死后，阿伊莎彻底成了孤儿，完全没了生活来源，只能靠村里的长辈接济。但这种贫困村，家家户户自己的温饱都成问题，能给阿伊莎的更是极为有限，她不得不跟着大人务农，讨一口饭吃。

陆语了然，眼眶微湿，她对这位回族小姑娘有一种说不清道不明的特殊感情。

她蓦然想起多年前第一次来村里的情景，那时她和唐奕承的关系尚处在冰冻期，像两只刺猬似的互相扎，可他还是陪她一起，在黄土高原上把阿伊莎捡回来，陪她一起牵着阿伊莎的小手，送她回家。

就是那一日——唐奕承知道了他们曾失去过一个小生命，而阿伊莎让他们感觉到了久违的温暖与渴望。他抱着陆语，于冰天雪地之中，于这个被世界遗忘的一角，紧紧相拥……

如果这世上真有"缘分"存在，那陆语跟阿伊莎也算有缘人了。

收回神思，她问阿伊莎道："你愿意跟姐姐走吗？"

"跟你去哪里？"

"去大城市。"

"大城市有什么？"

"有学校，有儿童乐园，有新衣服，有好吃的，还有……家。"

阿伊莎眨了眨眼睛，一直露出胆怯的脸终于浮现起一抹笑容，她咬着嘴唇说："我……愿意。"

启程前，陆语带阿伊莎去了奶奶的墓地。其实不能算墓地的，阿伊莎的奶奶就葬在黄土高原上，于荒凉漫漫的黄沙中，于苍凉大漠中耸起的一个土坡。阿伊莎低着头，眼里噙着泪，对着那个黄土坡，说了一番话。

陆语听不懂，还是很久以后，阿伊莎才告诉她，自己跟奶奶说了什么。

她说："奶奶我终于有家了。不再害怕，不再流泪，不再感到寒冷，我终于也有了那期待已久的温暖。"

唐奕承没想到陆语出去考察一趟，居然领了个孩子回来，不过这男人骨子里的善良让他赞成陆语的选择。两人随后去办理了领养手续，阿伊莎正式进入这个家庭。

初来乍到，习惯了乡村的阿伊莎跟大都市难免格格不入，陆语花了不少心思在她身上，光是生活习惯就手把手地教了她几个月。幸好小丫头的适应能力强，很快顺利融入新生活，在学校的成绩也不错。也幸好，多年艰苦的农村生活，让阿伊莎拥有了属于她的淳朴和懂事，她常常帮忙照顾小礼庭，陪他玩游戏，教他认字。

三年相处下来，不仅姐弟俩的感情特别好，阿伊莎还真的像陆语的贴心小棉袄似的，改口叫了她"妈妈"。

唐奕承对这些自然是喜闻乐见的，唐礼庭黏姐姐去了，他就钻了空子可以黏老婆了。

不过这次出来度假就另当别论了，一家人嘛，到哪儿都得集体活动，连酒店套房都是家庭式的，他捞不着单独腻歪老婆的机会。

阿伊莎最后给唐礼庭堆了个火车沙雕，唐礼庭喜欢得不得了，一直拍着小手嚷嚷："我要把它带回酒店去，好不好？"

"……"幼稚！

姐弟俩玩够了，阿伊莎牵着他的手，踩过沙滩，去找唐奕承和陆语。殊不知尚未近身，阿伊莎突然步子一顿，飞快地抬手就捂住了唐礼庭的眼睛道："你别看。"

可惜，到底还是晚了一步，唐礼庭已经看到了——爸爸和妈妈在沙滩上玩亲亲呢。

"嘿嘿，这有什么不能看啊！我也和美美玩过亲亲呀，不过不是亲嘴，是亲脸。"唐礼庭眼睛被捂着，小嘴吧嗒着说得热闹。

"……"早熟！

两个孩子不知打着什么鬼主意，蹑手蹑脚地移动过来时，一对小夫妻仍沉浸在绵长的热吻中，竟是浑然不觉。

陆语发现唐礼庭的那个瞬间，极为尴尬。

她隐约感觉到有人拽了拽她的头发，恍然间睁开眼，她赫然发现有个小脑袋探过来，唐礼庭小朋友正瞪着两只大眼睛，蹲在地上看得兴味盎然。

阿伊莎明显懂得非礼勿视，站在几步开外，仰头望天，嘴角强忍着笑意。

陆语心里一惊，赶紧推开唐奕承。她脸上还沾着沙粒儿，粉嫩的嘴唇被他亲得红嘟嘟的，眼睛里仿佛晕染着阳光，又仿佛倒映着水波，明澈澄莹。

在小朋友面前丢了人，陆语一时找不到合适的表情来，唐奕承倒是一副淡然自若的样子，他站起来，一把拎起唐礼庭，教训他："你怎么滚了一身沙子？真脏。我带你洗澡去。"

唐礼庭转眼就像个布口袋似的，被唐奕承扛到了肩上，他颇有些不服气，老爸明明也是一身沙子啊！他勾着唐奕承的脖子，想蹬腿抗议，却又不知想到什么，突然咧嘴一笑，凑到唐奕承耳边嘀咕一句："爸爸，你的泳裤好像……买小了。"老爸刚才站起来的时候，那个地方好奇怪啊……咳咳，他太小还不懂。

"……"唐奕承直想把他扔出去。

陆语跟阿伊莎走在父子俩后面，有那么一瞬间，陆语的眸光凝在那抹英挺的背影上，有点挪不开。明明已经夫妻多年，可她还总是被唐奕承晃了眼。

他个子高，宽肩窄腰长腿，身上没有一丝赘肉。这么看过去，这男人背部的肌肉薄而坚韧，形成一个起伏的流畅的线条，随着窄窄的腰身一起，延伸入黑色的泳裤，再加上他双腿修长，笔直有力，整个人都充满豹子的野性魅力。尤其是他轻轻松松抱着儿子的样子，真是既性感又温暖。

陆语弯了弯嘴角，抬起手，去盛眼前的那一捧阳光，掌心溢满碎金，双眼璀璨迷离。

四个人洗干净，去酒店一层的餐厅吃饭。

餐厅巨大的落地玻璃窗外是露天花园，地铺玉砖，椰树环绕，碎石甬道两旁花草迤逦。有碧蓝色的浅水在玉砖上缓缓流淌，沿着台阶蜿蜒而下，微风拂过，水波荡漾，泛起粼粼波光，整座花园仿佛漂浮在水上世界，美不胜收。

夏威夷最高级的六星级酒店，餐厅菜式自是不必形容，食材矜贵，味道绝佳。

原本开心惬意的家庭午餐时刻，阿伊莎却在中途拧起眉毛。

她坐在陆语身边，拽了拽她的手，问道："你能陪我去下洗手间吗？"

陆语不解，阿伊莎独立性很强，她今儿个是怎么了，连去洗手间都让人陪？

陆语尚在忖度，坐在对面的唐礼庭已经插嘴说："姐姐，我陪你去啊！"

小家伙头发梳得油光锃亮，穿着件小格子衬衫，正襟危坐在儿童椅上，摆出一副不让姐姐落单的绅士风度来。

唐奕承拍了拍他的头说："你好好吃饭，别添乱就行了。"

到了洗手间，陆语才知道阿伊莎的月经初潮来了。

姑娘第一次见红难免紧张，陆语暗怪自己一时疏忽，忘了帮她准备卫生巾。

陆语还真没注意酒店里是否有便利店，恐怕得找服务生问问了，她跟阿伊莎说："你先回去吃饭，我去帮你买卫生巾。"

阿伊莎是回族人，脸部轮廓稍深，到了如花似玉的年龄显得格外漂亮，她不好意思地冲陆语点点头。

两人说着就要开门出洗手间，却在这时身后传来一道好听的女声。

"我有卫生巾，先给你们用吧。"

难得听到中文，陆语和阿伊莎俱是愣了愣，驻足回头，就看到张嘴说话的是一位年轻女子，衣着时尚，化了淡妆，面容姣好。估计她是听到两人说话了，又都是中国人，举手之劳，能帮则帮。

陆语赶紧说了句："谢谢你啊。"

阿伊莎接过对方递上来的卫生巾，转身进去隔间。

那位年轻女子朝陆语笑了笑，边洗手边说："不客气。你们从哪里来的？"

"B 市，你呢？"

"好巧，我也是。"女子性格大刺刺的，一看就是那种爱说话的主儿，"我跟我男朋友来度假的……"

萍水相逢，寒暄几句，出了洗手间，三人就散了。

然而令陆语始料未及的是，她跟阿伊莎回到餐厅，便瞅见他们桌边站着位熟面孔。

唐奕承虽然起身和那人说话，眉宇间却是透着疏离冷淡，似乎并不太想搭理对方。

陆语步子微顿须臾，走上前，她打了个招呼："柯嘉礼。"

柯嘉礼循声扭头，在与陆语对视的那一刻，他眉目温润，一如既往的阳光面庞，却也多了些许成熟沉敛。

"我刚才一进来餐厅就看到唐先生了，没想到这么巧，你们一家人也来夏威夷度假。你儿子真可爱。"柯嘉礼说着，捏了捏唐礼庭的小脸蛋。

唐礼庭教养极好，朝他咧嘴笑了笑。

陆语尚且来不及回话，已经感觉到低气压瞬间密布，有两道冷光先是凝在唐礼庭身上，倏尔便挪开，那冷芒紧跟着越过柯嘉礼的肩膀，直触她面颊。

唐奕承这小气巴拉的性子……唉。

陆语忍不住腹诽，唐奕承瞪她就算了，儿子那么小，不过是给柯嘉礼回个笑脸罢了，他怎么连自己的娃都要瞪一瞪呢。

事实上，陆语都不记得柯嘉礼有多久没跟她联系过了。当初她念着自己刚给暖阳基金会当摄影师那会儿，柯嘉礼对她的照顾，于是便在婚礼嘉宾邀请名单上列了他的名字，岂料唐奕承不仅大笔一挥划掉那个名字，还为此跟陆语摆了两天冷脸。

后来，陆语在陆氏担任副总，柯嘉礼找过她一次，提出想跟陆氏合作，把他公司的年度广告包给她做。是个大单，陆语自然欣然应允，结果竟是又被唐奕承搅黄了。

陆语那时有点不高兴，唐奕承事后哄着她说："那个姓柯的臭小子看你的眼神就不对，不能跟心术不正的人谈生意。你想要大单，老公给你，乖。"

曾经的暖心追求者，到了唐奕承那儿变成了"心术不正"，陆语哭笑不得，却不得不依他。夫妻嘛，旁的人自然不重要，该避嫌就避嫌吧。

这会儿柯嘉礼有心跟陆语寒暄，陆语表情微僵，正骑虎难下之时，一抹窈窕身影翩然而至，挽住了柯嘉礼的手肘。

"咦，原来你们认识啊。"走过来的女子惊讶地说道。

陆语愣怔少顷，回神，这不是方才洗手间里的那位女子吗？

那她所说的男朋友……

柯嘉礼毫不局促，大方一笑，给几人互相介绍说："这是我女朋友小菁，这是我以前的上司唐先生和他太太。"

过去的事早就过去了，柯嘉礼不是倔性子，知道陆语对他无意，他确实难过了一阵子。但幸好付出的感情不算多，陷得也不算深，不至于不能抽身。

可唐奕承却不这么看，直到人家两位小情侣在隔壁桌落座，他脸上的醋意都没有消散。

转而，他跟陆语说："我帮你要条披肩？"

陆语面露诧异，道："为什么？我不冷啊。"

可是她穿的是露背款的波西米亚风长裙啊，柯嘉礼那小子就坐在她身后那桌，想饱眼福简直太容易了。

有小朋友在，唐奕承也不点破，只是加重语气又问了一遍："你真的不冷？"

陆语隐约嗅出味道来，幽幽回道："那好吧……我有点冷。"

唐奕承这下倒是笑了，抬手叫来服务生。

不能怪他小气，老婆太漂亮，一个人出去，别人都看不出来她结婚生子了，以为还是单身。这几年数下来，围着陆语转的苍蝇愣是有好几只。

自己的宝贝啊，他必须得看紧点。

酒店的家庭式套房有两间卧室和一个客厅。

出来度假这几天，都是陆语跟阿伊莎睡一间，唐奕承带儿子睡一间。

唐礼庭年纪小，就算有女朋友也是过家家闹着玩的，根本不谙男女之事。可阿伊莎不一样，现在的孩子早熟，到了上初中的年纪，很多都情窦初开了。

阿伊莎起夜时，就发现了一个小秘密——

客厅的灯一直亮到很晚，陆语进屋时，已经凌晨两点了。再想起昨天白天陆语被唐奕承按在沙滩里亲热，阿伊莎约莫猜到了什么。

她没猜错，唐奕承昨晚本来跟陆语提议，趁着孩子睡了，他们再开间房过过二人世界。可陆语不答应，万一半夜唐礼庭或是阿伊莎起来发现大人不在，肯定会担心的。结果唐奕承只能在客厅跟小娇妻亲亲嘴，摸摸她，还不敢弄出声响来，更不敢尺度过大。

这日子过得跟上刑似的。

哪知今天晚上，惊喜来得太突然。

阿伊莎临睡前，主动说："晚上我带礼庭睡吧。"

陆语不明所以，刚要问为什么，唐奕承已经翘起唇角，说："好的，阿伊莎真乖。回去给你买新手机、新平板、新衣服……"

陆语见这俩相视一笑，她无奈抚额。这世上怎么会有这种土豪爹呢，居然这么教育孩子。

这夜，月拢轻纱，星光点点。

唐奕承牢牢拥住陆语，就像是久旱逢甘露一般，酣畅淋漓地汲取那抹香甜，任她吸干自己的精血……这么多年了，他还是爱她，身和心都爱她。

　　唐奕承凝着那张娇俏动人的容颜，仿佛那激情燃烧的青葱岁月，一直都在，从未走远；又仿佛，仿佛彼此初遇时，那第一眼的惊艳，刻骨铭心。

　　他从没告诉过她，那一年，那一天，水波盈盈的哈德逊河畔———见钟情的不只是她，他亦然。

番外四
再后来

时值隆冬，天气酷寒。

位于 B 市的唐宅内却是灯火通明，热闹非凡。

"Happy Birthday！"

"快点许愿啦，小黄人要融化了！"

餐桌上，是特别定做的十磅小黄人蛋糕，上面插着六根生日蜡烛。桌边，一堆小朋友簇拥着今晚的小寿星。

唐礼庭俨然一个小大人，一身合体的黑色小西装，里面是白色衬衫，纽扣扣得一丝不苟，还系了个黑色小领结。他脑袋上梳着个时髦的鸡冠头，抹着发蜡，小脸微微带笑，露出一抹童真。

一看他这身装扮，就知道定是出自陆语之手。

在大家的催促下，唐礼庭双手合十，长睫微垂，做出虔诚许愿的模样。桌边都是矮矬矬的小朋友，仗着身高优势，唐奕承和陆语站在后排，十指相扣，看着爱子，俱是一脸幸福。

许完愿，唐礼庭睁开眼，作势就要吹蜡烛，却在他鼓起腮帮子吸气的那个刹那，他突然顿住，回头朝身后看过去——

唐礼庭读的是国际幼儿园，一众小朋友的皮肤有黑黄白三种颜色，十足一个小联合国。

唐礼庭的目光稍一巡睃，故作神秘道："我要请个人跟我一起吹蜡烛。"

"请谁？请谁呀？"小朋友的胃口容易吊，叽叽喳喳地发问。

陆语闻言，悄然松开唐奕承的手，往前探了探身，儿子要请的那个人当然是她了。

唐奕承落单，颇有些郁结难平，不由得想起在今晚生日趴开始前，他把小礼庭举高高时，问了儿子那个十分老套又没有营养的问题："爸爸和妈妈你喜欢哪个？"

唐礼庭童音稚嫩，毫不犹豫地回道："当然是爸爸啦！"

唐奕承原本只是逗逗他，却不承想听到答案的那个瞬间，他还是滋生出一丝小小的优越感。可殊不知他刚把儿子放下地，唐礼庭便倒腾着两条小短腿跑去卧室找陆语了，一副做了亏心事的模样。

然后，唐奕承就在卧室门口听到了那样一番对话——

"妈妈，爸爸刚才挑拨离间来着。他问我喜欢你，还是他？"

"那你怎么说？"

"我怕爸爸生气，就用善意的谎言欺骗了他。我当然是最喜欢妈妈啦，真的。"

末了，唐奕承还听到熊孩子在陆语脸上"吧唧吧唧"亲两口，亲得那叫一个响。

这年头，连儿子的话都不能信了……

唐奕承颀长的身影僵在门边，揉了揉突突直跳的太阳穴，他顿时感觉受到了十万点伤害。

儿子黏妈，吹生日蜡烛的喜悦想必也是跟陆语分享了，唐奕承已经接受了被冷落的事实，却在这个时候，唐礼庭小手一伸，就把被挤到后排的一个小姑娘拽到了身边。

"来，美美。我们一起吹蜡烛。"

"……"陆语僵住。

唐奕承倒是扯唇，笑了。

这儿子养的，坑爹坑娘，呵呵。

唐礼庭牵着小女朋友的手，一副霸道总裁范儿。他用中文说了一遍，又自己用英文翻译一遍，确保"联合国"小伙伴们都能听懂，只听他道："美美是我的女朋友，以后你们别人就不要惦记着小美人啦。"

美美是中美混血，她今天特别打扮过，波点连裤袜上面是蓬蓬裙，一张格外白皙的小脸蛋微微泛红，褐色的大眼睛里蕴满喜悦。

两个熊孩子一起吹完蜡烛还不够，唐礼庭竟然捧住她的脸，在她唇边印上一吻。

小朋友立马炸锅，拍着手起哄，也有人上去抢着抓蛋糕，餐厅里一时乱作一团。

唐奕承这回笑不出来了，儿子会不会太早熟了？初吻就这么没了？

陆语瞪他，嘟嘴嗔怒道："上梁不正下梁歪，礼庭都是跟你学的。你以后在孩子面前注意点，别动不动就碰我。"

"……"唐奕承竟是无言以对。

唐礼庭没有发觉父母的异样，亲手把蛋糕上他最爱的糖霜小黄人抠下来，递给陆语道："妈妈，这个给你吃。"他自己都舍不得吃呢。

陆语啼笑皆非，接过来咬了一口，就见唐礼庭仰着脑袋，问站在她身边的唐奕承："爸爸，以前你和妈妈是谁追的谁啊？"

小男孩在这个年纪，开始懵懵懂懂地好奇男女之事，纯属正常。可唐奕承的脸色已经不太好了，俊脸上笑容全收，道："礼庭，你年纪还小，别问这些有的没的……"

"是妈妈追的爸爸。"陆语的声音蓦然插进来，她摸了摸儿子的小脑袋，"行啦，你赶紧去招呼同学吧，别忘了今晚你是小主人。"

还是陆语了解儿子的性子，唐礼庭肚子里总是揣着十万个为什么，你要是不给他答案，他会三天两头地磨死你。

果然，唐礼庭解了惑，屁颠屁颠地扭身跑了。

唐奕承却是不知想到什么，眸光微微一闪，抬手揽住陆语的肩。

阿伊莎被送去美国参加冬令营了，生日派对圆满落幕，用人打扫"战场"，沈素芳带唐礼庭去洗澡。陆语没什么要操心的，她有点累，不到十点就回卧室休息了。

唐奕承后脚跟进来，扯掉领带，解开衬衫纽扣，他凑到床上问她："当年在纽约，真的是你先追的我吗？"

陆语不知道他为何重提此事，她掩唇打了个呵欠，眼波蒙蒙地看着他道："难道不是吗？"

她十八岁那年的某天，被唐奕承从色魔手里救出来，她请他去唐人街吃午饭。不知道为什么，直到今时今日，陆语都清楚地记得当时的每一个细节，就连点了什么菜，她都记得一清二楚。

宫保虾球、椒盐骨、糖醋里脊，还有一大条清蒸石斑……那会儿虽然李雁暗地里对她下毒手，但她的生活费都是陆学森给的，陆父对宝贝女儿疼得紧，零用钱多到陆语根本花不完。请救命恩人吃饭，她自然出手阔绰。

　　那是一间美籍华人开的中餐馆，菜色味道不错。一整桌菜，唐奕承居然一点不客气，统统扫光。陆语托腮看着他吃，心想这人到底是饿了多久啊？她的目光却凝在唐奕承脸上挪不开，他的五官如雕刻般精致鲜明，眉宇间又带着一点痞气，岂止一个"帅"字可以形容。

　　可唐奕承全程都没看她，自顾自闷头吃饭，似乎面前的美食和美色相比，他更偏向于美食。

　　吃完饭，他搁下筷子，跩跩地跟陆语说了句："谢了。"

　　见他扔下这么句话就站起身，拍拍屁股要走，陆语急忙叫住他："喂。"

　　唐奕承没有坐回来，他双手抄在兜里站在桌边，头一低睨着她，疑惑道："嗯？"

　　背着光，他俊朗的脸孔笼在阴影下，唯有那双狭长的眼，亮得仿佛月下清潭的波光，好看得厉害，能清晰地倒映出她的容颜。

　　被他这么看着，陆语突然心如小鹿乱撞，她咬了咬嘴唇，问："你能把手机号码……留给我吗？"

　　第一次跟男生要电话，陆语紧张得舌头打结，她也不知道自己怎么会说出这种话来，那种感觉就像是一切都出于本能。她一想到出了餐厅这扇门，她很可能一辈子都不会再遇到这位美少年了，心里不由莫名涌起一点失落。

唐奕承大概是没想到她如此直接，不免一怔。

须臾的沉默，陆语越发尴尬，不会第一次主动就被人拒绝吧？

她急忙补了句："你好像挺爱吃这里的东西，如果我下次再过来吃饭，就打电话给你。"

好烂的借口……

尽管唐奕承只比她大一岁，但毕竟在社会上摸爬滚打了两年，比陆语的心性成熟多了。他勾了下唇，似乎是笑了，可那笑意又那么淡，淡得几乎没有。

他报出组数字给陆语，陆语赶忙掏出手机，输入他的电话。然后，她按下拨出键，说："我的号码也给你。"

唐奕承的手机在牛仔裤侧兜里震了几下，他也没掏出来看，只"嗯"了声，便大步流星走了。

餐厅临街，陆语透过玻璃窗就看到少年的身影消失在街角，她沮丧地撇了撇嘴。这男孩连她叫什么都没问呢，恐怕是永远也不会给她打电话吧。

然而，陆语直到今天都还不知道——

那日，离开餐厅，转过街角，唐奕承就把手机掏出来，看了眼上面显示的那通最新的未接来电。

未接来电来自片刻前，陆语用自己的手机拨给他的。

唐奕承抬手揉了揉头发，漆黑的发梢沾着金色的阳光，他唇边笑意渐深，在那串数字前输入了联系人的名字：Emily。

那是陆语的英文名。

"你请我吃饭那天，其实不是我们第一次见面。"唐奕承靠在床头，搂着老婆，似笑未笑地说道。

陆语诧然，那丝困意顿时烟消云散，她腾一下从床上坐起来，道："你什么意思？"

难不成在那之前他们就见过？不可能啊，她一点印象都没有。

唐奕承屈指，弹了她脑门一下，带着满满的宠溺说："笨蛋，所以说是我先喜欢上你的。"

"……"陆语越发一头雾水。

唐奕承没骗她，那是陆语十八岁那年，她刚到纽约的第二个月。

大学有草坪露天音乐会，她作为学生会志愿者前去帮忙。

日暮时分，距离音乐会开始还有一个小时。

"麻烦你们把啤酒和果汁先搬到后台去，谢谢啊。"陆语穿着天蓝色志愿者 T 恤，用英语指挥送货员。

三位送货小哥个子都挺高，其中两位是白人，一位是黄种人。他们手脚麻利，很快便把成箱的饮料和音响器材都卸下车。卸完货，他们正要走，忽然被某位女生叫住。

"喂，你们等一下。"

三人均是闻声回过头。

天色偏暗，舞台灯没开，只有草坪灯散发出暖黄色的光芒。光影朦胧中，一抹清瘦的身影跑过来，这女孩脑后的马尾辫一摇一摇的，像只活泼的小兔子。

近了身，陆语拿着部手机，问他们："这是你们谁的？刚才掉在后台了。"

两位白人看了看，摇头耸肩道："不是我的。"

倒是那位头戴洋基队棒球帽，帽檐压得很低的黄皮肤少年，下意识地摸了摸裤兜。随即，他眉一蹙，回道："是我的，谢谢。"

这位少年，就是唐奕承。

"不客气。"陆语笑笑。

就是这个刹那，舞台灯骤然亮起，有耀眼的白色光芒投射下来，把草坪切割成两半，一半是光亮，一半是晦暗。

唐奕承站在晦暗之处，而陆语站在光亮那边。

他隐在帽檐下的清俊双眼稍一抬，温凉的眼神便穿过光与暗的界限，瞥了陆语一眼。许是骤然明亮逼人的灯光太刺眼，陆语抬手挡了下眼前的光，并未看清面前这位比自己高出一头的男孩长什么样儿。

远处，有人在叫陆语了："Emily！你过来一下。"

她还有别的事忙，还了手机便跑开。

而唐奕承却在原地顿住两秒。

那位东方面孔的女孩长得可真漂亮。

刚下过雨，脚下的草坪泛着青草的芬芳，一如他那不经意的一眼看过去，那位叫 Emily 的少女，带着令人惊艳的美丽，和那淡淡的芬芳气息。

唐奕承那片刻的失神，在踩着松软的草坪离开时，被狠狠地揪了回来。

"刚才那妞还挺正的。你们猜她是日本人、韩国人，还是中国人？"说话的，是其中一位壮实的白人小伙子。

"鬼知道她来自哪个国家。留学生心高气傲，不可能被你上的。"另外一位白人小伙笑嘻嘻地揶揄完，转头问唐奕承，"今晚我们去酒吧找乐子，你要不要去？"

"我不去。"

唐奕承说着，开门跳上货车副驾，他摘下棒球帽盖在脸上，懒洋洋地往后仰去。

是啊，她是留学生，而他是生活在这繁华都市最底层的人。他妄想什么呢？

可人这一生长路漫漫，总会遇到那么点"意外"。原本以为那一眼惊艳过后，便不再会有交集的人，谁又会料到，也许在下一个街角，在下一个不期然的转身，彼此又会相遇呢。

所以唐奕承那时做梦也没想到，那位叫 Emily 的少女——

后来，他叫她，陆语。

再后来，他叫她，小语。

再再后来，他叫她，老婆。

陆语一直以为是她当年靠几顿大餐，追到的唐奕承。岂料婚后多年，她却恍然得知，原来——是老公先看上自己的。

还有什么能比这件事更令人觉得美妙呢？

不用想，陆语此时的面部表情肯定是相当丰富的，就像她飘荡起来的心情。她歪在床上，搂住唐奕承修长的脖颈，嗓音像是涂了蜜似的："呵呵，闷骚啊你。"

唐奕承倾身回抱她，唇形美好的嘴唇压下来，轻轻吻住她稚嫩的唇瓣。

这个吻，绵长又温柔，带着时光沉淀下来的温情，也带着永不退去的激情。

从彼时的初遇到此时的厮守，他们已经走过了十六年。

陆语曾经以为，少年时代那些炙热缠绵的爱恋，早晚有一天会被柴米油盐的婚姻生活消磨殆尽，就像所有夫妻一样，她和唐奕承走到最后，或许，彼此之间只会剩下那种类似于亲情的夫妻之情。她却从不知道，这世上，有一种爱，是真真经得起时光磨砺和岁月浸染的，仿佛是一瓶窖藏的珍稀红酒，历久弥香，味道越来越醇厚。

也许，那是因为彼时爱得太深。

又或许，那是因为他们都不是贪心的人。

他们的心在装进彼此之后，便落了锁，没有别人可以走进来。他们彼此守护着那最初的心动、后来的深爱，以及一起走完今生、生死不相弃的信仰。

心念所动，唐奕承的吻愈加炽热，他想亲亲陆语的别的地方，可是就在两人缠绵相拥的这个时候，卧室房门传来小猫挠门的动静，以及软软糯糯的童音。

"爸爸，妈妈……放我进来。"

唐奕承不想理，可门外的动静越来越大，他只能松开陆语，无奈地翻身下床，开门。

唐礼庭今晚玩 high 了，睡不着。

他穿着条纹小睡衣进屋，头发上还有洗发水的清香，他嗖一下爬上床，就这么霸占了正中的地盘，道："今晚我睡你们中间啊。"

可怜的小家伙被窝还没焐热，就被唐奕承拎了起来，他眉一皱，道："回你房间去。"

唐礼庭蹬着腿，可怜巴巴地看向陆语，委屈道："妈妈，爸爸又欺负小孩了。"

陆语刚要帮儿子撑腰，唐奕承已经把他扔出了卧室，道："你妈肚子里有小妹妹了，你要当哥哥了。不再是小孩子了，懂吗？"

唐礼庭霍地瞪大眼，霎时更兴奋了，叫道："真的啊！那我今晚跟妹妹和妈妈睡，我要保护她们。爸爸，我的房间让给你睡吧。"

唐礼庭颇为大度地把自己的儿童房让给了老爸，说完，他就缩头缩脑地又从门缝里挤进了卧室，短小的四肢呈大字，霸占了整个床。

唐奕承眼睁睁地看着陆语忍俊不禁地给儿子盖上被子，他一挫眉，突然觉得自己刚才那些绵绵情话都喂了狗了。

唐先生求测自己的心理阴影面积……

番外五

那一年，我们

那一年，陆语十岁。

B市。

"康乃馨象征着慈爱、温馨，花语的寓意是'妈妈，我爱你'。明天就是母亲节了……"

手工课上，老师手把手地教小朋友做康乃馨折纸，准备为母亲献上小小心意。陆语鼻尖上沁出细密的汗珠，聚精会神地剪着粉色折纸。

"啊——"突然间，陆语小声惊呼。

只见鲜红的血珠子从她指尖冒了出来。

"哎呀，剪到手了！"老师赶紧过来，让她放下剪刀，"快去医务室包扎一下。"

"没事，我不疼！"陆语吮吸了一下伤口，细致的眉眼带着天真的笑，她舍不得半途而废，"我马上就做好啦！我妈生病住院了，我今晚要去探视，顺便送花给她！"

老师正笑着摸了摸她的脑壳，校长意外地走进教室。

"陆语，你出来一下，你家里人来接你了。"

猝然被点到名的陆语一头雾水，在同学们好奇的注视下，她拿着康乃馨折纸花走出了教室，却不承想陆学森面色沉重地站在走廊里。

"小语，快走——"陆学森拽着她的手便往外走。

陆语不自觉地加快脚步，问道："爸，发生什么事了？你的手怎么在发抖？"

"你妈妈……"陆学森的声音低而沉，仿佛藏了闷雷滚滚，"她……没了。"

陆语的步子猛地顿了一下。

一束粉色的折纸花掉在了冰冷的地面上。

那一年，唐奕承十一岁。

纽约。

金发碧眼的美国男孩拍了拍唐奕承的肩说："今天我生日，邀请你晚上去我家参加生日聚会！"

唐奕承人不大，语气倒是挺跩的，回道："今晚我有事，不能去。提前祝你生日快乐！"

"哈哈，我就说他不会去吧！"另一位华裔男孩见状笑起来，朝美国男孩伸出手，"我赌赢了，给我十块！"

美国男孩沮丧地掏出十美元，问道："他为什么不来？难道他不喜欢吃龙虾和蛋糕？"

华裔男孩得意扬扬，口无遮拦："当然不是！是因为他没钱给你买生日礼物！他家住在贫民区，他爸是给餐厅送货的……"

唐奕承鼓着腮，狠狠地瞪着幸灾乐祸的华裔同学。

可就在同学们以为他要追究点什么的时候，唐奕承却只是一言未发地咬紧了嘴唇，背着书包快步走开。

窗外的火炬树红得似火，病房里素白一片。

"喀喀喀……"唐建海猛咳几声，像是要把肺咳出来。

沈素芳瞥见纸巾上那一团红，越发担忧地说："老唐，你这病耽误不得，不行咱就回国治吧。纽约的医疗费……"

"不许再跟我提'回国'这两个字！"唐建海突然换了个人似的，病弱的模样竟声若洪钟。

沈素芳抹着眼泪，不敢吱声。

唐建海气势消了消，语带安抚道："我这病就是劳累过度，歇几天就没事了。医生不是说了嘛，我再活个五年十年不成问题。"

"唉，你的心思我还不知道。"沈素芳有些哽咽，"你是怕一旦回了国，奕承的亲爹亲娘会找上门……"

"你胡说八道什么呢！"唐建海一副死鸭子嘴硬的样儿，眼一瞪，"奕承是我儿子，你和我的亲儿子！回头我出院了，还得给他挣生活费呢！你以后莫再提这些话了，要是让奕承听到，孩子指不定怎么想。"

"知道了，知道了。"沈素芳连连点头。

两人正说着，见唐奕承背着书包走进来，唐建海瞬间不复片刻前的凝重，他憨笑着翻病号服，从兜里摸出一张皱巴巴的美元钞票，道："奕承，听说你同学过生日，这钱拿去给人家买礼物。"

可殊不知唐奕承硬把钱塞回给父亲，说道："他们没请我参加生日会……不用买礼物了。"

十岁冒头的小男孩哪里会说谎，干巴巴的嗓音稚气未脱，紧张得连耳根子都是红的，但那张英俊的小小脸颊上却满是对父亲的疼爱与依赖。

起风了。

窗外的火炬树飘下了一片落叶，落在谁的心上？

那一年的我们，还是孩子，懵懂，天真，初尝人间冷暖悲喜。

那一年的我们，就这样各自安静地生活在世界一角。

那一年的我们，不能预见大洋彼岸的另一个人，会在许多年后闯进我们的生命。如同我们渐渐年迈老去、离开逝去的父母一样，会亲密地捧着我们的脸颊，亲吻我们的额头，温暖并慰藉着我们孤独的、飘零的心。

那一年，陆语十八岁。

B市，陆家老宅。

扎着马尾的陆语坐在行李箱上，死不肯往屋外挪一步，叫着："我不去纽约！我不要离开你和奶奶！"

陆学森把她从行李箱上拽起来，大声说："胡闹！你李雁阿姨好不容易给你联系好了学校，让你出国镀镀金，你怎么这么不懂事！快点，车在外头等着呢！"

陆语甩开父亲的手，又一屁股坐回去，生气地说："她没安好心！她就是要把我撵出这个家，好在这里作威作福，我才不上她的套儿！"

陆学森气红了眼，扬起手就要打女儿。

"你打啊！有本事你打——"陆语蹭地一下蹿起来，挑衅似的盯着陆学森，她根本不相信父亲真能舍得下手，可随之而来的却是……

"啪——"一声脆响。

陆语捂着火辣的脸颊，张了张嘴，想要嘶吼，却又好像忽然间被夺走了语言的能力。

令人头晕目眩的嗡鸣声很快止于耳畔，可她却听到自己心脏碎裂的声音。

"你真想让我去美国？"陆语的心脏雷动，声音却冷静得骇人。

陆学森显然打出那一巴掌就后悔了，气势像是被捅了针的气球，说道："小语啊，爸爸是为你好。李雁说得没错，女儿大了总要出去磨炼磨炼，不能一直活在爸爸的羽翼下……"

那个在妈妈离开后曾发誓一辈子保护自己的爸爸，到哪里去了？

有汹涌的酸意冲到陆语的鼻腔里来，她低下头用苦涩的笑意遮掩过去，说："行，我去纽约！"

话音一落，陆语便拎起行李箱，决然跨出了家门。

直到波音客机划破长空，冲上云霄，她都没有回头。

那一年，唐奕承十九岁。

纽约。

唐建海的忌日，唐奕承开着空驶出租车往墓园赶，洲际公路一马平川，车载音响里的音乐震耳欲聋。但忽然间，路边有人向他挥手，他眯起眼一看，只见对方的车半路抛锚了。

墓园里，沈素芳孤身对着唐建海的墓碑，哽咽着开口道："咱们夫妻俩算是把奕承养大成人了，比亲儿子还亲。但看着别人家的孩子读大学，奕承却要早早工作，打好几份工，我心里实在难受得慌。其实……我总是忍不住想，奕承的亲生父母是什么样子的？万一他家里在国内条件好……"

顿了顿，沈素芳抹了把眼泪，继续道："我真不知道自己是不是害了这孩子？一直让他跟着咱们在美国过苦日子。可一想到让他离开我，我又真舍不得，觉得跟刀子剜心一样疼。你说……我是不是太自私了？"

沈素芳这边呢喃着，就接到了唐奕承的电话。

"妈，我晚点去墓园看爸爸，先送个客人去机场。"唐奕承挂了电话，嘴里含着根没点的烟，加快了车速。

机场大厅外，唐奕承迅速将客人的行李卸下，收钱找钱，他又坐回车里，可哪知车窗还没来得及升起，便有人敲了敲车窗。

"市区去吗？"年轻女孩的声音，甜而动人。

"不去，不去！"唐奕承却连头都没转，压低棒球帽，发动了车子，扬长而去。

"臭小子，跩什么跩！"陆语气得在原地跺了跺脚。

那一年的我们，还是少男少女，就这样漂洋过海，闯进对方的国度。

那一年的我们，后来又在纽约再次相遇，邂逅了所谓的爱情。

那一年的我们，发现原来爱情的甜，可以让人忘记青春的疼，原谅生活的苦。

那一年，陆语二十六岁。

B市，个人摄影展。

"陆姐，你真能耐啊！办个摄影展卖出这么多作品，总算能解燃眉之急了！"冯晓冬数钱数到手软，自然笑得合不拢嘴。

陆语却有些心疼，说道："艺术是无价的。如果不是工作室开不下去了，我也不会打这些作品的主意。"

两人正低声说着，大腹便便的艺廊老板走过来，指着墙上的一幅作品问道："陆小姐，你这幅作品卖多少钱？"

"不好意思，这幅不卖。"陆语歉意一笑。

"哟，你是嫌我出不起价？"艺廊老板眼一斜，捋了捋快要"地中海"的油头，"给你三分颜色，你就开起染坊来了？还真当艺术无价了啊！"

"哎，你这人——"

冯晓冬最见不得陆语被欺负，眼看着她就要跟对方开撕，陆语却拦住了她。

"不，是回忆无价，所以我不卖。"

陆语的语气是一如既往的淡然，抬眸，她看了看这幅拍摄于纽约某间地下室的作品——

少年坐在地板上，两条长腿微微曲着，手里拿着一颗烤土豆，侧身望向窗外。光影，角度，一切都刚刚好，就像是一幅陈旧的文艺电影海报。

岁月淡如水，记忆倾人城。

那一年，唐奕承二十七岁。

纽约，华尔街。

Sunshine 集团总部的会议室里，两位美籍高管为集团的下一步战略部署争论不休。

"我建议进军香港市场，全球金融中心，亚洲中心地带……"

"不不，还是应该开辟欧洲市场，金融危机重创后，欧洲即将迎来资本市场重组，逢低入市永远是明智之举……"

唐奕承宣布散会后，宋远驱车送他前往纽约银行。

VIP 客户服务中心，唐奕承正欲从保管箱中取出公司的重要文件，杵在一旁的宋远忽然试探着问："唐先生，我们到底是选择欧洲，还是香港啊？"

唐奕承看着保管箱中的相机，有一瞬的恍神。

往事如烟，一缕缕旋升而上。

那台相机是他数年前用打黑拳赢来的钱，为陆语买的生日礼物。可她离开纽约时却没有带走它，就像割舍他们的感情时那样，残忍而决绝。

唐奕承仿佛陷入了回忆，旁人无法打断。

"唐先生？您怎么了？"宋远低声询问。

唐奕承回过神，心口却像是被一根弦使劲向下拉拽，一直拽到……灼心地狱。

"不去香港，也不去欧洲。"唐奕承话落，见宋远一头雾水地瞧着自己，他轻抿嘴唇，"去 B 市。"

那一年的我们，懂得了何为爱情，何为命运，却已是满心疮痍。

那一年的我们，就这样再次活在没有彼此的世界里，以为自己会默默于时光中老去，幸福它再也不会降临。

那一年的我们，从未想过这场已然谢幕的爱情，其实并未真正结束，我们还会重逢于被命运遗忘的无数角落。

后来的我们，渐渐明白——

如果逝去的爱情是一场记忆，那么我和你一样，各拥有一半的回忆。一旦哪天，我们走失了，走散了，总有一个人会跨越星辰大海，奋不顾身地去寻回遗失的另一半记忆，将这场爱情故事拼凑完整。

永不落幕。

Emily...

也许，人无法起死回生，但爱情，可以。

彼此人生的初见……

世间种种，无论悲喜，何尝不都是生命的馈赠。